LOUISE SIMARD

Louise Simard est née le 9 mars de l'Année sainte, à Montréal, mais a passé son enfance et son adolescence à Mont-Laurier. Elle vit maintenant à Sherbrooke et détient un doctorat en études françaises de l'Université de Sherbrooke (1996). Sa thèse a porté sur le thème du «personnage d'Histoire dans le roman historique québécois».

Depuis l'écriture de son premier roman, *Un trop long hiver* (1980), Louise Simard a toujours été guidée par l'«Histoire». *La Très Noble Demoiselle* (1992), qui rappelait la vie en Nouvelle-France de Louise de Ramesay, a été sélectionné pour le Prix du Gouverneur général. *Laure Conan, La romancière aux rubans* (1996), qui retraçait le destin de la première romancière québécoise, remportait le prix Alfred-Desrochers. On a également décerné à Louise Simard le prix France-Québec/Jean Hamelin pour *Le Médaillon dérobé* (1996). Avec *La Route de Parramatta* (1998), puis avec *Thana, La fille-rivière* (2000), qui a obtenu le Grand Prix littéraire Archambault, et *Thana, Les vents de Grand'Anse* (2002), Louise Simard a réaffirmé son engagement envers la fiction historique.

Passionnée d'histoire, Louise Simard se livre à des recherches méticuleuses avant d'écrire tous ses romans. Ainsi, *La Route de Parramatta* l'a entraînée jusqu'en Australie où elle a suivi les traces laissées par les héros de cette bouleversante aventure.

Louise Simard

Thana

La fille-rivière

Collection Zénith

Libre Expression
QUEBECOR MEDIA

Données de catalogage avant publication (Canada)

Simard, Louise, 1950-

Thana

(Collection Zénith)
Sommaire : t. 1. La fille-rivière

ISBN 2-7648-0046-0

I. Titre. II. Titre : La fille-rivière. III. Collection.

PS8587.I293T52 2003   C843'.54   C2003-940540-0
PS9587.I293T52 2003
PQ3919.2.S55T52 2003

Maquette de la couverture
FRANCE LAFOND

Infographie et mise en pages
LUC JACQUES

Libre Expression remercie le gouvernement canadien
(Programme d'aide au développement de l'industrie de l'édition),
le Conseil des Arts du Canada, le gouvernement du Québec (Programme
de crédit d'impôt pour l'édition de livres – Gestion SODEC) et la Société
de développement des entreprises culturelles du soutien accordé
à ses activités d'édition dans le cadre de leurs programmes
de subventions globales aux éditeurs.

© Éditions Libre Expression ltée, 2000
© 2003, pour la présente édition

Éditions Libre Expression
7, chemin Bates
Outremont (Québec) H2V 4V7

Dépôt légal
1er trimestre 2003

ISBN 2-7648-0046-0

À André B.
Pour avoir libéré la romancière

PREMIÈRE PARTIE

Si un prophète était venu à notre village en ce temps-là nous prédire ce qui devait advenir, et qui est advenu, personne dans le village ne l'aurait cru.

Ma-ka-tai-me-she-kia-kiak,
ou Black Hawk, chef des Sakis et des Mesquakies

1

En dépit de toutes les consignes, Thana ferme les yeux et se laisse entraîner par les mains fluides et caressantes qui la traquent jusque dans ses replis et secrets. Il faudrait résister, mais les mains la possèdent, et elle flotte entre deux réalités contradictoires, volupté et remords, fuite et jouissance. Son corps nu, plein et souple, puissant, beau et lisse comme l'air du matin, coule lascivement au creux du plaisir. Elle perd pied, se noie entre ces doigts fuyants qui proposent à ses désirs des tourbillons d'écume ou de longues et tranquilles ondulations.

Elle devrait se montrer plus raisonnable, mais ne s'y résigne pas. Toutefois, elle trouve la force de lever la tête un instant, et elle écoute en plissant le front. Une brise automnale transporte en douceur des bruissements de feuilles inoffensifs. Sous le souffle léger, toute la rivière frissonne et Thana avec elle. Sa peau cuivrée se hérisse et ses mamelons pointent au milieu des aréoles ambrées.

Très vite, la jeune fille s'immerge de nouveau dans les bras tièdes de la rivière, cette amante enjôleuse, indispensable. La rivière des Renards a été sa première compagne de jeu, puis sa confidente. Séparée de la Wisconsin par un très court portage – à peine quelques centaines de mètres en saisons pluvieuses –,

11

elle serpente vers le nord et s'égare un moment dans le lac Winnebago avant de se jeter dans la baie des Puants, cette magnifique échancrure de sable fin qui s'ouvre sur le lac Michigan. De sa source à son embouchure, de ses rapides à ses marais, Thana connaît sa rivière dans tous ses méandres. Sa tribu, celle des Mesquakies, profite des largesses du cours d'eau depuis si longtemps que la jeune fille ne saurait vivre ailleurs, loin de ces eaux poissonneuses, bordées sur tout leur parcours de forêts giboyeuses et de champs de riz sauvage. Sur les rives de la rivière des Renards, la jeune Mesquakie s'épanouit, libre, aérienne.

Aujourd'hui encore, comme tous les autres jours, la symbiose est totale, et Thana, comblée, pivote sur elle-même en riant, tout son corps offert à la résistance tonique de l'eau. Défile alors, en un cercle ininterrompu, la forêt écarlate, tachée ici et là d'ocre et de rouille. «Le sang de l'étoile éclabousse les arbres», pense la jeune fille avant de replonger longuement.

Alors qu'elle remonte à la surface pour reprendre son souffle, un bruit discret mais insistant lui fait tendre l'oreille. Elle reconnaît aussitôt le pépiement nasal de la bécasse. C'est le signal!

Sans hésiter, elle se précipite hors de l'eau, grimpe à quatre pattes le petit talus et se lance à toutes jambes dans le sentier, évitant de justesse les ronces et les branches. Tout au bout, une fillette lui fait de grands signes désespérés. Thana la rejoint et, d'un seul élan, toutes deux s'engouffrent dans la cabane et s'affalent sur la peau d'ours, aussi essoufflées l'une que l'autre, Thana d'avoir couru, sa jeune sœur Nucamoan d'avoir craint le pire. Au même moment, trois hommes du clan arrivent à la rivière, juste à l'endroit où Thana se baignait quelques secondes plus tôt. Il s'en est fallu de peu !

Le danger est écarté, mais la jeune Nucamoan se remet difficilement de son émoi. Sa réaction trop vive témoigne de l'étendue de sa peur. Elle se jette, en effet, sur Thana et la bourre de coups en hurlant :

– Tu ne dois pas aller à la rivière ! On ne t'a donc rien enseigné ? Les hommes ont failli te voir. Et tu sais ce qui aurait pu arriver ? Tu le sais, oui ou non ? Tu es folle, complètement folle ! Je ne ferai plus jamais le guet pour toi ! J'ai eu si peur que je n'arrivais plus à émettre un son !

Tout en se protégeant des petits poings potelés qui s'abattent sur elle, Thana sourit. Sa petite sœur, encore une fois, se sous-estime. L'imitation de la bécasse était parfaite ; à s'y méprendre, vraiment. Aucun guerrier n'aurait pu faire mieux. Et dire qu'à son arrivée au village – si jeune et encore toute fragile sur ses petites pattes courtes – Nucamoan refusait de parler !

Un parti de guerriers l'avait ramenée, avec quelques femmes, à la suite d'une échauffourée avec les Sioux, les « Gens du lac » – ainsi nommés parce qu'ils occupent un territoire particulièrement lacustre, à la pointe du lac Supérieur. Les autres prisonnières étaient mortes en chemin ou s'étaient enfuies, et ils ne savaient trop que faire de ce petit bout de femme, rejeton d'une tribu honnie depuis des temps plus reculés que la mémoire des anciens.

Le père de Thana, et son père à lui, n'étaient pas encore nés que, déjà, ces deux nations s'affrontaient. Quand, beaucoup plus tard, les Kútakis se sont joints aux Sioux, les Mesquakies ont dû, de leur côté, signer un pacte avec les Iroquois pour équilibrer les forces.

Seule cette entente – conjuguée à leur formidable détermination – leur a permis de résister aux attaques répétées de leurs ennemis. D'ailleurs, même la grande paix de Montréal signée par toutes les tribus, quelques années avant la naissance de Thana, n'a en rien diminué l'animosité entre ces deux peuples. Attirés par d'autres enjeux, les «Gens du lac» ont jugé préférable d'affirmer ailleurs leur suprématie et ils ont ainsi tourné le dos à leurs ennemis de la première heure, mais des décennies de guérillas ne s'effacent pas aussi facilement. Aujourd'hui, la principale menace pour Thana et les siens vient des Kútakis – ce peuple de pêcheurs que les Français surnomment les Sauteux, parce qu'ils vivent près de la chute qui relie le lac Supérieur aux lacs Michigan et Huron. Mais la reprise des hostilités avec les Sioux est toujours possible. Il n'y a jamais eu de paix véritable, seulement une trêve fragile, constamment menacée.

Portés par cette haine séculaire, les guerriers avaient donc abandonné l'enfant dans les bois, se désintéressant de son sort. Entêtée, dotée d'un instinct de survie hors du commun, elle les a suivis jusqu'au village.

Thana se souvient encore de son mutisme des premiers jours et de la tension mal contenue dans le petit corps rondelet. Puis, un matin, la petite s'est mise à pépier comme un oiseau. Déjà, elle imitait à la perfection le chant de la bécasse et celui de l'engoulevent. Et toute la tribu a éclaté de rire lorsqu'elle a commencé à roucouler comme un pigeon. Charmée par ce petit clown qui parlait si bien le langage des oiseaux, Thana, encore pubère mais déjà une grande fille responsable, a alors obtenu de son père qu'il adopte l'enfant et elle l'a nommée Nucamoan, ce qui signifie «chant» dans la langue des Mesquakies. Un nom qu'elle porte à merveille.

Épuisée par sa propre fureur, la fillette se calme enfin, mais son regard de braise lapide Thana. Celle-ci enfile une robe, l'œil taquin, à la fois amusée et touchée par la trop grande sensibilité de sa jeune sœur. Nucamoan se laisse impressionner par les récits des vieilles femmes, et suit à la lettre leurs recommandations. Menstruée pour la première fois, elle refuse de déroger, aussi peu soit-il, au rituel prévu pour cet événement. Elle s'est donc retirée dans une cabane, à l'extérieur du village. Elle devra y rester cloîtrée pendant dix jours, en se tenant le plus loin possible des hommes du clan. Si elle les croisait par mégarde, elle risquerait de provoquer chez eux quelque maladie sournoise et inexplicable. Elle pourrait même, si elle n'y prend garde, ruiner les récoltes ou tuer un animal dont elle s'approcherait de trop près. Bien plus, elle peut rendre inefficaces les médecines préparées par le sorcier. Voilà pourquoi toute femme qui saigne doit obligatoirement être isolée pendant cinq ou six jours, plus longtemps encore si c'est la première fois. Rien de ce dont elle se sert ne doit entrer en contact avec les guerriers du clan. Même ses vêtements, elle devra les placer dans un balluchon et les suspendre dans la cabane où elle pourra les endosser de nouveau aux prochains saignements. À la fin des règles, elle doit se purifier dans la rivière avant de revenir au village. C'est ce que les aînées ont enseigné à Nucamoan. Elles l'ont fait avec tant de conviction que la fillette a adhéré d'emblée à leurs croyances.

Thana n'a jamais cherché à l'en dissuader, mais elle fait preuve de plus de scepticisme.

Sa mère est morte dans des circonstances troublantes, alors qu'elle n'était qu'un tout petit enfant. Pour son père, Wapello, il s'agissait d'une perte difficile à supporter. Quelques années auparavant, il avait déjà perdu une première épouse et leurs deux grands fils lors d'un affrontement particulièrement sanglant avec les Kútakis. Atterré, las de ces guerres interminables, il a décidé de se consacrer corps et âme à sa charge de chef de paix, laissant aux femmes du clan le soin d'éduquer ses enfants. Wapello est un homme sensible et aimant, mais dont l'affection, si souvent heurtée, craint les trop grandes intimités. Plus à l'aise dans les assemblées du conseil que dans les tête-à-tête, il cherche inlassablement un chemin vers la paix, au sein d'une tribu reconnue pour ses valeurs guerrières et ses dispositions belliqueuses.

À la fois admirative et intimidée devant ce père aux ambitions souvent jugées déraisonnables par ses pairs, Thana s'est, en quelque sorte, élevée toute seule, établissant ses propres codes. Sans jamais manquer de respect aux aînées, elle a cependant élagué leurs propos des contraintes qui lui semblaient inutiles. Ainsi, elle a construit elle-même la cabane pour Nucamoan. Jamais elle n'aurait songé à remettre en question cette tradition. Elle a même été heureuse de voir que le sang lui venait en même temps, à elle aussi, et ces dix jours de réclusion, elle les vit avec une grande joie et beaucoup de tendresse pour la fillette qui aspire avec tant d'ardeur à devenir une vraie femme mesquakie. D'ailleurs, elle n'aurait jamais pu supporter de la savoir seule, à l'extérieur du village. Sa tribu a beaucoup trop d'ennemis pour laisser ainsi une enfant sans protection. C'était hors de question. Par contre, rien ni personne, quelles que soient les circonstances, ne pourrait lui faire renoncer à la rivière pendant dix jours, ou même cinq jours. Son respect des traditions et des lois ne va pas jusque-là.

— Viens démêler mes cheveux, propose-t-elle à Nucamoan pour l'amadouer, mais sa proposition a l'effet contraire, car la fillette lui arrache le peigne des mains.

— Tu n'y penses pas ! Tu vas attirer le malheur sur notre cabane. Tu sais bien qu'on ne doit pas faire ça à l'intérieur.

— Tu as raison, admet Thana. Allons dehors.

Une couverture sur les épaules, les jeunes filles s'installent sous un arbre. Le temps est bon. Les rayons du soleil vrillent, drus et larges, à travers la futaie. Tout en passant le peigne grossier dans les longs cheveux de jais de sa sœur, Nucamoan regarde autour d'elle, fascinée comme toujours par les déguisements de l'automne.

— Raconte l'histoire de l'étoile, supplie-t-elle.

— Tu n'es qu'une enfant qui réclame encore des histoires, se moque Thana.

— S'il te plaît...

— Quatre étoiles sont toujours ensemble. On les appelle l'ours. Trois autres les suivent, qui sont les chasseurs. Tout l'hiver, tout le printemps et tout l'été, les chasseurs traquent l'ours, mais ils ne le rattrapent qu'à l'automne et le tuent. Son sang tombe alors sur la terre et rougit les arbres, puis...

Thana ne peut terminer sa phrase. Un grand cri, venu du village, l'interrompt. Les deux sœurs tendent l'oreille, craignant par-dessus tout une attaque des Kútakis. Après quelques secondes, d'autres cris répondent au premier. Cette fois-ci, le doute n'est plus permis : ce sont des démonstrations de joie, de celles qui annoncent un retour.

– C'est sûrement Shäki ! dit Thana en se levant d'un bond. Les chasseurs sont revenus !

Il y a quelque temps, Kiala, un chef de guerre, a invité Shäki, le jeune frère de Thana, à se joindre à un groupe de chasseurs. C'était un honneur auquel le garçon ne s'attendait pas. Chez les Mesquakies, l'appartenance héréditaire à un clan ou à un autre joue un rôle déterminant sur le destin des hommes et des femmes. Par exemple, c'est parmi les membres du clan de l'Ours qu'est habituellement choisi le grand chef de la tribu, alors que le clan du Renard – auquel appartient Kiala – donne les meilleurs chefs de guerre. Thana et sa famille appartiennent au clan du Cygne, beaucoup plus modeste, tant par le nombre que par la notoriété. L'invitation de Kiala n'en était que plus flatteuse.

Pour en être digne, le jeune Shäki a jeûné et chanté pendant huit jours, comme le font tous les hommes avant une chasse importante, pour provoquer les visions. Thana s'est inquiétée de son teint blafard et de ses yeux dilatés, mais, un matin, le garçon a eu sa première révélation : il a d'abord aperçu une forêt de pins rabougris, aux aiguilles jaunies et à l'écorce rongée par les porcs-épics. Puis lui est apparu un ours énorme qu'il a décrit à Kiala avec tous les superlatifs dont il était capable. Confiant en l'esprit protecteur du jeune garçon, Kiala a ordonné le départ, et les chasseurs, après un repas fastueux, ont quitté le village sous les acclamations.

– J'y vais ! lance Thana. Je dois voir Shäki ! Nuca-moan s'accroche à ses cheveux pour la retenir.

– Tu n'as pas le droit ! crie-t-elle. Tu vas attirer la mort et la maladie sur les chasseurs !

Devant l'insistance superstitieuse de sa petite sœur, Thana se rassoit à contrecœur.

– Je vais graisser tes cheveux et les poudrer, lui dit Nucamoan sur un ton joyeux, comme si elle voulait la consoler et détourner le cours de ses pensées.

Pendant que la fillette passe et repasse ses doigts replets dans la chevelure épaisse et soyeuse de sa grande sœur, celle-ci revoit Shäki, le jour du départ.

Le visage barbouillé de charbon, le garçon avançait au milieu des chasseurs plus âgés en bombant le torse, le regard rivé à la nuque de Kiala dont il copiait la démarche souple et altière. À ses côtés trottinait le chien noir qui le suit partout depuis plusieurs années. Parfois sa main glissait dans le pelage épais et chaud de la bête, mais quand celle-ci frôlait sa jambe, le garçon la repoussait, feignant une irritation bourrue. Thana sourit à ce souvenir attendrissant.

Quelque part, pas très loin, une gélinotte huppée s'envole dans un grand bruit d'ailes apeuré.

La jeune fille tourne la tête, intriguée, mais Nucamoan la rappelle à l'ordre :

– Ne bouge pas ! Je n'ai pas terminé.

Au village, les acclamations ont cessé. Ne leur parvient plus qu'un silence factice, criblé d'appels épars, de rires et d'effluves odorants. Une fumée bleutée traversée d'étincelles monte des cabanes.

Une fête se prépare.

Thana ne tient plus en place.

Excitée et inquiète, elle doit savoir comment Shäki s'est tiré de cette épreuve. Quand il est parti, elle n'a pas voulu l'embarrasser et ne lui a fait aucun signe. Elle a plutôt fixé Kiala jusqu'à ce que celui-ci tourne la tête vers elle. Confiant, indestructible, son corps magnifique façonné dans le roc, son visage anguleux découpé au couteau, le chef de guerre menait ses hommes avec la hardiesse d'un jeune loup et l'assurance tranquille d'un vieux bison. Malgré la sévérité de son regard noir et de son nez aquilin, une moue malicieuse retroussait sa lèvre supérieure. Thana a vite oublié ses appréhensions; près de Kiala, son frère ne courait aucun danger.

En entendant les tambours, elle sait qu'elle a eu raison. Incapable de se contenir plus longtemps, elle bondit, échappe à la surveillance craintive de Nucamoan et se précipite vers le village tout en prenant bien soin de ne pas être vue.

Après quelques hésitations, sa jeune sœur la rejoint en maugréant. Thana la prend par la main et l'entraîne. Dissimulées derrière une ligne d'arbres, elles aperçoivent le grand feu au-dessus duquel un ours énorme et entier est déjà en train de griller.

— Je me demande qui l'a tué, murmure Nucamoan, admirative.

Thana pense tout de suite à Kiala, mais elle n'a pas le temps de répondre que Shäki est poussé gentiment au milieu des chasseurs. Il tient dans ses mains la tête de l'ours et, devant tout le village réuni, il s'avance fièrement et l'empale sur un pieu. Thana a du mal à refréner sa joie. Non seulement Shäki a-t-il tué son premier ours, mais c'était le plus gros, puisqu'ils l'ont ramené tout entier au village, laissant au chasseur méritant l'honneur d'en exposer la tête.

Thana regarde son frère.

Malgré ses allures frêles et sa petite taille, qui le font paraître encore plus jeune, c'est maintenant un homme, capable d'affronter les plus grands dangers et d'en sortir vainqueur.

Elle s'en réjouit, bien sûr. À cause des guerres incessantes qui opposent les Mesquakies à leurs nombreux ennemis, les jeunes hommes s'attardent très peu dans l'enfance. Le plus rapidement possible, on en fait des guerriers redoutables. Les chefs de guerre représentent d'ailleurs des modèles auxquels les jeunes s'identifient et désirent ressembler. Se distinguer au combat constitue l'unique façon de susciter le respect au sein de sa propre tribu et même des autres nations. En ces temps troublés, les occasions ne manquent pas aux plus courageux de se faire valoir. Et Shäki semble bien déterminé à laisser sa marque.

Pourtant, la fierté légitime de la jeune fille ne l'empêche pas de regretter les belles soirées tranquilles d'hier encore, quand Shäki posait sa tête sur ses genoux et lui racontait sa journée. Désormais, elle ne pourra plus serrer son frère contre elle ni partager ses jeux. Elle ne sera plus sa petite mère, sa confidente. Bientôt, il devra prendre femme...

Thana se tourne vers Nucamoan.

Le regard amoureux de la petite fixé sur Shäki dissipe tous ses doutes. Ces deux-là ne peuvent plus se passer l'un de l'autre. Ils ont grandi ensemble, dans l'ombre affectueuse de Thana. S'abreuvant sans scrupules à son amour infini, ils se sont forgé un passé commun, comme si cela allait de soi, comme si, jamais, ils n'avaient connu d'autre ventre que le sien.

Thana se souvient de leurs jeux, de leur complicité. Elle se souvient de tout. Depuis sa naissance, chaque parole, chaque geste, chaque événement s'inscrit dans son corps, la façonne et la refaçonne. Sans qu'elle l'ait souhaité, elle porte en elle la mémoire des siens, de tous les siens, comme une vieille âme, mémoire fidèle des commencements, qui aurait choisi ce corps magnifique de jeune fille pour traverser un autre bout d'existence. Ce don lui procure un statut particulier au sein du clan, et même de la tribu. On fait souvent appel à sa mémoire, en différentes occasions.

— Ils vont jeter les filets, murmure Nucamoan en se blottissant contre sa grande sœur.

Les chasseurs se sont rapprochés du feu. Chacun extirpe de son sac le filet qu'il a coupé sous la langue de l'ours tombé sous ses coups. C'est un rituel auquel personne n'oserait se soustraire, car il permet de savoir si l'esprit de l'ours mort a pardonné au chasseur et si les prochaines chasses seront fructueuses. Quand ils les lanceront dans le feu, si les filets se tordent en émettant un son grinçant, l'esprit de l'ours sera apaisé.

— Ne restons pas ici, supplie Nucamoan. Les femmes n'ont pas le droit d'assister à la cérémonie, et encore moins les femmes qui saignent. L'esprit de l'ours en sera irrité.

Thana hésite. Les arguments de Nucamoan la touchent, mais elle se résigne difficilement à être tenue à l'écart d'un tel événement.

— Moi, je pars, dit Nucamoan. Tu devrais venir avec moi.

— Ce ne sera pas long. Va devant, je te rejoindrai.

La petite s'éloigne doucement en se faufilant entre les arbres. Sensible aux présages, elle préfère ne rien voir, car elle aime trop Shäki pour risquer de lui porter malheur. Thana la suit des yeux un moment, un peu inquiète tout de même de la laisser seule, puis elle

revient à la cérémonie. « Quelques instants seulement...,
se promet-elle. Ça ne fera de mal à personne. »

Les tambours battent à un rythme infernal et les
guerriers brandissent leurs *che-che-quon,* des hochets
fabriqués à partir de calebasses de courges, vidées, séchées et remplies de graines. Les instruments bruissent
comme des milliers d'abeilles. Les sons assourdissants
s'emparent des sens et de la raison. Des modulations
se créent dans le vacarme, que le tambour saisit et
accompagne jusqu'à inventer un ordre sublime et
harmonieux, aussitôt troublé par un nouveau tumulte.
Comme les femmes, les chiens ont été chassés. Les
guerriers restent donc entre eux, unis par un savoir
séculaire qui les rend invincibles.

Shäki s'avance le premier puisqu'il a tué le plus
gros ours.

Il lève la main et lance un cri puissant.

La musique s'arrête.

Thana retient son souffle, car si les filets meurent
dans le feu sans se tordre ni crépiter, l'année sera mauvaise. Dans le temps suspendu, elle croit entendre un
cri étouffé, mais elle n'y prête guère attention et reste
parfaitement immobile. Elle fixe le feu, devient le feu,
prête à lacérer le plus petit morceau de viande qui tom-
bera entre ses griffes. Derrière elle, dans le boisé, un cri
encore une fois réprimé se transforme en une longue
plainte suivie d'un avertissement :

– Thana ! Sauve-toi !

* * *

Thana ne saura jamais quel message l'esprit de l'ours
a voulu laisser au jeune chasseur, ni quelle prière le

23

garçon lui avait adressée. Au moment où Shäki lance son filet dans le feu, des serres empoignent la jeune fille par-derrière et l'emprisonnent dans un étau dont elle n'essaie même pas de se libérer. Soulevée de terre et emportée vers la rivière, elle a tout juste le temps d'entrevoir Nucamoan qu'un homme traîne par les cheveux. Des corps la frôlent avant de disparaître derrière les arbres hauts et forts. Puis un chien aboie; un seul jappement de mise en garde, aussitôt repris et amplifié par ses congénères, mais il est trop tard. Par-delà les hurlements des bêtes résonne le terrifiant cri de guerre des assaillants.

Bousculée, brutalisée, Thana se retrouve à la rivière avec Nucamoan et quelques femmes gardées par de très jeunes guerriers. À leurs peintures de guerre, régulières et symétriques tout le long des jambes et des bras, elle reconnaît des Outaouais et des Winnebagos. Les premiers habitent au nord du lac Huron et se distinguent par leurs activités commerciales, d'où leur nom qui se traduit par «commerçants». Indéfectibles alliés des Français, ils servent souvent d'intermédiaires entre eux et les tribus de l'ouest. Les seconds sont établis depuis toujours à la baie des Puants. Dans la langue mesquakie, leur nom signifie «peuple de l'eau trouble» et fait référence à la puanteur qui émane des rives marécageuses de la baie. Leur participation à cette attaque laisse Thana perplexe, car les Winnebagos entretiennent habituellement de bons rapports avec les Mesquakies, de même qu'avec toutes les tribus de la région. Peu enclins à la guerre, ils préfèrent cultiver leurs champs, une activité à laquelle ils s'adonnent avec un savoir-faire remarquable qui fait souvent l'envie de leurs voisins. Pourquoi ce revirement?

Tout s'éclaire dans l'esprit de la jeune fille lorsqu'elle aperçoit une dizaine de Kútakis, facilement identifiables au plissé particulier de leurs mocassins.

Les rumeurs étaient donc fondées! Ce peuple de pêcheurs a réussi à recruter même les tribus les moins belliqueuses de la région des grands lacs. Ces nouvelles complicités semblent bien procurer à chacune d'entre elles une plus grande assurance, car aucune n'aurait osé attaquer seule un village mesquakie.

Des coups de feu résonnent.

Thana serre la main tremblante de Nucamoan. Secouée par les détonations, la forêt tangue devant elles. Thana a si peur pour les siens qu'elle a tout à la fois envie de tuer et de mourir. Dans sa tête, elle court vers Shäki, vers son père, vers Kiala. Dans sa tête, elle brandit un casse-tête et tue sans hésiter, sans même détourner les yeux. Puis elle peint son corps du sang de ses victimes : sang de guerre et de mort contre sang de femme. Dans la réalité, elle reste pétrifiée, cernée de toutes parts par des cris, des gémissements et des pleurs. Des ordres fusent, suivis de silences, de dizaines de silences, uniques et multiples. Le temps s'écoule par à-coups, comme un cœur emballé.

À la fin du carnage, Thana a vieilli de cent ans. Le soleil, lui, n'a pas bougé.

* * *

Sur un signe de leur chef, les guerriers kútakis poussent leurs prisonnières vers le village dévasté. Pour atteindre la place centrale, les femmes doivent enjamber les corps de leurs pères, de leurs maris, de leurs fils, de leurs frères. Plusieurs cadavres tiennent encore un *che-che-quon* dans la main. Pris par surprise, les guerriers se sont bravement défendus avec ces instruments de musique transformés en armes dérisoires.

Les prisonnières retiennent leurs larmes pour ne pas insulter la mémoire de leurs morts. Tout en serrant contre elle la petite Nucamoan, Thana cherche en vain son père et son frère parmi les cadavres. Kiala a disparu lui aussi. Certains ont donc pu s'échapper ! Malgré la scène de désolation étalée sous ses yeux, la jeune fille reprend espoir, un infime espoir que les vainqueurs se chargent aussitôt d'anéantir.

Ils ont monté un bûcher au centre duquel sont ligotés une douzaine de Mesquakies : des guerriers intrépides, qui savent le prix de la vie et la grandeur de la mort, mais également des enfants qui n'auront pas eu le temps de devenir des hommes. En apercevant Shäki parmi les prisonniers, Thana sent le sang blanchir dans ses veines. Une douleur féroce l'entraîne bien au-delà des larmes et des cris. Insoutenable, le mal la saisit à la gorge comme une morsure sauvage qui ne laisse plus rien passer, ni un mot ni un souffle, ni même un sanglot.

Nucamoan a vu, elle aussi, son jeune fiancé. Anéantie, elle cache son visage contre la poitrine de sa grande sœur. Celle-ci, au contraire, ne peut quitter son frère des yeux. Le garçon se tient très droit, le menton relevé, les paupières mi-closes à cause du soleil. Il a tué son premier ours aujourd'hui ; c'était le plus gros. On l'a désigné et acclamé comme un guerrier, lui octroyant de ce fait le droit de vivre et de mourir comme un guerrier. Il n'a pas peur. Il saura déjouer les pièges du monde des esprits. Non seulement ne craint-il pas la mort, mais Thana perçoit chez lui une attitude provocatrice.

Cette aventure l'exalte. Parce qu'il a goûté à l'ivresse de la victoire, il se croit immortel.

La jeune fille le dévore des yeux, pour ne jamais oublier. Elle l'accompagne, ne respire que pour lui. Elle l'habite de son souffle, le précède sur les sentiers de la mort, l'attend, aimante. Quand un Kútaki met le feu aux fagots, le garçon ne bronche pas. Le grand chien noir, inquiet pour son maître, s'approche du brasier; il est aussitôt repoussé. Lorsqu'il revient en geignant, un Kútaki épaule son fusil et tire. Le chien s'effondre, tout près des flammes. Alors seulement, Shäki baisse les yeux vers son compagnon. Thana voudrait pleurer sur ce chagrin d'enfant, mais le garçon a déjà relevé la tête et oppose de nouveau à ses bourreaux un visage impassible et fier.

Peu à peu, la fumée enveloppe les corps des sacrifiés, pendant que les flammes rongent leurs membres. Les témoins atterrés ne distinguent plus que des silhouettes frémissantes, que des fils ténus entre deux mondes, rien que le vol silencieux des ombres dans les rais de lumière enfumés. Il n'y a pas eu un cri, pas une plainte. Ne subsiste que cette odeur insistante de chair brûlée.

Puis éclate le chant des vainqueurs, ultime injure.

Ces derniers ne s'attardent pas, cependant. Pressés de fuir, ils entraînent leurs prisonnières vers la forêt.

Le cœur à vif, Thana s'arrache douloureusement à la dépouille de Shäki. Nucamoan marche en automate à ses côtés, seulement parce qu'une voix amie la presse, parce qu'une main amie l'oblige à avancer. Pour l'instant, son univers se résume à cette voix et à cette main, tout comme l'univers de Thana se concentre autour de cette fillette qui n'est même pas de son sang, mais qu'elle aime pourtant plus qu'elle-même. Elle a besoin de sa peau satinée contre la sienne, de son odeur sucrée. Elle la traîne avec elle comme on transporte ses souvenirs, le cœur lourd. Elle voudrait l'entendre chanter, qu'elle imite juste pour elle le hululement de la chouette, ou la voix de Shäki. La fillette, dépositaire sacrée, ne porte-t-elle pas, désormais, les rires et les pleurs de Shäki?

– Ne t'inquiète pas, murmure Thana en passant son bras autour des épaules de l'enfant. Je vais te protéger.

En le disant, elle s'en croit sincèrement capable.

* * *

À la fin du jour, la petite troupe atteint le lac Michigan où les Kútakis avaient dissimulé plusieurs canots. Un peu plus tôt, les Winnebagos et les Outaouais ont pris vers le nord, avec quelques prisonnières. Thana, Nucamoan et une dizaine d'autres ont dû rester avec les Kútakis.

Leurs ravisseurs ne leur ont laissé aucun répit, pressés qu'ils étaient de mettre de la distance entre eux et les guerriers mesquakies. Il a donc fallu avancer et avancer encore, malgré les pieds endoloris et les ventres creux. Épuisées, les prisonnières s'affalent sur le sol, devant l'immense étendue d'eau. Dans la brunante; ombre et lumière se disputent la terre.

Allongées l'une près de l'autre, les deux sœurs tentent de se protéger du vent du large. Tout près d'elles, une femme pleure à chaudes larmes.

– Écoute la fin de l'histoire, murmure Thana à Nucamoan pour la distraire et la réconforter. (La petite se blottit contre sa grande sœur et ferme les yeux.) Quand les chasseurs tuent l'ours, son sang rougit les feuilles. (Thana raconte d'une voix affaiblie par la fatigue, tout en pensant au sang des siens qui court en rigoles dans le village décimé.) Mais, chaque fois, s'empresse-t-elle d'ajouter, l'étoile renaît. La course reprend alors et, au bout des saisons, l'étoile est tuée une autre fois. Son sang couvre la terre, colore les feuilles, puis, à la saison froide, elle revient à la vie et brille de nouveau dans le ciel. Jamais les chasseurs n'ont eu raison de l'étoile. Elle ne disparaîtra jamais.

La petite s'assoupit en exhalant son chagrin et Thana reste seule avec ses illusions. «Si l'étoile a survécu aux chasseurs depuis le commencement des temps, pense-t-elle, les Mesquakies survivront eux aussi aux multiples attaques lancées contre eux.»

Les yeux plissés, pour mieux voir et plus loin, elle promène son regard tout autour. Partout, elle se heurte à la vastitude impétueuse du lac et à une interminable ligne d'érables et de peupliers, éclatants dans leurs coloris de fin du monde. Ses espoirs s'effilochent dans cette toison chatoyante.

Elle ferme les yeux pour enfermer ses larmes, croyant ainsi trouver un peu de sérénité, mais une autre tuerie s'impose à son esprit, avec d'autres cadavres et une petite fille terrorisée, serrant contre elle un nouveau-né. Shäki était si lourd dans ses bras qu'elle ne pouvait pas se lever. D'ailleurs, un grand cordon le reliait encore à sa mère. Il criait à fendre l'âme, les poings serrés et levés vers le ciel, son petit visage tout fripé. Allongée sur le sol, comme endormie, leur mère ne faisait rien. Une flaque rougeâtre maculait son ventre et du sang ruisselait entre ses cuisses. Alors Thana, écrasée sous le poids de son frère, n'a plus désiré partir. Elle est restée là, au milieu des morts et des clameurs, un bras passé autour du bébé, l'autre appuyé sur la jambe de sa mère.

Pourquoi revit-elle cette scène avec une si cruelle précision? Rien ne lui échappe des sons ou des odeurs. Tout retrouve sa place, au premier comme au dernier plan, intact, aussi intense.

C'était le printemps. Elle s'en souvient à cause des jambes nues de sa mère. À cette époque, un groupe important de Mesquakies avait répondu à l'invitation des Français et s'était installé autour du fort du Détroit, situé entre le lac des Hurons et celui des Ériés. Cette cohabitation, d'avance vouée à l'échec, a vite dégénéré en confrontation. Les Mesquakies ont voulu fuir à la faveur d'une inondation, mais les Français et leurs alliés les ont rattrapés. Tous les anciens se rappellent la suite; ils l'ont racontée mille fois: les Français ont ordonné aux Mesquakies de déposer leurs armes, leur promettant la vie sauve. Les Mesquakies ont obtempéré et les assiégeants ont aussitôt attaqué les guerriers désarmés. Ils les ont massacrés, ainsi que femmes et enfants. Maintenant, tous les Mesquakies le savent: les Français ne tiennent jamais leurs promesses. Ils ont mille paroles, dont aucune n'est la vraie.

Shäki est né au cœur de ce massacre et de cette tromperie, comme si, déjà, sa mort tragique s'inscrivait en lui.

Frissonnante, Thana se rapproche de Nucamoan et cherche sa chaleur en même temps que son pardon. Qui sait si elle n'a pas causé elle-même la mort de Shäki? Son impudence a peut-être indisposé les esprits... Elle aurait dû se fier au bon sens de la fillette. Prise de remords, la jeune fille prie les dieux de lui pardonner et d'accueillir l'âme de son frère.

La nuit est tombée. La lune trace une ligne ondulante sur le lac apaisé, et les vagues lèchent le sable avec douceur. Au moment où elle pose sa tête sur le sol, Thana croit apercevoir une lueur, qui disparaît aussitôt. Les sens en alerte mais parfaitement immobile, elle tend l'oreille. Des sons lui parviennent, difficiles à identifier. Tout son corps se tend tel un arc prêt à décocher ses flèches. Kiala les a suivies, elle en est certaine. Avec ses guerriers, il va les libérer et les ramener au village. Pour Kiala, tout est possible. Ne les a-t-il pas sauvés, ce jour-là, elle et Shäki? Il a surgi de la tourmente, les mains pleines du sang de l'ennemi. Il a coupé le cordon qui reliait encore Shäki à sa mère, puis il a pris les deux enfants dans ses bras puissants. Avait-il seulement tué son premier ours, à ce moment-là? Il était si jeune... Pourtant, après avoir mis Thana et son frère à l'abri, il est retourné au combat. Quelques heures plus tard, il revenait, glorieux et magnifique, nimbé d'une aura de lumière. Thana se le rappelle ainsi, lumineux. Elle lui a souri. Il l'a bercée et elle s'est endormie, rassurée, pendant que Shäki tétait le sein d'une nourrice. Malgré son jeune âge, Kiala possédait déjà tous les attributs d'un chef. Il avait hérité du courage et de l'audace des hommes de son clan et il faisait preuve d'une grande générosité, toutes qualités indispensables pour quiconque désire présider aux destinées des Mesquakies.

À partir de ce moment-là, Thana a grandi dans son sillage. Toute petite, elle le considérait comme un géant bienfaisant. Il la prenait parfois dans ses bras et elle croyait toucher le ciel. En grandissant, elle a découvert un homme au pouvoir illimité. Plus qu'un homme, en fait : un être inaccessible dont on observe de loin les exploits et dont la valeur rejaillit sur toute la tribu. Quand Thana a eu ses premières règles, Kiala s'est marié. La jeune fille a alors ressenti un léger pincement au cœur ; d'une certaine façon, elle perdait son héros. Dans ses fantasmes les plus fous, Kiala aurait dû attendre qu'elle devienne une femme, et l'épouser. Elle était la première à se moquer de ses chimères ; il n'en reste pas moins qu'elle s'est surprise à espérer de nouveau lorsque la femme de Kiala est morte au cours d'un raid, l'hiver dernier.

La jeune fille frémit, aussi émue par ses rêves impossibles que par la perspective de voir arriver Kiala.

À l'orée de la forêt, des craquements de branches sèches trahissent une présence. Tout oreilles, Thana distingue un souffle qui se rapproche.

Remplie d'espoir, elle presse l'épaule de Nucamoan.

– Réveille-toi...

D'autres ont entendu aussi, car une agitation secoue le campement. Thana se tient prête à bondir et à entraîner sa sœur au premier coup de feu. Lorsqu'une lueur balaie le rivage, elle rassemble ses forces, tous les sens en alerte, mais ce qu'elle entend la cloue sur place. Elle connaît cette langue comme on connaît ses cicatrices, la ressent sur sa peau comme on ressent une blessure.

– On a eu du mal à vous trouver ! On vous attendait plus au nord !

La voix rampe, visqueuse, sans aspérités auxquelles se raccrocher. Thana la connaît bien, tant par atavisme que par expérience. Cette voix soudoie, entortille, menace. Elle rôde dans les forêts depuis tant d'années, depuis bien longtemps avant la naissance de Shäki, mais, pour Thana, c'est ce jour-là qu'elle s'est inscrite dans sa mémoire d'enfant, déjà infaillible.

En entendant ces voix françaises, Thana s'en veut de ne pas avoir compris plus tôt. Même si les Kútakis ont lancé l'attaque, les Français ont encore une fois tout orchestré. Plus rien ne se passe dans la région des grands lacs sans qu'ils en soient les instigateurs. Ils sont partout, de tous les traités et de tous les conflits, toujours plus exigeants. Rusés, ils ont su construire des postes de traite à des endroits stratégiques. Ils y échangent des outils, des armes, des tissus ou de l'eau-de-vie contre des pelleteries. Et les unes après les autres, les tribus succombent aux belles promesses et aux breloques. Les Outaouais et les Kútakis au nord, les Winnebagos à l'ouest, les Poteouatamis et les nations wendates au centre, même les Mascoutens, les Kicapous et les Miamis, plus au sud, tous ils se sont laissé berner et, l'habitude aidant, ils ne peuvent plus maintenant se passer des marchandises distribuées par les Blancs.

Seuls les Mesquakies résistent encore.

Ils refusent, en effet, de se servir des tissus français et continuent à se vêtir de peaux, tout comme ils restent fidèles aux casse-tête et aux outils fabriqués à même la pierre. Thana et les siens redoutent plus que tout la dépendance dont sont victimes les autres tribus, car ils savent bien que les Blancs profitent de l'appétit insatiable de leurs voisins pour donner d'une main et se payer au centuple de l'autre. Pour ces hommes avides et sans scrupules, les enjeux sont trop importants; rien ne doit être laissé au hasard. Baignée par une immense mer intérieure et un réseau complexe de rivières, la région des grands lacs constitue une voie d'accès privilégiée tant vers le nord, pays de chasse mythique, que vers la luxuriante vallée du Mississippi. Et les Français semblent prêts à tout pour l'exploiter à leur avantage et, surtout, empêcher les Anglais de s'y établir. Pour servir leurs desseins, ils n'hésitent pas à diviser les tribus ou à les réconcilier, selon leur bon vouloir. Ils ont, par exemple, armé les Sioux et les Kútakis, bouleversant ainsi le rapport de force entre eux et les Mesquakies. Depuis des décennies, la tribu de Thana résiste aux attaques de ces nations, supérieures en nombre mais beaucoup moins puissantes au combat. Les perfidies et les armes des Blancs ont tout changé, et les Mesquakies se retrouvent de plus en plus isolés au centre d'une large confédération acquise à *Onontio,* le chef des Français.

Thana serre les poings. Si elle est si sévère vis-à-vis des Français et leur voue une haine démesurée, c'est d'abord parce qu'elle a été le témoin horrifié de leur barbarie, également parce qu'elle les juge à l'aune de Kiala. Ce dernier s'est engagé dans un combat sans merci contre ceux qu'il considère comme des envahisseurs. Combien de discours enflammés le jeune chef n'a-t-il pas adressés aux membres du conseil pour les mettre en garde contre ces usurpateurs ! « Il faut résister à l'invasion ! » répète-t-il sans relâche. Et chaque fois qu'il en a l'occasion, il attaque les voyageurs qui se risquent sur les terres des Mesquakies, exige des droits de passage ou bloque les routes de traite. « Ce pays est le nôtre, clame-t-il. À nous de fixer les règles ! » Dans sa croisade, il doit toutefois se mesurer très souvent à Wapello qui professe une opinion contraire. Certains jours, les deux antagonistes se heurtent avec tellement de passion que tout le village, Thana la première, s'en trouve bouleversé, désorienté.

Mais ce soir, devant ces Français arrogants, la jeune fille sait très bien à quelle parole elle adhère.

Un des hommes élève la voix. Les Kútakis, exaspérés, montrent encore une fois les scalps et les prisonnières aux traiteurs; ceux-ci refusent cependant de payer le prix exigé. Ils offrent quelques fusils et un ballot de verroterie à moitié ébréchée. Les Kútakis ont beau cracher leur colère, ils n'auront pas le dernier mot.

Avant de partir, les Français choisissent quelques femmes, parmi les plus jeunes, qu'ils emmèneront avec eux pour les vendre comme esclaves à Montréal. Les commerçants surtout – armuriers, boulangers, bouchers, taverniers – aiment bien s'offrir le luxe d'un esclave. Et comme les nègres sont difficiles à obtenir, ils se rabattent volontiers sur les Sauvages que leur rapportent les traiteurs des pays d'en haut.

Craignant par-dessus tout qu'on ne les sépare, Thana enfouit son visage dans les cheveux défaits de Nucamoan. Elle est prête à tout, à simuler la folie s'il le faut, pour rester avec la fillette. Leur salut tient à deux choses : ou bien Kiala et ses guerriers viennent les libérer, ou bien on les emmène au village des Kútakis, où elles sauteront sur la première occasion pour s'enfuir. Dans les deux cas, elles doivent rester ensemble.

Un Français tourne autour des deux sœurs en tenant sa torche bien haut. Lorsqu'il croise les yeux hagards de Nucamoan, il a un mouvement de dégoût, mais ne s'éloigne pas pour autant. Il tend la main, touche l'épaule de Thana, tente de l'attirer vers lui pour voir son visage, mais la jeune fille resserre son étreinte autour du corps grassouillet de la fillette. Elle se recroqueville, se fait bossue, laide, difforme. Et parce que l'homme insiste, elle se met à geindre comme un animal sans jamais relever la tête.

– Laisse-les tranquilles, ce sont deux pauvres folles. Il n'y a rien à en tirer. Pas un bourgeois de Montréal ne voudra les acheter. On a tout ce qu'il nous faut et on n'a pas de temps à perdre.

Devant l'impatience manifeste de ses compagnons, l'homme s'éloigne à contrecœur. Pendant de longues minutes, Thana garde cette position inconfortable, puis, alors que les prisonnières croyaient pouvoir enfin se reposer, les Kútakis les poussent avec rudesse dans les embarcations. Thana, fière de sa petite victoire, installe Nucamoan devant elle, le plus confortablement possible.

La petite a encore des larmes dans les yeux, mais elle ne pleure plus. Thana lui fait confiance. Elle va peu à peu renouer avec le fil de sa vie et y intégrer le martyre de Shäki comme une promesse. Leur frère n'est pas mort. Comme toutes les âmes des défunts, la sienne va bientôt se mettre en route pour le royaume de Iyapata, où elle rejoindra l'âme de sa mère. Toutes les deux vont se retrouver et se reconnaître au milieu de la multitude. Cette perspective calme Thana. Elle imagine la marche courageuse de Shäki dans l'étroit sentier qui mène à la rivière tumultueuse. Il va franchir le pont au-dessus des remous sans jamais hésiter, sans regarder derrière lui. Puis il s'assoira près de Iyapata, au pays des ombres, et les tambours joueront pour lui.

Malgré sa tristesse, la jeune fille sourit.

Les canots glissent sur l'eau et fendent les vagues sans soubresauts. La renommée des Kútakis n'est pas surfaite. Contrairement aux Mesquakies, qui sont plutôt des gens de terre, ils savent travailler l'écorce de bouleau pour en faire des embarcations d'une grande beauté, à la fois robustes et rapides. Sur l'eau, ils ne craignent rien ni personne. Bien peu auraient osé s'aventurer ainsi, en pleine noirceur, sur cette vaste étendue d'eau aux fureurs imprévisibles.

À la lueur de la lune, Thana observe le guerrier agenouillé devant elle. Engendrés par les muscles tendus à l'extrême, ses gestes sont affirmés et d'une terrible efficacité. Chaque coup de pagaie éloigne la jeune fille des siens et de sa rivière. Lancée sans défense sur cette mer gigantesque, si vaste, si profonde et si secrète qu'on la dirait territoire des dieux, Thana comprend mieux son attachement à la rivière des Renards. Avec sa couronne de nénuphars et son chœur de grenouilles, ce cours d'eau tranquille rassure par ses dimensions humaines. Sans jamais le dominer, les hommes le comprennent et s'en accommodent au jour le jour, d'une saison à l'autre, en tirant le meilleur et l'abandonnant quand il le faut à ses débordements passagers. Le lac Michigan, au contraire, écrase les voyageurs de sa toute-puissance. Il exige une attention constante, mais les Kútakis le connaissent bien et ils rivalisent d'audace avec lui.

Thana perd peu à peu tout espoir d'être libérée. Il est trop tard. Kiala ne pourra plus la soustraire au mauvais sort. Le chef de guerre ne peut sacrifier l'intérêt commun au profit de quelques femmes sans importance. Il a dû emmener la tribu un peu plus loin. Ensemble, ils vont reconstruire le village encore une fois. Kiala est maintenant un grand chef de guerre et non plus le tout jeune homme, brave mais inconscient, qui pouvait au plus fort d'une bataille prendre deux enfants dans ses bras et les dérober à l'ennemi.

– J'ai tellement froid, se plaint Nucamoan. (Thana se penche vers la fillette et l'enroule de ses longs bras, lisses et fermes comme des lianes.) Tu sais où on nous emmène ?

– Probablement sur les rives du lac des Hurons. Je crois que les Kútakis y ont un village. Ne t'en fais pas, tout va s'arranger. Je ne laisserai personne te faire du mal.

La petite se blottit contre son aînée et s'endort.

Thana essaie de réfléchir à ce qui les attend, lorsqu'une vague inquiétante soulève le canot. Le pagayeur installé à l'avant se lève aussitôt et, jambes écartées, il maintient l'équilibre de l'embarcation pendant que, derrière, l'autre s'arcboute à son aviron. À cause de l'effort, des râles s'échappent de leur poitrine. Puis le vent se calme et le canot glisse de nouveau d'un mouvement régulier. Les impulsions des pagayeurs scandent le temps qui passe. Thana s'y laisse couler malgré elle. La tête affaissée sur sa poitrine, elle somnole et sombre bientôt dans un lac tourmenté, d'une magnificence sans limites. Des vagues géantes battent à ses tempes, comme un cœur obstiné.

* * *

Quand elle ouvre les yeux, l'aube vacille entre ciel et mer, et les canots quittent le lac pour s'engager dans la rivière Saint-Joseph. Ils accostent quelques minutes plus tard.

Réveillée en sursaut, Nucamoan s'extirpe à regret des bras de Thana. Celle-ci la repousse doucement et saute hors du canot. Le soleil pointe déjà; la journée sera belle. Après avoir étiré ses membres ankylosés, la jeune fille fait quelques pas en direction d'un massif de grands féviers au tronc lisse et brunâtre. Sur les rameaux, de belles grosses fèves résistent à l'automne, certaines longues comme un bras d'enfant. Thana s'avance suffisamment pour distinguer les épines acérées qui recouvrent l'écorce des grands arbres, mais elle est vite rappelée à l'ordre.

Elle revient donc sans se presser vers les autres prisonnières qui s'affairent déjà au repas. Des fougères tapissent le sol et leurs frondes en forme d'éventails caressent ses jambes. En d'autres circonstances, elle aurait tressé une couronne de ces plantes magnifiques et se serait allongée, bras en croix, dans ce lit douillet. Comme elle voudrait être ailleurs! Comme elle voudrait retrouver les siens, que la tragédie n'ait jamais eu lieu! Si elle pouvait tout refaire! Elle éviterait de provoquer la colère des dieux; Kiala et ses guerriers auraient le dessus sur leurs assaillants, et Shäki... Shäki vivrait encore...

Sur le rivage, les Kútakis s'impatientent et Thana doit rejoindre ses compagnes. Celles-ci ont déjà allumé un feu et puisé de l'eau à la rivière. Deux jeunes chasseurs, partis il y a une heure, reviennent avec quelques lièvres.

Après un repas vite préparé et vite avalé, il faut remonter dans les canots. Les pagayeurs n'ont pas dormi de la nuit, mais ils ne montrent aucune fatigue.

Leur survie tient à leur endurance et ils le savent. Ils se reposeront plus tard, au village, dans la douce tiédeur des wigwams.

* * *

Lorsqu'ils aperçoivent le fort Saint-Joseph, le lendemain, la lune affleure déjà, silhouette imprécise. Derrière les féviers et les fougères roussies se dresse une palissade de pieux à moitié pourris. Une sentinelle postée à l'un des bastions leur fait un signe de la main, et Thana perçoit des sons qui émanent de l'enceinte : éclats de voix, bruits de métal entrechoqué, de fer martelé. Elle aurait préféré ne pas s'attarder dans les environs du fort, mais les Kútakis en ont décidé autrement.

Ils n'ont pas sitôt accosté que deux émissaires sont envoyés auprès des Français. Thana les voit franchir la palissade avec beaucoup d'appréhension. Aurait-elle échappé aux traiteurs pour venir tomber dans les pattes des soldats ? Si seulement elle pouvait connaître les intentions des Kútakis...

Sous prétexte de cueillir des racines, elle s'éloigne du groupe. Un guerrier la suit dans un but bien précis. Puisque leur sort dépend dorénavant de leurs ravisseurs, les prisonnières mesquakies désirent s'assurer une place enviable au sein de leur nouvelle tribu. Quelques-unes ont déjà trouvé leur compagnon; un regard a suffi. Ce guerrier-là a jeté son dévolu sur Thana et il s'attend à ce qu'elle réponde favorablement à ses avances.

Quand il tend la main vers elle, la jeune fille le rabroue vertement et il décide de s'en tenir là pour le moment, sans toutefois relâcher sa surveillance.

Thana devine qu'il ne renoncera pas aussi facilement. Talonnée par le guerrier éconduit, elle revient au campement, déçue et anxieuse.

Quelques minutes plus tard, les deux émissaires sont de retour. Leur visage fermé montre une grande insatisfaction. Ils espéraient quelque chose des Français, et ce n'est sûrement pas la poche de farine que l'un d'eux lance près du feu, dépité.

* * *

Nourris par le limon riche et sablonneux de la rivière, des sassafras ont poussé dans toutes les directions, certains atteignant une hauteur appréciable. Entre les feuilles orangées, quelques fruits de couleur pourpre s'accrochent encore aux rameaux luisants. Dans l'aube fraîche, Thana renifle avec plaisir leurs effluves épicés tout en délayant la farine dans de l'eau avec ses doigts. Les bras chargés de brindilles, Nucamoan vient la retrouver. Elle semble mal à l'aise, troublée même. Inquiète, Thana la questionne du regard.

– C'est le sang, explique la petite en regardant craintivement autour d'elle. Il y en a trop.

Thana comprend. Elle est dans la même situation. Sa baignade dans les eaux froides de la rivière des Renards et les événements qui ont suivi avaient stoppé les menstrues, mais, ce matin, le sang s'est remis à couler d'abondance, et la bandelette de peau déborde. Maintenant visible à l'intérieur de leurs cuisses, le sang peut mettre leur vie en danger. Si les guerriers apprennent leur condition, leur réaction risque d'être très vive.

Thana demande pour elle et Nucamoan la permission de s'écarter du groupe quelques instants. En joignant le geste à la parole, elle prétexte un besoin urgent. Le chef des Kútakis acquiesce à sa requête, mais, sur son ordre, le guerrier qui, la veille, avait tenté d'approcher Thana, les accompagne.

Contrariée, la jeune fille entraîne tout de même sa sœur vers la rivière, tout en cherchant un moyen de se débarrasser de leur surveillant.

Le hasard vient à sa rescousse.

Au moment où elles atteignent la rive, l'attention du Kútaki est attirée par un contingent de soldats qui quitte le fort. À la vue des Français engoncés dans leurs costumes gris et bleu, Thana a un mouvement de recul qui tient à la fois du dégoût et de la peur. Par chance, ces derniers lui tournent le dos et se dirigent vers le campement des Kútakis. Le guerrier chargé de les surveiller oublie ses prisonnières et les suit.

Thana presse Nucamoan; elles ont tout juste le temps de laver les bandelettes et d'effacer les traces de sang sur leurs cuisses. Alors que sa jeune sœur, plus frileuse, s'agenouille sur la berge, Thana s'avance doucement dans l'eau glacée qui paralyse les muscles de ses jambes. Peu à peu, cependant, sa peau s'acclimate et elle éprouve une sensation de bien-être qu'elle voudrait prolonger. Malheureusement, le temps s'écoule trop vite et elle s'empresse d'enlever la bandelette qu'elle frotte énergiquement. Le clapotis de l'eau la ravit; il supprime tous les bruits extérieurs. Rien qu'elle et la rivière, et le mince filet rougeâtre qui se brouille et devient la rivière elle-même.

Elle aurait pu ne pas entendre le cri bestial du Kútaki, mais elle l'a ressenti jusque dans son ventre, là où le sang prend sa source.

Semoncé par son chef, leur gardien est revenu vers elles juste à temps pour voir les bandelettes rosées et les coulées à la surface de l'eau. Horrifié, il reste immobile à regarder Nucamoan. La petite baisse sa robe en tremblant, à la fois honteuse et épouvantée. Thana se précipite hors de l'eau et vient se placer devant elle.

Le guerrier bande son arc et le pointe dans sa direction. Il a du mal à contrôler ses gestes. Une profonde indignation l'incite à tuer : cette prisonnière à laquelle il a fait des avances était souillée. Un tel affront mérite la mort. La peur cependant le retient, car aucune force maligne, humaine ou surnaturelle, ne surpasse le sang des femmes. Cette femelle impure, qu'il avait choisie et qui l'a repoussé, a-t-elle déjà attiré le malheur sur lui ? Qui dénouera le mauvais sort ?

Le visage figé dans une colère effarée, le Kútaki recule d'un pas, comme s'il craignait d'être éclaboussé. Du coup, sa ligne de mire s'allonge ; il voit mieux sa cible. La tête haute, fière sans arrogance, Thana fait face, bravement. Le soleil brille sur la pointe acérée de la flèche, et la brise batifole dans les fougères. Le guerrier va tirer. Il est trop effrayé pour lui laisser la vie sauve. « Pourvu qu'il épargne Nucamoan », pense la jeune fille.

Au même moment, elle croit voir l'ombre d'un cygne planer au-dessus des féviers. Elle voudrait lever la tête pour s'en assurer, mais elle n'en a pas le temps. Les autres Kútakis arrivent en courant et se dispersent en demi-lune autour de leur compagnon. Le chef exige des explications, que le guerrier lui fournit sans quitter Thana des yeux. Il parle encore, en martelant chaque mot, lorsque le cercle des Kútakis se fissure pour laisser passer l'officier français, suivi de ses soldats. Bien qu'il ne soit pas très grand, sa prestance naturelle, rehaussée par l'uniforme aux boutons d'étain, en impose. Le guerrier offensé se tait sans toutefois baisser son arme.

L'officier passe devant lui en l'ignorant totalement. Arrivé à la hauteur des deux jeunes filles, il toise d'abord Thana, longuement. Ses yeux noisette, vifs comme de petites bêtes malicieuses, la dévisagent puis la déshabillent. Il ne la touche pas; seule sa longue veste de laine frôle les jambes de la jeune fille. Une odeur forte s'en dégage, pareille aux matins humides. Courageuse, Thana oppose au voyeur une détermination farouche. L'homme tourne lentement autour d'elle. À lui seul, sans même ouvrir les bras, sans prononcer une parole, il l'encercle, l'assiège. Il tresse autour des deux prisonnières un cordon invisible mais infranchissable.

Tapie derrière sa grande sœur, Nucamoan a baissé la tête. D'un doigt, l'officier lui relève le menton. Un torrent de larmes déferle alors sur les joues de la fillette. L'homme esquisse un sourire en écartant les lèvres, puis, sans s'éloigner des prisonnières, il se tourne vers le chef des Kútakis avec lequel il entame des négociations serrées.

Thana frissonne.

Une froidure étrange la saisit de l'intérieur. Elle connaissait le désir qui enflamme le corps des hommes; elle n'avait jamais vu la concupiscence.

2

Au début, soldats et prisonnières marchent d'un même pas lourd, parfois hésitant; les premiers parce qu'ils ignorent tout de ce sentier, les secondes parce que leur corps refuse de s'éloigner, de franchir des frontières définitives. Depuis que l'officier français les a achetées pour un peu de poudre à fusil, Thana et Nucamoan anticipent le pire. En suivant les soldats qui ont pris franc sud, elles tournent le dos au pays familier et plongent dans l'inconnu. À chaque pas, leur estomac se noue davantage.

La cadette, plus fragile, a beaucoup pleuré avant d'accepter son sort, mais, dès le départ, Thana a répliqué à sa façon, en s'appropriant ce nouveau territoire. Tel un animal qui marque son domaine, elle touche les choses, observe, inscrit dans sa mémoire le moindre bruissement d'ailes, le parfum le plus discret. Du grand soldat efflanqué, qui ponctue chaque mauvais pas d'un juron et se gratte constamment l'oreille, jusqu'à la grande prairie, avec ses herbes grasses et ses longues quenouilles effilochées, tout adhère de manière indélébile à ses sens réceptifs, tout circule en elle comme en un réseau dont elle serait l'axe principal. Chaque bouquet d'arbres devient un repère; couleuvres et rats musqués, des complices.

Baptisé «Prairie à la tête de bœuf», le portage s'étend bien sur huit kilomètres. Le lieutenant Jacques de Meuse avait prévu en venir à bout plus rapidement; il ne s'attendait pas à ces derniers marécages, où les soldats malhabiles doivent arracher chaque pas à la vase. Empêtrés dans leurs uniformes trop longs, ils suent à grosses gouttes malgré la fraîcheur de l'air. De plus, ceinturons et baudriers les empêchent de respirer à leur aise. En les entendant grommeler sous les canots qu'ils portent à bout de bras, Thana se pince les lèvres pour ne pas rire. Comme Nucamoan, elle a attaché ses mocassins à sa ceinture et marche pieds nus. Même si elle s'enfonce parfois jusqu'à mi-jambes, elle éprouve un plaisir malicieux à patauger ainsi dans l'eau et la boue, derrière les soldats qui trébuchent les uns après les autres, entraînant vivres et canots dans leur chute.

Lorsque le marécage débouche enfin sur un chapelet de petits étangs, ils savent qu'ils ont rejoint la source de la rivière Kankakee. Celle-ci devrait les mener à la rivière Illinois, d'où ils atteindront le Mississippi.

C'est du moins ce qu'espère Jacques de Meuse.

Il emprunte cet itinéraire pour la première fois et compte uniquement sur son expérience et sur les indications du commandant du fort Saint-Joseph pour se rendre à la rivière Illinois. Malgré cela, il ne doit pas se tromper, car ses hommes ne le supporteraient pas. Tout comme lui, ils détestent ce pays et n'ont qu'une envie: rentrer le plus rapidement possible au fort Rosalie qu'ils ont quitté depuis des semaines. Ils redoutent l'hiver, surtout, dont ils ont entendu parler sans jamais avoir eu à l'affronter. Ce sont, pour la plupart, des garçons jeunes et inexpérimentés. Quelques-uns sont nés en Louisiane; les autres ont débarqué il y a peu de temps, mais ils ont vite compris à quel point la vie des soldats pouvait être difficile et contraignante dans la colonie. En Louisiane, les militaires manquent à peu près de tout, et la pénurie de main-d'œuvre les oblige à accomplir des tâches pour lesquelles ils ne sont pas préparés. Pourtant, les neuf hommes de Jacques de Meuse n'aspirent qu'à une chose : rentrer au fort, où les attendent des amis, des parents, une paillasse et un pichet de bière.

Ils ne sont pas au bout de leur peine.

Le fort Rosalie est situé à plus de mille kilomètres au sud. Érigé en plein pays natchez, sur une colline surplombant le Mississippi, il défend de son mieux, avec ses maigres effectifs, une région prometteuse, tant par la douceur de son climat que par la fertilité exceptionnelle de son sol. Malgré des débuts extrêmement difficiles, à cause de l'isolement, du manque de ressources et de la présence toujours menaçante des Natchez et des Chickasaws – des tribus très sensibles aux propositions anglaises et, de ce fait, imprévisibles –, quelques hommes et femmes courageux et déterminés y ont cultivé avec succès le coton et le tabac. Le maïs, le riz et l'indigotier y poussent également avec beaucoup de facilité.

Quand il pense au fort Rosalie, Jacques de Meuse se sent des picotements dans les jambes. Sa poitrine se serre et il a l'impression que quelque chose en lui va éclater. Il préfère donc se concentrer sur le moment présent.

Avec des mots d'encouragement, il aide ses soldats à mettre les canots à l'eau.

— La rivière Illinois n'est plus très loin, promet-il pour calmer leur impatience. Avec un peu de chance, on y sera dans deux jours, trois tout au plus.

La Kankakee est si étroite et si encombrée que deux embarcations ne peuvent y naviguer de front. L'officier place ses meilleurs pagayeurs en tête, puis il confie les prisonnières aux frères Pradel, des jumeaux timides, à peine sortis de l'enfance.

Thana monte la première à bord du canot, avec une agilité déconcertante. Le lieutenant ne peut s'empêcher d'admirer ce corps à la fois souple et tendu. On dirait une bête sauvage, féline jusqu'au bout des ongles mais d'une force et d'une détermination sans limites. En son for intérieur, il se félicite de son acquisition. D'abord, l'offre des Kútakis ne l'a pas intéressé. Il n'était pas question de s'encombrer de prisonnières, et, de toute façon, le chef se montrait trop gourmand. Le deuxième jour, pressé de se débarrasser des deux femmes porte-malheur, il était déjà plus conciliant. De Meuse les a eues pour presque rien. Et comme les colons aux alentours du fort Rosalie ont toujours besoin d'esclaves solides et ne possèdent pas tous les neuf cents livres nécessaires pour se procurer un nègre, il ne devrait pas avoir de mal à trouver un acheteur. S'il sait marchander, il pourrait même en tirer un bon prix.

Quand Nucamoan découvre à son tour ses mollets potelés pour enjamber le rebord de l'embarcation, le lieutenant éprouve une sensation de chaleur dans le bas-ventre, puis le rouge lui monte aux joues. Pour se ressaisir et dissimuler son trouble devant ses hommes, il lance un ordre :

– Grouillez-vous, les gars ! On ne va quand même pas attendre que l'hiver nous rattrape !

La petite troupe se met en branle avec beaucoup de prudence. À cause de l'étroitesse du cours d'eau et de ses nombreux virages à angles droits, les canots risquent la déchirure à tout moment. Aux premières ombres crépusculaires, la navigation devient carrément impossible; ils doivent accoster.

Les frères Pradel étendent une couverture sur laquelle ils déposent de gros morceaux de viande séchée. Le visage boutonneux, empêtrés dans leurs membres disproportionnés de jouvenceaux, ils évitent de regarder les prisonnières et s'installent un peu plus loin. Nucamoan se précipite sur la nourriture dont elle ne fait qu'une bouchée. La fillette est affamée. Généreuse, Thana partage sa ration avec elle.

Malgré la fatigue, le sommeil ne vient pas. Nucamoan pousse de longs soupirs où s'accroche parfois un sanglot. Thana passe une main sur son front pour la calmer. Elle caresse les tempes de la fillette, lisse vers l'arrière sa tignasse emmêlée.

— Regarde là-bas dans le ciel, murmure-t-elle sur le ton de la confidence, les manitos sont réunis et ils contemplent la terre, la belle création de Wisaka. Ils se tiennent sur les rives de Wâpisipõw, la grande rivière blanche. Autour d'eux sont assis tous ceux qui, un jour, ont vécu sur la terre, et Wisaka leur raconte des histoires vraies qui parlent de nous.

Nucamoan desserre les poings, son visage crispé s'apaise. La tête appuyée sur leur havresac à moitié vide, les soldats qui ne montent pas la garde ronflent déjà. Sauf un des jumeaux Pradel qui écoute Thana avec le même intérêt que Nucamoan. Il ne comprend pas les mots, mais la sonorité lui plaît et la voix posée lui rappelle celle de sa mère.

Thana parle encore longtemps, même après que Nucamoan se soit endormie. Comme les anciens, pendant les longues veillées d'hiver, elle raconte

Wisaka, le fils du Grand Esprit, devenu à son tour chef de toutes les puissances célestes. Elle raconte comment il a établi sa supériorité, comment il a créé la terre, façonnant montagnes et vallées, lacs et rivières.

— Il a voulu que ce monde soit habité. Alors il a pris au creux de ses mains un peu d'argile rouge et a sculpté son peuple, qu'il a appelé Mesquakie, le peuple de la terre rouge. Le peuple de Wisaka.

* * *

— Il faut dégager! crie Jacques de Meuse, dépité. Qu'est-ce que vous attendez?

L'officier fulmine. S'il avait pris l'autre route, celle qui passe par le lac Michigan, il serait déjà sur la rivière Illinois au lieu de se trouver au milieu d'une prairie sans fin, sur un cours d'eau insignifiant, où les canots, quand ils ne lèchent pas le fond, butent sur des arbres déracinés.

Thana se réjouit de ce nouveau contretemps, comme de tout ce qui peut retarder leur progression. Le soleil se couche maintenant devant eux; c'est donc qu'elle revient sur ses pas. Avec les Kútakis, elle est allée vers l'est; avec les Français, elle a d'abord pris vers le sud puis vers l'ouest. Il lui suffirait donc de se diriger vers le nord pour fermer le cercle et revenir au point de départ. Elle sait que le grand lac n'est pas très loin derrière ces arbres, tout au bout de cette prairie où la folle avoine pousse à profusion. Avec un peu d'imagination, elle pourrait entendre les vagues frapper le rivage. Le rejoindre serait un jeu d'enfant.

Elle pousse discrètement Nucamoan jusqu'à une vigne sauvage. Malgré leur goût amer, la fillette se délecte des raisins juteux. Personne ne fait attention à elles.

Thana soupèse ses chances.

Les soldats en ont plein les bras avec ce peuplier qui bloque le passage. Les frères Pradel ont déposé leurs armes sur une souche et ils sont entrés dans l'eau. La jeune fille croit pouvoir franchir une assez grande distance avant que l'on constate leur absence. Elle espère surtout que de Meuse, pressé de rentrer, ne gaspillera pas un temps précieux à les pourchasser.

D'un hochement de tête, elle indique à Nucamoan la direction à prendre. Une énergie aveugle, qui tient plus d'un désir impérieux que du courage, décuple ses forces, et la tension dans ses jambes devient insoutenable. Elle presse la fillette. Il faut courir, ne pas avoir peur et courir dans la folle avoine. Personne ne pourra les rattraper. Des cygnes vont les guider. Emblèmes protecteurs du clan, ils volent déjà au-dessus de leurs têtes, magnifiques, le cou très droit. Thana entend leur cri retentissant, comme un chant de victoire. Tant d'esprits les accompagnent; qui donc pourra interrompre leur course ?

— Ne bougez plus ou je tire !

Jacques de Meuse pointe son fusil sur Nucamoan, mais il s'adresse à Thana. Ses mains tremblent comme celles d'un vieillard et son visage ruisselle de sueur. À le voir ainsi, les yeux hagards, la jeune fille acquiert la certitude que cet homme, jamais, ne tirerait sur Nucamoan. Elle sait cependant, avec tout autant de conviction, que lui seul pourra les séparer, elle et sa sœur. Sans pouvoir expliquer d'où lui vient ce pressentiment, elle perçoit très clairement le danger : dorénavant, il lui faudra disputer la fillette à l'officier.

Résolue, elle prend la main de Nucamoan et revient vers de Meuse. Arrivée à sa hauteur, elle le dévisage, impertinente, tout en se plaçant entre lui et l'enfant. L'officier ne peut soutenir son regard.

* * *

Les soldats alternent vaillamment avirons et portages. Les bisons qui paissent tranquillement dans la prairie ne lèvent même pas la tête à leur passage. Thana pense aux grandes chasses qui vont commencer. Si elle ne rejoint pas les siens très bientôt, elle aura du mal à les rattraper. Les éclaireurs sont peut-être déjà partis. Parce que les Kútakis ont brûlé une partie des récoltes, Kiala devra sûrement rassembler ses meilleurs chasseurs plus tôt que prévu. Ils partiront les premiers et tout le village suivra, quelques jours plus tard. Ils hésiteront probablement à se disperser comme ils le font parfois. Les clans préféreront unir leurs forces en prévision d'une autre attaque.

Thana doit rester alerte si elle veut profiter de la première occasion et les rejoindre avant qu'il ne soit trop tard.

Après mille avatars, les pagaies plongent enfin dans une eau plus profonde et les soldats retrouvent leurs coudées franches. Portés par leur enthousiasme, ils atteignent, quelques heures plus tard, un endroit nommé la Fourche, point de jonction entre les rivières Kankakee et Illinois. Les voilà en terrain connu ! Désormais, rien ne leur sera étranger. Ils peuvent imaginer chaque méandre et chaque obstacle à venir, tout comme ils peuvent compter avec précision le temps et la distance qui les séparent du fort Rosalie. Excités, ils entament une chanson à répondre en piquant leur aviron avec une vigueur nouvelle.

Des oiseaux de rivage s'envolent devant eux. Canards, foulques, dindons sauvages, outardes, les rives de l'Illinois semblent devenues un vaste lieu de rendez-vous. Quand un canard quitte la surface de l'eau en poussant son cri d'alarme, Nucamoan ne peut résister au plaisir de lui répondre. Les soldats ouvrent grand les yeux, stupéfaits.

– Tu peux nous refaire ça ? demande l'un d'eux avec un large sourire.

La fillette récidive en imitant la bécasse, juste au moment où l'une d'elles s'envole des joncs. Cette fois, les hommes rient à gorge déployée, si bien que de Meuse doit les rappeler à l'ordre.

Tout en souriant à Nucamoan, Thana observe les alentours. Des sentiers battus par les animaux partent dans toutes les directions, fendant les hautes herbes. À intervalles réguliers, d'autres rivières, parfois un simple filet d'eau, viennent se jeter dans la rivière Illinois. Elles descendent du nord et Thana n'aurait qu'à les remonter pour revenir au village. Son pays est pays de rivières et toutes mènent à la sienne. Pour retourner à la rivière des Renards, elle n'aurait qu'à écouter les jacassements de l'eau sous les frondaisons rougeoyantes. Ce serait si simple...

– Tiens-toi prête, murmure-t-elle à l'oreille de sa sœur. Nous partons ce soir.

La petite tressaille. Elle a reconnu, elle aussi, des odeurs familières, et même si elle a cru ne plus tenir à rien depuis la mort de Shäki, son village lui manque. La seule pensée de s'y retrouver la fait frémir d'excitation.

* * *

Regroupés autour du feu, les soldats festoient depuis des heures. Soulagés, ragaillardis, ils entretiennent leurs espoirs ravivés en s'empiffrant et en buvant plus que de raison. Ils ont généreusement puisé dans les réserves de viande salée, de légumes secs et de vin; un des hommes a même attrapé un dindon sauvage. Les guimbardes ont surgi des havresacs et les frères Pradel viennent d'entonner, de leur voix flûtée, une chanson paillarde. L'effet est saisissant! Les soldats frappent des mains pour encourager les jumeaux rougissants, et ceux-ci s'enhardissent jusqu'à ajouter le mime à la parole. Ils savent bien que leurs compagnons se moquent d'eux, mais ils perçoivent quand même, derrière les rires goguenards, une réelle affection.

Attirée par la musique, Nucamoan aimerait se joindre à eux; Thana l'en dissuade. Non seulement la petite ne serait-elle pas en sécurité auprès de ces hommes éméchés, mais, pour arriver à leurs fins, les deux sœurs doivent se tenir le plus loin possible de la fête et se faire oublier.

– Par là..., chuchote Thana, en désignant une mince arête de sable entre herbes et galets. Nous serons près des canots.

Les jeunes filles se préparent pour une longue veille. Elles ont mangé à leur faim et Nucamoan a même réussi à chaparder quelques restes. Une couverture jetée sur les épaules, elles tournent le dos aux fêtards et attendent, les sens en alerte.

Sans qu'il y paraisse, Jacques de Meuse a épié chacun de leurs gestes. Désireux lui aussi de se faire oublier, il s'est assis un peu à l'écart. Tout en maintenant une surveillance constante, il souhaite laisser le champ libre à ses hommes. Ses expériences passées lui ont démontré l'efficacité de ces débordements passagers pour libérer les soldats du trop-plein de fatigue physique et mentale. Depuis deux mois, ces derniers couchent à la dure et mangent à la fortune du pot. Maintenant qu'ils ont quitté le Canada, ils ont bien mérité ce semblant de trêve.

Le pays des Illinois dans lequel ils viennent de s'engager est habité par une confédération de tribus qui a donné son nom au territoire. Dès les premiers contacts, celles-ci ont établi des liens très étroits avec les Français. Depuis 1717, depuis une douzaine d'années donc, cette région est officiellement rattachée à la Louisiane. Cette année-là, en effet, le Conseil de Marine décidait de partager l'empire français d'Amérique – cet immense croissant qui s'étend de la vallée du Saint-Laurent jusqu'à l'embouchure du Mississippi – en deux entités distinctes et autonomes : le Canada et la Louisiane. En choisissant d'incorporer le pays des Illinois à la seconde, il faisait de ce vaste territoire un point charnière entre les deux colonies françaises. Cette scission ne s'est pas faite sans heurts, car même si les Canadiens ont découvert et développé la Louisiane, la nouvelle autonomie de celle-ci en faisait dorénavant une compétitrice à part entière dans la course aux profits générés par la traite des fourrures.

De Meuse a bien senti cette rivalité au cours de son voyage. Sur l'ordre de Chépart, le commandant du fort Rosalie, il a visité chacun des postes français disséminés le long du Mississippi et de ses affluents. Pour la plupart rudimentaires, mal équipés et manquant dramatiquement d'effectifs, tous ces forts représentent autant de ripostes aux tentatives anglaises d'accaparer le territoire. Cependant, la rivalité grandissante entre Canadiens et Louisianais risque de favoriser leurs adversaires communs. Dans son rapport, Jacques de Meuse recommandera de consolider les alliances avec les tribus, d'intensifier la présence militaire au pays des Illinois et, surtout, de travailler à une coalition de tous les Français d'Amérique, au-delà des intérêts commerciaux.

Après avoir beaucoup observé, questionné et écouté, l'officier est convaincu qu'une seule cause pourra rallier Canadiens et Louisianais, et c'est cette guerre à finir contre les Renards. Cette tribu hostile, qui se nomme elle-même «Mesquakie», est probablement la seule tribu des grands lacs encore assez puissante pour freiner la traite des fourrures et empêcher la libre circulation des hommes et des marchandises entre les deux colonies françaises. Si jamais les Anglais les appuient, les Renards pourraient bien réussir à isoler complètement la Louisiane des grands lacs, et ceux-ci de la vallée du Saint-Laurent. Un tel morcellement signerait la fin de l'empire français en Amérique. L'enjeu est de taille, et tous ceux avec qui de Meuse en a discuté l'ont bien compris.

Satisfait de ses démarches, l'officier se tourne vers les prisonnières. Il a bien fait de les acheter. Leur présence donne encore plus de poids à sa mission et prouve, hors de tout doute, qu'il est lui-même prêt à passer aux actes pour mater cette tribu.

Pendant qu'il dressait un bilan de son périple, la noirceur est venue. Même en bougeant la tête et en plissant les yeux, il ne distingue plus qu'une masse sombre, là où les deux Mesquakies se sont allongées.

Leurs corps enlacés dessinent une courbe imprécise, et l'officier se prend à envier les bras de Thana enroulés autour de Nucamoan. Il envie la poitrine de la jeune fille contre laquelle la petite a posé sa joue. Soudain, une bouffée de chaleur lui coupe le souffle.

Derrière lui, les hommes se sont tus. Affalés un peu partout, ils dorment déjà profondément, d'un sommeil d'ivrogne ponctué de grognements et d'éructations. De Meuse soupire pour se libérer de la tension qu'il sent monter en lui. Tout près, une chouette hulule. Sans en être sûr, il croit voir bouger les prisonnières. À moins que la brise légère n'ait secoué les hautes herbes...

Comme il aimerait aller vers la petite et caresser ses formes juvéniles ! Désemparé, il s'enroule dans sa couverture en serrant très fort jusqu'à ne plus pouvoir bouger, et il se laisse tomber sur le sol. Les yeux fermés, il se rappelle la grande attaque menée par Louvigny contre les Renards, comme si ce souvenir pouvait nourrir sa haine et le libérer de l'emprise de la fillette.

En 1716, il était encore un jeune soldat. Les Renards, hommes et femmes, les attendaient de pied ferme dans leur village fortifié, prêts à se battre jusqu'à la mort. Ils n'avaient pas pardonné le massacre de 1712, près du fort du Détroit. Leur désir de vengeance ne connaissait plus de limites. En quatre ans, ils étaient devenus la terreur des Français et de leurs alliés. Plus personne n'osait chasser, les traiteurs n'avaient plus rien à acheter, les pelleteries manquaient dans tous les postes de traite, jusqu'à Montréal. Il fallait mettre fin à ce régime de terreur. Toutes les tribus, de la région des grands lacs jusqu'aux confins du territoire illinois, le réclamaient.

Le jeune de Meuse et ses compagnons se sont donc retrouvés face à cinq cents guerriers sanguinaires matachés de noir, et trois mille femmes tout aussi redoutables. Le chef Pemoussa croyait alors tenir sa revanche. En 1712, devant les cadavres des siens, il avait proclamé : « Les Mesquakies sont immortels. » Il devait maintenant le prouver, au prix de sa propre mort. Pourtant, contre toute attente, il n'y a pas eu de cadavres ce jour-là. Les partis en présence ont vite constaté qu'ils étaient d'égale force et qu'un affrontement ferait de très nombreuses victimes des deux côtés. Après des pourparlers, les Renards ont capitulé. Tout le monde alors a cru à la paix, mais, comme le craignait de Meuse, les Renards ont vite repris le sentier de la guerre.

— Il faudrait les exterminer, murmure-t-il avant de sombrer dans le sommeil.

Sa respiration s'apaise, son corps se détend.

C'est ce que Thana et Nucamoan espéraient depuis un bon moment. Depuis le hululement de la chouette.

* * *

La petite a tout de suite su que ce cri-là venait d'un homme et non d'un rapace. Lorsqu'elle en a fait part à Thana, celle-ci a eu toutes les peines du monde à se retenir de courir ; elle était convaincue que Kiala venait enfin à leur secours. Maintenant que tout le monde dort, même de Meuse, elle est prête à foncer, même si Nucamoan la retient.

Quelque chose agace la fillette. Doit-elle mettre son hésitation sur le compte de la prudence ou de la couardise? Elle ne saurait le dire, mais une très forte appréhension l'empêche d'aller vers la voix.

Thana s'impatiente. Elle oblige la petite à se lever et toutes les deux se faufilent entre les soldats endormis. L'un d'eux a un mouvement brusque qui les fait sursauter, mais il s'apaise aussitôt et les jeunes filles peuvent se remettre en route. Elles vont atteindre le premier bouquet d'arbres lorsqu'un second hululement leur parvient. Un frisson de joie parcourt l'échine de Thana. Si elle ne craignait pas d'alerter les soldats et de gâcher l'effet de surprise, elle appellerait Kiala. Car il s'agit bien de lui; le doute ne l'effleure même pas.

Plus circonspecte, Nucamoan hésite encore une fois. La fillette a retrouvé cette sagesse atavique, si proche parente de la peur qu'elle semble parfois n'exister que pour vous garder en vie. L'évidence la terrasse. Comment a-t-elle pu se tromper? Ce chant lugubre, beaucoup trop bas et trop rauque, ne vient pas d'un Mesquakie. Maintenant sûre d'elle, la petite s'accroche à sa sœur pour la ramener vers la sécurité toute relative du campement. Celle-ci se dégage avec rudesse et avance d'un pas décidé.

Elle ne va pas très loin.

Un guerrier brandissant un bâton de guerre surgit de la nuit. Thana met quelques secondes à réaliser ce qui lui arrive, et alors sa déception est si grande qu'elle doit se faire violence pour admettre l'inacceptable. Cet homme aux traits lisses et réguliers est un Illinois. L'ovale du visage est parfait, le nez droit et effilé, les lèvres minces et bien dessinées. Les détails échappent à la jeune fille à cause de l'obscurité, mais seuls les guerriers illinois ont des visages aussi fins et harmonieux que ceux des femmes. Thana tente de rebrousser chemin; un autre guerrier lui coupe toute retraite. Elle pousse alors un cri strident et se rue sur ses assaillants.

Au campement, Jacques de Meuse est le premier à reprendre ses esprits. Il houspille ses hommes, les lève à coups de pied et leur met un fusil dans les mains, mais il est trop tard : les Illinois encerclent déjà les soldats hébétés. Ils sont une dizaine, déployés en corolle autour de leur chef qui tient fermement le bras de Thana. À leurs armes, de Meuse devine un parti de guerriers et non de chasseurs, et même si les Illinois sont des alliés, il ne peut jurer de rien. Dans ce pays, les allégeances tournent au gré du vent et des rumeurs.

Le premier instant de panique passé, l'officier s'avance pour parlementer. À son grand étonnement, le chef s'adresse à lui dans un français très compréhensible.

— Tu as perdu ça, dit-il en poussant Thana si rudement qu'elle en perd l'équilibre. Le Français s'allie aux ennemis des Illinois, maintenant ?

L'officier comprend la méprise.

— Ce sont des prisonnières, explique-t-il. Les ennemis des Illinois seront toujours les ennemis des Français.

Tout en parlant, il fait signe aux frères Pradel. Ceux-ci emmènent les prisonnières à l'écart et se placent devant elles sans que les Illinois interviennent. Rassuré sur les intentions de ses visiteurs, de Meuse invite le chef à s'asseoir avec lui.

Ils parlent longtemps.

Ils parlent encore quand Thana s'endort, à bout de larmes. Parce qu'elle a nourri moins d'espoirs que sa sœur, Nucamoan est aussi moins déçue. Elle a coulé

dans le sommeil comme on se résigne à un mal nécessaire. Thana, au contraire, n'a pu retenir des larmes de
dépit qui l'ont tenue éveillée une partie de la nuit. Elle
a frappé la terre de ses poings, puis, telle une noyée,
elle a sombré dans une somnolence fiévreuse.

* * *

Escortés par les Illinois, les soldats ne quittent plus
les rives des yeux. La tension est palpable. Parce que
seuls les Mesquakies peuvent susciter une telle crainte,
Thana retrouve un semblant d'espoir.

De Meuse a fait monter Nucamoan dans son canot
pour contrer toute nouvelle tentative de fuite. Toutefois, la petite garde les yeux rivés sur son aînée, prête
à bondir au moindre signal.

Il est encore très tôt lorsqu'ils longent un cap rocheux dominant la rivière. En observant avec attention le sommet en terrasse, idéal pour une embuscade,
Thana croit deviner une silhouette, mais ce n'est que
l'ombre d'un rapace solitaire. Un des Illinois a surpris
son regard; il crache dans l'eau et grommelle une insulte. La seule vue de ce rocher ravive sa haine pour
les Mesquakies, car, il y a quelques saisons, lui et ses
compagnons ont dû se réfugier sur ce promontoire pour
échapper aux griffes de leurs ennemis. Après plusieurs
jours, les assaillants leur ont accordé une trêve, mais
plusieurs guerriers illinois avaient déjà succombé à la
faim et à la soif.

Thana a souvent entendu le récit de ce siège; elle
sait aussi qu'il résultait d'une première escarmouche au
cours de laquelle une trentaine de guerriers mesquakies
avaient été faits prisonniers par les Illinois, torturés,

puis brûlés vifs. N'est-ce pas un devoir de venger ses morts pour que leur âme apaisée atteigne la grande rivière blanche ? Sûre d'elle, la jeune fille soutient sans broncher le regard du guerrier.

Celui-ci plante sa pagaie dans l'eau avec rage. Entre ces deux peuples, la haine ne connaît jamais de répit. À plusieurs reprises, les Mesquakies ont décimé des villages illinois, obligeant les survivants à fuir plus au sud. Moins audacieux, les Illinois attaquent plutôt les petits groupes de chasseurs en quête de bisons. Et comme une mort en appelle une autre, le cycle infernal de la vengeance ne se termine jamais.

Thana garde la tête haute sous le regard de l'adversaire, malgré une grande tristesse qui l'envahit. Les embarcations filent à bonne allure. Peu à peu, la rivière se referme sur des îles verdoyantes, reliées les unes aux autres par de larges canaux. Au soleil couchant, les voyageurs piquent résolument vers le sud et Thana retient un sanglot.

Au-dessus de leurs têtes passe un voilier d'outardes. Sur le rivage, les grandes herbes de la plaine ondulent avec le même mouvement gracieux que ces échassiers au long cou noir. Elles s'inclinent elles aussi vers le sud, comme aspirées par un courant irréversible, d'une puissance inouïe. Thana a l'impression affolante de glisser sur une pente sinueuse où elle n'a plus de prise. Au fil de l'eau, le passé se retire, des digues se rompent, et la voilà à la dérive, à la merci de tous les brisants et de tous les bas-fonds, de toutes les meurtrissures.

Pour ne pas perdre tout à fait le contrôle sur sa vie, elle repasse à voix basse les mots français et illinois qu'elle a entendus ces derniers jours. Elle n'a rien oublié. Grâce aux mots, elle pénètre l'esprit de ses ennemis, leur ravit une partie d'eux-mêmes. Elle n'a pas la force d'un guerrier, mais elle peut voler la parole de l'autre et se l'approprier. C'est sa seule arme et elle en use à satiété pour dompter sa peur.

Car demain ils accosteront au village des Illinois, et elle aura besoin de tout son courage.

* * *

Elle avait beau s'attendre à une réception houleuse, devant les femmes, les vieillards et les enfants excités comme des charognards, Thana a tout de même un mouvement de recul. Nucamoan se serre contre elle, mais on les sépare pour les emmener au centre du village. Même Jacques de Meuse ne peut pas intervenir. Tout ce qu'il peut réclamer de ses hôtes, sans même pouvoir présager de la réponse, c'est la vie sauve pour les prisonnières. Le reste ne le concerne pas. C'est une histoire entre Illinois et Mesquakies, une longue histoire d'humiliations et de vengeance, de vengeance et d'humiliations, qui s'est toujours écrite dans le sang et qui obéit à un code particulier dont l'officier ne possède pas la clef.

Avant de se retirer, il jette un coup d'œil sur la place. Au travers du tourbillon de bras et de jambes émerge le visage apeuré de Nucamoan. L'estomac à l'envers, l'officier se dirige vers la cabane du chef.

Thana l'a entrevu. Elle a cru un instant qu'il intercéderait en faveur de Nucamoan, mais c'était lui prêter trop de pouvoir et de courage. Assaillie de partout, elle essaie de supporter les coups sans broncher tout en protégeant sa jeune sœur chaque fois qu'elle le peut. Le but ultime de ces mauvais traitements est de les humilier. Leurs bourreaux veulent entendre leurs gémissements. On va les harceler jusqu'à ce qu'elles crient grâce.

Ballottées de main en main comme des poupées de chiffon que l'on s'arrache sans ménagement, giflées, pincées, mordues, les jeunes Mesquakies ferment les yeux et se recroquevillent sur elles-mêmes en attendant que la meute s'apaise. Il n'y a rien d'autre à faire que de serrer les dents et refréner les cris de douleur qui résonnent dans leur tête. Depuis le commencement des temps, leur tribu impose partout le respect en semant la terreur. Aujourd'hui, Thana et Nucamoan doivent se montrer dignes de cette réputation. Elles doivent faire face, de toutes leurs forces, refouler leurs larmes et leurs plaintes, se battre avec la seule arme qui leur reste : la fierté des Mesquakies.

Le corps meurtri, le visage labouré par les griffures, les jambes tailladées à plusieurs endroits, aveuglée par les coups et le sang, Thana résiste de son mieux. Elle a perdu Nucamoan de vue. Son esprit embrouillé échafaude des plans insensés. Une idée l'obsède, celle de la fuite, tellement présente et tellement forte qu'à certains moments très brefs la jeune fille ne sent plus qu'une brise rafraîchissante sur son visage. Elle se croit à l'abri, loin du carnage. Au village, une fête salue le retour des deux petits guerriers courageux. Nucamoan chante, accompagnée des *che-che-quon*. On les revêt d'une robe neuve, souple, douce sur la peau et brodée de perles blanches.

Puis le silence s'étale en vagues douces et vient lécher les plaies de Thana. Depuis combien de temps leurs tortionnaires, impressionnés par l'endurance de leurs victimes, ont-ils déclaré forfait ? Quand se sont-ils retirés dans leurs cabanes? À quel moment la nuit a-t-elle glissé sur la terre? Incapable de bouger ou d'ouvrir les yeux, Thana tend les bras en aveugle. Nucamoan devrait être là, tout près, mais il n'y a personne d'autre qu'elle, Thana, fille de Wapello, à genoux au milieu d'une place étrangère, grelottante.

Elle devrait chercher sa sœur, la protéger comme elle l'a promis, mais comment faire quand une lassitude infinie submerge le corps et l'esprit dans une mer lourde et obscure? Comment faire? Comment...?

* * *

Jacques de Meuse se penche et pénètre dans la cabane qu'on lui a assignée. La fumée le prend aussitôt à la gorge. Il ne se fera jamais à cette odeur âcre et à cet air raréfié. Malgré le froid de plus en plus mordant, il préfère de beaucoup le grand air à cette atmosphère irritante, commune à tous les logements des Sauvages. Son premier réflexe est de ressortir, mais, derrière les ondulations des flammes orangées, il distingue une silhouette.

Le sang afflue à son sexe et la brûlure est presque insupportable. Livide, il rabat la peau qui ferme l'entrée de la cabane et se dirige à pas lents vers le feu, circonscrit par des pierres disposées en cercle. Assise par terre sur une peau de bison, la fillette est là comme il l'avait ordonné. Toute concentrée sur sa souffrance, elle ne lève pas la tête, mais il imagine sans difficulté son visage joufflu, ruisselant de larmes, et l'ourlet boudeur de ses lèvres. En se rapprochant, il distingue mieux la courbe enfantine des épaules, les tresses à moitié défaites qui courent jusqu'aux mains potelées, croisées sur le sol dans une attitude de détachement. La robe de la fillette a été déchirée à plusieurs endroits. Du sang coule de sa tempe. Une bouffée de tendresse transporte de Meuse. Il n'a rien pu faire pour soustraire cette enfant aux mauvais traitements, mais il va réparer. Grâce à lui, elle va tout oublier. Il n'y aura plus autour d'elle et en elle qu'une douceur inépuisable.

Quand il s'agenouille près de la fillette, celle-ci ne bronche pas; elle semble même ne pas l'avoir vu.

Pendant quelques secondes, l'homme s'enivre de cette odeur sucrée qui émane de la nuque dodue, celle d'un champ de trèfle dans la brume du matin. Ces effluves l'emportent sur la fumée épaisse; ils se répandent dans toute la cabane, créant un alliage singulier. Grisé, euphorique, de Meuse a l'impression que chaque pore de sa peau s'ouvre pour aspirer cette odeur. Un tremblement irrépressible agite ses membres et c'est avec maladresse qu'il entoure de son bras les épaules de Nucamoan.

À ce contact, la fillette soupire, sans plus. Elle a versé toutes les larmes possibles, n'a plus ni courage ni vaillance, a épuisé ses dernières réserves de fierté. Seulement envie de ces bras d'homme, férocement envie de mansuétude.

Le feu dégage une chaleur oppressante. Les reflets dorés courent sur les murs de la cabane, comme s'ils cherchaient une ouverture entre les joncs tressés.

Nucamoan s'abandonne; elle cale sa tête lourde au creux de cette poitrine puissante, soulevée par une respiration saccadée. De Meuse voudrait rester immobile, attendre, profiter de ce moment, mais le désir emporte toutes ses résolutions. Sa main descend malgré lui vers les seins ronds et fermes. Il va se gaver de ces petits fruits emmiellés qu'il devine depuis des jours à travers la robe. Il va les lécher, les mordre à satiété, s'en remplir la bouche et les mains. Les humer comme on hume une fleur, y appuyer sa joue pour les sentir palpiter.

D'un geste trop brusque, il oblige la fillette à s'étendre. Surprise par ce changement d'attitude, la petite essaie de se protéger avec ses mains, mais elle est rapidement immobilisée. De Meuse tire sur sa robe. Les coutures éclatent. Quand il touche enfin la peau ferme et délicate, l'officier pousse un gémissement.

Pétrifiée, incapable de comprendre ce qui lui arrive, Nucamoan essaie de parler; les sons refusent de sortir de sa bouche. Alors elle chante, de sa voix cristalline, parce que c'est plus facile, parce que le chant a le pouvoir magique de la transporter ailleurs.

Quand l'homme la pénètre, elle perd conscience.

* * *

Les croassements des corneilles tirent Thana de sa torpeur. Elle n'a pas l'impression d'avoir dormi, et pourtant il fait jour. Elle a tout ressenti, chaque heure, chaque seconde de cette longue nuit, avec toutefois des sens atrophiés, incapables de distinguer le rêve de la réalité. Bien qu'une âme charitable ait déposé une couverture sur elle à son insu, elle est transie et une douleur diffuse l'assiège, qui vient de nulle part et de partout à la fois. Le moindre mouvement lui arrache une plainte. Lentement, en serrant les dents, elle déploie un à un ses membres endoloris.

Une fois debout, la jeune fille respire à fond, d'abord par à-coups, puis plus librement. Elle n'a rien de cassé, seulement quelques contusions et éraflures. Enroulée dans la couverture, elle fait quelques pas en direction de la rivière, mais un frottement, pourtant aussi ténu que le volettement d'un oiseau de nuit, l'empêche de continuer.

Nucamoan se dirige vers elle d'un pas incertain. Ses yeux absents et ses gestes saccadés lui donnent une allure fantomatique. En la voyant ainsi, si misérable dans sa robe déchirée, les cheveux en bataille, le visage décomposé et le corps désarticulé, Thana se rappelle que dans sa confusion elle a souhaité l'oublier. De toutes ses forces, elle a désiré la rayer de son esprit fiévreux, refusant d'imaginer l'inconcevable, refusant de souffrir davantage.

La petite passe près d'elle sans la voir. Thana l'intercepte doucement et la serre sur sa poitrine. Planté devant sa cabane, les bras croisés, Jacques de Meuse affiche un sourire triomphant, plus éloquent que des injures.

Thana entraîne Nucamoan vers la rivière et l'aide à entrer dans l'eau froide. De ses mains, elle lave la fillette de la tête aux pieds, la purifie. En massant son corps bleu, elle tente de s'approprier la souillure, de la faire sienne pour en libérer Nucamoan. Les deux jeunes filles s'assoient ensuite sur la rive et elles attendent, enlacées et silencieuses. Malgré la couverture, Nucamoan grelotte.

Derrière elles, le village s'éveille. Premières levées, les femmes ont rallumé les feux, d'où montent déjà des odeurs alléchantes. Thana et Nucamoan ne bougent pas. Même lorsqu'elles sentent une présence, ni l'une ni l'autre ne se retourne. Que peuvent-elles craindre, maintenant? Sans dire un mot, une vieille femme dépose une robe sur les genoux de la petite et tend à l'aînée des galettes de maïs. Elle repart ensuite sans avoir exprimé la moindre émotion.

Une heure plus tard, Nucamoan monte dans le canot de Jacques de Meuse. Thana suit dans une autre embarcation. Blême de rage, elle fixe le dos trapu de l'officier comme si elle attendait un signe. Jamais elle n'a éprouvé une haine aussi féroce. Soudain, une lumière éblouissante déchire la veste grise du lieutenant. Thana croit voir la pointe d'une flèche percer l'étoffe et s'enfoncer dans la chair. Un cri de vengeance monte de sa poitrine et éclate avec puissance. Les pagayeurs sursautent et Jacques de Meuse se retourne, bien vivant. Ce que Thana avait pris pour une flèche n'était qu'un rayon de soleil.

* * *

Le soir, Nucamoan se colle contre sa grande sœur en tenant bien serrées ses deux mains contre ses oreilles. Elle ne veut plus rien entendre. Surtout pas les ronflements des hommes, leurs grincements de dents ou leurs éructations. La fillette a toujours appréhendé le monde par les sons. Refuser d'entendre constitue sa seule arme contre l'adversité. Piètre défense qui ne la protège de rien, sauf peut-être de la folie.

Le jour, elle se recroqueville au fond du canot dans l'ombre gigantesque de Jacques de Meuse. À intervalles réguliers, l'officier se penche vers elle et lui glisse quelques mots à l'oreille. Chaque fois, la petite baisse la tête et reste prostrée un long moment.

Thana enrage! Pourquoi de Meuse s'acharne-t-il sur cette enfant? Pourquoi ne s'attaque-t-il pas à elle, qui n'a jamais eu peur de rien, sauf du mal que l'on pourrait faire à ceux qu'elle aime? Pour ne plus voir la silhouette râblée de l'officier, la jeune fille promène un regard attentif sur les rives basses, à fleur d'eau. Des rats musqués traversent d'une île à l'autre. Leur manège l'amuse; leur persévérance l'inspire.

Sans se résigner, elle en vient tout de même à apprivoiser l'idée que le secours tant espéré ne viendra pas. Les jumeaux Pradel lui ont raconté que les Mesquakies avaient essuyé une seconde attaque des Kútakis à la rivière des Renards. Selon les Illinois qui ont rapporté la nouvelle, leurs pertes seraient énormes et ils se terreraient quelque part sur la rivière Wisconsin.

Les jumeaux étaient manifestement désolés d'avoir à transmettre un message aussi lugubre, mais ils croyaient devoir la vérité à Thana. Très attachés aux prisonnières, ils tentent par tous les moyens de leur rendre la vie plus douce. Ils partagent avec elles leurs meilleures prises, se privent parfois pour que Nucamoan ne manque de rien. Quand Thana veut se baigner, ils détournent les yeux et créent une diversion. Courageux, ils écartent même leurs compagnons trop entreprenants. Ils iraient jusqu'à se battre pour assurer une certaine tranquillité à leurs protégées. Malheureusement, ils ne peuvent rien contre de Meuse.

Thana apprécie la bienveillance candide et souvent maladroite de ces deux grands enfants en habits de soldat. Elle n'avait aucune raison de ne pas les croire quand ils lui ont rapporté les propos des Illinois.

– Les uns, ont-ils dit, parlaient de défaite cinglante; les autres, d'extermination totale.

Même si la vérité se situe probablement entre les deux, la jeune Mesquakie a tout de suite compris qu'elle ne devait plus rien attendre de Kiala et de ses guerriers, et que ses chances de retrouver les siens dans un avenir rapproché venaient de s'évanouir. Elle n'en a rien dit à Nucamoan, mais elles ne doivent plus compter que sur elles-mêmes.

* * *

— Tu dois te rebeller! Réagis! Ne te laisse pas faire sans rien dire, sans au moins protester!

Thana oscille entre la colère et la pitié. Elle n'en peut plus de la docilité avilissante de Nucamoan. Les trois dernières nuits, la fillette les a passées avec de Meuse. Sur un simple signe de l'officier, elle le suit servilement. Cet homme possède non seulement son corps, mais son esprit. Nucamoan ne chante plus; elle n'écoute plus les histoires. Elle est ailleurs, subjuguée par l'officier devant lequel elle perd jusqu'à sa liberté de penser.

Il vient tout juste de l'appeler et elle a aussitôt laissé tomber les vêtements des soldats qu'elle lavait à la rivière avec Thana. Elle est déjà debout, prête à le suivre. Son aînée lui tient toutefois la main, résolue à la garder près d'elle. Les doigts de la fillette sont gourds et violacés.

— N'y va pas! insiste Thana. Si tu résistes, il aura honte devant ses hommes et il te laissera en paix.

D'un geste brusque et d'une force surprenante, Nucamoan se dégage et rejoint l'officier français.

* * *

Réveillée en sursaut quelques heures plus tard, Thana découvre Nucamoan allongée près d'elle.

Contrairement à son habitude, la petite n'a pas dormi avec de Meuse. Elle sanglote, le visage tourné vers les étoiles, si fragile, si vulnérable dans l'immensité de la nuit.

– Qu'est-ce qui se passe? demande la jeune fille, à la fois inquiète et remplie d'un fol espoir. Tu lui as parlé, c'est ça? Tu l'as repoussé? Parle! Dis-moi ce qui se passe!

– Il m'a ... renvoyée..., gémit Nucamoan entre deux sanglots. Je ... je ne l'ai pas... satisfait...

Interloquée, Thana serre les poings.

– Mais qu'est-ce qui t'arrive! explose-t-elle. Il t'a renvoyée et tu pleurniches comme une femme abandonnée par son mari! Tu devrais te réjouir au lieu de brailler comme une corneille effarouchée!

– Tu ne comprends pas, hoquette la petite.

– Je comprends tout, au contraire! Il ne t'a pas forcée, c'est toi qui l'as supplié. Tu as sali l'honneur des Mesquakies dans les bras d'un Français!

– Non... Non... Ne dis pas ça! Je t'en prie.

La détresse de la fillette trouble Thana, mais elle veut à tout prix la faire réagir, la ramener à la raison. Pour y parvenir, elle laisse libre cours à sa colère.

– Que veux-tu que je dise d'autre? Tu n'es plus ma sœur! (La petite a un sursaut, comme si on l'avait frappée en plein ventre.) Tu as accepté de partager la couche d'un ennemi et tu y as pris du plaisir. Tu nous as trahis. Tu as trahi la mémoire de Shäki!

Écrasée de douleur, Nucamoan se redresse pourtant de toute sa petite taille. Si Thana prononce encore une fois le nom de Shäki, elle en mourra. Comment peut-elle dire une chose pareille? Sa grande sœur ignore donc, après toutes ces années, qu'elle aurait préféré mourir plutôt que de trahir son fiancé? Sa vie à elle ne compte pas. Thana doit la croire : elle n'a jamais trahi le souvenir de Shäki.

— Je ne pouvais pas faire autrement, plaide-t-elle d'une voix encore éraillée par les sanglots, mais tout de même volontaire.

— On peut toujours faire autrement, tranche Thana.

— Non! Je ne pouvais pas! Tu dois me croire! Je ne pouvais pas!

La fillette s'est agenouillée. Ses yeux bous fixent sa sœur un long moment, puis elle baisse la tête. Thana voudrait la prendre dans ses bras et la consoler, mais quelque chose la retient. Elle aime Nucamoan au-delà d'elle-même, et cet amour lui est essentiel, vital. Pourtant, elle doit comprendre; elle a besoin de comprendre pour que l'amour demeure intact.

— Pourquoi? demande-t-elle. Tu dois m'expliquer.

— Il t'aurait tuée, murmure Nucamoan sans relever la tête. C'est ce qu'il a dit. Si j'avais refusé, il t'aurait tuée. Je ne voulais pas que tu meures... Je t'aime trop. Je ne veux pas que tu meures.

Pétrifiée, Thana peut seulement ouvrir les bras. La fillette s'y réfugie et elles restent ainsi très longtemps. Les yeux pleins de larmes, submergée par le remords, Thana serre sa petite sœur contre elle. Elle la berce doucement, l'enfant-courage, combien plus brave que son tortionnaire.

— Tu aurais dû le laisser me tuer. Je ne méritais pas que tu souffres à cause de moi. Pourquoi ne l'as-tu pas laissé me tuer? Pardonne-moi. Pourras-tu jamais me pardonner?

Tout autour, les marais exhalent leurs fragrances lourdes et capiteuses. Dans l'aube brouillonne, Thana se concentre. Elle en appelle à tous les dieux, bons ou mauvais. Un goût de sang se répand dans sa bouche, si réel qu'elle n'ose pas déglutir, et elle voit le corps inerte de Jacques de Meuse. Elle cherche en vain son visage, imagine son teint exsangue, mais elle ne voit bien que son corps, ramassé sur lui-même. Cette image la poursuit jusque dans son sommeil.

* * *

Moqueuse, la rivière Illinois n'en finit plus de revenir sur ses pas, comme si elle voulait se divertir aux dépens des hommes, en pariant sur leur persévérance. Attentive jusqu'à la catalepsie, Thana prie et espère. Elle a montré tant de détermination que personne n'a plus osé la séparer de Nucamoan. Le rituel est toujours le même. La petite monte dans le canot des Pradel et les jumeaux s'éloignent rapidement du rivage, avant même que de Meuse ne donne le signal du départ. Jusqu'à maintenant, ce dernier semble vouloir ignorer leur manège. D'autres préoccupations le tiennent en haleine.

Un matin, le soleil se lève enfin sur le grand fleuve, celui que toutes les tribus appellent respectueusement «le père des eaux», en lui conférant des pouvoirs mythiques. Le Mississippi se déploie le long d'immenses caps rocheux parsemés de cèdres rouges aux branches grêles et courtes. Le cœur de Thana s'emballe. Le père des eaux entendra ses prières. Il va l'accompagner, murmurer à son oreille des messages qu'elle seule pourra décoder. Fébrile, elle écarquille les yeux, regarde partout à la fois. Rien ne lui échappe. Elle se projette constamment dans le futur, la prochaine minute, l'instant qui vient. Avec une longueur d'avance sur les pagayeurs, elle anticipe les risées du vent, les variations du relief.

Les soldats sont tendus eux aussi. Même si le fleuve se déroule avec une lenteur rassurante, de Meuse lance souvent des ordres secs, nerveux, et les jumeaux, comme leurs compagnons, resserrent leur poigne sur les pagaies. Leur nervosité confirme les intuitions de Thana. Ce que craignent de Meuse et ses hommes ne pourra que lui être bénéfique.

Lui parvient d'abord un bourdonnement grave, celui d'un monstre en colère qui voudrait engloutir la terre. Elle a à peine le temps d'enrouler ses bras autour de Nucamoan que, venant de l'ouest, le Missouri se précipite en conquérant dans le Mississippi, souillant de ses eaux boueuses le bleu virginal du grand fleuve. Les canots se trouvent projetés dans un remous d'une force et d'une vélocité inouïes, où tournoient des branches et parfois des arbres entiers. En se heurtant, les deux courants d'une amplitude similaire créent un lieu de tumulte, et la violence de l'impact menace de faire chavirer les canots. Les hommes se cramponnent à leurs avirons pour garder le cap. L'eau roule sous les embarcations en tourbillons erratiques, et à la moindre erreur des trombes d'eau brunâtre jaillissent par-dessus bord.

Thana n'hésite pas une seconde. Elle empoigne Nucamoan et, d'un même élan, les prisonnières plongent sans que personne songe ni à les retenir ni à les rattraper. Épousant les fureurs des deux titans, Thana se laisse porter par les courants en tentant de comprendre leur langage. Nucamoan la suit de près. Elle sent sa présence, peut dire à chaque seconde où elle se trouve. Lorsque la fillette s'éloigne, Thana tourne sur elle-même pour l'attendre et l'attirer vers la rive ouest du fleuve. C'est là qu'elles doivent aller, car une fois passé les rapides au confluent des deux rivières, les soldats ne pourront plus remonter sans portager. Elles auront alors une chance de leur échapper.

Soudain prise dans une spirale, Thana essaie de remonter à la surface pour ne pas suffoquer, mais les eaux torrentielles l'entraînent dans un gouffre sans fin. D'une détermination hors du commun, elle rassemble toutes ses énergies pour se sortir de cette coulée de boue. Les poumons prêts à éclater, elle émerge enfin en des eaux plus calmes et se laisse porter un moment, le temps de reprendre son souffle.

La rive est tout près, à quelques brassées.

Avant d'entreprendre le dernier sprint, elle cherche Nucamoan; la petite est introuvable. Elle a beau tourner dans tous les sens, elle ne la voit ni en aval ni en amont. La jeune fille pense replonger dans le tourbillon infernal, mais sa fatigue est telle que le monstre va l'avaler tout rond, sans qu'elle puisse lui offrir la moindre résistance. Elle choisit donc de nager jusqu'à la rive en espérant que Nucamoan s'y trouve déjà. Surtout ne penser à rien d'autre, tenir la bride serrée à son imagination et nager le plus rapidement possible malgré l'épuisement. Ses jambes battent si faiblement qu'elle se trouve souvent submergée. L'eau pénètre par tous les orifices, sa tête va éclater, ses poumons la brûlent. Elle croit que ses bras fendent l'eau; en réalité, elle patauge entre deux eaux, progressant à peine.

Alors qu'elle désespère d'y parvenir, la rive semble soudain se précipiter à sa rencontre et elle s'échoue dans les hautes herbes qui la retiennent. Pendant un long moment, une crampe la plie en deux. Dès que la douleur s'estompe, elle se lève péniblement et remonte vers le nord pour se buter, après quelques minutes, à la rivière Missouri. Déçue d'avoir dérivé beaucoup plus loin que prévu, abrutie par une angoisse folle, la fugitive essaie vainement de réfléchir. Les canots ont disparu; les soldats, de Meuse, Nucamoan... Où sont-ils?

De plus en plus désespérée à mesure que le temps passe, la jeune fille claudique le long de la rive. Elle va dans une direction puis rebrousse chemin, tourne en rond, s'enfonce dans des marécages puants, patauge dans des rivages inondés.

– Nucamoan! crie-t-elle, refusant toujours d'affronter l'insupportable.

En s'arrêtant pour récupérer ses forces, elle croit percevoir un cri, mais seul le grondement du Missouri lui parvient. Elle reprend sa course acharnée, puis s'immobilise de nouveau. Cette fois, elle a très distinctement entendu la voix de Nucamoan.

– Thana! Ici!

Le cœur débordant d'une joie sans nom, Thana se précipite vers la voix, enjambant comme elle le peut les herbes hautes qui freinent sa course, trébuchant à tous les pas, si maladroite, si épuisée, mais si heureuse, qu'elle rit et pleure en même temps.

– Nucamoan! crie-t-elle encore une fois, juste pour le plaisir d'entendre sa petite sœur, de la savoir vivante et libre.

– Ici! lui répond la fillette.

Elle l'aperçoit enfin. Ses longs cheveux suivent la ligne rebondie de ses joues avant de coller à sa robe. L'eau dégouline à ses pieds comme une pluie triste.

Thana s'écroule, incapable d'en supporter davantage. Des mains d'homme enserrent la taille de la fillette.

* * *

Les frères Pradel la soulèvent doucement. Thana n'offre plus aucune résistance. Elle disparaîtra ainsi en elle-même tout au long du jour, silencieuse et indifférente.

Au fort de Chartres, où ils accostent au crépuscule, elle se blottit contre le mur de pieux et refuse la nourriture offerte par les jumeaux Pradel. Nucamoan la supplie de lui pardonner sa maladresse, de manger, de lui parler, mais Thana a besoin d'aller chercher très profondément en elle-même des réponses, des forces nouvelles. Les chasseurs jeûnent avant la chasse, les guerriers jeûnent avant la guerre; tous, ils attendent le rêve révélateur qui porte les enseignements des anciens. Thana doit jeûner elle aussi, et se taire si elle veut survivre.

Après des heures de recueillement, elle émerge progressivement de sa torpeur méditative. C'est d'abord l'absence de Nucamoan qui la replonge dans la réalité, avant même qu'elle n'ouvre les yeux. La jeune fille absorbe cette évidence en même temps que son visage s'imprègne de la lumière tamisée de l'aube. Tout près, le boulanger du fort tire sa première fournée. Thana entend grincer la porte du four, et la longue spatule glisser sur l'argile. Ces bruits étrangers créent un rempart entre hier et aujourd'hui, comme si elle entrait dans un nouveau monde. L'odeur du pain se répand dans toute la cour.

En soulevant ses paupières lourdes, elle ne sait trop à quoi s'attendre. La veille, elle n'a rien vu. Elle a l'impression d'avoir été projetée dans ce lieu, tout juste après qu'elle eut retrouvé Nucamoan. Une portion de temps lui échappe complètement.

Les yeux mi-clos, elle aperçoit une main qui tend un bol de riz et de courges. Par terre, on a déposé une belle tranche de pain, épaisse et odorante. La main semble avoir toujours été là, comme un intermédiaire entre le rêve et le jour. Les doigts sont longs et fins comme des joncs, légèrement dorés par le soleil et le vent. Au poignet, un bracelet de cuir jure sur la chemise blanche. Thana reconnaît les formes arrondies qui y sont gravées. Tous les guerriers mesquakies du clan de l'Ours arborent cet emblème sur leurs arcs, leurs boucliers ou leurs parures. Intriguée, la jeune fille lève la tête et détaille en silence l'homme accroupi devant elle. C'est un Blanc, avec des cheveux jaunes comme du maïs broyé. Ses yeux d'un gris très pâle s'harmonisent à la délicatesse des traits et au satiné de la peau.

– Bonjour. Je m'appelle Philippe Maillard, dit-il. Ne t'inquiète pas pour ta sœur; je lui ai trouvé un bon lit. Elle est entre bonnes mains.

L'homme désigne les frères Pradel, en faction devant une porte, à l'extrémité nord de l'enceinte, mais Thana ne peut suivre son geste. Des larmes lui montent aux yeux. L'homme blanc a parlé dans sa langue; elle a parfaitement reconnu les syllabes murmurées, les pauses sans brusquerie. Les dieux l'ont entendue. Haletante comme un poisson hors de l'eau, elle réclamait de l'aide, et voilà que cet homme la sauve. Il lui permet de réintégrer son espace propre, de reconstruire son identité.

Thana prend le bol de riz. Aussitôt une chaleur bienfaisante passe de ses mains à son front. Philippe Maillard sourit en hochant la tête, puis il se lève, peuplier sans fin, frêle mais souple. Tel un esprit, il disparaît dans le soleil levant.

* * *

Libres d'aller à leur guise à l'intérieur de l'enceinte, Thana et Nucamoan en profitent pleinement. Érigé en carré, à un kilomètre à peine du fleuve, le fort de Chartres abrite plusieurs bâtiments, dont la caserne des soldats, un entrepôt et les maisons des officiers et des traitants. Il y règne une activité fébrile qui, les premiers jours, distrait les jeunes Mesquakies. Tous les matins, elles épient le boulanger qui retire ses pains du four à dos rond, en chantant à tue-tête. Les cochons parqués dans un enclos derrière la cuisine les fascinent. Espiègles, elles s'amusent à cogner aux fenêtres, toujours surprises que la vitre transparente leur offre une telle résistance. Quand la cuisinière ou le forgeron ou quelque officier dérangé par leurs gamineries les chasse, elles se réfugient dans l'entrepôt où l'abondance et la disparité des marchandises les stupéfient.

Bien vite, cependant, elles se lassent de ces explorations. Le va-et-vient incessant, les bruits, les odeurs, tout finit par les irriter. Le mal du pays les ronge. Cet espace clos les oppresse. Comme un animal en cage, Thana longe l'intérieur de la palissade. À travers les pieux ajourés, elle tente d'apercevoir le pays environnant, les prairies, les arbres. Pour mieux voir, elle se tortille, penche la tête de tous les côtés. À force de torsions et de déhanchements, elle réussit à entrevoir quelques habitations. Chaque fois, un soldat l'interpelle et elle doit revenir auprès de Nucamoan.

Même si elle l'a cherché, elle n'a plus revu Philippe Maillard. Elle en est même venue à douter de son existence, lorsqu'il réapparaît. Il vient vers elle en déroulant ses longs membres, et ses cheveux abondants scintillent au soleil, aussi attrayants et singuliers que les fleurs des tulipiers.

– Veux-tu venir avec moi ? demande-t-il en montrant les lourdes portes du fort.

Encore une fois, il a parlé en mesquakie, sans hésiter, rendant parfaitement la richesse des sons. Troublée quoique confiante, Thana prend la main de Nucamoan et s'apprête à le suivre, mais il fait non de la tête en regardant la fillette.

– Je ne peux pas l'emmener, déplore-t-il. De Meuse ne le permet pas ; je suis désolé. Ne t'inquiète pas pour elle, je vais la confier à une amie.

Ce disant, il appelle une jeune femme qui prend Nucamoan par les épaules en lui souriant. Thana hésite, mais sa sœur la rassure :

– Vas-y. Il ne m'arrivera rien.

Thana la suit des yeux un moment, puis elle emboîte le pas à Philippe. Les portes du fort s'ouvrent devant eux et ils empruntent un sentier où les herbes foulées forment un tapis moelleux. La prairie, magnifique, généreuse, immense, court comme une mer tranquille et dorée, en pleine maturité. On dirait une femme mûrissante, sûre d'elle et de sa fécondité. Tout au fond, une ligne de rochers crayeux ceinture la vallée.

Thana ignore où Philippe la mène. Elle le suit sans même se poser de questions, un pas après l'autre, jouissant de ce plaisir indicible du corps en marche qui gruge l'espace en longues enjambées. Elle accorde sa foulée à celle, nonchalante mais efficace, de son guide.

Ici et là, des mûriers blancs étalent de grosses branches dénudées en exhibant leurs troncs dorés. Les oiseaux ont mangé tous les fruits jusqu'au dernier. Sous un pacanier, un arbre que Thana n'a jamais vu auparavant, les écureuils ont laissé quelques noix à la coque lisse. La jeune fille aimerait en cueillir; toutefois elle n'ose pas ralentir son compagnon.

Ils marchent bien depuis une heure lorsqu'ils croisent un petit groupe de Kaskaskias, peut-être la plus importante tribu de la confédération illinoise. Ceux-ci ont pendant très longtemps occupé le cours supérieur de la rivière Illinois. Harcelés d'abord par les Iroquois puis par les Mesquakies, ils ont dû abandonner cette région et descendre vers le sud. Ils habitent maintenant sur les rives du Mississippi, près de l'embouchure de la rivière qui porte leur nom. Sans les avoir jamais vus, Thana connaît leur histoire, car elle appartient à la mémoire de son peuple qui l'a conservée précieusement pour témoigner du courage et de la puissance des guerriers mesquakies. Que va-t-il lui arriver? Comment vont-ils réagir en l'apercevant? Pour se donner du courage, elle songe à Nucamoan, à l'abri dans le fort.

Conscient de sa nervosité, Philippe va au-devant des Kaskaskias. L'un d'eux lui prend le bras en signe d'amitié et l'officier s'adresse à lui dans sa langue, comme il l'avait fait plus tôt avec Thana. Ils échangent quelques banalités, puis les Kaskaskias s'éloignent sans même avoir jeté un coup d'œil à la jeune fille. Celle-ci détend ses muscles crispés. Philippe passe un bras sous le sien et ils repartent. Leurs pas s'accordent à la perfection. «J'ai perdu un frère et j'en ai trouvé un autre», pense Thana. Un lien très fort l'unit à cet homme, comme si un ventre ancien les avait portés tous les deux, les avait nourris du même lait. Elle est persuadée qu'il est venu vers elle, guidé par les dieux, car il la connaît comme elle le connaît, du fond des âges, là où toutes les mémoires prennent leur source. «Il n'oublie jamais, lui non plus, se dit-elle, émerveillée. Il porte les mots de tous les hommes, leur histoire, gravée dans sa chair.»

Bras dessus, bras dessous comme de vieux amis, ils atteignent une petite bourgade où Thana compte une dizaine de maisons de bois. Des cheminées s'échappe une fumée blanchâtre. Tout autour, des champs cultivés créent une agréable impression d'abondance.

Les hommes et les femmes qui travaillaient à l'extérieur accueillent les visiteurs avec des exclamations de joie. Les colons connaissent bien l'officier et, après les salutations d'usage, ils l'entraînent vers une maison où un malade est alité. C'est un homme dans la force de l'âge, auquel Philippe prodigue aussitôt des soins. Il se rend ensuite auprès d'une fillette asthmatique. Il la calme d'abord, puis lui fait avaler une potion qu'il sort de son sac comme un magicien. Du moins, Thana le perçoit ainsi : le sorcier du fort de Chartres, qui chasse les mauvais esprits des corps possédés.

Après un repas copieux, ils reprennent la direction du fort. Chemin faisant, ils longent un petit ruisseau où Thana s'amuse à patauger sous le regard réjoui de Philippe. Soudain, l'officier se penche et l'appelle. Elle s'agenouille près de lui et découvre, roulé en une petite boule, du duvet blanc et léger. Émue, la jeune Mesquakie touche d'abord les petites plumes du bout des doigts, puis elle les dépose respectueusement au creux de sa main.

— *A-ha-wa...*, murmure-t-elle, le cygne...

La voyant hésiter, Philippe replie doucement les doigts de la jeune fille sur l'objet précieux, si précieux que chez les Mesquakies on considère le duvet de cygne comme une matière sacrée qui constitue un pont avec le monde des esprits.

— Le cygne va te ramener chez toi, à ton clan, dit-il comme s'il avait toujours su qui elle était, d'où elle venait et ce qu'elle désirait plus que tout.

Reconnaissante, Thana le croit. Comment pourrait-il dire autre chose que la vérité ?

3

Jacques de Meuse et Philippe Maillard discutent ferme. La distance ne permet pas à Thana d'entendre leur conversation, mais elle les observe très attentivement. Plantés devant la maison des officiers, indifférents aux soldats qui lorgnent de leur côté, les deux hommes se toisent, s'écartent l'un de l'autre puis se rapprochent jusqu'à mêler leur haleine. Au bout d'un moment, Philippe a un mouvement d'impatience, empreint d'une grande lassitude. Jacques de Meuse, au contraire, fait preuve d'une énergie indomptable. Beaucoup moins grand que son interlocuteur, il l'enveloppe pourtant de ses gestes amples et tranchants. Sa robustesse compense sa petite taille, de même que son arrogante éloquence, où la manière de dire, péremptoire, presque tyrannique, prévaut sur le discours lui-même.

Malgré tout, Thana ne désespère pas. Philippe va convaincre de Meuse de les laisser ici, au fort de Chartres, d'où il leur sera possible de retourner à la rivière des Renards ou plus loin, à l'embouchure de la Wisconsin, ou encore dans les territoires de chasse. Elle ne sait plus très bien où les siens ont monté leurs wigwams, trop de temps a passé, mais qu'importe ! Elle saura bien les retrouver où qu'ils soient, pourvu qu'on lui en donne la chance.

Les deux officiers se séparent sans se serrer la main. De Meuse se hâte vers ses hommes qui l'attendent depuis un bon moment, tandis que Philippe vient vers Thana. À ses épaules affaissées, la jeune fille devine qu'il n'a pas eu gain de cause. Elle ne lui en veut pas. Il a essayé. Quoi qu'il arrive, il restera son ami, l'homme bon et tendre qui, par sa seule présence respectueuse, lui a redonné le désir de vivre et de se battre.

— Excuse-moi, dit-il, je n'ai rien pu faire. (Thana se force à sourire pour le consoler de son échec.) Au moins, de Meuse va vous laisser en paix, ajoute-t-il. Toutes les deux..., je m'en suis assuré.

Il a insisté sur les derniers mots en tournant la tête vers Nucamoan, flanquée des frères Pradel, plus protecteurs que jamais. Cette fois, Thana sourit franchement, apaisée. Le reste, elle pourra l'affronter.

Philippe sort de sa giberne une pochette de cuir et la lui tend. L'objet tient au creux de la main. Il sent bon les herbes. De forme carrée, la peau souple a été rassemblée et maintenue fermée par une petite lanière faite du même cuir fauve, et décorée à ses extrémités de trois perles blanches et de quelques plumes.

— C'était à un ami, explique Philippe, un grand ami. C'était un Mesquakie, comme toi.

Thana le regarde, étonnée. Voilà donc pourquoi il connaît si bien sa langue. Elle regrette de ne pas l'avoir questionné davantage. Sans être indiscrète, elle aurait dû chercher à savoir qui il est, d'où il vient, comment il a appris tout ce qu'il sait du peuple mesquakie. Jusque-là, elle n'en avait pas ressenti le besoin tellement la communion entre eux était simple et entière, mais maintenant qu'elle doit le quitter, elle s'en veut de son manque de curiosité.

On n'attend plus qu'elle pour partir. De Meuse lance un ordre avec un agacement manifeste dans la voix. Impossible de passer outre.

– C'était un brave, lance Philippe, alors qu'elle s'éloigne. Ça te portera chance !

* * *

Une fois les canots lancés de nouveau sur le Mississippi, Thana déploie la pièce de cuir et hume longuement les herbes avant d'y déposer le duvet de cygne qu'elle a gardé précieusement. Philippe lui a fait là un cadeau inappréciable. Chez les Mesquakies, comme chez toutes les tribus des grands lacs, ces pochettes de cuir, de dimensions variées, renferment souvent un totem protecteur ou des objets de cérémonie. Les hommes-médecine, par exemple, en possèdent de très élaborées auxquelles personne n'oserait toucher par crainte des mauvais sorts. En lui remettant la pochette, Philippe lui a offert protection et vaillance. Comme elle aimerait connaître le guerrier à qui elle a appartenu ! « C'était un brave », a dit Philippe. La pochette a sûrement conservé son courage.

Le cœur plein d'espoir, Thana la referme et l'accroche à sa ceinture avec aplomb, de nouveau sûre d'elle.

* * *

Après trois jours d'une navigation aisée, un vent du nord-ouest se lève brusquement. Il siffle dans les roseaux, poussant devant lui un froid inhabituel. Les soldats sont pris de court et leur enthousiasme se noie dans la pluie glaciale qui leur cingle le visage. Frissonnant dans leurs habits détrempés, ils jurent à qui mieux mieux contre ce mauvais coup du sort. En allant vers le sud, ils espéraient bien retrouver une bonne chaleur. Que se passe-t-il donc pour que même la nature complote contre eux?

– Ça ne durera pas, les rassure Jacques de Meuse, inquiet de la grogne qui couve dans les rangs. Le fort Rosalie n'est plus très loin; deux semaines tout au plus...

Il parle des femmes qui les attendent, des enfants qui sont peut-être nés pendant leur absence, des paillasses duveteuses. Une souplesse si inattendue module sa voix que Thana, qui observait un troupeau de bisons au loin, tourne toute son attention vers l'officier. Il donne l'impression d'entrer dans une nouvelle peau. Comme un serpent en pleine mue, il apparaît soudain plus vulnérable. Il exige sans menacer, n'importune plus personne.

Thana se méfie de cette soudaine bienveillance, même si elle n'hésite pas à en tirer avantage.

Chargée de l'approvisionnement en eau, la jeune fille se lève la première tous les matins et elle profite de cet instant de solitude pour s'offrir une baignade. La jupe retroussée, elle s'avance jusqu'aux genoux et ferme les yeux pour contrer la douleur fulgurante toute concentrée dans son front. Parfois, quand le temps est plus clément, elle se dévêt complètement et plonge. Les premières secondes sont les plus difficiles, mais elle tient le coup et, toujours, vient l'apaisement. Tenir le coup; voilà ce que lui apprend le père des eaux.

Ce matin, elle s'abandonne à son penchant encore plus que de coutume. Rien ne presse. Les soldats voudront profiter au maximum de la chaleur emmagasinée sous leurs couvertures, et de Meuse ne les réveillera pas. Ils ne se lèveront qu'à la dernière minute.

Assise sur un tronc d'arbre, les bras serrés autour de son corps pour se réchauffer, la jeune Mesquakie observe, immobile, la nature encore somnolente. Tout au centre, le fleuve charrie ses îles flottantes, débris de toutes sortes rassemblés par le courant. Aux abords du cours d'eau, la forêt trempe dans la vase. On les croirait, fleuve et forêt, engagés dans un lent et mélancolique dialogue. Jamais ils n'ont été si proches, aussi intimement accouplés l'un à l'autre, noyers, saules et cyprès plongeant leurs racines dans l'eau verdâtre.

Au bout d'un moment, la jeune fille éprouve un malaise.

Sans bouger, elle promène son regard à gauche et à droite.

Lui aussi reste parfaitement immobile, mais elle le repère quand même. Il la fixe avec tellement d'acuité qu'il semble loucher. Son iris mordoré baigne dans une lumière fauve. C'est un puma encore jeune qui s'est probablement attardé à sa chasse nocturne plus qu'il n'aurait dû. Thana n'en avait encore jamais vu, ni mort ni vif. Selon la légende, il pourrait la tuer d'un seul coup de dents à la gorge. Elle n'a pas peur. Au contraire, cette rencontre lui apparaît comme un privilège.

Elle ne bouge pas; l'animal non plus. La confrontation dure une éternité, puis le puma tressaille. Thana tourne la tête en même temps que lui, dans la même direction.

— Non! crie-t-elle, mais il est trop tard.

Le coup de feu saisit la forêt tout entière. Des oiseaux offusqués piaillent au faîte des arbres. Un nuage de fumée flotte dans les premiers rayons de soleil. Quand il se dissipe, Thana constate avec soulagement que le soldat a raté sa cible. Le puma a disparu.

Les autres accourent, débraillés, les cheveux en broussaille, la démarche chancelante. Ils sont rejoints et dépassés par un Jacques de Meuse furieux qui bouscule tout le monde avant de s'en prendre avec véhémence au coupable.

— Es-tu devenu fou? Tu veux ameuter tous les Chickasaws de la région! Il ne faudrait surtout pas te gêner! Tire donc encore une fois, juste au cas où ils ne nous auraient pas encore repérés!

Fou de rage, l'officier reconduit le soldat à coups de pied jusqu'au campement dont il ordonne aussitôt la levée, sans même laisser à ses hommes le temps d'avaler quoi que ce soit. Il fallait un incident comme celui-là pour que Jacques de Meuse redevienne lui-même.

— Que se passe-t-il? demande Nucamoan, apeurée par tout ce branle-bas.

— Ce n'est rien, la rassure Thana en lui tendant une galette de la veille. Nous venons de pénétrer sur le territoire des Chickasaws et le lieutenant est nerveux. Prépare-toi vite.

Toujours aussi gourmande, la fillette s'emplit les joues comme un écureuil tout en enfilant sa robe. En quelques minutes, le camp est levé et les embarcations glissent de nouveau sur les eaux rapides. Pour le punir, de Meuse a installé le soldat fautif dans le canot de tête. Il devra, sans protection, affronter tous ces lieux d'embuscade que constituent les grandes îles boisées entre lesquelles se faufilent les embarcations. Bien protégés des vents et des courants, les nombreux canaux facilitent certes la navigation, mais leur étroitesse accroît le danger d'une attaque surprise.

Prudent et désireux de racheter sa bévue, le petit soldat avance lentement, en scrutant la forêt de plus en plus dense, essayant de tout prévoir. Ses compagnons suivent en silence, aussi près que possible les uns des autres, comme les grains d'un chapelet dont le fil risque à tout moment de se rompre.

Les frères Pradel aperçoivent les hommes les premiers, avant même qu'ils ne se mettent à hurler.

– Par ici! Nous sommes Français! Attendez-nous! (Désespérés, les deux hommes s'époumonent sur la rive en gesticulant comme des tourne-vent dans le noroît.) Ne partez pas! À l'aide!

Méfiant, de Meuse ordonne aux deux premiers canots d'accoster. Les soldats reviennent quelques minutes plus tard avec des nouvelles inquiétantes.

– Ce sont des traitants. Des Chickasaws les ont attaqués. Leurs compagnons ont été tués, de même que leur guide choctaw. L'un d'eux est assez gravement blessé à l'épaule. Ils demandent qu'on les emmène avec nous.

– Accordé, décrète l'officier.

L'embarquement se fait en toute hâte.

Tout en avironnant, les soldats fouillent la forêt, sombre et secrète. À tout moment, ils s'attendent à voir surgir des démons matachés de peintures de guerre. La peur déforme leurs traits.

Thana les observe avec mépris. Jamais les guerriers mesquakies n'affichent leur peur. L'ont-ils seulement déjà ressentie? Elle jurerait que non. Jamais comme ces soldats, tendus et grimaçants. Les Mesquakies ne connaissent pas la peur; ils l'inspirent chez leurs ennemis, comme les Chickasaws aujourd'hui terrifient les Français. Elle connaît peu cette tribu qui pratique la langue muskogeane, mais leur redoutable réputation a franchi les frontières. Jaloux de leurs territoires, ils s'allient à l'occasion aux Français, même si leur véritable allégeance va tout naturellement aux Anglais. Comme les Mesquakies, ils tiennent à leur intégrité territoriale et n'hésitent pas à prendre les armes pour la défendre. Kiala s'en ferait des alliés. Avec les Iroquois à l'est, les Mesquakies au nord et les Chickasaws au sud, la résistance au pouvoir blanc deviendrait possible.

Toute la nuit, la jeune fille songe à cette alliance magique. Elle imagine le triangle de feu et de sang formé par les trois tribus, la débandade de l'ennemi, sa terre reconquise, purifiée.

Pendant ce temps, de Meuse houspille ses troupes. Il ne leur laisse aucun répit. Les hommes dorment chacun leur tour, quelques minutes seulement, appuyés sur leur aviron.

* * *

Les haltes sont brèves et toujours sous haute surveillance.

Ce rythme effréné les mène jusqu'au village des Arkansas près duquel la compagnie des Indes tient un magasin. Visiblement très heureux de pouvoir enfin s'épancher, le commis reçoit Jacques de Meuse avec des débordements de joie. Il vit avec les Arkansas et les tribus voisines depuis si longtemps qu'il les devine à demi-mots, rien qu'à leur démarche ou à leur attitude, et ce qu'il raconte est assez alarmant.

— Des Chickasaws sont venus il y a quelques jours. Il y a eu de longs conciliabules.

— Que voulaient-ils ?

— Gagner les Arkansas à leur cause. Ils sont sur le sentier de la guerre et ils veulent se rallier les Arkansas, les Choctaws et les Natchez.

— Croyez-vous que les Arkansas pourraient se joindre à eux ?

— Non, mais ils ne s'opposeront pas, ce qui revient presque au même. Les ambassadeurs chickasaws sont repartis d'ici avec des armes. Je les ai vus.

De Meuse pousse un soupir d'exaspération. Il a besoin de tout son sang-froid pour ne pas céder à la panique.

— Les Choctaws vont sûrement rester en dehors de tout ça, dit-il. De ce côté-là au moins, nous n'avons rien à craindre.

— Peut-être... Mais on ne peut pas en dire autant des Natchez.

— Ils sont pourtant en paix depuis un bon bout de temps.

— Comme les Chickasaws... et vous voyez ce que ça donne.

— Qu'est-ce qui a bien pu se passer pour que tout bascule de cette façon ?

— Il faudrait en parler au commandant du fort Rosalie, grogne le commis. Il a poussé les tribus à bout. Tout le monde l'a averti, mais il n'a rien voulu entendre. Voilà le résultat ! Et le pire est à venir...

Jacques de Meuse serre les dents, soudain très blême. La seule évocation du commandant Chépart lui donne la nausée. Depuis des mois, il essaie de convaincre son supérieur de traiter les tribus de la région avec plus de respect. Son insistance lui a d'ailleurs valu d'être tenu éloigné pendant des semaines. Cette expédition préparée à la toute dernière minute n'avait d'autre but, sous des dehors très officiels, que de débarrasser Chépart de la présence entêtée de ce petit officier trop pointilleux.

Quand le commis relate les dernières frasques du commandant à de Meuse, celui-ci frappe du pied dans une rangée de bouteilles qui roulent sur le plancher inégal du magasin. Non seulement Chépart traite-t-il les Natchez avec arrogance, affichant sa puissance à chaque occasion, non seulement punit-il avec une sévérité extrême les offenses les plus minimes – cela, de Meuse le savait déjà –, mais il a décidé de donner un grand coup en rayant de la carte le village des Natchez pour y installer une plantation.

– Il leur a laissé jusqu'aux récoltes pour libérer la place ! s'indigne le commis. À la condition qu'ils apportent au fort une partie de leur maïs.

– Comment le Grand Soleil a-t-il réagi ? s'informe de Meuse, de plus en plus crispé.

– Apparemment, il a accepté l'arrangement, mais je n'y crois pas. Je connais ces Sauvages : ils préparent quelque chose, et si Chépart ne fait rien, ça va se terminer par un carnage. Les Chickasaws ont déjà déclenché les hostilités. Et il n'est pas dit que les Yazoos ne vont pas se joindre à eux. Le compte à rebours est commencé.

Le discours alarmant du commis est interrompu par l'arrivée du meilleur potier du village. Il apporte sa production pour l'exposer et la vendre au magasin de la compagnie. Le commis libère une tablette pendant que de Meuse observe l'artisan. Très grand, bien charpenté, tout en muscles, sans une once de graisse. Décidément, la réputation des Arkansas n'est pas surfaite. Les Français ne les surnomment pas à tort « les beaux hommes »; ce sont réellement des spécimens d'une beauté exceptionnelle. De plus, leurs aptitudes à travailler la glaise en font des potiers incomparables. De Meuse peut le vérifier une fois de plus en admirant les œuvres de celui-ci.

L'artisan vaque à ses occupations en feignant de ne pas voir l'officier. D'ailleurs, contrairement à leurs habitudes, aucun des chefs de la tribu n'est venu le saluer. Plusieurs d'entre eux ont pourtant combattu à ses côtés, lors des différentes campagnes menées contre les Renards. Ce comportement intrigue de Meuse et le conforte dans ses appréhensions. Le commis a raison : quelque chose se prépare. Jamais les Natchez n'accepteront le démantèlement du Grand Village. Cet endroit signifie beaucoup trop à leurs yeux pour qu'ils y renoncent sans se défendre. Point de rassemblement pour tous les Natchez de la région, le Grand Village abrite le temple et la hutte du Grand Soleil, leur chef suprême. Érigés sur des monticules de terre, ces lieux de culte confèrent à l'endroit un statut mythique. Tous les rituels du peuple natchez y sont célébrés. Comment le commandant Chépart a-t-il pu croire un seul instant qu'ils abandonneraient sans broncher ce lieu sacré ? Il faut être inconscient, ou fou ! Et surtout ne rien comprendre à ce peuple particulier, tout à fait différent des autres, le seul à adorer le soleil, à entretenir un feu sacré et à fonctionner selon un système de classes bien établi, sous la gouverne d'un souverain absolu qui a droit de vie et de mort sur ses sujets.

La colère fait rougir l'officier. Il serre les dents et se précipite à l'extérieur, anxieux de repartir.

Il se trouve nez à nez avec le père Poisson. Le jésuite a été chargé par sa communauté de l'évangélisation des tribus qui vivent au pays des Natchez; c'est un territoire vaste et une tâche immense.

– Les rumeurs de guerre m'inquiètent, avoue d'entrée de jeu le jésuite. (De Meuse acquiesce d'un hochement de tête.) Si vous le permettez, je partirai avec vous. Je dois parler avec les Choctaws avant qu'ils ne se laissent entraîner. J'irai ensuite rencontrer les Natchez.

– Nous partons maintenant.

* * *

Malgré l'ardeur héroïque de ses hommes, rien ne va assez vite au goût de l'officier. Bordé de longues plages de sable fin, le fleuve s'élargit et s'étire dans tous les sens, chemin interminable. Chaque coup d'aviron donne aux soldats découragés l'impression de reculer.

Ce rythme insensé, de jour comme de nuit, épuise Nucamoan. À chaque halte, Thana s'acquitte de ses corvées pour lui permettre de se reposer, mais cette double tâche finit par l'éreinter elle aussi. Elle se réjouit donc avec les hommes lorsque ceux-ci demandent et obtiennent quelques heures de répit.

Ils se sont arrêtés au confluent de la Yazoo, une rivière aux eaux rousses et putrides dont les miasmes brouillent l'air ambiant. Le paysage, désolant, s'accorde avec l'odeur pestilentielle qui monte des marécages. Des troncs d'arbres morts, pour la plupart étêtés et couverts de champignons, se dressent, épars, dans la savane. À perte de vue, rien que ces troncs, piqués dans la végétation basse et touffue des marais. Thana y voit l'œuvre d'un esprit malfaisant qui se serait amusé à casser les arbres d'une chiquenaude.

Elle n'aime pas ce pays auquel elle ne comprend rien. Une chaleur lourde a succédé au froid. Toute la nuit, des meuglements sourdent de la rivière et la tiennent éveillée. Des esprits malins habitent les parages : d'abord l'odeur, puis les arbres morts, puis ces meuglements... Les preuves abondent. Blottie contre Nucamoan, il lui faut attendre les lueurs rassurantes de l'aurore pour enfin s'assoupir, si bien que, lorsque de Meuse sonne le réveil, le déjeuner n'est pas prêt.

Le père Poisson est déjà parti ; il compte se rendre seul au fort Saint-Pierre, situé douze kilomètres plus à l'est, sur la rivière. Thana ne l'a même pas entendu.

Tout ensommeillée, rompue par cette nuit d'insomnie, la robe collée au corps à cause de l'humidité, la jeune fille se dirige en titubant vers la rivière. Le liquide jaunâtre la dégoûte et elle pousse en amont dans l'espoir d'y trouver une eau plus pure. Les meuglements se sont tus. Les esprits de la nuit, bons ou mauvais, se sont évanouis dans les crachins de l'aube. Seule leur odeur persiste, et cette sensation constante d'être épiée, menacée. Thana déteste cet endroit.

Au campement, de Meuse s'affaire aux préparatifs du départ lorsqu'il constate l'absence de sa prisonnière. Il jette un coup d'œil dans les alentours immédiats, mais ne la voit pas. Il en ressent tout d'abord un simple agacement, puis un malaise qui se transforme, au bout de quelques minutes, en une franche anxiété. La rivière est infestée d'alligators; ils ont mugi toute la nuit. Toujours attirée par l'eau, Thana constitue une proie de choix pour ces prédateurs capables d'arracher une jambe d'un coup de gueule.

De Meuse réagit promptement. Il attrape son mousquet au passage, dépêche un soldat en aval et se dirige lui-même en amont en pestant contre l'inconscience de la jeune fille.

– Je ne l'ai pas emmenée jusqu'ici pour la voir déchiquetée par ces monstres, grogne-t-il.

Lorsqu'il l'aperçoit, Thana a trouvé ce qu'elle cherchait et elle revient vers le campement d'un pas nonchalant, sa gourde à bout de bras, en éclaboussant devant elle avec ses pieds.

– Ôte-toi de là! lui crie l'officier.

Elle lève la tête et le voit gesticuler, mousquet en main, mais elle est trop loin pour comprendre ce qu'il dit. Se méprenant sur les raisons de sa colère, elle presse le pas. Le grand alligator qui la surveillait depuis quelques secondes accélère lui aussi. Seules ses narines émergent de l'eau. Il reste pourtant à une distance respectable, la fixant de ses yeux globuleux. Comme la plupart de ses congénères, il attend, pour fondre sur sa proie, qu'elle sorte de l'eau.

Sans qu'elle le sache, son désarroi devant le courroux de l'officier sauve Thana. Elle court droit devant elle sans songer à revenir sur la rive. À mesure qu'elle se rapproche, de Meuse distingue avec de plus en plus de précision la masse sombre qui s'apprête à attaquer. Il épaule son mousquet. Thana fait un bond de côté, apeurée par cette arme pointée dans sa direction. L'officier tire. Une tête énorme jaillit de l'eau dans un tourbillon d'écume. Thana n'a que le temps d'apercevoir le large museau ouvert sur une rangée de dents avant qu'il ne disparaisse dans un fracas bouillonnant. Saisie par cette vision d'horreur, elle court se mettre à l'abri derrière l'officier. Celui-ci se retourne et la gifle de toutes ses forces avant de la pousser vers le campement, où les hommes sont déjà sur un pied d'alerte.

— Un alligator, explique de Meuse sans donner plus de détails. Vite ! Il faut partir !

* * *

Du promontoire où a été érigé le fort Rosalie, plusieurs lanternes projettent une lumière diffuse, à peine visible dans la brunante. Pour les soldats, ces lueurs tremblotantes marquent la fin du voyage. Ils rentrent chez eux, exténués mais sains et saufs. En tendant la main à Thana pour l'aider à sortir du canot, un des jumeaux essuie une larme, tout en souriant de toutes ses dents. L'autre a passé un bras autour des épaules de Nucamoan pour lui indiquer le chemin.

Si fourbus qu'ils trébuchent à tous les deux pas, les voyageurs entreprennent la montée. Après avoir escaladé un premier sentier assez escarpé qui leur donne du fil à retordre, ils gravissent une colline en pente douce qui les mène directement au fort.

Lorsqu'ils pénètrent à l'intérieur de l'enceinte rectangulaire, la nouvelle de leur arrivée a déjà fait le tour des bâtiments. Des femmes accourent et sautent dans les bras des soldats, qui les font virevolter dans les airs. Leur présence agit comme un remontant. La fatigue des derniers jours a soudain disparu. Cet accueil bruyant rappelle à Thana le retour des guerriers à la rivière des Renards. Rien qu'en plissant les yeux, elle peut entendre les *che-che-quon* et les tambours, retrouver la lueur de fierté dans le regard des chefs, sentir l'odeur épicée des corps ruisselant de sueur. Elle se souvient des discours enflammés, interminables, de ces mots lancés aux quatre vents, aux quatre coins de la terre des Mesquakies. Que va-t-elle devenir maintenant, si loin des siens, dans cet univers où chacun a déjà sa place, son rôle à jouer? Seul de Meuse pourrait répondre à cette question, mais il a d'autres chats à fouetter.

Après s'être assuré que le matériel a été rangé et que tous les rapports lui ont été remis, l'officier libère ses hommes. Plusieurs s'éloignent en gloussant, une femme suspendue à leur cou; d'autres retrouvent des camarades avec lesquels ils vont fêter leur retour autour d'une bouteille de rhum. Les solitaires se dirigent vers la caserne avec l'intention ferme de dormir jusqu'à l'abrutissement.

Dormir...

Pour le moment, malgré les appréhensions et les incertitudes, l'ambition première de Thana et de Nucamoan se résume à ce seul mot: dormir. Sans le tangage du canot, sans les mouvements brusques des pagayeurs; s'étendre de tout son long, étirer ses muscles endoloris, et dormir... Flanquées des frères Pradel, qui ne savent trop que faire d'elles, les prisonnières reluquent du côté de Jacques de Meuse, en espérant une décision rapide. Qu'on leur permette de s'asseoir, de se reposer, de se retrouver enfin seules. Les jumeaux, qui aspirent eux aussi au repos, ont beau se balancer d'une jambe à l'autre et se racler la gorge pour attirer l'attention de leur supérieur, celui-ci se désintéresse complètement de leur sort. Il fouille dans ses sacoches et rassemble en hâte son journal d'expédition et ses cartes. Il les consulte brièvement, le nez sur les feuillets. Il enlève ensuite sa veste et la secoue à plusieurs reprises avant de la remettre. Il semble vouloir repartir. D'un mouvement sec, il claque des talons pour déloger la vase de ses souliers, et passe une main nerveuse dans ses cheveux.

Convaincu que l'agitation à l'intérieur du fort et aux alentours poussera le commandant à venir aux nouvelles, il veut paraître à son avantage. Chépart habite à l'extérieur de l'enceinte, entre le fort et le fleuve; il a sûrement entendu la petite troupe passer devant chez lui.

Les doigts entrecroisés, l'officier se frotte les paumes l'une contre l'autre en explorant du regard la grande cour déserte, à moitié jetée dans la pénombre. Il s'attarde longuement à une petite porte, puis revient à ses documents avec, cette fois-ci, une certaine lassitude dans le geste. Il hésite quelques secondes encore, puis il réclame une lanterne et donne ses directives aux frères Pradel avant de se diriger d'un pas résolu vers la sortie.

Tout en suivant les jumeaux, Thana l'observe à la dérobée. Il ne va pas très loin, car une femme sort de la pénombre et vient vers lui. Elle a jeté un châle sur sa chemise de nuit, et sa longue chevelure de feu éclabousse la blancheur de la dentelle. Fascinée par cette apparition, Thana ralentit le pas. La femme s'est immobilisée. Elle attend un enfant et sa silhouette arrondie, son visage plein et rayonnant lui confèrent un pouvoir irréel. De Meuse se dirige vers elle d'un pas mesuré et grave. Il paraît envoûté, complètement ébloui par ces yeux verts et cette tignasse flamboyante.

Thana est bouleversée par le changement qui s'opère sous ses yeux. L'officier a perdu sa superbe. Tout son corps s'est affaissé. On dirait un vassal devant sa reine. Avec une douceur stupéfiante, il enlace la jeune femme et passe une main caressante sur ses longs cheveux, en suivant l'ovale parfait de son visage. Dans sa simplicité, le geste trahit un amour immense et vrai, une passion retenue mais sans limites.

Enfermée dans une pièce minuscule attenante aux cuisines, Thana pense à l'officier. La paillasse sent bon la paille fraîche. Nucamoan s'est endormie dès qu'elle a posé sa tête sur l'oreiller de crin. Qui est donc cet homme que Thana a entrevu? Ce n'était pas Jacques de Meuse, cet officier hautain et sans cœur. C'était un homme tendre, profondément épris. Est-ce cet amour dont il semble captif qui le fait ce qu'il est et non ce qu'il aurait dû être? À mesure que la torpeur l'envahit, la jeune fille renonce à comprendre et le visage de l'officier s'estompe. Dans le cagibi, des flammes montent comme des vagues. Elles lèchent le corps en gestation d'une femme à la beauté sublime; elles frôlent son visage, transpercé par d'immenses yeux verts. Avant de sombrer dans un sommeil lourd et profond, à cet instant furtif où l'esprit balance entre deux mondes et atteint un degré supérieur de lucidité, Thana comprend ce qu'elle espère ne pas avoir oublié le lendemain : une passion dévorante mais non partagée tue Jacques de Meuse à petit feu.

* * *

– Qui sont ces jeunes filles que tu as ramenées?

– Elles appartiennent à la tribu des Renards. Des Mesquakies, si tu préfères. Des Sauteux du lac Huron les avaient faites prisonnières. Si je n'avais pas été là, ils les auraient sûrement tuées.

– Que comptes-tu en faire ?

Jacques de Meuse hésite. Il regarde sa femme. Assise devant son miroir, elle coiffe ses cheveux avec une tendresse agressive, comme on tenterait d'apaiser une bête sauvage. D'un tempérament joyeux, presque insouciant, elle semble avoir acquis une sérénité chatoyante. Comme l'eau tranquille d'un lac où courent en vaguelettes argentées les rayons du soleil.

Toute la nuit, l'officier a tourné dans son lit. Parfois son pied heurtait celui de Marie-Anne, sa main effleurait une hanche ou une épaule, et chaque mouvement de la jeune femme répandait une odeur de fleur sous les couvertures rugueuses. Du chant du coq jusqu'au premier changement de la garde, il l'a regardée dormir, rongé de désir, fiévreux. Tour à tour, il a été un amant passionné, tendre, drôle, voluptueux, sans jamais oser la toucher, même du bout des doigts. A-t-elle seulement perçu sa présence ? A-t-elle ressenti ne serait-ce qu'une parcelle de cet amour exacerbé qui remue les entrailles de son mari ?

Comme un indigent qui mendierait sa pitance, il vient vers elle, les mains tendues.

– Que comptes-tu en faire ? répète la jeune femme.

L'officier suspend son geste. Furieux de s'être encore une fois laissé prendre à ses illusions, il reste un moment pantois, comme désarticulé. Sans quitter sa chaise, Marie-Anne a tourné son visage vers lui. Elle attend une réponse.

De Meuse se racle la gorge. Il croise les bras sur sa poitrine pour se donner une contenance. Jusque-là, il n'a pas menti. Si Marie-Anne insiste, il devra bien lui cacher une partie de la vérité. Comment lui avouer qu'il compte tirer un bon prix des Mesquakies? Sa femme n'a jamais accepté que l'on marchande des êtres humains. Il l'a appris à ses dépens quand ils se sont mariés, il y a deux ans. Il avait cru lui faire plaisir en lui offrant un nègre acheté à prix fort. Non seulement a-t-elle été terriblement offusquée, mais elle a exigé qu'il affranchisse l'esclave. Il aurait dû se débarrasser illico de ce Josiah, un mulâtre à la peau trop claire auquel il ne tenait pas plus que cela. Il s'est entêté, au contraire, en faisant une histoire d'honneur: il avait acheté ce nègre et il le garderait. Il comptait sur le temps pour fléchir Marie-Anne. Elle s'habituerait à l'esclave, apprécierait sa servilité. Devant l'envie des autres femmes, elle remercierait son mari pour ce cadeau inestimable. C'était bien mal la connaître! Depuis le début, elle se conduit avec Josiah comme avec un associé. Elle lui demande conseil, ne lui donne jamais d'ordres. Cet esclave a été la première erreur de Jacques de Meuse, et chaque fois qu'il en a l'occasion, il le lui fait payer cher.

— Je vais attendre la réunion des traitants pour leur trouver une bonne famille d'adoption, répond-il enfin. Les colons vont venir en grand nombre dans quelques jours. Ce sera facile de les placer.

— Il ne serait pas préférable de les retourner chez elles, dans leur tribu?

Marie-Anne s'est levée. L'officier recule, stupéfait. La veille, il ne s'était pas rendu compte à quel point la grossesse de sa femme était avancée. Sous la dentelle vaporeuse, le ventre proéminent prend maintenant toute la place.

De Meuse retient une plainte. Humilié, il sent le rouge lui monter aux joues. La jeune femme feint de ne pas remarquer son embarras. Elle a épousé cet homme parce que son père l'en avait suppliée sur son lit de mort. Le vieil officier se reprochait d'abandonner sa fille dans un pays étranger et étrange, où ils avaient débarqué ensemble quelques années plus tôt. Il voulait la confier à quelqu'un de sûr, quelqu'un qui l'aimerait et qui la protégerait. Marie-Anne a promis pour que son père meure en paix et pour pouvoir rester en Louisiane. Toutefois, avant le mariage, elle a été d'une franchise totale envers son fiancé : elle ne l'aimait pas et elle ne l'aimerait jamais. À lui de décider s'il voulait toujours l'épouser.

Sûr de son pouvoir de séduction et persuadé que la passion amoureuse qu'il éprouvait pour la jeune femme finirait par devenir contagieuse, l'officier a accepté ces conditions. Marie-Anne a d'abord tenté courageusement de se plier aux exigences de la vie de couple. Elle a fait de louables efforts qui ont suscité quelques espoirs chez de Meuse. Mais ça ne pouvait pas durer. Peu à peu, elle a pris ses distances, et son mari a dû se rendre à la terrible évidence : elle était sa femme, mais elle ne l'aimerait jamais. Plus terrible encore, l'enfant qu'elle porte n'est pas de lui. Il ignore qui est le père. Il a essayé par tous les moyens de le découvrir, mais Marie-Anne a toujours gardé le secret précieusement. Rien n'a pu la convaincre, ni les menaces ni les suppliques. Et parce que de Meuse a eu peur de la perdre, il n'a plus insisté. Tant qu'elle reste près de lui, tant qu'elle reste sa femme aux yeux des autres, il croit avoir une chance de la conquérir. Pour se ménager l'un et l'autre, les époux ont donc choisi de ne plus jamais parler de l'enfant. Blessé dans son orgueil, l'officier préfère imaginer une amourette passagère, déjà oubliée. Il est si souvent parti! Sa femme a dû succomber à l'ennui et aux belles paroles de quelque aventurier... Cette explication a peut-être l'avantage de le rassurer, mais il n'en souffre pas moins.

— Je verrai plus tard ce qui sera le mieux pour elles, marmonne-t-il en se dirigeant d'un pas pressé vers la porte.

— Ne t'inquiète pas! lui lance Marie-Anne. Je vais m'en occuper. Elles ne manqueront de rien.

* * *

Même si la jeune femme a relevé ses cheveux en chignon, Thana reconnaît immédiatement l'apparition de la veille. Cependant, à la lumière du jour, l'esprit du feu qui l'habite s'est paré d'une humanité rassurante. Le visage de Marie-Anne trahit une bonté véritable, impossible à feindre. D'emblée, elle se dirige vers Nucamoan. Elle a tout de suite compris qu'elle devait séduire la cadette pour être acceptée de l'aînée.

Avec douceur et empathie, elle prend dans les siennes les mains de la petite qui se laisse faire, sub-juguée par la beauté irradiante de la nouvelle venue. Marie-Anne les entraîne vers la cuisine, où s'affai-rent déjà une dizaine de femmes. Tout en les saluant d'une voix enjouée, elle indique un banc aux jeunes Mesquakies. Celles-ci s'assoient, encore craintives, et elle les rassure d'un large sourire avant de s'éloigner. Quelques instants plus tard, elle revient avec une miche de pain et une assiette d'œufs brouillés auxquels Thana et Nucamoan, qui n'ont rien avalé depuis vingt-quatre heures, font honneur.

Pendant qu'elles s'empiffrent, Marie-Anne leur parle d'une voix sautillante, tout en caressant son gros ventre.

– Nous avons beaucoup à faire, explique-t-elle. Prenez des forces, vous en aurez besoin. Nous attendons un bateau de la compagnie, plein de marchandises. Tous les colons des alentours et tous les traitants vont envahir le fort pour s'approvisionner. Sans compter les banquets que le commandant va sûrement donner pour les propriétaires des concessions !

Tout autour, les femmes acquiescent avec une détermination joyeuse. Ce branle-bas de combat leur plaît. Elles se sont mises au travail avec un savoir-faire et un optimisme à toute épreuve. Quelques-unes apprêtent des légumes en maniant le couteau avec une dextérité quasi guerrière. Une autre pétrit le pain en retroussant d'un doigt la mèche frisée qui lui tombe sur l'œil.

Thana n'a rien compris au discours de Marie-Anne. Pourtant, elle sait exactement ce que l'on attend d'elle et de Nucamoan. Elle reconnaît les odeurs féminines, légèrement acidulées, qui émanent des corps. Tout ce qu'elle voit, les sourires de connivence, les dos courbés sur la tâche à accomplir, les mains enfarinées, elle l'a déjà vu; tout ce qu'elle entend, les soupirs et les rires moqueurs, elle l'a déjà entendu. N'appartient-elle pas, elle aussi, à ce clan différent des autres, celui des femmes qui aiment et qui nourrissent? Dans sa langue, on dit: *Hequa-wuck,* pour désigner ces femmes plurielles, toutes d'une même patrie, d'un semblable

107

territoire intérieur, sans frontières, où le langage des corps s'apprend bien avant celui des mots.

Soudain apaisée, Thana regarde Nucamoan. La petite affiche un sourire béat. Et même s'il subsiste dans son regard des relents de tristesse, son visage s'illumine d'une sérénité nouvelle.

— Venez, dit Marie-Anne en leur prenant la main, nous allons cueillir les derniers choux au jardin.

* * *

— Il faut faire venir des renforts ! Tout le pays des Natchez est sur un baril de poudre ! (Après avoir tergiversé pendant une heure pour ne pas heurter la susceptibilité du commandant Chépart, Jacques de Meuse décide de jouer franc jeu.) Quelque chose se prépare, affirme-t-il en appuyant ses deux mains sur le bureau de son supérieur, et le fort, avec sa vingtaine de soldats, est absolument sans défense.

Jusque-là, le commandant avait réussi à orienter la conversation à son gré, sur des sujets moins compromettants. Surpris par la véhémence de son subalterne, il s'empresse de le remettre à sa place.

— Je sais ce que j'ai à faire, rétorque-t-il en braquant sur de Meuse de grands yeux globuleux. Vous n'avez aucune preuve de ce que vous avancez et je n'engagerai pas des démarches sur vos simples appréhensions.

— Ce sont plus que des appréhensions ! s'indigne le lieutenant. Deux traitants ont été tués et le commis du poste des Arkansas est formel : les Chickasaws cherchent des alliances.

— Ils n'en trouveront jamais. Les Arkansas sont depuis toujours de fidèles alliés des Français.

– Sans doute, mais ils n'auront aucun mal à convaincre les Natchez que vos dernières exigences ont exaspérés. Croyez-vous vraiment qu'ils vont quitter un village sacré qu'ils habitent depuis la nuit des temps pour satisfaire à vos caprices?

Le commandant se lève brusquement.

– Vous dépassez les bornes, lieutenant de Meuse! Un mot de plus et je vous mets aux arrêts!

Passant outre à l'avertissement de son supérieur, l'officier tente une dernière requête, mais d'une voix radoucie

– Empêchez au moins les Natchez de circuler librement dans le fort et aux alentours. Si jamais ils préparent une attaque, ce sera plus facile de la prévenir.

– Vous pouvez disposer, répond Chépart en lui désignant la porte.

Rouge de dépit, Jacques de Meuse sort d'un pas rageur et arpente plusieurs fois la cour, de long en large, avant de s'arrêter brusquement. Il ne sait pas où aller, ni ce qu'il doit faire.

Assis autour d'une souche, des soldats jouent aux cartes. En riant et en se bousculant, deux enfants font la course, d'un bastion à l'autre. Une femme chante quelque part.

Peut-être Chépart a-t-il raison...

Peut-être ses craintes sont-elles sans fondement...

Juste au moment où il met en doute ses propres certitudes, un petit groupe d'esclaves noirs, quatre ou cinq, surgit de derrière une baraque. Leur conversation animée s'arrête aussitôt qu'ils l'aperçoivent, et ils se séparent comme une volée d'oiseaux effarouchés, retournant chacun à leurs occupations. Ils n'ont pas sitôt disparu que deux Natchez à moitié nus sortent du même endroit. « Ils étaient ensemble », s'étonne de Meuse. L'éventualité d'un complot fomenté conjointement par les Noirs et les Natchez effleure son esprit, mais il refuse de s'y attarder. « Non ! C'est impossible ! » Pourtant, il a beau s'en défendre, le doute subsiste.

— Il faut que je trouve Josiah, marmonne-t-il en se dirigeant vers les cuisines.

* * *

Avant de se rendre au jardin, Marie-Anne mène ses deux protégées au sommet d'une des nombreuses collines qui façonnent le paysage aux alentours du fort. Le fleuve coule en contrebas, tranquille comme une bête repue. Thana suit du regard le sentier qu'elles ont emprunté la veille pour monter jusqu'au fort. La chapelle, la maison du commandant et celle du commis de la compagnie se lovent dans les creux du relief irrégulier. Tout en bas, des hommes s'affairent aux abords d'un entrepôt. Du côté opposé, des habitations entourées de cotonniers et d'indigotiers s'étagent sur le flanc des collines.

— Par là-bas, leur explique Marie-Anne en désignant le nord, c'est la concession de Sainte-Catherine. Juste en face, la concession *Belle-Isle.*

Au-delà des mamelons, Thana aperçoit de vastes étendues cultivées qui courent à perte de vue, découpées ici et là par des boqueteaux de chênes et de noyers. Partout, des colons travaillent aux côtés des esclaves noirs dont la peau sombre et ruisselante se découpe sur le vert jaunâtre des plants de tabac arrivés à maturité. Isolé sur sa butte, le fort paraît minuscule au milieu de cette nature généreuse. Minuscule et ridicule, comme si tout ici était appelé à s'ouvrir plutôt qu'à se refermer. Comme s'il fallait, devant ces débordements de richesses, ouvrir grand les bras plutôt que de serrer les poings.

Marie-Anne se réjouit de l'intérêt des jeunes Mesquakies pour son coin de pays. Débarquée en Louisiane en 1720 avec son père, elle a aussitôt été charmée, elle aussi, par cette nature luxuriante, par les caprices du fleuve, par la chaleur presque sensuelle, par les petits lézards qui furètent dans tous les coins, par les cigales, toujours en représentation. Orpheline de mère, elle cherchait alors un giron où se blottir; la Louisiane lui a ouvert son âme, et tout de suite elle s'y est sentie à l'aise. Pourtant, il y a neuf ans, rien n'était facile dans la colonie. Cette année-là, la compagnie des Indes qui gérait la Louisiane depuis quelque temps déclarait faillite. Marie-Anne, qui n'avait que quinze ans, se souvient des inquiétudes des adultes. Mise sous tutelle royale, la compagnie a pu se réorganiser par la suite, mais la situation est toujours restée précaire. Les liaisons avec la France demeurent encore problématiques, ce qui rend le ravitaillement difficile. Sans compter les relations toujours fragiles avec les Natchez et les autres tribus, de même qu'avec les esclaves, de plus en plus nombreux, et dont les colons ont un besoin impérieux. Sans eux, on ne récolterait ni tabac, ni coton, ni indigo.

Marie-Anne caresse son ventre. L'espace d'une seconde, une ombre assombrit son regard, une seconde seulement, car la jeune femme aime trop la vie pour succomber à la morosité. Sans prévenir, elle dévale la pente en tenant son gros ventre à deux mains. Ses compagnes la suivent en riant et elles arrivent essoufflées au jardin attenant au fort. Leurs paniers sont vite remplis de choux et de patates sucrées. Satisfaites, elles frottent d'un même geste machinal leurs mains terreuses sur leurs hanches, et poussent de concert un profond soupir de connivence.

* * *

Josiah n'est nulle part.

Exaspéré, Jacques de Meuse décide de se rendre à l'entrepôt, près du fleuve. Il tombe alors sur Marie-Anne et les deux prisonnières, qu'il avait complètement oubliées. Leur panier sous le bras, décoiffées, avec de longues mèches de cheveux qui leur caressent les joues, la peau ruisselante, les unes cuivrées comme les rochers sous la pluie, l'autre d'une blancheur d'écume, les trois femmes marchent à l'unisson, le pied léger et l'œil malicieux. Une force indéfinissable émane de ces corps dissemblables, pétris dans le contraste et la modulation des formes, et malgré tout en parfaite communion les uns avec les autres.

De Meuse essaie de les éviter. Il craint cette puissance féminine à laquelle il ne comprend rien, sinon qu'elle peut le terrasser. Les femmes jouent sur un terrain mouvant, avec des règles imprécises, du moins à ses yeux. Leurs zones de pouvoir, aussi fragiles qu'une dentelle ajourée, résultent d'une cartographie intime à laquelle se butent les plus hardis. Chaque fois qu'il a cru accéder à ce mystère, Jacques de Meuse s'est trompé et en a souffert. Il a essayé de comprendre, de cerner, d'enfermer, puis de confondre, de bâillonner. Devant ses insuccès, il a voulu imposer ses propres normes, établir des frontières avec lesquelles il pourrait composer, intimider même. Chaque fois il a perdu la partie, car les femmes peuvent baisser la tête sans se soumettre et ouvrir les bras sans jamais se donner. Leur puissance, croit-il, n'a pas de limites. Il le sait d'autant mieux que son bonheur se heurte constamment à l'indifférence d'une femme. Depuis longtemps, il a compris qu'il mourra de Marie-Anne ou de ses semblables.

Il préférerait ne pas avoir à affronter les trois complices, mais elles viennent déjà vers lui, la première, froufroutante dans ses longues jupes, Thana et Nucamoan, agiles, leurs jambes félines touchant à peine le sol.

L'officier frémit. Son pouls s'accélère comme avant la bataille. Il pose instinctivement la main sur le pommeau de son épée pour se donner une contenance.

— Nous vous préparons un festin! lance Marie-Anne.

La jeune femme se moque, car elle sait bien que leurs pauvres réserves les condamnent à une frugalité souvent pénible. Heureusement, les Natchez du Grand Village leur ont promis de la viande et du poisson. Ce ne sera pas la première fois que les Blancs profiteront de la prodigalité de leurs voisins. À plusieurs reprises, les chasseurs et pêcheurs natchez ont sauvé les Français de la famine.

— Où est Josiah? demande de Meuse.

Marie-Anne hésite à peine, mais Thana perçoit tout de même une cassure dans sa voix et dans sa belle vivacité.

— Il est à *Belle-Isle...* avec ma permission.

— Qu'est-il allé faire là?

— M. le comte a eu besoin de main-d'œuvre supplémentaire.

— Je veux le voir dès son retour.

Marie-Anne hoche la tête en signe d'assentiment. Un peu de sueur perle à ses tempes.

* * *

De Meuse s'affaire à inventorier les munitions lorsqu'un soldat demande à le voir. Ce dernier revient du village des Natchez et en rapporte des nouvelles alarmantes. L'officier l'écoute attentivement et l'emmène aussitôt auprès de Chépart en lui ordonnant de répéter mot pour mot ce qu'il a appris.

— Les Choctaws, les Chickasaws et les Natchez préparent une attaque, commence le soldat, gêné de l'intérêt soudain qu'on lui porte.

— Et comment le sais-tu ? l'interrompt le commandant, soupçonneux et sur la défensive.

Il se méfie de Jacques de Meuse et de ses lubies. Il redoute surtout l'ambition démesurée du lieutenant et l'opiniâtreté avec laquelle il tente de le prendre en défaut. Contrairement à son supérieur, Jacques de Meuse préconise une politique de compromis avec les Natchez, les Choctaws et les Chickasaws. Selon lui, le développement de la Louisiane passe par une assimilation progressive des autochtones. Les Blancs ne disposent pas d'une force militaire suffisante pour parer une attaque en masse de toutes les tribus. Leur situation précaire les oblige à ruser et à emporter par la diplomatie ce qu'ils ne peuvent conquérir par la force.

Pour Chépart, une telle complaisance cache une grande lâcheté. Confronté à ces nations primitives et superstitieuses, il défend plutôt la manière autoritaire.

Ni les Natchez ni les autres tribus n'oseront se dresser contre un maître sûr de lui et intransigeant. Le pouvoir blanc repose sur une supériorité naturelle incontestable, que même les Sauvages reconnaissent. Ces rumeurs d'attaque ne l'effraient pas, et de Meuse aura beau soudoyer toute une armée, il ne cédera pas à la panique. D'ailleurs, le soldat mis sur la sellette a baissé la tête sans répondre à sa question.

— C'est bien ce que je croyais ! s'exclame Chépart, triomphant. Encore des histoires d'alcôve ! Les rumeurs nées sur l'oreiller ne mènent jamais très loin. Vous devriez vérifier vos sources et surtout surveiller vos hommes, raille-t-il en se tournant vers de Meuse. Le danger vient bien plus des femmes que des guerriers.

Abasourdi, l'officier harangue le soldat.

— Parle ! ordonne-t-il. D'où tiens-tu cette information ?

— Je ne peux pas le dire, gémit le pauvre homme, mais il faut me croire. Le Grand Soleil a tenu un conciliabule et toutes les tribus étaient représentées. L'attaque est imminente. C'est une question de jours.

Jacques de Meuse se tourne vers Chépart et le supplie de prendre cette information en considération.

— Nous n'allons quand même pas mobiliser tout un régiment parce qu'une femme jalouse a inventé une histoire pour se rendre intéressante, se moque le commandant. Vous perdez la tête, lieutenant de Meuse, et votre entêtement à soupçonner des complots là où il n'y a que ruses de femelles en chaleur risque de brouiller nos relations avec les tribus. Vous faites preuve d'un esprit malsain et votre commandement s'en ressent. Que je n'aie plus à vous le redire ! Et mettez-moi cet homme aux arrêts !

De Meuse n'a pas le choix. Furieux, il fait emprisonner le soldat dont la naïveté lui a valu une remontrance et il retourne à son inventaire en maugréant, l'estomac à l'envers.

* * *

Sa grossesse insuffle à Marie-Anne une énergie prodigieuse dont Thana fait les frais. La jeune femme a décidé, en effet, de lui confectionner une robe. En équilibre instable sur une chaise, les bras en croix, la pauvre victime se prête de bonne grâce aux lubies créatrices de sa nouvelle compagne, mais, à certains moments, elle envie Nucamoan qui doit déjà dormir.

Heureusement, Marie-Anne glousse et jacasse comme une poule d'eau. Ses belles lèvres sans cesse en mouvement rappellent à Thana le bec rouge de l'oiseau et sa façon amusante d'agiter la tête en nageant. Pour un rien, Marie-Anne rit aux éclats. Malgré l'heure avancée et la fatigue de la journée, elle ne tient pas en place, alors que Thana, forcée à l'immobilité, doit subir ses débordements d'affection. La jeune femme la couvre de baisers et la Mesquakie, plus réservée, ne sait trop comment réagir. D'abord intimidée, elle s'abandonne peu à peu à cette tendresse inespérée. N'est-elle pas faite de tous ceux qui l'ont aimée? De sa grand-mère la lune, toujours nouvelle dans ses multiples déclinaisons, de son grand-père le soleil, si doux sur la peau? Elle est faite de rivières et de moissons, de tous les siens, vivants ou disparus. Chacun ajoute à ce qu'elle est, la compose et la recompose, la rend meilleure, plus grande en dedans, Thana en est convaincue. Avec sa tignasse de feu et ses yeux de prairie, ses cascades de rires, le velouté de ses gestes, sa pureté droite et naïve, Marie-Anne la régénère, met au jour une part d'elle-même qu'elle ne connaissait pas; elle la parfait et l'embellit.

– Lève la tête! lui recommande la jeune femme en enfilant une aiguille. Et surtout, ne bouge pas, j'ai presque fini!

La recommandation est superflue.

Stupéfaite, Thana ne peut bouger. Derrière Marie-Anne vient d'apparaître un homme différent de tous les autres, et cet homme lui sourit en découvrant des dents d'une blancheur étonnante. Sa peau sombre luit dans la demi-obscurité. Il est si grand que la pièce a rétréci d'un coup. Mais ce qui déconcerte totalement la jeune Mesquakie, ce sont les yeux d'un bleu clair et franc comme un ciel d'été. Dans le visage expressif, d'un brun chaud et soyeux comme le pelage d'un levraut, on dirait une trouée de lumière au plus profond d'un puits.

Marie-Anne ne l'a pas vu encore. Elle passe et repasse le fil entre ses lèvres pour en faciliter l'entrée dans le chas, mais la flamme vacille dans le bougeoir et elle doit recommencer en se concentrant sur sa tâche. Toutefois, lorsque l'homme tend la main pour toucher son épaule, elle tressaille avant même qu'il ne l'ait effleurée.

– Où étais-tu? demande-t-elle sans se retourner.

– Il ne fallait pas t'inquiéter, dit-il sans répondre à la question.

Sa voix grave avale la nuit et ses fantômes; elle rassemble toutes choses en un seul lieu dont il devient immédiatement le centre. Ce géant aspire l'air autour de lui et les autres se voient contraints de se rapprocher pour ne pas suffoquer.

Marie-Anne se lève et lui fait face.

Empêtrée dans ses bouts de tissu et ses aiguilles, Thana ne peut fuir, même si elle en a très envie. L'étrangeté de la situation, le contraste criant entre ces deux êtres d'exception, si singuliers l'un et l'autre que leurs différences en viennent mystérieusement à s'émousser, tout cela la trouble. Elle les sent exposés à quelque péril. Depuis qu'ils sont ensemble dans cette pièce, l'obscurité est plus dense, l'air plus lourd. Thana a la sensation de pénétrer un ciel d'orage, quelques instants seulement avant que tout ne se déchaîne.

— Je dois te parler, murmure l'homme à l'oreille de Marie-Anne.

Celle-ci pose ce qu'elle tenait à la main sur une chaise et le suit.

— Je vais avec Josiah, explique-t-elle, en joignant le geste à la parole. Attends-moi, je ne serai pas longue.

Ils sortent tous les deux, mais ne s'éloignent pas. Même s'ils chuchotent, Thana entend leur conversation. Elle n'en saisit cependant que des bribes, bien insuffisantes pour lui révéler le nœud de la discussion. Toutefois, les intonations de l'un comme de l'autre indiquent une inquiétude mal contrôlée et une certaine impatience.

— Il y a eu une réunion, explique Josiah.

— Ce n'est pas la première. Pourquoi as-tu été si long à revenir?

— Cette fois, c'est différent...

— Que se passe-t-il?

— Les Noirs des concessions veulent profiter de l'arrivée du bateau de marchandises pour s'enfuir.

— C'est impossible, tu le sais bien! Ce n'est pas le bon moment! Ils risquent la pendaison!

– Il faut que tu partes, supplie Josiah.

– Mais qu'est-ce que tu racontes ? Partir ! Pourquoi ? Pour aller où ?

– Fais-moi confiance, je t'en prie. Trouve une bonne raison et pars. Va à La Nouvelle-Orléans.

– Ce que tu dis n'a aucun sens, s'inquiète Marie-Anne. Tu me caches quelque chose.

Josiah hésite. Pendant la réunion clandestine des esclaves, un petit groupe a évoqué la possibilité d'une concertation entre nègres et Natchez. Pour créer une diversion et permettre aux esclaves de fuir, ces derniers auraient proposé d'attaquer le bateau de marchandises attendu ces jours-ci, dès qu'il accostera au quai. Le projet est encore confus, personne n'en connaît les termes exacts et aucune stratégie définitive n'a été établie, mais Josiah redoute cette association artificielle. Les Natchez n'ont pas l'habitude de s'intéresser d'aussi près au sort des esclaves. Leur démarche, si elle est bien réelle, ne lui dit rien de bon. Comme tout le monde, il a pu constater leur exaspération devant les exigences de Chépart et il craint que ses compagnons ne soient les premières victimes innocentes de leurs machinations. Il a essayé d'en savoir plus, mais personne n'a voulu se compromettre. La seule chose qui importe pour le moment, c'est la sécurité de sa maîtresse.

– Ce ne sont que des enfantillages, proteste celle-ci. Les esclaves vont y penser à deux fois et ils verront qu'ils n'ont aucune chance. Et si certains s'y risquent quand même, conclut-elle, je leur souhaite de réussir.

Elle a repris cette petite voix rieuse mais entêtée qui séduit Thana. Lasse d'attendre, la jeune fille descend de sa chaise et se débarrasse avec mille précautions des lambeaux de tissu assemblés lâchement autour de ses bras. Elle n'entend plus rien. Peut-être Josiah et Marie-Anne se sont-ils éloignés... Peut-être sont-ils simplement allés se coucher, trop bouleversés pour penser à elle...

Sans faire de bruit, elle pousse la porte. Malgré l'obscurité, elle distingue deux silhouettes enlacées dans un renfoncement du mur. Les bras de Josiah se sont amoureusement refermés autour du corps fragile de Marie-Anne qui s'y blottit comme en un refuge.

* * *

Avant que la garde ne soit relevée, le lendemain matin, Jacques de Meuse réveille le soldat dans sa cellule.

— Dis-moi où je peux trouver cette femme, celle qui t'a parlé de l'attaque, ordonne-t-il. Je dois la rencontrer.

Toute la nuit, l'officier a été la proie de pensées contradictoires. S'il passe outre aux ordres de son supérieur et se trompe, sa carrière est terminée. Chépart ne pardonnera pas facilement un tel affront. Par contre, s'il a raison et ne fait rien, il pourrait avoir bien des morts sur la conscience.

Après avoir passé des heures à peser le pour et le contre, il a choisi de suivre son instinct et d'aller de l'avant. Les indices, trop abondants, ne peuvent tenir du simple hasard. Toutefois, ce ne sont ni les petites querelles de pouvoir entre lui et Chépart, ni ses ambitions personnelles ou ses rêves d'héroïsme qui ont finalement emporté sa décision, mais bien son amour insensé pour Marie-Anne. Si les Natchez se révoltent, tout est possible. Les Blancs des concessions et ceux du fort seront peut-être tous massacrés, et la seule pensée de la mort de Marie-Anne lui est insupportable.

Le soldat, tout ensommeillé, a du mal à rassembler ses esprits. De Meuse le presse.

– Je dois la voir. J'ai besoin de plus d'informations pour convaincre Chépart et préparer la défense du fort.

– Nous avions rendez-vous ce matin, bredouille le soldat.

– Où?

– Derrière le grand morne, dans la cyprière. Montrez-lui ça; elle parlera. (Il passe au-dessus de sa tête un collier de coquillages et le tend à l'officier.) Il ne faut pas l'effaroucher, dit-il, les yeux brillant de larmes contenues.

Sans compassion aucune pour les inquiétudes du soldat, de Meuse s'empare du colifichet et se précipite à l'extérieur. Un cheval attendait, la bride sur le cou. Il enfourche sa monture et quitte l'enceinte.

Le soleil se lève à peine entre les collines.

Une lumière rosée balaie l'horizon.

Après avoir chevauché sur un kilomètre, l'officier oblique vers le sud. Encore désert et libre de moustiques, à cause de l'heure matinale, un sentier serpente entre les petites concessions disséminées sans plan précis. Le découpage anarchique des domaines privés préserve toutefois une certaine harmonie à laquelle l'exceptionnelle richesse de la flore n'est sûrement pas étrangère. Depuis longtemps, l'officier en a inventorié toutes les possibilités, et il ne se lasse pas de cette luxuriance et de cette diversité. Il sait bien que par-delà les collines, tout autour des terres fertiles, des forêts encore inexplorées rassemblent hêtres, chênes, frênes, ormes et noyers. Dans les sous-bois, les fruits pourpres des micocouliers attirent l'oiseau moqueur et ceux des plaqueminiers ravissent les opossums. Coiffés le plus souvent d'une cime arrondie, les longs troncs tordus des cornouillers côtoient les charmes et les tulipiers, et les fleurs jaunes des magnolias se lovent dans de grands pétales charnus. La Louisiane, c'est tout cela et plus encore.

La beauté enivrante du pays – et surtout les promesses qu'elle contient – fouette la détermination de l'officier. Il traverse au grand galop une prairie verdoyante où les herbes frôlent le ventre de sa monture. Un peu plus loin, juste avant d'arriver à *Belle-Isle,* la grande concession gérée par la compagnie, il reprend plein est, faisant face cette fois à un soleil agressif. S'il avait continué vers le sud, il aurait croisé la petite rivière des Natchez sur laquelle il possède une modeste concession, tout simplement baptisée *Petite Rivière.* Il aime s'y retirer chaque fois qu'il en a l'occasion. Marie-Anne également, dont les expérimentations horticoles y sont toujours couronnées de succès. Quand ils s'y retrouvent tous les deux, l'officier a parfois l'illusion grisante qu'ils forment un vrai couple.

Un écart du cheval l'oblige à se ressaisir. Il est presque rendu. Une odeur de sassafras flotte dans l'air pur. En suivant les indications du soldat, il trouve sans mal le lieu du rendez-vous. La femme est déjà là, assise sous un platane à l'écorce tachetée. Elle tue le temps en déchiquetant un pompon de fruits qu'elle a arraché de l'arbre. En apercevant le cavalier, elle tente de s'enfuir, mais Jacques de Meuse saute de son cheval et l'intercepte.

Vite rassurée par le collier, la femme confie ce qu'elle sait au lieutenant dans un français approximatif mais assez clair pour que celui-ci ait un portrait exact de la situation.

Il n'y a plus de doute possible.

Tous les Français qui habitent le territoire des Natchez ou y circulent sont en danger de mort. Lorsque le commandant Chépart a ordonné la destruction du Grand Village, le Grand Soleil a feint d'accepter ses conditions, mais il a aussitôt réuni les chefs de toutes les tribus. Il n'a pas mis longtemps à les convaincre; chacun a déjà goûté à la médecine de Chépart. Tous, même les Choctaws selon la femme, désirent se venger des humiliations et des abus de pouvoir. Ils veulent reprendre leurs droits sur un territoire qui leur appartient depuis le commencement des temps.

– Le Grand Soleil a distribué les fagots de joncs, explique la femme.

De Meuse connaît cette coutume qui sert à mesurer le temps. Les chefs assemblent des joncs en fagots : le même nombre dans chaque fagot. En soustrayant un jonc par jour, toutes les tribus qui possèdent un de ces fagots arrivent au bout du compte en même temps.

– Combien de joncs encore ? demande de Meuse, fébrile.

La femme montre quatre doigts.

Il leur reste donc trois jours pour préparer leur défense, puisque le dernier jonc indiquera qu'il est temps d'attaquer. Trois jours et trois nuits seulement pour renforcer la garde, consolider le fort qu'on projette de solidifier depuis des années sans jamais passer aux actes, avertir les colons, élaborer une stratégie, envoyer des courriers au fort de Chartres et à La Nouvelle-Orléans.

Trop nerveux pour penser à remercier son informatrice, de Meuse revient à toute allure au fort Rosalie. Il y croise le père Poisson, celui-là même qu'il avait laissé chez les Yazoos quelques jours plus tôt.

L'affolement se lit sur le visage du jésuite.

– J'ai vu les poteaux de guerre des Chickasaws, explique-t-il à l'officier. Deux arbres ornés de plumes, de flèches et de casse-tête. Rouge sang. Tout était peint rouge sang.

Le jésuite frissonne, encore ébranlé par cette vision et surtout par ce qu'elle signifie.

– Venez avec moi, dit l'officier en le prenant par le bras. Cette fois-ci, il devra nous écouter.

* * *

– Regardez autour de vous, messieurs ! s'indigne Chépart, sûr de lui. Les tribus se disputent nos faveurs ! Les guerriers nous apportent le produit de leur chasse et leurs femmes enseignent aux nôtres l'art de la vannerie. Ce sont les couvertures de leurs tisserands qui nous tiennent au chaud. Et – pardonnez-moi, mon père – nos soldats n'ont aucun mal à satisfaire chez nos voisins certains de leurs désirs d'hommes. Si quelque chose se prépare comme vous le craignez, c'est une guerre tribale dont l'enjeu sera notre protection et notre amitié. Ni les Natchez ni les Chickasaws, et encore moins les Choctaws, ne toucheraient à un cheveu des Français. Ne voyez-vous pas que ce sont ces petites guerres intestines et sans grandes conséquences entre les tribus qui assurent notre sécurité ? (Rouge de colère devant l'aveuglement de son supérieur, Jacques de Meuse se retient d'exploser. L'autre continue, arrogant.) Je comprends votre empressement à vous distinguer, lieutenant de Meuse. Vous êtes encore jeune et les occasions d'afficher vos capacités militaires sont rares. Je sais que vous rêviez d'une carrière plus prestigieuse, mais je ne provoquerai pas une guerre pour vous permettre de vous faire un nom. Je connais les Natchez et je les contrôle parfaitement. Croyez-moi, je ne veux pour rien au monde risquer d'anéantir des années de travail. Je veux faire de ce territoire un carrefour de première importance pour les traitants, et je ne laisserai rien ni personne mettre en péril les ambitions que je nourris pour ce pays. (D'abord doucereuse, la voix a pris de l'ampleur et du mordant. Et le regard est à l'avenant. De Meuse veut parler; Chépart l'interrompt d'un geste impatient en se tournant vers le jésuite.) D'ailleurs, pour rassurer tout le monde, je pars à l'instant pour le Grand Village. J'y passerai la nuit avec deux soldats pour toute escorte. Si vous voulez m'accompagner, mon père, vous êtes le bienvenu.

Le jésuite repousse l'invitation poliment.

— Je pars à l'aube pour La Nouvelle-Orléans, explique-t-il. Je me coucherai tôt.

Cavalièrement congédié, de Meuse fulmine mais ne se résigne pas. Discrètement, pour ne pas inquiéter les civils, il double la garde et fait monter des munitions de l'entrepôt. Il préfère jouer sa carrière plutôt que de jouer sa vie et celle de Marie-Anne. Malheureusement, une demande de renfort devrait être signée par le commandant pour être prise en considération. Il devra donc se contenter de ce qu'il a : un fort décrépit, vingt-huit hommes, trois jours et trois nuits, peut-être les plus longs de toute sa carrière.

Il est déjà tard lorsqu'il peut enfin rentrer au logement des officiers. Avant de dormir, il doit cependant mettre au point le départ de Marie-Anne pour *Petite Rivière*. Elle y sera beaucoup plus en sécurité.

* * *

La jeune femme se sent lourde. Sa nature enthousiaste la porte constamment à abuser de ses forces, à ne jamais renoncer à rien, que ce soit une conversation, un projet emballant, une longue marche ou des rêves, tous plus fous les uns que les autres. Son état général finit par s'en ressentir. Tendrement, elle caresse son ventre où grandit l'enfant de Josiah. Comme elle voudrait le garder là, au chaud, jusqu'à ce qu'il soit aussi grand et fort que son père, jusqu'à ce qu'il puisse se défendre contre toutes les perfidies et toutes les injustices qui pèsent sur lui avant même sa naissance.

Quand la fatigue s'empare d'elle, comme ce soir, Marie-Anne doute de son jugement. Elle perd tout son aplomb et se bute à une grande perplexité. L'enfant devra-t-il payer pour ses égarements de femme amoureuse ? Elle a tellement peur pour lui qu'elle en vient à souhaiter qu'il ne ressemble pas à son père, qu'il hérite plutôt de sa peau claire à elle, de ses cheveux. Qu'il reçoive de Josiah seulement la pâleur azurée de son regard à laquelle personne ne trouvera à redire. Elle déteste cette pensée, elle se déteste d'y céder : elle veut que son enfant soit blanc, et libre d'aller à sa guise, de mener sa vie comme il l'entend. Elle veut éloigner de lui la souffrance et le mépris. Comment pourra-t-elle supporter la souffrance de son enfant?

On frappe à sa porte.

Trop lasse pour répondre, elle attend qu'on entre, convaincue que c'est son mari. Quand la porte s'ouvre sur Josiah, elle laisse couler les larmes qu'elle retenait. Il n'aurait pas dû venir, mais elle n'aurait pas pu traverser sans lui ce moment pénible. Plutôt que de lui reprocher son imprudence, elle se blottit donc contre sa poitrine. Elle n'est plus seule; Josiah est venu, comme s'il avait deviné sa tristesse. Il porte l'enfant avec elle. Ensemble, ils sauront bien le protéger, quelle que soit sa couleur. Soudain, toutes les craintes de Marie-Anne se dissipent. Elle aime Josiah d'un amour si intense et si pur. Par respect pour son mari, elle a lutté contre cette pulsion; le désir toutefois était trop fort. On ne peut pas résister longtemps à une telle attirance. Très vite, l'amitié ne leur a plus suffi, ni à l'un ni à l'autre. Et même les convenances n'ont pu tempérer leurs sentiments. Entiers, passionnés, ils se sont lancés dans l'aventure avec une confiance inébranlable, sans songer aux conséquences. Bientôt, l'enfant viendra et il révélera leur faute à la face du monde, mais Marie-Anne n'a plus peur. Ce soir, elle a seulement envie de se laisser couler dans cette force vive qui émane de Josiah. Quand il est près d'elle, elle veut vivre chaque seconde comme si c'était la dernière.

– Ça va mieux? murmure Josiah. (Elle lui sourit bravement pendant qu'il se détache d'elle.) Je dois partir, déplore-t-il.

– Une réunion?

– Oui. Je dois les convaincre de ne pas chercher à fuir pour le moment. Ils ne sont pas prêts.

«Et surtout, pense-t-il en son for intérieur, je dois leur dire de ne pas faire confiance aux Natchez.» Il fait un pas vers la porte, mais Marie-Anne s'agrippe à son bras avec une insistance inhabituelle.

— Ne t'inquiète pas, dit-il. Tout ira bien. Tu dois te reposer et penser à notre bébé. Ce sera le plus beau de toute la Louisiane !

Il se penche vers elle et l'embrasse tendrement. Derrière eux, un déclic se fait entendre. Presque rien, à peine un craquement dans le concert des cigales. Or Josiah, toujours aux aguets, l'a très distinctement perçu puis reconnu.

Il repousse la jeune femme avec douceur et se retourne lentement.

Jacques de Meuse, livide, pointe son arme sur l'esclave. Il tremble de rage et respire bruyamment comme un cheval à bout de souffle. Sa poitrine se soulève par intermittence sous sa chemise légère et il serre les dents avec tellement de force que les muscles de son cou se contractent sous l'effort.

— Ne tire pas ! crie Marie-Anne en se plaçant devant Josiah.

Surpris, l'officier lui ordonne de se déplacer en bougeant vers la droite la main qui tient l'arme. Pendant une seconde, il quitte des yeux le visage de l'esclave pour regarder sa femme. Une seconde. Moins qu'une seconde. C'est tout ce qu'il fallait à Josiah pour se ruer sur l'officier et le désarmer. Les deux hommes roulent par terre et l'esclave a vite le dessus sur son maître.

Lorsque de Meuse reprend ses esprits, Josiah a disparu et Marie-Anne est agenouillée près de lui.

– Ne me touche pas, grogne-t-il. Surtout, ne me touche pas !

Il se lève d'un bond. Toujours à genoux, Marie-Anne presse ses mains sur ses reins pour enrayer la douleur vive qui lui scie le dos. Elle prend ensuite appui sur le mur pour arriver à se mettre debout.

Son mari l'observe sans même esquisser un geste pour lui venir en aide.

– J'aurais dû m'en douter, crache-t-il avec un sourire dépité, comme s'il se moquait de lui-même.

– Tu le savais depuis longtemps, proteste doucement Marie-Anne.

Il voudrait la frapper, lui arracher du ventre cet enfant maudit qui ne sera jamais qu'un bâtard ! Comme il la déteste et comme il se méprise. Pour garder Marie-Anne, il aurait accepté de reconnaître l'enfant. Il pensait même réussir à être un bon père. S'il avait pu aimer l'enfant, sa mère aurait peut-être pu l'aimer en retour. Voilà jusqu'où il était prêt à pousser l'aveulissement, en refusant aveuglément d'affronter la vérité. Jusqu'à ce soir, il a désiré croire qu'il se trompait. Pas Josiah ! Il ne pouvait pas imaginer sa femme dans les bras de cet esclave, de ce nègre qui se croit supérieur parce qu'un peu de sang blanc coule dans ses veines. Mais Marie-Anne a raison : il le savait depuis longtemps, même s'il refusait de l'admettre. Comment pourra-t-il désormais le supporter ?

– Prépare-toi, dit-il d'une voix blanche. Tu pars demain pour *Petite Rivière.*

Sans donner à la jeune femme la chance de répliquer, il ramasse son pistolet et sort en claquant la porte. Une seule personne pourra apaiser sa rage.

* * *

Thana et Nucamoan dorment à poings fermés. Jacques de Meuse fond sur elles avec une telle violence que Thana ne le reconnaît pas tout de suite. L'espace d'un instant, elle croit rêver et avoir affaire à l'esprit malin de l'ours, le plus redoutable de tous.

— Tu pars demain, dit l'officier. Tu vas emmener Marie-Anne à *Petite Rivière*.

Thana ne comprend rien. De Meuse la saisit par les épaules et la secoue tout en lui indiquant la route à suivre, les pièges à éviter. Dans son esprit dérangé et souffrant, la jeune Mesquakie reste la seule personne capable d'assurer la sécurité de Marie-Anne. Quand tout sera fini, il saura ainsi où la retrouver et ils pourront tout recommencer. Sans Josiah. Sans Chépart. Seuls tous les deux. Les yeux hagards, il redit les mêmes mots, insiste sur les points de repère, hausse la voix, s'impatiente. Il ordonne à Thana de répéter chacune de ses paroles et la frappe lorsqu'elle se trompe.

Quand il juge la leçon suffisamment apprise et intégrée, il attrape le bras de Nucamoan et l'oblige à se lever.

— Si tu tiens à revoir ta sœur, crache-t-il à la face de Thana, fais exactement ce que je t'ai dit.

4

Le gardien du bastion nord-est annonce six heures lorsque Chépart revient de sa virée nocturne. De l'appentis où il s'est réfugié avec Nucamoan, Jacques de Meuse l'entend brailler des ordres insensés entrecoupés de jurons obscènes, puis pérorer d'une voix pâteuse, brouillée par l'alcool et le manque de sommeil. Sa mission semble avoir été couronnée de succès. En tout cas, il s'en vante à tous ceux qu'il rencontre et qui n'ont pas le choix de l'écouter.

L'officier a un haut-le-cœur. Cet homme imbu de lui-même, ce Basque entêté et stupide a bu, mangé et forniqué avec des Sauvages qui planifient sa mort. Et sa suffisance niaise lui obstrue les yeux et les oreilles. Dégoûté par tant de bêtise, de Meuse se tourne vers Nucamoan qui dort près de lui, toute recroquevillée sur elle-même. La présence de la fillette le rassure; elle le conforte dans sa virilité. Il l'a pénétrée avec une rage décuplée, indifférent à ses geignements de douleur. En fait, il s'est caché dans le corps potelé de l'enfant, au plus profond, là où personne ne pouvait l'atteindre, mais cela, il ne l'admettra jamais.

Même s'il souhaiterait plus que tout rester là et plonger de nouveau dans ces effluves sucrés, il se lève à contrecœur. Le fort n'a plus de commandement. Chépart doit déjà ronfler quelque part, affalé sur quelque grabat de fortune. À lui donc de prendre la relève.

Sans faire de bruit, il s'extirpe du cagibi et verrouille la porte de l'extérieur. Arrivé dans la cour déserte, il jette malgré lui un coup d'œil du côté du logement des officiers où rien ne bouge encore. Il hésite un moment, puis décide de laisser dormir Marie-Anne. Elle aura besoin de toutes ses forces dans le sentier parfois abrupt qui mène à *Petite Rivière.* De son côté, Thana doit prendre le temps de rassembler les denrées nécessaires à un long séjour. Il peut bien leur accorder une heure ou deux, même s'il a très hâte de les voir partir. Quand elles seront hors d'atteinte, il s'occupera de Josiah.

Les jumeaux Pradel sont de garde. Ils n'ont rien à signaler, mais de Meuse s'attarde quand même dans le bastion. Des fragrances capiteuses émergent de la brume légère qui caresse les mornes. La journée sera belle. Les oiseaux égrènent déjà leurs trilles dans les rayons évanescents du soleil. Rien de mal ne pourra advenir.

Jacques de Meuse saute lestement en bas de l'échelle.

— Je serai au quai, dit-il. Le bateau de marchandises devrait arriver ce matin. Soyez vigilants.

* * *

La nuit a été longue et épuisante pour la quinzaine d'esclaves réunis dans la clairière. Après des heures de discussion, ils n'ont pu arriver à un consensus, même si, pour la plupart, le choix est clair : ils ne doivent pas rater cette occasion de fuir.

Certains se sont assoupis, à bout de résistance. D'autres n'ont pas réussi à fermer l'œil. Josiah est de ceux-là. Il a beau ressasser les arguments des uns et des autres, certains points restent obscurs, qu'il lui faut absolument éclaircir.

Autour de lui, ses compagnons s'éveillent un à un. Quelques-uns s'éloignent pour satisfaire un besoin naturel, puis ils reviennent en s'étirant et en bâillant, comme s'ils avaient oublié que leur destin se décide ce matin.

Josiah apostrophe un grand Noir, aussi imposant que lui :

— Raconte-moi encore ce que t'ont dit les Natchez.

L'autre, irrité, bougonne :

— J'ai déjà raconté dix fois.

— Quelque chose cloche, insiste Josiah. J'ai besoin de comprendre. Ils t'ont bien parlé du bateau de marchandises ?

— Oui ! s'impatiente son compagnon. Ils ont dit qu'ils voulaient être sûrs d'avoir leur part.

— Et ils savaient quand le bateau arriverait ?

— Oui... Non... Je ne sais pas.

— Ils devaient le savoir puisqu'ils voulaient que nous fuyions aujourd'hui même.

— Je ne vois pas le rapport.

Josiah, lui, le voit de plus en plus. Il commence enfin à comprendre.

— En tout cas, se défend son vis-à-vis, ils nous ont promis des fusils.

— Pour ce matin ?

— Oui, répond l'esclave fièrement.

— Et ils doivent venir ici ?

— Oui.

– Et que leur as-tu promis en échange ?

– Rien...

– C'est impossible !

Le grand Noir baisse la tête. Les autres l'entourent. Son discours qui, la veille, dans l'enfièvrement, leur paraissait cohérent et sans faille leur semble, ce matin, de plus en plus confus.

– Quelles sont les conditions ? insiste Josiah.

– Rien... Presque rien... Je leur ai fourni un plan du fort et j'ai promis qu'aucun Noir des concessions n'y mettrait les pieds aujourd'hui.

– Pourquoi aujourd'hui ? s'exclame Josiah. Pourquoi ?

– Je ne sais pas...

L'homme ment et tous ses compagnons le savent.

– Ne restez pas ici, leur ordonne Josiah. Dispersez-vous dans les bois !

Cette fois, tout lui apparaît d'une limpidité effrayante.

Il quitte la clairière et se dirige au pas de course vers le fort.

* * *

La première pensée de Marie-Anne va à Josiah. Où a-t-il passé la nuit ? Que fait-il ? Va-t-il revenir auprès d'elle ? Quel avenir les attend ? Ont-ils seulement un avenir ? Le bébé lui donne des coups de pied comme s'il voulait la semoncer. D'infimes ondulations courent sur la peau tendue de son abdomen. Elle respire profondément pour se calmer et rassurer l'enfant qui ne perçoit du monde que les émotions vécues par sa mère.

– N'aie pas peur, je suis là. Tout va bien.

Elle enfile son peignoir lorsque la porte s'entrouvre doucement sur Thana.

– Partir..., dit la jeune Mesquakie en montrant le balluchon qu'elle tient sous le bras.

Marie-Anne avait oublié qu'elle devait se rendre à *Petite Rivière,* mais cette perspective lui sourit. Son mari croit la punir en l'éloignant; il la jette, au contraire, dans les bras de Josiah. Si les amants avaient eu le temps, la veille, de fixer un rendez-vous, c'est sûrement *Petite Rivière* qu'ils auraient choisie d'emblée. Parce qu'ils devaient vivre leur passion à l'écart du monde, la concession est vite devenue leur refuge. Ils pouvaient s'y rendre sans éveiller de soupçons. C'est dans la petite maison blanchie à la chaux qu'ils ont fait l'amour pour la première fois. La pluie tambourinait sur le toit de bardeaux et une branche du châtaignier cognait à la fenêtre. Dehors, l'univers semblait courir à sa perte, et ils se plaisaient à penser qu'ils seraient les seuls survivants. Marie-Anne ne s'inquiète pas: dès qu'il le pourra, Josiah viendra la retrouver à *Petite Rivière.* Tout le reste, elle refuse même de l'envisager.

Thana veut mettre ses effets dans le balluchon, mais la jeune femme l'en empêche.

– Je n'emporte rien, dit-elle, j'ai tout ce qu'il me faut là-bas. Aide-moi plutôt à m'habiller et à me coiffer.

Parce qu'elle ne connaît rien de plus sophistiqué, Thana tresse grossièrement les cheveux rebelles à la couleur indéfinissable. Marie-Anne rit comme une enfant devant le miroir.

– N'est-ce pas que je ferais une drôle de Sauvagesse ?

Quelques instants plus tard, elle est prête à partir, mais Thana refuse de quitter la chambre.

– Nucamoan..., supplie-t-elle.

– Où est-elle?

– Avec ton mari.

– Avec Jacques? Tu en es sûre?

Perplexe, la jeune femme bombarde Thana de questions. Cette dernière explique du mieux qu'elle peut et Marie-Anne, le cœur serré, enfile les preuves bout à bout jusqu'à ne plus pouvoir douter de la parole de la jeune Mesquakie. Elle doit s'asseoir un instant pour ne pas s'effondrer. Tout tourne autour d'elle. Elle ne savait pas que la haine profonde, ancrée dans le ventre, pouvait provoquer un tel chavirement. La haine ressemble donc à un naufrage?

Sa pâleur inquiète Thana; elle doit se ressaisir.

– Nous allons trouver ta petite sœur et l'emmener avec nous, dit-elle, la gorge serrée. Partons chacune de notre côté et retrouvons-nous au jardin. Vite! Dépêche-toi!

* * *

À huit heures précises, la vigie annonce à grands cris le bateau de la compagnie. Jacques de Meuse, déjà sur place, assiste avec un enthousiasme teinté de soulagement à l'arrivée de l'immense barge remplie de barils, de ballots et de coffres de toutes dimensions. Le capitaine, rond et jovial, ouvre les bras dans un geste théâtral, en désignant fièrement les marchandises. Le bonhomme était attendu avec impatience; il le savait et tient à faire une entrée remarquée. Amusé par son style emphatique, l'officier le salue de la main.

Les de Kolley, père et fils, débarquent les premiers. Ils viennent visiter leur concession confiée à un contremaître. Celui-ci est en retard, à leur grand déplaisir. En l'attendant, ils s'entretiennent avec le père Poisson, lui-même sur le point de partir pour La Nouvelle-Orléans.

Il règne sur le quai une frénésie un peu folle. Avides de nouvelles, les soldats se mêlent aux voyageurs arrivés avec la barge. Des colons rappliquent de partout, souvent avec femmes et enfants. Curieux, tous montent à bord dans un désordre festif. Les contenants entassés sur la barge renferment des produits de luxe ou de première nécessité, tous susceptibles de leur faciliter la vie et d'apporter un peu d'inédit dans un ordinaire souvent ingrat. Ils veulent voir.

Jacques de Meuse ne perd pas son temps en mondanités. Il lui tarde de décharger et de placer toutes les marchandises en sécurité dans l'entrepôt. Mal à l'aise, poussé par un sentiment d'urgence qu'il semble être le seul à éprouver, il doit user de toute son autorité pour imposer un peu de discipline dans ce tohu-bohu. Sous son commandement, soldats et civils retroussent leurs manches. Tout le monde, même les femmes et les enfants, s'attelle à la tâche et le bateau est presque déchargé lorsque se pointent deux retardataires. Leurs concessions sont pourtant les moins éloignées du fort.

– Vous attendiez qu'on ait terminé? se moquent leurs compagnons.

– On a été empêchés, s'excusent les deux hommes.

Ils veulent s'expliquer, mais les quolibets pleuvent sur eux. Chacun s'en donne à cœur joie à leurs dépens, et c'est sous les sarcasmes et les applaudissements qu'ils déchargent seuls les deux derniers ballots.

* * *

Après des recherches infructueuses, Marie-Anne sort du fort pour se rendre au jardin. Elle doit se ranger sur le côté pour laisser passer une étrange procession. Le Grand Soleil, porté par huit guerriers, demande à pénétrer dans l'enceinte. Le chef des Natchez a revêtu ses habits d'apparat et il tient à la main un sceptre emplumé. Impressionnée par la morgue du despote, Marie-Anne s'appuie contre la palissade pour passer inaperçue. Cinq hommes précèdent la chaise du Grand Soleil; ils appartiennent sans aucun doute à la classe des nobles, car leurs costumes de cérémonie rivalisent de richesse et d'éclat. L'un d'eux porte respectueuse-ment le calumet de paix. Derrière le chef, des guerriers tirent une charrette où sont entassées des poches de maïs et des poules décapitées. Une vingtaine d'autres ferment la marche dans un ordre impeccable.

Les jumeaux Pradel, mis en garde par de Meuse, refusent de les laisser entrer, mais le commandant Chépart arrive en catastrophe, le justaucorps de travers, pieds nus dans ses souliers fins à talons, le regard vaporeux.

— Laissez-les passer ! ordonne-t-il d'une voix encore empâtée par l'alcool. Ils viennent régler leurs dettes.

Conscient de remporter une victoire de taille, il salue cérémonieusement le Grand Soleil et le précède jus-qu'au centre de la cour. Les Natchez aident leur chef à s'extirper de sa chaise et ils forment un demi-cercle autour de lui. Les habitants du fort, hommes de métier, femmes, enfants, tous ceux qui ne sont pas au quai, se bousculent pour ne rien manquer de la cérémonie.

Marie-Anne préfère se rendre au jardin, où elle espère bien retrouver Thana et Nucamoan. Elle veut être partie pour *Petite Rivière* avant le retour de son mari.

– Elle était bien bonne celle-là, les gars : on a été retardés ! Un voisin des deux retardataires recommence à les taquiner, mais les victimes, prises de court tout à l'heure, ont bien l'intention de se justifier.

– Ce sont ces foutus Natchez ! commencent-ils.

Cette fois, tout le monde tend l'oreille, surtout Jacques de Meuse qui se rapproche du groupe.

– Que voulez-vous dire ? demande-t-il.

– Ils sont passés à la maison pour emprunter nos fusils, expliquent les deux hommes.

– Et alors ? s'étonne un voisin. Ils sont venus chez nous aussi !

– Pour la même raison ?

– Mais oui ! Ils préparent une grande fête et ils voulaient des fusils pour aller à la chasse. Ce n'est pas la première fois. Ils vont nous payer en gibier comme d'habitude. Moi, ça fait mon affaire.

– Eh bien, pas moi, justement ! s'exclame un des retardataires. J'ai refusé de leur prêter mon arme et on a failli en venir aux poings. Heureusement, ils ont fini par partir.

Jacques de Meuse est secoué par un frisson et ses joues s'empourprent sous le coup de l'émotion. Fébrile, il interroge les autres colons. La plupart ont reçu la visite des Natchez à l'aube et ils ont tous prêté leurs fusils sans rechigner. D'abord perplexes devant cette étrange coïncidence, tous se tournent vers lui, en attente d'une parole rassurante. Le lieutenant passe une main moite dans le col de sa chemise. Il a du mal à déglutir. D'une voix éraillée, il jette un ordre bref:

– À vos armes!

Colons et soldats se précipitent en même temps à l'extérieur dans la confusion la plus totale. Le soleil brille de tous ses feux. Derrière eux, le Mississippi scintille comme une rivière de diamants au cou d'une femme. L'espace d'un soupir, ils croient s'être emballés pour rien. Puis, dans les flots de lumière aveuglante, ils distinguent une douzaine de Natchez, rangés au coude à coude entre eux et le fort. Ils pointent des armes dans leur direction, leurs armes, celles que les colons ont si candidement prêtées et toutes les autres, que les soldats avaient négligemment abandonnées sur le quai. Les canons des mousquets absorbent la brillance du soleil.

Suspendus entre l'étonnement et la peur, les Français restent figés dans un silence lourd qu'une première détonation, suivie de dizaines d'autres, fait brusquement éclater. Dans un nuage de fumée, les bouches meurtrières crachent la mort. Des hommes tombent avec lourdeur. Des femmes roulent sur le sol dans un froufroutement de dentelles et de cotonnades. Comme des oiseaux fauchés en plein vol, les enfants tournoient avant de mordre la poussière.

Jacques de Meuse court s'abriter derrière un canot renversé. Dans sa fuite, il aperçoit la robe noire du père Poisson, gonflée par l'eau rougie du fleuve; il n'a pas le temps de rien voir d'autre, car les guerriers natchez, plutôt que de recharger leurs fusils, passent au corps à corps.

Josiah a entendu les coups de feu. Il court à perdre haleine. Ce qu'il redoutait s'est avéré exact. Les Natchez avaient préparé cette attaque de longue date et leur prétendue complicité avec les esclaves ne servait que leurs desseins.

Plus il se rapproche du fort, plus la pétarade s'accentue. Il entend maintenant les cris des enfants et des femmes, les hennissements des chevaux affolés, les aboiements colériques des chiens. Il imagine les longs coutelas traversant les corps.

Il court. Son cœur se rapetisse dans sa poitrine, devient flamme, pure incandescence. Il court vers Marie-Anne. Il dévore l'espace qui le dévore à son tour, comme si cette course ne devait jamais finir. Les détonations claquent de partout : du fleuve comme des concessions, du fort et des cyprières. Les Natchez mettent toute la région à feu et à sac, et lui doit sauver Marie-Anne.

Enragé, il dévale la colline et pénètre dans la fumée grisâtre qui enveloppe le fort. Sans ralentir sa course, il contourne les bastions nord et est. On s'agite dans tous les sens autour de lui. Des corps s'effondrent à ses pieds, qu'il enjambe d'un bond, du sang gicle des cadavres. Les blessés gémissent en tendant les bras.

Tout à la curée, les mains pleines de sang blanc, les Natchez ne s'occupent pas des esclaves. Josiah réussit à se rendre sain et sauf devant les grandes portes que Thana et Nucamoan viennent tout juste de franchir. Derrière elles, il aperçoit les cadavres qui jonchent la cour et, tout au fond, des femmes blanches encerclées par les guerriers natchez. Il fonce vers l'enceinte, vers

Marie-Anne, mais Thana le prend par le bras et tire de toutes ses forces pour lui faire rebrousser chemin. Marie-Anne n'est pas à l'intérieur du fort. Elle l'a cherchée, sans la voir nulle part. Il reste une seule chance de la retrouver.

– Le jardin! crie-t-elle.

Après avoir libéré sa sœur, la jeune Mesquakie a voulu se rendre rapidement au jardin, mais les Natchez étaient déjà partout. Les quelques soldats qui défendaient le fort n'ont eu aucune chance. Chépart a eu beau les appeler à l'aide avant qu'on ne l'abatte, aucun n'a pu venir à son secours. Les informations fournies par l'esclave noir ont permis aux rebelles de s'introduire dans le fort par toutes les brèches, et avant même que quiconque ait pu soupçonner leurs intentions, ils avaient abattu tous les soldats. Les frères Pradel ont été parmi les premières victimes.

Quand Thana a vu leurs corps, placés en croix, l'un par-dessus l'autre, elle a eu très peur, surtout pour Marie-Anne, car elle sait à quels débordements peut entraîner le désir de vengeance. Elle connaît bien cette sensation d'invulnérabilité magnifiquement portée par les cris de guerre; elle-même l'a si souvent ressentie depuis la mort de Shäki. C'est comme une grande lame de fond qui part du ventre et roule sur elle-même pour se frayer un passage jusqu'à la poitrine où tout explose. Le corps devient alors une gigantesque mer déchaînée, furieuse et mauvaise, qui charrie ses rancunes et ses souffrances. Rien alors ne peut arrêter le bras vengeur armé par *An-a-mee-kee,* le dieu-tonnerre.

– Le jardin! crie-t-elle une autre fois en s'arc-boutant à Josiah.

Même si celui-ci la foudroie de ses yeux azurés, elle ne lâche pas prise jusqu'à ce qu'il comprenne enfin.

* * *

En frappant à droite et à gauche, Jacques de Meuse réussit à s'éloigner de l'entrepôt. Les Natchez ont placé des hommes sur la rive opposée pour contrer toute tentative de fuite. Avec un peu de chance, il pourrait cependant se sauver vers le nord, mais il n'y songe même pas. Échappant de justesse à un assaillant puis à un autre, l'officier remonte vers le fort, sa baïonnette dans une main, son pistolet dans l'autre. Il n'a qu'une seule idée en tête : sortir Marie-Anne de cette hécatombe. Et pas un instant il ne doute du succès de son entreprise, malgré les cadavres sur lesquels il trébuche, malgré la fumée grisâtre qui monte du fort en même temps que les chants de victoire des Natchez. Il doit trouver Marie-Anne, l'emmener très loin et lui apprendre à l'aimer.

Le tumulte, d'abord insupportable, s'estompe graduellement, à mesure qu'il se rapproche du but. Comme s'il était vraiment le dernier combattant, le seul survivant peut-être de tous les Français de la région, le seul encore en mouvance.

À mi-chemin, il délaisse le sentier et entreprend de franchir à couvert les derniers mètres de l'escarpement. Les genoux et les mains écorchés, il atteint finalement le sommet sans qu'on ait remarqué sa présence. Il ne pourra pas entrer directement dans le fort. Des guerriers vont et viennent devant les grandes portes. Il fait donc un détour par le jardin, où il les aperçoit tous les trois : Josiah, agenouillé, en prière, flanqué de Thana et de

Nucamoan, debout près de lui. Ils lui tournent le dos et l'officier se demande ce qu'ils peuvent bien faire là, immobiles et recueillis, en marge de la violence et de la démence. Il ne peut pas voir l'objet de leur contemplation, mais, en baissant la tête vers le sol, il aperçoit une longue tresse à la couleur étrange, unique, comme un collier d'ancolies sauvages.

Soudain conscientes d'une présence, Thana et Nucamoan se retournent. De Meuse fait un pas vers elles, puis il s'arrête brusquement et ouvre la bouche comme s'il voulait appeler. Une flèche s'est fichée dans son dos. Il n'a pas une seconde pour réagir, aucune chance. Son agresseur est déjà sur lui; il l'empoigne et tire ses cheveux pour dégager son cou, où glisse aussitôt, comme un éclair, la lame d'un couteau. La tête de l'officier ne tient plus que par la nuque. D'un coup sec, d'une puissance inouïe, le guerrier brise la vertèbre cervicale et, triomphant, lève à bout de bras la tête sanguinolente de l'officier. En prenant à témoin de son exploit les deux Mesquakies qu'il considère comme des alliées, il pousse un cri aigu et court vers le fort pour présenter son trophée au Grand Soleil.

Frissonnantes, pressées de fuir cette tuerie, Thana et Nucamoan se tournent vers Josiah, toujours effondré près du cadavre encore chaud de Marie-Anne. La jeune femme a été éventrée. Ils l'ont trouvée là, avec cette fissure béante, baignant dans une mare de sang. Deux chiens aux babines retroussées se disputent encore les restes de l'enfant qu'on a lancé contre le mur de pieux. Une étoile rougeâtre marque l'endroit où la petite cervelle a éclaté.

Indifférent à tout ce qui n'est pas le corps supplicié de sa maîtresse, Josiah replace tendrement les vêtements déchirés et sanguinolents. Il caresse la dentelle tachée de sang du jupon. Il lace un bottillon, essuie la terre noire qui souille la joue de Marie-Anne. Il a tellement couru pour venir vers elle. En promenant ses mains au-dessus de la blessure béante, il imagine les chairs qui se rejoignent. Ne reste alors qu'une ligne bleutée entre la poitrine et le sexe, une ligne comme une barricade, derrière laquelle l'enfant pourra grandir.

Thana regarde autour d'elle, écoute les chants de victoire. Les guerriers vont boire, manger et danser. Ils vont discourir sans fin, raconter mille fois leurs exploits et jouir des femmes blanches, les ensemencer comme il revient aux vainqueurs. On les a épargnées, elle et Nucamoan, parce qu'elles sont de la même race, mais elles doivent partir maintenant avant que les Natchez ne changent d'avis à leur sujet. Elles iront comme prévu à *Petite Rivière*. Le chemin est déjà tout tracé dans sa tête et le balluchon qu'elle a laissé tomber un peu plus loin contient tout ce qu'il leur faut pour survivre un bon moment.

Quand elle presse l'épaule de Josiah, il sursaute comme si on l'avait frappé et la regarde de ses yeux hagards, d'une blancheur presque translucide. Thana recule devant ce fantôme au regard vide. Elle ne peut rien pour lui. Il vient d'entrer dans un monde où les vivants n'ont plus prise, un monde de déraison et d'absence où ce qui a disparu devient la seule réalité encore perceptible. Thana ne peut plus attendre.

– Nous devons partir maintenant, murmure-t-elle à Nucamoan en ramassant le pistolet de Jacques de Meuse.

Des larmes coulent sur les joues de la fillette.

– Il faut l'emmener avec nous, dit-elle en montrant Josiah.

Thana veut rétorquer, lorsqu'un guerrier natchez surgit de nulle part en hurlant. La face avinée par l'abus d'alcool, il tient un grand coutelas à la main et se dirige vers Josiah. Sans hésiter, Thana tire à bout portant. Le guerrier s'effondre à ses pieds. Affolée, elle regarde autour d'elle, convaincue que les Natchez vont accourir par dizaines, mais rien ne se passe.

– Viens vite ! dit-elle à Nucamoan. Il faut partir d'ici.

Obstinée, la fillette prend le bras de Josiah. Elle croyait devoir affronter sa résistance, mais le géant se laisse mener sans dire un mot, sans même esquisser un geste de défense. Tous les trois, l'homme blessé à mort, sorti de lui-même et du monde, et les deux Mesquakies, errantes dans un pays dévasté, tournent le dos à Marie-Anne de la Tour et enjambent le cadavre décapité de Jacques de Meuse.

* * *

Des morts partout : sous les sycomores et les chênes, dans les champs de coton, couchés dans les hautes herbes ou au travers des sentiers, sur le seuil des maisons... Partout.

Les Natchez n'ont épargné personne, sauf les esclaves qui ont accepté de les aider. Tout le pays brûle au-dessus de la stridulation lancinante des cigales. Maisons, plantations, remises, le feu détruit tout. Il ne reste plus rien de la présence française, que des cadavres. Une chaleur s'installe, inhabituelle, beaucoup trop lourde pour cette fin de novembre, et le ciel se couvre.

Nucamoan tient toujours la main de Josiah. De l'autre côté, Thana fait la même chose. La haute stature de l'esclave les rassure. La jeune fille comprend pourquoi sa petite sœur a insisté pour l'emmener avec elles. Même si la sève a déserté son corps, le laissant pantelant, il a toujours carrure d'homme et ses bras puissants peuvent encore enserrer l'ennemi. Les muscles saillants de ses cuisses se distendent comme des ressorts à chacun de ses pas, et les jeunes filles se collent contre lui, heureuses de frôler sa peau foncée, luisante de sueur. Non seulement a-t-il pour lui la force et l'apparence de la force, mais il connaît ce pays beaucoup mieux qu'elles. S'il survit au deuil de Marie-Anne, il pourra les aider.

À quelques reprises, les trois fuyards croisent des partis de Natchez qui arrivent des grandes concessions, où ils ont tout brûlé. Euphoriques, les mains gluantes de sang, les guerriers lèvent leurs casse-tête en signe de victoire. Certains veulent entraîner l'esclave et ses compagnes vers le fort. Quelques-uns deviennent arrogants, violents même. Thana feint d'accepter de les suivre; elle participe même à leur liesse, puis, quand ils se désintéressent d'eux, elle rebrousse chemin avec Nucamoan et Josiah.

Très rapidement toutefois, elle constate qu'il lui sera impossible de se rendre à *Petite Rivière.* Des détonations sporadiques lui indiquent que le carnage n'est pas terminé dans cette partie du grand territoire des Natchez. Aller vers le sud représente un danger auquel il serait insensé de s'exposer. Il faut trouver autre chose.

La jeune fille s'arrête, perdue au milieu de nulle part, sans repères dans ce pays de sang et de cendres si différent du sien. Découragée, elle presse la main de Josiah.

— Où devons-nous aller? demande-t-elle. Tu dois m'aider.

Le géant ne répond pas. Incapable de réagir, il baisse la tête, honteux de ce grand corps qui se souvient des gestes de survie, qui sait encore marcher, respirer, de ce cœur inutile, incapable de s'arrêter de battre, alors que la pensée s'est tétanisée.

Thana regarde Nucamoan, placée dans l'ombre de Josiah. La petite tremble mais elle lui sourit, confiante malgré tout.

— Ne t'inquiète pas, murmure Thana. Nous allons nous en sortir...

Elle ne termine pas sa phrase. Soudain, une évidence s'impose. Elle va aller là où personne ne s'attend à la trouver.

DEUXIÈME PARTIE

Si vous lui demandez : « Quels sont les fruits du silence ? », il dira : « La maîtrise de soi, le vrai courage ou la persévérance, la patience, la dignité et le respect. »

Chiyesa, écrivain

1

Déconcertées par l'arrivée de ce trio insolite, les femmes du Grand Village des Natchez ne savent trop quelle attitude adopter. Tout en gardant une certaine distance, elles interrompent leurs activités et emboîtent le pas aux étrangers. Elles délaissent les tréteaux où sèchent le maïs et le tabac, referment les petits greniers à maïs érigés sur des pieux, à hauteur d'homme, ou quittent leurs étranges maisons au toit de paille, faites en bonne partie de boue séchée. Thana n'a jamais vu de ces habitations rondes et basses. Elle écarquille les yeux, curieuse. Aucune tribu des grands lacs n'a jamais construit de huttes comme celles-là, sans ouverture pour laisser passer la fumée et recouvertes, presque jusqu'à terre, de plusieurs rangs de paille.

De plus en plus nombreuses et sûres d'elles, les femmes se rapprochent. Parfois, l'une d'entre elles s'enhardit jusqu'à les toucher, mais Thana ne s'arrête pas. Elle veut créer une illusion de confiance absolue, faire croire qu'elle sait où elle va et ce qu'elle veut, et surtout ne rien laisser transparaître de ses inquiétudes.

Deux tumulus de dimension impressionnante s'élèvent en plein centre du village. En les voyant, Thana se souvient que les Natchez appartiennent à la très ancienne lignée des constructeurs de mounds, ces tertres artificiels formés d'amas de terre sur lesquels ils érigent leurs temples ou certaines habitations réservées à l'élite. Ces tertres servent parfois à inhumer les chefs et deviennent, par le fait même, des lieux de recueillement. La jeune fille connaît bien cette coutume qui a cours chez certains peuples depuis des millénaires et qui s'est répandue tout le long du Mississippi, du sud au nord. Wapello lui a déjà parlé des constructeurs de mounds. Ici, dans le Grand Village, les deux tumulus se font face. Sur le premier, on a construit une hutte de la même facture que les autres, mais beaucoup plus grande. Thana présume qu'il s'agit là de la maison du Grand Soleil. Sur l'autre, on a érigé un temple, avec, aux quatre coins, des girouettes en forme d'aigles, sculptées dans le bois.

Des enfants arrivent maintenant de partout. Ils ont quitté l'ombre bienfaisante des magnolias et entourent les trois étrangers. Tout le monde se retrouve ainsi devant le temple, d'où émerge une très grande femme. Vêtu d'un simple pagne et couvert de tatouages stylisés et symétriques aux bras et aux cuisses, un guerrier l'escorte pendant qu'elle descend chacun des degrés avec une lenteur aristocratique. Lorsqu'elle atteint la dernière marche, tous reculent pour lui céder le passage en lançant un cri semblable à un hurlement. Le port altier, la femme chef vient vers Thana, d'un pas assuré. Seuls ses seins flasques et flétris trahissent son âge avancé.

Totalement ignorante de la langue muskogeane pratiquée par les Natchez, la jeune fille serre ses mains l'une dans l'autre en signe d'amitié. Sans répondre, la femme tourne lentement autour d'elle avant de diriger son attention vers Josiah, puis vers Nucamoan.

Elle essaie de comprendre quel lien peut unir les deux femmes et l'esclave noir, si visiblement dépendant de ses compagnes. Comment deux êtres si frêles et si jeunes ont-ils pu envoûter un homme si puissant ? Faut-il soupçonner une quelconque sorcellerie et se méfier du pouvoir secret de ces étrangères ?

Prudente, la femme chef invite ses visiteurs à s'asseoir avec elle. On leur tend à tous les trois des bols recouverts du même motif – un cercle spiralé de couleur ocre – et remplis d'un liquide blanchâtre. La femme les laisse boire, puis elle pose une première question. Sa voix grave mord dans les mots et confère une grande richesse à cette langue inconnue pour Thana. Celle-ci écarte les mains pour s'excuser de son ignorance, et la vieille femme reprend alors dans un français approximatif en pointant le doigt en direction du fort.

– Tu as vu mes guerriers ?

– Oui, répond Thana, tes guerriers sont victorieux.

Les lèvres de la femme Soleil s'entrouvrent sur une bouche édentée. Elle veut en savoir plus. Pendant de longues minutes, Thana raconte le massacre, devenant ainsi le messager de la bonne nouvelle. On lui offre à manger et à boire, et elle répond patiemment aux questions en célébrant l'adresse et la puissance des Natchez. Parfois, sa voix tremble, quand elle pense à Marie-Anne ou aux frères Pradel, ou même à Jacques de Meuse, puis elle se ressaisit aussitôt.

Alors qu'elle raconte pour la troisième fois la mort de Chépart, la femme Soleil l'interrompt au milieu d'une phrase. Ses fidèles baissent la tête et Thana se tait.

– Qui est-il ? demande la vieille femme en désignant Josiah, toujours prostré. Il est à toi ?

L'hésitation de Thana est à peine perceptible. Elle choisit la réponse qui lui semble la plus susceptible de préserver leur vie à tous les trois.

– Oui... À moi...

La femme chef est impressionnée. Ses yeux brillent d'envie.

– Qui es-tu ? demande-t-elle sur un ton admiratif.

– Une Mesquakie, répond fièrement Thana en montrant le nord.

La femme Soleil joint les mains et s'adresse à ses sujets. Un murmure parcourt la foule. Dans l'esprit des Natchez, les Mesquakies, réputés ennemis des Français, sont nécessairement des alliés.

Désireuse de profiter de son avantage, Thana regarde son interlocutrice droit dans les yeux.

– Je veux rentrer chez moi, dit-elle.

D'un signe, la femme chef fait venir le guerrier qui attendait, les bras croisés. C'est le gardien du temple. Il n'est pas allé au combat, car il a été choisi pour entretenir le feu sacré. Après avoir écouté sa maîtresse, il demande un bâton et trace sur le sol une carte rudimentaire de la région. Tout en haut, il dessine une croix : le pays de Thana. Bouleversée, la jeune fille retient difficilement ses larmes. La terre de ses ancêtres est tellement loin. Comment pourra-t-elle y arriver ? En levant la tête, elle croise le regard de Nucamoan et y décèle un si grand espoir qu'elle a envie de partir tout de suite, de courir vers la rivière des Renards, sans s'arrêter, le corps tourné vers l'étoile de feu.

Le gardien du temple marche lentement autour du tracé. D'un trait, il biffe le grand fleuve et tous ses affluents.

– Pas par là, dit-il. Les Français seront partout.

Il trace plutôt, beaucoup plus à l'est, une belle ligne qui monte vers le nord en décrivant un arc.

– Il faut suivre le sentier des Natchez jusqu'au village des Chickasaws. Là, les Français ne viendront pas.

* * *

Chargé de porter les vivres, Josiah se laisse conduire comme un taureau docile. Deux femmes Natchez accompagnent le trio, histoire de le mettre sur la bonne voie. Lorsque ces guides, après de multiples recommandations, les abandonnent pour retourner au Grand Village, Thana ne s'inquiète pas. À première vue, le sentier semble facile à suivre. Tracé à l'origine par les bisons qui cherchaient les marais salants du nord, il a ensuite été battu par les Natchez, les Chickasaws, les Choctaws et même les Yazoos, dont il est vite devenu la principale artère de communication. À l'occasion, quelques colons, coureurs des bois ou traiteurs s'y aventurent. Plusieurs toutefois n'arrivent jamais à destination, car la vie s'y joue souvent à dix contre un. Pour survivre à ce long et hasardeux périple, il faut non seulement savoir naviguer dans les méandres incertains des alliances, mais également pouvoir se confondre, au moment opportun, avec ces enchevêtrements de lianes qui courent d'un arbre à l'autre, emprunter, si nécessaire, les armes de l'aubépine, se couvrir de l'odeur du sassafras, reconnaître les châtaigniers, les noyers et les caryers aux noix douces et sucrées. Plus encore, il faut devenir mocassin d'eau ou insecte, renard, aigle ou lynx. Sinon le sentier risque de vous avaler, et la végétation opulente, de vous ensevelir sous son linceul vert et luisant.

Les dangers, innombrables, Thana les pressent avec une acuité presque douloureuse, et elle croit pouvoir les surmonter. L'épreuve lui paraît à la hauteur de l'objectif, c'est-à-dire immense et essentielle, mais non pas irréalisable. Confiante, elle touche discrètement la pochette accrochée à sa ceinture et entraîne ses compagnons. D'emblée, elle impose son rythme. D'une foulée régulière et assurée, elle absorbe le sentier de tout son corps, sans jamais regarder en arrière. Dotée d'une patience opiniâtre, elle gagne son pays pas à pas, contournant les arbres morts, gravissant les collines, toujours concentrée.

Peu à peu cependant, le calme ambiant agit sur l'état d'esprit des voyageurs. Parce que tout se déroule bien, parce qu'ils n'ont encore rencontré aucun obstacle majeur, parce qu'ils mangent à leur faim et s'abreuvent quand ils le désirent à l'eau claire des ruisseaux, Thana et ses compagnons écoutent plus librement la vie qui bat autour d'eux, à toute heure du jour et de la nuit. Dans les sous-bois, où déblatèrent les écureuils, les feuilles crissent parfois sous les pas des opossums en quête de nourriture. Éparpillés dans les futaies, des oiseaux pépient de l'aube au crépuscule.

Un matin, Nucamoan s'amuse à répondre au criaillement retentissant du geai. Un dialogue s'instaure entre la fillette et l'oiseau, et leurs cris perçants se rejoignent dans les feuillages denses, jusqu'à ce que les notes claires et sifflantes du cardinal les interrompent.

Sans s'en rendre compte, Thana a ralenti l'allure pour profiter de ce moment de grâce. Il est si rare que l'esprit inquiet et le corps épuisé s'oublient quelques instants, que ne compte plus que la beauté, simple et vivante, apaisante. Pour la première fois depuis leur départ, Josiah lève lui aussi la tête. Il aperçoit avant les autres le grand pic coiffé d'une huppe écarlate. Bien appuyé sur sa queue et solidement agrippé au tronc d'un pin immense dont le faîte se perd dans le ciel, l'oiseau noir rayé de blanc frappe l'écorce de son bec.

Émerveillées, Thana et Nucamoan observent non pas le grand pic, mais le bel esclave à la peau mordorée qui se laisse de nouveau séduire par la vie. À sa façon, il se réinstalle dans la trame des jours, et toutes les deux se réjouissent comme si elles retrouvaient enfin un ami égaré depuis des lunes.

Quand Thana suggère d'un geste la reprise de la marche, Josiah sourit et prend les devants.

* * *

Cette nuit-là, Thana écoute son compagnon sangloter pendant des heures. Ces larmes qui l'empoisonnaient, il s'en libère comme d'un repentir. Elle voudrait l'aider, le prendre dans ses bras et lui parler de Marie-Anne, de cet amour qu'ils ont partagé et qui, lui, ne mourra jamais. Elle n'ose pas et Josiah finit par s'endormir. Dans son sommeil agité, il défile d'une voix méconnaissable des mots sans suite qui n'ont de sens que pour lui. La jeune fille s'inquiète. Quel esprit emprunte ainsi la conscience de l'amant en deuil ? Que lui révéleront ses rêves ? Les présages seront-ils bons ou mauvais ? Et qu'en fera-t-il ?

Dès le lendemain matin, elle obtient une réponse rassurante à ses questions : l'esprit qui hante ses nuits est sûrement bénéfique et de bon conseil, car une vigueur nouvelle anime Josiah. Il prend la tête et fonce à pleines enjambées. Sur plusieurs kilomètres, une rivière bourbeuse frôle dangereusement le sentier. À certains endroits, des coulées de cailloux au creux d'ornières glaiseuses témoignent des débordements sporadiques du cours d'eau. Le terrain est plat, souvent défoncé, comme si la rivière l'aspirait par en dessous, et de grosses roches parfaitement polies saillent parfois du sol, instables. Ces obstacles ne réussissent pas à ralentir Josiah. À mi-journée, Thana doit lui rappeler qu'elles n'ont pas son endurance.

— Il faudrait s'arrêter un moment, dit-elle.

— Tu as raison, admet-il. Reposez-vous, je monterai la garde.

Leur ami a pris les choses en main, comme s'il voulait s'acquitter d'une dette, et Thana se sent bien. Avant de pouvoir le partager, elle ne s'était pas vraiment rendu compte de la lourdeur du fardeau; de se délester ainsi sur un autre d'une partie des responsabilités la soulage plus qu'elle ne l'aurait cru. Maintenant qu'il est redevenu lui-même, elle fait confiance à Josiah. Il va les mener à bon port. Ensemble, en unissant leurs trois volontés, ils vont réussir.

Pendant que l'esclave examine les alentours, elle prend une gourde et barbote un moment dans la vase avant d'atteindre une eau plus claire dont elle remplit son récipient. Lorsqu'elle veut revenir dans le sentier, elle aperçoit Josiah qui court dans sa direction, armé d'une grosse branche, et si effrayé qu'on ne voit plus dans son visage que le blanc nacré de ses yeux.

— Reste là ! crie-t-il. Ne bouge pas ! (Il pénètre dans l'eau avec prudence et la rejoint.) Suis-moi, maintenant. Mets tes pas dans les miens.

Impressionnée par la gravité de son guide, Thana lui obéit sans dire un mot. De sa branche, il bat les roseaux devant lui. Un mocassin d'eau disparaît furtivement entre les joncs, tandis que des araignées grosses comme le poing prennent la direction opposée. Collée à son sauveteur, Thana frissonne. De la rive, Nucamoan suit leur lente progression en retenant son souffle.

Aucun d'entre eux ne se rend compte qu'on les observe.

* * *

Ils n'ont pas sitôt regagné le sentier, encore secoués par ce qui vient d'arriver, que quatre hommes armés de sarbacanes les encerclent. À leurs longs cheveux raides et à leurs avant-bras teints en rouge, Josiah reconnaît immédiatement des Choctaws. Les colons de la région les ont surnommés « Têtes plates » à cause de cette étrange habitude qu'ils ont d'aplatir dès la naissance le crâne de leurs enfants, croyant ainsi leur procurer une vue perçante. Alliés des Français, ils ont refusé de se joindre à la révolte des Natchez, mais Josiah ne leur fait pas confiance pour autant. Opportunistes, ils tournent souvent avec le vent.

Ramassé sur lui-même, prêt à se défendre, le grand mulâtre essaie de voir s'il s'agit tout simplement de chasseurs ou plutôt d'une excursion punitive orchestrée par les survivants du massacre du fort Rosalie. Les Français ont dû faire appel à tous leurs alliés pour poursuivre les Natchez et les esclaves impliqués dans la révolte. Ce petit groupe ne constitue peut-être qu'une avant-garde.

Le regard belliqueux, les Choctaws se rapprochent. Thana essaie de parlementer, mais, ignorant les motivations de ses vis-à-vis, elle n'ose pas dire qui elle est et où elle va. De toute façon, ces guerriers, qui parlent une langue muskogeane, n'entendent visiblement rien au mesquakie, de souche algonquienne. Ce qui ne les empêche pas de reconnaître des fuyards quand ils en rencontrent. D'après eux, l'esclave et ses acolytes tentent sûrement d'échapper à la répression française et ils constituent, par le fait même, un produit d'échange de grande valeur, ainsi que l'occasion de prouver leur fidélité à *Onontio*. La seule difficulté consiste à les ramener vivants sans perdre aucun des leurs.

Josiah, quant à lui, ne doute plus de leurs intentions. Il n'envisage pas de se rendre sans combattre. Il craint toutefois de n'avoir aucune chance, seul contre quatre guerriers armés. Pourtant, au premier geste agressif envers ses compagnes, il fonce en rugissant. Rapide comme la vipère, il assomme deux hommes de son bâton, d'un même élan, et en désarme un autre qui lui saute au visage. De leur côté, Thana et Nucamoan se jettent sur le quatrième et le maîtrisent tant bien que mal, le temps que Josiah, enfin débarrassé de son agresseur, vienne à leur rescousse. Déchaîné, l'esclave fond sur le Choctaw. Il frappe encore et encore, les mains poisseuses du sang de son ennemi. Il désire tuer, éventrer. Le cœur à vif, l'esprit troublé par une profonde détresse psychologique qu'il croyait à tort avoir vaincue, il se décharge sur sa victime de son trop-plein de souffrance et de colère. Les forces conjuguées de Thana et de Nucamoan parviennent à l'arracher à sa proie, mais il reste un moment hébété, secoué par sa propre violence.

– Il faut partir d'ici! Vite! supplie Thana.

Déjà, des voix leur parviennent. Ils n'ont que le temps de se cacher.

– Là-bas..., murmure Josiah en indiquant un massif d'aubépines.

Les deux sœurs courent se tapir sous les branches des arbustes, en collant leurs joues au sol humide. Josiah ne les a pas suivies; il attend au milieu du sentier, imperturbable. Quand les autres Choctaws arrivent, il s'assure d'abord qu'ils l'ont vu, puis il prend ses jambes à son cou et fonce en zigzaguant dans la pinède. À la première occasion, il bifurque à angle droit et pénètre dans la rivière sans ralentir, levant les jambes très haut pour que l'eau ne freine pas sa course.

Pendant ce temps, les Choctaws interloqués ont découvert leurs compagnons, l'un, mort, les autres, simplement étourdis. Après un bref conciliabule, les plus rapides s'élancent à la poursuite de Josiah, tandis que les plus vieux s'occupent des blessés. Thana et Nucamoan retiennent leur souffle. Les Choctaws n'auraient que quelques mètres à franchir pour les débusquer. Heureusement, après ce qui leur semble une éternité, les guerriers emboîtent le pas à leurs compagnons déjà en chasse. Pendant longtemps, si longtemps qu'elle croit avoir rêvé, Thana entend leurs appels, le bruit chuintant de leur course dans les fourrés, leur respiration saccadée. Puis ses propres battements de cœur résonnent dans la pinède ensoleillée.

– Viens, dit-elle à Nucamoan, en rampant pour échapper aux épines acérées.

La fillette s'extirpe des buissons en grimaçant chaque fois qu'une épine lacère sa peau délicate. Le sang perle sur ses bras et ses jambes. Une grande éraflure lui zèbre la joue.

– Et Josiah? s'inquiète la petite. Que va-t-il lui arriver?

– Il va nous retrouver, la rassure sa grande sœur. Ne t'en fais pas pour lui.

« Il va nous retrouver. » Thana répète cette phrase dans sa tête, à plusieurs reprises pour forcer le destin. « Il va nous retrouver. » Elle a tellement besoin d'y croire.

* * *

La petite a toujours faim. Son aînée la rationne, mais au bout de quelques jours leurs provisions sont quand même épuisées, et les quelques fruits et racines glanés ici et là ne suffisent plus à refaire leurs forces. Nucamoan se fatigue plus rapidement. Ses traits tirés ont perdu leur rondeur poupine.

Un matin, Thana réussit à tuer un porc-épic qui les avait importunées toute la nuit avec ses cris de nourrisson en colère. Elles n'osent pas faire du feu et le mangent cru.

Le lendemain, Nucamoan se plaint de douleurs dans les reins et au bas-ventre. Elle s'arrête souvent et appuie ses mains au bas de son dos, dans un geste qui rappelle à Thana les poses de Marie-Anne, à la fin du jour, après le dur labeur.

– Tu te plains comme une femme grosse d'enfant, se moque-t-elle en poussant la fillette sur quelques mètres. Allez! Encore un effort!

La petite aimerait dire la douleur cuisante. Décrire avec force détails ces crampes qui vont et qui viennent

162

pourrait sans doute la soulager, mais elle se tait. Thana a raison : elles doivent avancer, ne pas s'arrêter, ne pas ralentir, même si ses pieds écorchés saignent dans ses mocassins, même si toutes les articulations de son corps grincent comme celles des vieilles femmes. Ne pas s'arrêter. Oublier les esprits mauvais et continuer. Même si du sang coule entre ses jambes, puis ne coule plus, puis coule encore. Thana lui a bien expliqué qu'elles ne peuvent pas s'arrêter; elles ne seront vraiment en sécurité qu'auprès des Chickasaws. Alors la fillette avance, malgré les contractions qui la déchirent. Au village, sur les rives de la rivière des Renards, il ne restera plus de cette douleur parfois insoutenable qu'un mauvais souvenir. L'homme-médecine chantera pour elle les chansons guérisseuses, celles qui ramènent l'âme dans le corps. Pour se donner du courage, l'enfant fredonne dans sa tête. Elle talonne sa sœur, ne la laisse jamais prendre de l'avance, car elle craint de ne plus pouvoir la rejoindre s'il se creuse entre elles une trop grande distance.

Thana sent le souffle de Nucamoan dans son cou; elle entend ses gémissements sourds. Pour ne pas l'accabler davantage, elle dissimule sa propre fatigue sous des allures frondeuses, tout en pensant constamment à Josiah. Elle l'imagine parfois, jaillissant d'un fourré, un lièvre à la main, ses yeux clairs brillant comme les lucioles au cœur de la nuit. Malheureusement, la triste réalité la rattrape toujours et elle en vient à craindre le pire. Comment Josiah aurait-il pu échapper à ses poursuivants, désarmé, épuisé ? Ne risque-t-elle pas, à chaque détour du sentier, de buter sur son cadavre ?

Distraite par cette effrayante éventualité, Thana entend les voix à la dernière minute. Elle a tout juste le temps de pousser Nucamoan derrière un buisson. C'est la deuxième fois aujourd'hui qu'elles croisent des voyageurs, et cette soudaine activité la porte à croire qu'elles se rapprochent du but.

— Le village des Chickasaws n'est sûrement plus très loin, explique-t-elle à sa jeune sœur. (Celle-ci lui offre un pauvre sourire. D'une halte à l'autre, elle a toujours un peu plus de mal à se relever.) As-tu senti les nouvelles odeurs ? L'air est plus frais, tu ne trouves pas ? C'est normal ; ça signifie que nous allons bien vers le nord. Nous y sommes presque, j'en suis certaine.

Nucamoan ne partage pas l'enthousiasme de son aînée, mais elle ne le dira pas pour ne pas la décevoir. Le chemin roule sous ses pas, si semblable toujours qu'elle a l'impression de tourner en rond. Cela non plus, elle ne le dira pas. Comment expliquer à Thana que la rivière des Renards est beaucoup trop loin, que tout ce qu'elle souhaite, c'est de s'étendre quelque part et de se recroqueviller sur sa souffrance ?

* * *

Elle n'aurait pas dû s'arrêter, même si elle le désirait très fort. Thana aurait dû l'obliger à continuer. Elle entend bien les moqueries affectueuses de sa grande sœur ; parfois, elle croit même reconnaître la voix de Josiah. Elle voudrait se lever, aller vers eux, leur répondre, mais elle n'y arrive pas. Malgré les flatteries et les caresses, et son grand désir, elle n'y arrive plus.

Thana la rudoie un peu pour cacher sa détresse :

— Allez, paresseuse ! Lève-toi !

La petite gémit, crispée sur sa couche. Un sifflement sourd de sa poitrine, comme si ses poumons ne contenaient plus que de l'air vicié. Elle exhale sa souffrance par la peau, luisante de sueur, par ses yeux épouvantés, par la gorge.

Désemparée, Thana cherche autour d'elle une racine, une fleur qui pourraient la soulager; elle cherche dans sa tête une prière, dans sa mémoire, une image, un signe révélateur. Elle en appelle à Wâpanowa Kyakyakwa, l'oiseau-manitou qui annonce la venue du jour. La croyance veut que cet oiseau ne rejoigne jamais son nid sans s'être assuré que tous les autres sont en sécurité. Il sait le temps qu'il fera et prévient ses semblables quand s'approche une tempête. Il leur dit comment se nourrir et leur enseigne l'art du chant. Thana l'implore de veiller sur Nucamoan, petit oiseau chanteur égaré parmi les hommes.

Sa prière terminée, la jeune fille se redresse, résolue à se battre. Sa décision est prise.

— Je vais aller chercher ton âme et la ramener, murmure-t-elle à l'oreille de la fillette.

C'est ce que ferait l'homme-médecine. Puisque la maladie résulte de l'absence de l'âme dans le corps, le seul remède est de la ramener le plus rapidement possible pour que l'esprit troublé de Nucamoan retrouve le chemin de la vie.

Thana part sans choisir la direction, se laissant guider par une voix intérieure. Le vent murmure dans les frondaisons et la rumeur lui parvient, semblable à un chœur de femmes. Un dindon sauvage glougloute dans un fourré. De partout, des voix s'élèvent, séduisantes, comme autant d'esprits susceptibles de la mener vers l'âme envolée de Nucamoan. Docile et confiante, entièrement disponible, même à ce qu'elle ne comprend pas, la jeune fille s'enfonce dans la forêt profonde. Selon sa compréhension des choses, l'âme affligée de la fillette a fui, en quête d'innocence. Il lui faut donc chercher la source originelle, où tout se trouve purifié.

Elle marche très longtemps, indifférente à elle-même, à sa faim et à sa fatigue, impassible devant les dangers, toute soumise aux voix. Elle n'a peur de rien, ni des vipères ni des veuves noires, ni même du temps qui passe. Elle a de plus en plus soif, mais elle boira à la source sacrée, pas avant. Ce sacrifice lui paraît nécessaire, et même si sa gorge brûle et qu'elle n'arrive plus à rassembler assez de salive pour se soulager, elle avance toujours, une heure encore, puis une autre.

Le soleil ruisselle en cascades à travers les feuillages, gaufrant le sol d'un damier aux mordorures frémissantes. Malgré les obstacles, la jeune fille s'entête à suivre ce sentier de lumière, parfois filet, parfois torrent.

Il la mène à un lieu étrange et bouleversant.

Devant elle, des cyprès et des toupélos trempent leurs troncs renflés dans une eau stagnante et bourbeuse, où se reflètent les couleurs vives des feuillages. On dirait un lieu de prière. Dans chaque arbre semble battre le cœur d'un être réincarné, sans sexe, sans appartenance, délivré de toutes ses contraintes, un être méditatif, attelé à la lourde tâche de penser l'univers. Thana ressent leur présence jusqu'au plus profond d'elle-même.

Toute contemplative à l'orée de ce sanctuaire, elle croit entendre les suppliques des âmes errantes qui rôdent autour des grands cyprès. Son esprit dédoublé perçoit à la fois un silence grave et pénétrant, et les chants d'apaisement des défunts. Elle reconnaît d'ailleurs sans peine les voix de Shäki et de sa mère.

Immobile, les yeux fermés, elle se recueille un long moment. Quand elle se remet en mouvement, une énergie tranquille la propulse là où elle désirait aller, vers une source limpide, dissimulée sous un tapis de verdure. En remerciant ses dieux, la jeune Mesquakie s'agenouille, retardant le moment de boire, malgré sa bouche sèche et sa langue râpeuse. Elle prie, retrouvant les mots anciens, d'avant sa naissance, chantés par les siens depuis toujours puisqu'il n'y a jamais eu de commencements. Elle y met tant de ferveur qu'elle oublie pendant un moment sa propre soif. C'est seulement quand les mots se taisent à l'intérieur d'elle qu'elle peut enfin se pencher vers l'eau claire, la laisser couler entre ses doigts, puis la porter à sa bouche. Elle emplit ensuite sa gourde en peau de loutre et reprend sa marche.

Elle n'a pas fait dix pas lorsque son attention est attirée par un bosquet de pimbinas. Au village, l'homme-médecine fait bouillir l'écorce de cet arbuste pour soulager les crampes. En se penchant pour en arracher quelques lambeaux, elle aperçoit, au milieu du fourré, un rocher d'une forme étrange. Il s'agit, en fait, d'un amoncellement de roches fragmentées. Une cache, probablement, comme toutes les tribus en font, soit pour honorer leurs morts, soit pour stocker des victuailles. Habituellement, chaque membre du clan connaît l'emplacement des caches et peut s'en servir en cas de besoin.

Fébrile, Thana déplace les pierres plates, érigées en forme de puits, et trouve tout au centre un sac de peau noué par de la babiche. C'est un ballot sacré, un *micami*, peut-être offert en sacrifice et auquel elle ne devrait pas toucher. « Si les dieux du marais m'ont menée jusqu'ici, se dit-elle, ils pardonneront ce sacrilège.» À l'intérieur du sac, elle trouve, entre autres trésors, de la viande et des fruits séchés, des courges, du maïs et des noix. Sans s'attarder, elle dépose les fragments d'écorce dans le ballot et le referme solidement.

Le temps lui est compté.

Elle doit maintenant retourner vers Nucamoan.

* * *

Roulée en boule comme un porc-épic apeuré, pâle et amaigrie, la fillette disparaît dans les branchages éparpillés sur le sol. Des aiguilles de pin piquées dans sa chevelure lui font une couronne hirsute. Minuscule dans la vaste pinède, elle ressemble à une pierre précieuse oubliée dans un univers démesuré, où tout se jauge à l'aune du vertigineux.

Thana l'appelle doucement :

– Nucamoan, je suis là. J'ai trouvé la source et les esprits m'ont menée au ballot sacré. Regarde, petite sœur...

Couchée sur le côté, la fillette lui tourne le dos. Elle ne bouge pas. Seul un gémissement indique qu'elle a entendu. Tendrement, d'une main légère et prudente, comme si elle craignait que l'enfant ne s'effrite au moindre contact, Thana presse son épaule pour la ramener vers elle. Le teint exsangue de Nucamoan étire ses traits de plusieurs saisons. Entre l'aube et le crépuscule, elle a vécu mille vies et mille morts. À la hauteur du sexe, du sang macule sa robe : une grande flaque rouge aux pointes hérissées et irrégulières. D'une voix chevrotante, Thana appelle sa petite sœur, la rappelle à elle, dans le monde des vivants.

– J'ai trouvé la source, Nucamoan. Ton âme va revenir. Tu vas rester avec moi et nous allons rentrer. Écoute-moi, je t'en prie... Je t'en prie...

Si triste qu'elle n'arrive même pas à pleurer, Thana oublie toute prudence. Après avoir fait un feu, elle prépare une décoction avec l'écorce de pimbina et l'eau de la source. Lorsqu'elle tente de faire boire Nucamoan, le liquide s'échappe aux commissures des lèvres et coule dans les aiguilles de pin. Impuissante, Thana s'assied sur ses talons, prête pour une longue veille.

Le temps passe dans une immobilité assassine. Le temps passe et rien ne se produit, même si chaque seconde compte pour une vie. Inexorable, chaque heure complète un cycle définitif, comme si elle ne devait jamais revenir, comme si elle était la dernière. En même temps que le soleil s'incline vers le couchant, une brise douce commence à secouer les feuilles, et cette complainte espiègle ramène Thana à l'essentiel.

– Va..., murmure-t-elle en retenant ses larmes, va, petite sœur, petite fille, va retrouver Shäki. Il t'attend à la rivière sacrée, là où le soleil, chaque soir, trouve le repos. Il t'aidera à traverser le pont. Va, n'aie pas peur...

Un dernier souffle s'échappe de la poitrine de l'enfant.

L'âme est en route vers la grande rivière blanche.

Péniblement, Thana s'extirpe de son désespoir. Elle dispose autour de Nucamoan la viande et les fruits dont elle aura besoin pour son long voyage, ne gardant pour elle que le strict nécessaire. Puis elle s'éloigne d'un pas lourd, s'arrachant de force à la dépouille de la fillette, auprès de laquelle elle voudrait s'allonger. Si elle ne fuit pas immédiatement, elle va s'enfoncer dans son chagrin comme en un marais profond et s'y enliser à jamais. Même si cette séparation exige un effort surhumain, elle doit marcher, reprendre sa route, montrer l'exemple encore une fois.

– Ne t'arrête pas, Nucamoan. Dans tous les mondes, il faut trouver le courage d'avancer. N'oublie pas : les chemins mènent aux rivières et les rivières conduisent toujours à ceux qu'on aime. Dans tous les mondes...

* * *

Malgré le sentiment affligeant de piétiner dans ses propres traces, la jeune fille progresse. Avec la conviction profonde, à certains moments, que plus rien, quoi qu'il arrive, ne pourra interrompre sa marche. Depuis quelques jours, le vent n'a plus ces délicatesses du sud ; il s'enrage au-dessus du sentier, parfois cinglant dans ses sautes d'humeur. Thana s'entortille dans ses risées, épouse ses furies, espérant qu'il pourra la porter, soulager ses jambes fatiguées et ses épaules endolories, panser ses pieds si pleins d'ampoules qu'à la moindre pause le sang séché les colle aux mocassins.

Elle a dénoué ses cheveux, en signe de deuil. Ils flottent dans son dos jusqu'à ses reins. Elle ne se lave plus et marche, de la barre du jour jusqu'au mitan de la nuit. Des yeux perçants l'observent parfois ; la chouette hulule pour éloigner les opossums de son nid. Thana n'entend rien, ne voit rien. Elle marche sur son chagrin, dans un sentier brouillé par ses larmes silencieuses. Les jours de pluie, elle trébuche dans les ornières vaseuses, mais se relève toujours et marche encore, encore et encore. Elle accompagne Nucamoan ;

elle doit la mener jusqu'à Shäki. Comme elle l'a toujours fait, elle veille sur eux, ses enfants promis, sœur et frère, mari et femme, indifférente aux dangers qui la menacent.

* * *

L'état de famine et de harassement dans lequel elle se trouve lui fait d'abord croire à une vision. Des longs jeûnes qui précèdent la chasse, les guerriers ne rapportent-ils pas des visions prémonitoires ? Peut-être a-t-elle assez souffert pour avoir maintenant accès à ces révélations.

Pourtant, quand un des Chickasaws lui assène un coup de pied dans les reins, elle retombe cruellement dans la réalité. Ils sont une dizaine, vêtus de pantalons de peau, le torse nu pour la plupart ou couvert à demi d'une bande de tissu passée en bandoulière et nouée sur la poitrine. Ils sont armés, les uns de casse-tête, les autres d'arcs ou de sarbacanes. Quelques-uns possèdent un fusil.

Thana cligne des yeux, car le soleil tombe dru à travers les feuillages, presque en ligne droite. Hébétée, la jeune fille se demande comment elle a pu dormir si longtemps.

– Je suis Mesquakie, explique-t-elle en se levant.

Son assaillant la frappe une seconde fois, impassible. Un autre s'interpose en grommelant quelques mots. Le premier s'offusque de cette intrusion et la discussion s'envenime. Finalement, un troisième homme s'approche de Thana et lui signifie d'avancer, ce qui ramène les deux autres à la raison, sans toutefois régler leur différend ni apaiser leur courroux.

Thana n'était plus qu'à un kilomètre du village chickasaw. Tous les membres de la tribu qui ne sont pas à la chasse se rassemblent autour d'elle et l'examinent sans gêne en discutant de son cas, jusqu'à ce que le chef du village fende la foule et vienne se planter devant elle, le visage amène. Fièrement drapé dans une longue couverture, l'homme d'un certain âge lui rappelle Wapello. Elle reprend espoir.

— Qui es-tu ? demande-t-il.

La jeune fille lève la main, paume ouverte en guise de salutation, puis elle rabaisse trois doigts, ne laissant levés que l'index et le majeur pour signifier qu'elle appartient à une tribu amie.

— Je suis Thana, dit-elle, fille de Wapello, chef de paix des Mesquakies. Je demande un droit de passage sur le territoire des Chickasaws pour retourner chez les miens, à l'ouest du grand lac.

Les anciens hochent la tête en signe d'assentiment. La résistance des Mesquakies devant l'envahisseur blanc leur est connue. Et même sans comprendre tous les mots prononcés par Thana, ils devinent le sens de sa requête. La jeune fille leur plaît. Elle parle d'une voix posée, même si ses yeux lancent des éclairs. Elle a visiblement traversé et surmonté avec succès de terribles épreuves, et malgré son immense fatigue, elle plaide sa cause avec détermination. Sa fidélité aux siens et sa fierté de Mesquakie touchent également ces vieillards que la défection des jeunes inquiète de plus en plus.

Le chef veut parler, mais le guerrier hostile à Thana l'interrompt et harangue la foule, mimant chacune de ses phrases à grand renfort de gestes. Très attentive, tant aux mots qu'au langage du corps, Thana réussit à comprendre les objections soulevées par le jeune homme. Depuis le massacre des Français au fort Rosalie, les soldats sont partout. Ils ont envahi tous les territoires pour venger leurs morts. Beaucoup d'autres sont attendus, du nord comme du sud. Les Français n'auront de cesse que tous les Natchez et leurs alliés ne soient exterminés. Si les Chickasaws veulent survivre à cette razzia, il leur faut absolument se dissocier des Natchez. Rendre cette femme aux Français, morte ou vive, constitue la meilleure preuve de leur neutralité. Ils n'ont pris aucune part à ce massacre, et n'en ont recueilli nul bienfait comme l'avait promis le Grand Soleil. Ils ne doivent donc pas risquer la vie de leurs guerriers pour une faute dont ils ne sont pas coupables.

Le jeune homme parle longuement sans jamais croiser le regard de Thana. Il regarde au-dessus d'elle, niant jusqu'à son existence. La jeune fille, au contraire, ne quitte pas ses yeux noirs, fière quand il rappelle la valeur des redoutables Mesquakies, impassible quand il propose de déposer son cadavre aux portes du fort pour acheter la paix. Pourtant, en entendant la dernière phrase du guerrier, elle ne peut s'empêcher de frémir. Seuls son entêtement et son orgueil la maintiennent debout.

— Il faut faire avec la femme comme les Choctaws ont fait avec l'homme noir.

Elle voudrait qu'il continue et lui révèle ce qu'est devenu Josiah, mais il se tait, laissant à d'autres la chance de s'exprimer.

À bout de résistance, Thana s'effondre.

* * *

Elle entend un oiseau. Nucamoan va entrer dans la cabane. Lorsqu'elle veut se lever pour l'accueillir, une douleur fulgurante à la tête la fait retomber sur sa couche. Alors seulement, elle se souvient de tout, et des larmes lui montent aux yeux.

On a déposé sur le sol de l'eau et de la nourriture. Lentement, avec mille précautions, elle parvient à s'asseoir. Un tambour fou résonne dans sa tête. « Tout ira mieux quand j'aurai mangé », pense-t-elle en s'efforçant d'avaler un morceau de banique.

Elle avait raison. La douleur s'atténue peu à peu. Sans faire de bruit, elle sort de la cabane et constate que celle-ci est située en dehors de la palissade, juste dans le champ de vision du Chickasaw installé dans la tour de guet. Ce dernier l'observe d'ailleurs très attentivement en braquant son arme sur elle. Elle ne pourra pas aller très loin.

* * *

Il faudra du temps au conseil pour statuer sur son sort. Plusieurs chefs ont même quitté leur territoire de chasse pour prendre part aux discussions. Des clans entiers sont revenus au village pour quelques jours, curieux de voir la prisonnière mesquakie.

Le soleil se lève sept fois avant qu'une décision ne soit prise. Sept longs jours d'inquiétude pour Thana, chaque bruit lui semblant suspect, chaque cri lui faisant craindre le pire.

Au matin du huitième jour, le guerrier qui avait si ardemment plaidé contre elle et réclamé sa mort vient lui-même lui annoncer la décision du conseil.

174

– Tu pars demain. Je t'accompagnerai jusqu'au pays des Illinois.

Il s'acquitte d'une tâche désagréable, qui revient tout naturellement au perdant. Sa harangue n'a pas convaincu; il doit accepter et assumer sa défaite, ce qu'il fait sans tergiverser et sans fuir, cette fois, le regard lumineux de Thana.

Il n'a pas sitôt quitté la cabane que la jeune Mesquakie saute de joie. Elle frétille comme une fillette devant quelque pacotille, tourne sur elle-même, esquisse quelques pas de danse. Puis toute la tension des dernières semaines lui tombe dessus avec la violence d'une ondée et elle pleure pendant de longues minutes sans pouvoir, ni désirer, s'arrêter.

* * *

Mocassins neufs aux pieds, sa robe reprisée et une couverture chaude jetée sur ses épaules, elle marche de long en large, surveillant le sentier d'où surgira son guide. Ces quelques jours d'attente, à se sustenter et à dormir, l'ont revigorée. Ses forces et son courage ravivés, elle entreprend cette dernière étape avec une allégresse triomphante. Malgré son deuil, elle s'est baignée dans le ruisseau et a tressé ses cheveux. Elle aura tout le loisir, plus tard, une fois rentrée chez elle, de pleurer ses morts. Pour le moment, elle doit faire abstraction de sa peine, de ses regrets et de tout ce qui peut freiner son élan. Elle doit même oublier ce mal du pays dévorant qui s'accentue à mesure qu'elle se rapproche du but.

Pour calmer son anxiété, elle descend jusqu'au ruisseau et effleure des doigts la surface de l'eau. De son poste d'observation, le guetteur suit chacun de ses gestes, plus par curiosité que par devoir puisqu'elle est maintenant libre d'aller à sa guise. Thana s'amuse de ce regard voyeur, où pointe une évidente convoitise. Elle se sent belle aujourd'hui, unique. « Je suis Thana, fille de Wapello et de la rivière », voilà ce que son corps raconte avec un plaisir insolent, en créant autour de lui de grands espaces de liberté.

Lorsqu'un coup de feu éclate comme une bavure dans le petit matin, elle croit tout de suite qu'il lui est destiné. Son premier réflexe est d'appeler le guetteur à l'aide, mais son corps gît, plié en deux au-dessus de la palissade.

À la seconde détonation, Thana court vers la cabane. Les familles sortent des grandes maisons. Les femmes rassemblent les enfants et les poussent à l'intérieur de l'enceinte. Tout en se frayant un chemin, Thana essaie de comprendre. D'où viennent ces coups de feu ? Qui est l'assaillant ? Français ? Natchez ? Choctaws ? Dans ce pays en pleine guérilla, où les amitiés ne tiennent jamais assez longtemps pour devenir anciennes, comment savoir d'où viennent le bien et le mal ?

Quelques mètres avant la cabane, elle s'arrête, étonnée. Le tumulte a cédé la place à un calme étrange, plus inquiétant encore que le désordre de tout à l'heure. Sur la pointe des pieds, la jeune Mesquakie s'approche de la palissade et y colle un œil. Elle recule aussitôt, affolée. Les soldats en justaucorps gris et blanc ont envahi la cour. Sans faire de bruit, le plus rapidement possible, elle revient à la cabane et prend son balluchon. Les Français ne doivent surtout pas savoir qu'elle est là. À aucun prix elle ne doit retomber entre leurs mains. Elle va partir, seule, et s'enfuir si loin que jamais personne ne la retrouvera.

Enivrée par cette idée, elle se dirige à pas feutrés vers le ruisseau et tombe, quelques mètres plus loin, sur deux guerriers chickasaws qui lui coupent la route, le visage fermé. Inutile de tenter quoi que ce soit. Les deux hommes l'attrapent chacun par un bras et plus elle se démène, mord et rue, plus leur poigne se resserre. Ils la traînent sans ménagement à l'intérieur de la palissade, tantôt en la prenant par la taille, tantôt en la tirant par les cheveux. Déchaînée, Thana griffe un des hommes au visage. Excédé, celui-ci lui assène un coup de poing dans le ventre qui lui coupe le souffle. Quelques secondes plus tard, il la jette par terre comme on se débarrasse d'un fardeau encombrant.

Les cheveux en bataille, le visage cramoisi, Thana fixe le sol. Une poussière fine souille le bas de sa robe. Elle a perdu sa couverture dans la mêlée et frissonne, la nuque et les épaules secouées de spasmes.

Quelqu'un s'accroupit devant elle. De la serge froissée émane une odeur rance de drap mouillé. Une main s'avance et suit délicatement la cordelette enroulée autour de sa taille, jusqu'à la pochette dont elle ne se sépare jamais.

– Thana...

La voix familière la drape comme une seconde peau, chaude et duveteuse.

2

Crispés jusqu'à l'ankylose, les soldats tiennent les Chickasaws en joue, essayant de prévoir leurs moindres gestes. Contrairement aux ordres, ils ont dû tirer sur les guetteurs, trop pressés de braquer leur arme, et ils espèrent bien avoir eu le temps de déguerpir avant que les guerriers, revenus de leur surprise et supérieurs en nombre, ne décident de venger leurs compagnons.

En deux semaines, ils ont déjà visité trois villages comme celui-ci. Ils étaient en route pour le fort Rosalie lorsque la nouvelle du massacre leur est parvenue avec l'ordre d'entreprendre sur-le-champ une expédition punitive. Leur mission consiste à contenir les Chickasaws sur leur territoire et à intercepter les Natchez tentés de déborder vers le nord. Ils ne ménagent pas non plus les menaces de représailles pour ceux qui hébergeraient ou aideraient les fuyards de quelque façon que ce soit.

Le Grand Village des Natchez a été brûlé, et les survivants, disséminés dans la région, cherchent désespérément refuge chez leurs alliés. Certains ont été vus chez les Yazoos et les Koroas. Ces deux tribus, excitées par la flambée de violence, ont elles aussi massacré soldats, femmes et enfants sur leur territoire, un jésuite également, n'épargnant qu'une dizaine de personnes aussitôt réduites en esclavage. Horrifiés par toutes ces tueries et par la destruction quasi complète des plantations, maisons, entrepôts, hangars à tabac, les Français ont décidé de débusquer les coupables jusqu'au dernier.

Les Chickasaws savaient qu'ils auraient du mal à les amadouer. Pour y arriver, ils n'ont rien trouvé de mieux que de livrer Thana, comme le proposait depuis le début le guerrier débouté par le conseil. Ils ne s'attendaient cependant pas à un accueil aussi singulier.

— Mon lieutenant..., il faudrait y aller.

Rappelé à l'ordre par un subalterne, Philippe Maillard reprend contact avec la réalité. Il se re-lève, entraînant Thana dans son mouvement, puis il s'adresse aux Chickasaws pour les aviser des risques d'une alliance avec les Natchez. Il leur fait clairement comprendre la fureur du grand chef des Français et leur réitère le désir de ce dernier de vivre en paix avec toutes les tribus.

Quand le détachement quitte le village, Thana ra-masse sa couverture au passage. D'une main, Philippe l'aide à s'en vêtir. La jeune fille soupire d'aise, heureuse de retrouver un allié après toutes ces pérégrinations. Certes, ses plans d'avenir se sont rétrécis d'un coup, entre l'aube et le plein jour, mais elle refuse de se dé-courager et marche d'un pas confiant derrière Philippe. Grand et élancé, l'officier lui masque la route.

* * *

Du village fortifié des Chickasaws jusqu'au Missis-sippi, le lieutenant et ses hommes sillonnent conscien-cieusement la région. Les Français ne peuvent se payer le luxe d'une autre révolte. Leur petit nombre, l'éparpillement et la rareté des forts, de même que le mauvais état des garnisons, tout les rend vulnérables face aux autochtones et à leur possible alliance avec les Anglais. Après un acte aussi barbare que l'attaque du fort Rosalie, seule une répression impitoyable peut leur assurer le respect sinon l'estime des Sauvages.

Convaincu que la révolte des Natchez aurait pu être évitée, Philippe maudit en secret les principaux responsables : l'ignorance, l'ambition démesurée, la bêtise. Pour qu'une telle tuerie ne se reproduise plus jamais, il ratisse la région d'est en ouest, inlassable et tenace. Conjuguant menaces et louanges selon les dispositions de ses interlocuteurs, il sème l'inconfort chez les uns, la panique chez les autres. Sans tirer un seul autre coup de feu, il réussit à fortifier certaines alliances et à multiplier les contacts et les avertissements.

Sa mission terminée, il remonte vers le nord, à destination du fort de Chartres, au grand soulagement de Thana. Elle n'a rien à voir avec ce pays ni avec la révolte des Natchez. Elle s'y est trouvée associée par hasard, contre sa volonté. Des scènes d'horreur vont désormais la hanter, tout comme les êtres, bons ou mauvais, qui ont croisé sa route. Elle n'oubliera rien, mais sa véritable histoire doit se dérouler ailleurs.

Quand ils parviennent enfin au fort de Chartres, le froid tyrannise le pays des Illinois. Les outardes clopinent sur les lacs recouverts d'une mince couche de glace translucide. Dans les arbres dénudés, les nids à découvert, abandonnés et malmenés par les intempéries, soulignent la vulnérabilité des êtres et des choses. Partout, les châtaignes et les fèves jonchent le sol. Seuls les chênes ont gardé leurs feuilles roussies par le froid, d'un bel ocre foncé. Un hiver sans neige, tout de vent et de givre, a pris possession du territoire.

Les soldats se blottissent à l'intérieur du fort comme des enfants sous les jupes de leur mère, et Thana les imite en attendant le printemps.

* * *

– Qu'avez-vous pensé, lieutenant Maillard? Ramener une Mesquakie au fort, alors que le pays des Illinois et toute la région des grands lacs sont sur les dents à cause de ces Sauvages!

Inconsciemment, le commandant Dutisné gratte sa joue tuméfiée, où une vilaine blessure tarde à cicatriser. Philippe comprend les appréhensions de son supérieur. Nommé à son poste au milieu de décembre, celui-ci a été blessé quelques semaines plus tard par un Mesquakie, au cours d'une simple sortie de routine. Son détachement a été surpris par un parti de chasseurs, peu nombreux mais conduits par Kiala, le chef de guerre si redouté. Tout de suite, le commandant Dutisné a pensé à une ambassade. Depuis le début de la saison des neiges, les Mesquakies profitent en effet de leurs déplacements pour solliciter des appuis auprès des tribus des grands lacs. Pour s'enfoncer aussi loin dans le territoire des Illinois, ils devaient se trouver à la toute dernière extrémité. Dutisné a voulu discuter. Un guerrier a tiré et l'a atteint à la joue. Après une brève échauffourée, les deux partis ont battu en retraite, abandonnant chacun un mort sur le terrain.

– On n'y arrivera donc jamais, se lamente le commandant. Les Natchez au sud, les Mesquakies au nord, les Iroquois à l'est... Et les Anglais qui profitent de la moindre occasion! Nous faisons deux pas en avant et trois en arrière. Réussirons-nous un jour à cohabiter avec tous ces Sauvages ? Ils sont si différents les uns des autres qu'ils n'arrivent même pas à s'entendre entre eux !

Philippe comprend la lassitude exaspérée de son supérieur; il a toutefois une piste de solution à lui proposer.

– Je suis convaincu que Thana peut nous aider à faire la paix avec les Mesquakies, dit-il, enthousiaste. Elle se débrouille bien dans notre langue et est la fille d'un chef de paix reconnu pour ses positions modérées.

– Vous ne comprenez pas ! s'impatiente Dutisné. Il n'y aura jamais de paix possible avec ces insoumis. Tant qu'ils tiendront la rivière Wisconsin, nos possibilités d'expansion seront réduites à néant. Cette voie doit être libérée, sinon tous les déplacements vers l'ouest, le nord et même le sud demeureront périlleux. Nous avons perdu trop d'hommes à cause de l'intransigeance des Mesquakies. C'est inacceptable !

Le commandant extirpe un mouchoir de sa poche et l'applique avec rage sur sa joue. Son œil larmoie au-dessus de la plaie purulente, rouverte encore une fois. Philippe veut l'examiner, mais Dutisné l'en empêche d'un geste agacé.

– Ce peuple est condamné, reprend-il. Le gouverneur a perdu patience. Exaspéré par leur férocité insatiable, il réclame une victoire écrasante.

– Mais ils sont à bout de forces, harcelés de partout ! Les derniers revers qu'ils ont subis ont décimé leurs rangs, et ils ont promis d'aller à Montréal au printemps pour négocier. Je les crois prêts à signer un traité.

– Je voudrais bien être aussi optimiste que vous, mais les derniers incidents ne me le permettent pas.

Philippe devine à quels événements il fait référence. Après la dernière attaque – celle au cours de laquelle Thana a été faite prisonnière –, Wapello et d'autres chefs de village ont rencontré Coulon de Villiers au fort Saint-Joseph pour parler de paix. Tous les espoirs étaient permis. Malheureusement, les négociations n'ont mené à rien à cause de l'intransigeance des jeunes guerriers, Kiala en tête. Loin d'appuyer leurs aînés, ceux-ci ont continué à effectuer des raids sanglants chez les Kútakis et, surtout, chez les Winnebagos auxquels ils ne pardonnent pas leur traîtrise.

Le commandant soupire en se versant une rasade de rhum qu'il enfile d'un trait. C'est encore ce qu'il a trouvé de mieux pour se soulager. Certains jours, les éclats logés dans sa joue deviennent autant d'organismes vivants qui grugent ses os jusqu'à la moelle. Il les sent bouger comme s'il se trouvait au centre d'une fourmilière. Et la douleur, insoutenable, lui donne envie de boire jusqu'à l'ivresse. Le visage défait, il regarde son subalterne bien en face.

– Je n'aime pas ça plus que vous, dit-il d'un ton sans équivoque. S'il restait une seule chance de leur faire entendre raison, je risquerais le tout pour le tout, mais les Mesquakies sont allés trop loin. Je ne peux plus rien faire pour eux. Personne ne peut plus rien pour eux... Même vous, lieutenant.

Sans adhérer au point de vue de son supérieur, Philippe le croit sincère. Malgré sa petite taille, le commandant Dutisne a prouvé à plusieurs reprises son énorme courage, démontrant du même coup un respect immense pour les autochtones. Depuis quinze ans, il a sillonné le pays d'est en ouest et du nord au sud, poussant ses explorations jusqu'aux bourgades éloignées des Panis. Aventurier intrépide, il a visité des contrées hostiles, sans guide, avec son seul compas. Le pays n'a plus de secrets pour lui, ni le langage, les coutumes et les croyances des différentes nations. D'ailleurs, il est un des rares Français à appeler les Mesquakies par le nom qu'ils se sont eux-mêmes donné. Les autres les nomment faussement les Renards, réduisant ainsi toute la tribu à un seul clan. Alors, quand Dutisne exprime des regrets, même à mots couverts, Philippe le croit et reprend espoir.

– Il reste une chance, insiste-t-il. Elle s'appelle Thana...

Le commandant dodeline de la tête en frottant son œil malade. D'un geste, il congédie l'officier sans lui répondre. Il n'a pas de réponse.

* * *

En présence de Philippe, Thana éprouve toujours un sentiment indéfinissable. Les émotions se succèdent, l'une chassant l'autre, puis s'amalgament sans jamais former un tout cohérent. Avec sa belle tête expressive, montée sur un corps interminable, l'officier affiche une fragilité troublante. Limpide dans le sourire et le regard un peu tristes, souvent perceptible dans les haussements d'épaules, son émotivité à fleur de peau s'éclipse à certains moments au profit d'une prestance toute militaire et d'une volonté farouche.

Thana s'y perd. Pour mieux cerner la personnalité complexe de Philippe, elle risque parfois quelques questions, mais l'officier répugne à parler de lui et il oriente plutôt la conversation sur la vie quotidienne.

Constamment, il incite la jeune Mesquakie à profiter de toutes les occasions pour perfectionner son français.

– Chaque personne doit assumer toutes les autres, lui répète-t-il souvent, et chaque peuple doit prendre sur lui la survie de ses voisins. (La jeune fille ne saisit pas toujours les subtilités de son discours. Cependant, certaines phrases viennent confirmer ce qu'elle a toujours su d'instinct.) Nous sommes tous les autres. Chaque être que nous côtoyons nous rend meilleur si nous savons aller chercher le meilleur en lui. Pour y arriver, il faut d'abord apprendre son langage et, par le fait même, pénétrer son esprit. Les mots ne sont que les reflets perceptibles de la pensée.

En l'écoutant, Thana songe à tous ceux qu'elle porte en elle, Shäki et Nucamoan, Marie-Anne, Josiah, Wapello et la mère de Wapello... Et elle se demande, avec une admiration teintée de scepticisme, comment un Blanc peut comprendre ces choses et comment un homme peut accéder aussi aisément à ces vérités essentiellement féminines, dont les hommes, chez elle, ne discutent jamais.

– Vas-tu m'aider, Thana, à rétablir la paix avant qu'il ne soit trop tard?

La jeune fille se renfrogne. Philippe a beau lui rapporter les rumeurs de traités, elle n'y croit pas. Jamais Kiala et ses guerriers n'accepteront de se soumettre.

– Trop de sang versé déjà, marmonne-t-elle. Les morts doivent être vengés.

Philippe lui prend les mains et penche son beau visage tout près du sien. Son regard enflammé la brûle.

– Essaie de comprendre, Thana. Le sang ne doit plus appeler le sang, et la colère, engendrer la colère.

Les Mesquakies doivent écouter la parole des mères qui réclament la vie pour leurs enfants.

– Les mères n'ont aucune voix aux conseils de guerre.

– Tu dois parler pour elles, Thana. Tu dois les convaincre que la paix est possible.

– Je n'y crois pas.

– Tu dois y croire, il le faut. J'ai besoin que tu y croies.

* * *

Mars courtise effrontément le printemps lorsque la blessure du commandant Dutisne s'envenime. Philippe comptait sur le soleil et le temps doux pour calmer l'infection, de même que sur les vertus curatives des plantes printanières. Malheureusement, Dutisne ne pourra pas en profiter. Un côté du visage gangrené, il s'éteint au fond d'une chambre sombre, un jour de grand soleil.

Philippe regrette ce petit homme courageux. Il doit toutefois vite oublier son chagrin pour mettre à profit ses tout nouveaux pouvoirs. Commandant du fort de Chartres par intérim – en attendant l'arrivée du nouveau titulaire –, il élabore un plan de paix susceptible de satisfaire tous les partis. Après avoir convaincu les Mesquakies avec l'aide de Thana, il ne devrait avoir aucun mal à obtenir l'aval du gouverneur. Du moins veut-il le croire.

– Je vais faire venir ton père, annonce-t-il un soir à la jeune fille. Et nous parlerons.

Le visage de Thana s'illumine. Elle n'a pas vu Wapello depuis si longtemps. Elle rêve parfois que son père l'a oubliée et elle se réveille en sueur, le cœur gros. Ces matins-là, seule son affection pour Philippe l'empêche de fuir.

— Kiala ne le laissera pas venir, objecte-t-elle.

— Kiala est un chef de guerre. Il n'a pas à se mêler des pourparlers de paix.

Encore une fois, Thana s'étonne des connaissances de l'officier. Non seulement maîtrise-t-il sa langue, mais il connaît les traditions de son peuple dans leurs moindres détails. Un matin, elle l'a même surpris à fredonner une chanson mesquakie, spécifique au clan de l'Ours.

— Je vais t'aider, dit-elle.

* * *

D'abord, le portage obligé au confluent de la rivière Missouri, puis la longue traversée du pays des Illinois. Plus loin, la Wisconsin, avec ses eaux aux reflets cuivrés qui s'engouffrent dans les ravins ou s'éploient, languides, entre les bancs de sable dorés. Depuis des jours, Thana suit ainsi en pensée la progression de l'émissaire, porteur de son message à Wapello. Le canot glisse dans le dédale toujours plus étroit des îles, et les oiseaux aquatiques picorent dans les champs de riz sauvage. Elle les voit et les entend, mais le souffle lui manque quand elle essaie d'imaginer la rivière des Renards. Cette dernière étape lui paraît infranchissable. Elle n'arrive pas à voir le village. Les visages aimés s'estompent et les rassembler exige un effort si grand qu'elle y renonce. De toute façon, ce serait inutile. Il lui manque trop de données. Ses souvenirs, même les plus précis, ne peuvent plus rejoindre la réalité. Trop de temps a passé. Un vide s'est creusé, qu'elle n'ose pas combler de peur de se tromper. Peut-être Wapello est-il mort... Comment savoir? Et Kiala...? Qu'est-il advenu de Kiala?

La seule évocation du guerrier suffit à la plonger dans un état profond de perplexité. Déjà, au village, ses sentiments envers Kiala oscillaient constamment entre l'admiration béate et un amour inconditionnel. Aujourd'hui s'ajoute à ces deux extrêmes une nouvelle dimension, plus sombre, proche du ressentiment. Thana a tellement espéré! Elle comptait sur les pouvoirs illimités de Kiala pour la sauver encore une fois, mais il n'est pas venu. Tout au fond d'elle-même, là où la raison n'a plus prise, elle lui en veut; et cette aigreur, avec laquelle elle ne sait pas bien composer, lui apparaît si odieuse qu'elle finit par la retourner contre elle-même. Voilà pourquoi elle préfère abandonner l'émissaire aux portes du village.

Chaque matin en se levant et chaque soir avant d'aller dormir, elle monte aux bastions et scrute l'horizon, sous le regard amusé des sentinelles. Elle n'avait pas imaginé que le soldat reviendrait en plein midi, en même temps qu'un petit vent du nord, et qu'il serait accompagné de visiteurs inattendus.

* * *

De longues plumes pendent à leurs oreilles et ils sont emmitouflés dans des vêtements chauds ornés de duvet. Les bras croisés sur leurs armes, ils attendent patiemment qu'on leur donne la parole.

Mêlée à la foule, Thana écoute les explications du soldat, mais elle n'a d'yeux que pour ces deux guerriers

188

de la tribu des Winnebagos. Leur présence ravive de pénibles souvenirs, en même temps qu'un désir irrépressible de vengeance. Elle a du mal à se concentrer sur le commentaire du soldat dépêché par Philippe.

Alors qu'il croyait aller vers un peuple défait, désespérément en quête d'appuis, l'émissaire est tombé en pleine guerre. Le village de la rivière des Renards était désert, mais, plus loin, il a croisé Paul Marin, commandant du poste des Puants, en route pour Petite Butte des Morts. Les Winnebagos venaient d'y établir un nouveau village et, depuis plusieurs semaines, ils subissaient un siège en règle des Mesquakies. Averti par les Menominees, une tribu voisine, Marin se rendait à la rescousse des assiégés, bien décidé à faire mordre la poussière aux agresseurs.

– Les Mesquakies ont tué deux de nos braves qui pêchaient sur le lac, explique un des Winnebagos invité à prendre la parole. Nous avons voulu discuter, connaître l'objet de leur colère; ils n'ont rien écouté et sont restés muets. Nous leur avons offert la tête de deux visiteurs Menominees pour apaiser leur courroux. Cela n'a pas suffi. Nous avons rendu les esclaves. Encore une fois, ils n'ont rien voulu entendre. Les ancêtres des Mesquakies et les nôtres ont toujours été des frères et voilà que leurs fils nous trahissent sans raison.

Thana ne se contient plus. Elle interrompt l'émissaire qui traduisait au fur et à mesure, et se lance dans une harangue violente.

– Les traîtres, ce sont les Winnebagos, ceux que les Français appellent les Puants parce qu'ils vivent près des eaux troubles et fétides de la baie ! Même leur langue pue ! Ils ont trahi les premiers, et refusent de le reconnaître. Quand le chevreuil en rut brame dans les bois, ils ont attaqué mon village. Je le sais, j'y étais. J'ai vu mon frère mourir dans le brasier qu'ils avaient allumé. Les Puants parlent des ancêtres. Ils oublient que mon père et leurs pères ont vu leurs villages brûlés et leurs champs dévastés par les mêmes ennemis. Ils oublient que mon père et leurs pères ont souvent partagé leurs maigres rations pour survivre. Et, malgré cela, les Puants ont guidé les Outaouais et les Kútakis vers mon peuple pour l'anéantir. Les âmes de nos morts criaient vengeance.

Un vide s'est créé autour de la jeune fille.

Elle a touché une fibre sensible. Les Winnebagos s'appellent eux-mêmes les Hochangaras, ce qui signifie dans leur langage «peuple de la parole vraie». En les accusant de mensonge et de perfidie, Thana nie leur essence même, celle qu'ils se sont octroyée. L'injure est inqualifiable.

Blanc de colère, le plus âgé des Winnebagos lève le bras vers elle en regardant Philippe.

— Qui est cette femme? demande-t-il, le faciès hargneux.

— Je suis Thana, fille de Wapello, répond aussitôt la jeune Mesquakie. Mon frère Shäki est mort en brave dans le bûcher allumé par les Winnebagos.

Sans même lui accorder un seul coup d'œil, le guerrier plonge son regard de houille dans celui de Philippe.

— Je veux cette femme, clame-t-il en prenant la foule à témoin.

Un murmure court dans l'assemblée. Les mères prennent leurs enfants par le bras et s'éloignent. Les doigts des soldats blanchissent sur leurs armes, et la sueur perle aux tempes de Philippe Maillard. L'officier ne peut pas se mettre les Puants à dos; il peut encore moins leur livrer Thana. Et par-dessus tout, il doit assurer la sécurité de tous les habitants du fort.

– Vous êtes mes invités, dit-il, en espérant alléger l'atmosphère et relancer la discussion sur de nouvelles bases. Je ne vous laisserai pas partir les mains vides.

– La femme! répète le guerrier en contractant les muscles puissants de son cou.

– Celle-là est à moi, explique calmement Philippe. J'ai beaucoup mieux pour toi.

Le guerrier comprend qu'il n'aura pas gain de cause. Il ne réplique pas, reste parfaitement immobile. Seul un froncement de sourcils imperceptible alerte son compagnon. Avant que quiconque ait pu réagir, celui-ci lève son arme et tire. Il pousse ensuite un cri strident.

Des soldats entourent aussitôt les Winnebagos, mais Philippe les repousse.

– Ne tirez pas! crie-t-il. Laissez-les partir!

D'un souffle, la cour s'est vidée. Seule Thana n'a pas pu fuir, car elle gît sur le sol, face contre terre.

* * *

– Dis-moi ce qu'il est advenu des miens.

Blême comme la mort, la jeune fille s'agrippe à la veste de Philippe.

– Ils sont sains et saufs, dit-il, pas du tout assuré qu'elle comprenne.

– La vérité..., râle-t-elle pourtant, à bout de voix et de mots.

– Je te le jure, Thana. Ils sont retournés dans leur village, et Marin ne les a pas poursuivis.

– Combien de morts?

– Une dizaine, lui répond l'officier en ouvrant ses deux mains.

– Ils ne pourront plus... Seuls, entourés d'ennemis, seuls...

Thana ne peut poursuivre. Elle ferme les yeux, incapable d'en supporter davantage, encore moins d'identifier le siège de cette douleur diffuse, qui se répand dans tout son corps. Elle souffre par chacun de ses souvenirs, elle qui n'oublie rien. Ceux qu'on a aimés nous rendent meilleurs, plus vulnérables également, veut-elle dire à Philippe. Elle croit l'avoir dit, mais de sa bouche n'est sorti qu'un gémissement.

– Thana, murmure l'officier. Reste avec moi.

La jeune fille a perdu conscience. Il la serre dans ses bras et l'appelle, trop affligé et trop las pour retrouver ses réflexes de soigneur. Aura-t-il la force de lutter, d'affronter une fois de plus sa vieille ennemie ? La mort a si souvent eu raison de sa vaillance.

* * *

Le réconfort et le goût de se battre lui viennent étrangement de Thana elle-même. À intervalles irréguliers, celle-ci reprend conscience, juste le temps d'entrouvrir les yeux. « Je suis là, semble-t-elle dire ; je n'abandonne pas. » Philippe poursuit alors les traitements avec une ferveur nouvelle. Négligeant son commandement, il broie et mixe feuilles et racines, et il concocte des infusions que Thana avale sans s'en rendre compte. Le fort est devenu une grande infirmerie. Les soldats jouent les apothicaires : ils cueillent les racines d'iris et le miel avec lesquels Philippe prépare une pommade cicatrisante, et lui apportent de l'écorce de saule dont il tire un calmant. Pendant ce temps, les femmes se relaient auprès de la malade. Leur intérêt pour Thana paraît, dans certains cas, assez douteux, mais leur affection pour l'officier est sans équivoque. Elle les motive; c'est lui surtout, toujours si tendre et si attentionné, qu'elles souhaitent consoler.

Philippe leur en sait gré; or, malgré leur acharnement à tous, les jours passent et l'état de Thana ne s'améliore pas.

— Je ne pourrai plus venir, s'excuse la petite femme du soldat Favrot. (Elle va accoucher d'un jour à l'autre et s'inquiète.) Ce n'est pas bon pour le bébé.

— Je n'ai plus le temps, grogne une autre. Avec les semailles...

Elles ont perdu tout espoir de sauver Thana et souhaiteraient que l'officier renonce lui aussi et que tout redevienne comme avant. Désormais, le sort de la jeune Mesquakie les indiffère. Mieux vaut s'en remettre à la destinée et ne pas s'acharner. Par ailleurs, la santé de Philippe les préoccupe, de même que la bonne marche du fort.

— Je crois qu'il ne reste plus qu'à prier, lui murmure Mme Favrot, toute menue derrière son gros ventre.

— Je ne peux pas l'abandonner.

— Il le faudra bien, si c'est la volonté de Dieu.

— Je ne peux pas...

Lorsqu'il se retrouve seul, l'officier se passe plusieurs fois les mains sur le visage. Il reste ainsi, épuisé, impuissant. Que doit-il faire ? Que peut-il faire de plus ? « Mon Dieu, aidez-moi ! »

Quand il écarte les mains, il aperçoit la pochette de Thana, déposée sur le coffre, près du lit. Ému, il caresse du bout des doigts le cuir délicat. À ce simple contact, tout un pan de sa vie ressuscite. Il revoit son ami Nanakwi, le grain rude de sa peau. En portant la pochette à son visage pour en humer les herbes, celui-ci disait en riant qu'elle contenait son passé et son avenir, sa naissance et sa mort.

Philippe se redresse sur sa chaise.

Un sourire distend ses lèvres fines.

— Pardonne-moi, Thana. Je n'avais pas compris. J'ai imploré le mauvais dieu.

* * *

Il a attendu la pleine nuit pour que rien ne vienne perturber la cérémonie. La cheminée tire mal et un voile blanchâtre flotte dans la pièce. Autour de la lampe, la fumée dense forme un halo compact, doté d'une vie propre, qui se morcelle et se recrée à chacun de ses déplacements.

Il se rapproche du lit et se dévêt entièrement. Son long corps ivoirin luit comme un phare dans les ténèbres. Il s'agenouille ensuite sur le plancher rugueux, devant le sac-médecine, le *micami*. En touchant la peau de bison assouplie par l'usure, il sent monter en lui une chaleur animale. Par la seule force de la pensée, ses doigts re-créent la couche huileuse de l'épiderme; ils plongent dans la toison épaisse à l'odeur musquée. Sous sa paume, le *micami* prend vie, comme si ce morceau de cuir contenait toute la puissance de la bête elle-même. La respiration de Philippe s'apaise. Le volume d'air qui pénètre dans ses poumons s'est amplifié et toutes ses capacités physiques et intellectuelles s'en trouvent renforcées. Alors il comprend avec tout son corps que le seul espoir de Thana réside dans les pouvoirs sacrés du *micami*. Il tient ce ballot de Nanakwi, l'homme-médecine. Il ne s'en est jamais servi lui-même, mais très souvent il a eu le grand privilège de voir son ami à l'œuvre et d'en vérifier l'efficacité. Ce n'est pas pour rien que chaque clan possède son *micami* et qu'il le transporte avec lui dans tous ses déplacements, à la chasse comme au combat. De surcroît, aucun guerrier ne se sentirait protégé s'il ne pouvait compter sur son *micami* personnel, souvent de dimension plus modeste, comme la pochette de Thana. D'ailleurs, cette dernière lui a parlé du ballot qu'elle a trouvé dans le sentier des Natchez. Il n'a pas sauvé Nucamoan; ce n'était pas un sac-médecine, le plus respecté et le plus puissant, un sac auquel seuls quelques initiés ont accès. Au fur et à mesure de sa pratique, le soigneur y dépose des objets qui ont fait leurs preuves et auxquels ses patients accordent une confiance illimitée. Depuis longtemps, les hommes-médecine ont compris qu'ils devaient non seulement soigner le corps, mais également impressionner l'esprit du malade pour en chasser les pensées morbides et l'aider à s'engager dans une voie positive, plus susceptible de provoquer la guérison.

Dans son désarroi, Philippe l'avait oublié. Il a imploré tous les dieux, en omettant de faire appel à la force intérieure de la malade. Il a négligé l'esprit pour se concentrer sur le corps. Une erreur qu'aucun Mesquakie n'aurait pu commettre.

Conscient de ne pas détenir tous les secrets du *micami*, mais plein de bonne volonté et poussé par une foi désespérée, le jeune homme se concentre et dénoue respectueusement les lanières de cuir qui ferment le ballot sacré. Celui-ci s'ouvre sur un assemblage hétéroclite de pochettes, de peaux de belettes, de lances et de flèches miniatures, d'os d'animaux de dimensions variées et d'instruments de musique. Philippe écarte ces objets et choisit des feuilles de tabac séchées qu'il dépose dans sa main droite ouverte vers l'est. Le rituel peut commencer.

D'un coup, comme s'il empruntait la personnalité d'un autre, les mots français perdent toute signification dans l'esprit de Philippe; seule la langue mesquakie pourra désormais révéler l'essentiel.

> *Kiwikiwi cinane,*
> *Peckuna wiki yo mani ni yawi...*

(«Je suis la fleur. Si tu es malade, je suis la fleur. Mon corps possède tant de racines. Je suis la fleur, l'esprit du hibou, et je vais te guérir.»)

> *Anenamani mani nemackiki mi;*
> *Ini icigenwi...*

Aux premières paroles, Thana a ouvert les yeux. Philippe la devine présente, en étroite communion avec lui. Pendant des heures, il psalmodie la prière des malades. Avec le bout d'une corne, il aspire le mal, puis décoche contre lui les flèches et les lances sacrées du *micami*. Il grimace, menaçant, emploie tous les stratagèmes et tous les objets à sa disposition pour effrayer le mal. Il extirpe ensuite d'une pochette une poignée de duvet qu'il lance au-dessus de Thana. Les plumes flottent un long moment dans les airs, portées par la fumée, avant de se disperser dans toutes les directions. Une seule se dépose sur le corps de Thana, à la hauteur de la hanche, là où la balle du fusil a pénétré. Philippe sort du ballot de longues bandelettes de fourrure blanche et en fait un bandage.

La malade réagit à cet effleurement. Sa peau se hérisse et elle gémit. Philippe chante pour l'apaiser, mais la jeune fille est ailleurs; elle n'entend que la voix chevrotante du cygne. Trois intonations différentes, reprises cent fois, mille fois, à l'unisson puis en contrepoint, les modulations se fuyant et s'appelant pour devenir une cacophonie hurlante. Les grands oiseaux s'envolent par milliers et les bruissements d'ailes claquent comme des coups de feu. Ils planent ensuite au-dessus des rivières et des forêts jusqu'à disparaître, et dans le silence qui suit s'élève une voix, une seule, au timbre argentin. Une seule voix, une seule note, sans fin, inhumaine.

Thana essaie de parler.

Philippe pose sa main sur son front brûlant. Elle se calme un moment. Puis quand s'abat sur elle une pluie de plumes duveteuses, venues de très haut, de très loin, quand elle les voit se noyer dans les cours d'eau ou s'empaler sur les grands sapins, elle pleure sans retenue et comprend que la voix monotone sourd de sa gorge à elle. À travers ses larmes surgit une ombre : un oiseau noir fend l'air, prend dans son bec un duvet blanc et disparaît, laissant dans son sillage une obscurité totale.

La respiration de la malade devient plus régulière. Elle semble dormir.

Philippe termine le bandage et se retire. Dehors, l'aurore diffuse une belle lumière rosée.

* * *

Pendant huit jours, Philippe assure une présence quasi constante auprès de Thana. Il la nourrit, refait les pansements, lave son corps amaigri, frêle comme un jeune tremble.

Le neuvième jour, elle lui sourit.

Une semaine plus tard, elle marche pour la première fois dans la cour, à tout petits pas, incapable encore de respirer à fond, haletante devant le grand souffle printanier.

Vite épuisée, elle va rentrer lorsqu'un soldat annonce à grands cris l'arrivée du nouveau commandant. La nouvelle fait aussitôt le tour du fort et des environs et, quelques minutes plus tard, une foule se masse dans la cour pour accueillir Robert Groston de Saint-Ange.

Sa nomination n'a surpris personne. Elle allait de soi. Depuis un an, l'officier a élu domicile près du fort de Chartres, dont il a fait son port d'attache. Il rentre tout juste d'une expédition dans le territoire des Comanches, là où la rivière Missouri prend sa source. Il y a visité le fort d'Orléans, qu'il a lui-même fait construire et mis en opération, il y a plusieurs années. C'est un cavalier hors pair, malgré son âge avancé, et un des rares officiers dans tout le pays des Illinois à posséder un cheval. Il fait d'ailleurs une entrée remarquée sur sa magnifique monture. La robe noire comme le plumage du corbeau, la crinière longue et fournie, celle-ci encense de la tête en renâclant bruyamment. L'encolure et les flancs couverts d'écume, elle se cabre dès que son maître veut la mettre au pas. Un soldat doit prendre les rênes et l'immobiliser.

En mettant pied à terre, Saint-Ange croise le regard ébahi de Thana.

* * *

– Une dernière question, lieutenant, si vous permettez...

Philippe termine son rapport. Il croit n'avoir rien oublié et avoir tracé un portrait exact de la situation. Le vieil officier d'expérience l'a écouté attentivement, sans l'interrompre, hochant parfois la tête.

– Oui, mon commandant?

– Qui est cette jeune Sauvagesse que j'ai entrevue dans la cour?

Philippe rougit. Il ne croyait pas devoir expliquer si rapidement la présence de Thana.

– C'est une Mesquakie.

– Pardon?

– Une Renarde, si vous préférez. Je l'ai recueillie après le massacre du fort Natchez.

– Vous savez d'où elle venait?

– De la rivière des Renards. Son père s'appelle Wapello et elle connaît bien Kiala, le chef de guerre. J'ai pensé qu'elle pourrait nous aider à conclure un traité avec les siens.

– Bien, très bien.

Le commandant semble ravi. Il congédie le lieutenant et celui-ci se retire, étonné mais enchanté de la réaction de son supérieur. Philippe n'a pas sitôt refermé la porte que Saint-Ange tire une missive de sa sacoche. Signé par le gouverneur de la Louisiane, Étienne Périer de Salvert, le message est laconique mais clair : *Vous prenez le commandement du fort de Chartres. Votre priorité : maintenir ouverte la communication entre la Louisiane et le Canada en faisant une guerre sans merci aux Renards.*

– Je ne croyais pas posséder un tel atout, murmure l'officier, le visage rayonnant.

Thana récupère lentement. La douleur a disparu; ne reste plus qu'une terrible lassitude dont le corps ne parvient pas à se dépêtrer. Libérée de ses tâches les plus exigeantes, elle entrecoupe ses journées de courtes siestes, ce qui lui permet de profiter des premières belles soirées de l'été. Lorsque le dernier repas a été servi, que tout a été rangé aux cuisines, et que la sonnerie claire et puissante du clairon vient d'annoncer le changement de la garde, elle entreprend sa marche quotidienne le long des courtines.

Devant la caserne, des soldats se chamaillent en riant. Tout maigre dans sa soutane trop ample, un jésuite quitte le fort, accompagné de trois Illinois qui jettent un œil courroucé à la jeune fille. Pour ne pas attiser leur rancune, celle-ci baisse les yeux. Dès qu'ils sont partis elle franchit à son tour les grandes portes et fait quelques pas à l'extérieur. Elle n'ira pas loin; ses pauvres forces ne le lui permettraient pas. La sentinelle le sait et s'en désintéresse.

La stridulation des cigales domine comme toujours tous les autres sons. Elle plane un long moment dans les aigus avant de redescendre brusquement pour atteindre une intense gravité. Elle se perd ensuite dans toutes les tonalités et toutes les amplitudes, évitant de justesse la discordance. Depuis des jours et des nuits, l'air vibre ainsi de ces voix lancinantes au creux desquelles Thana plonge à son corps défendant. Elle s'endort en elles, se réveille par elles. Les voix ne la quittent jamais, pas un instant, comme si elles portaient un message que la jeune fille saisit mal. Quelque chose menace, mais quoi, qui? D'où lui vient cette envie féroce de mordre, aussitôt suivie d'une envie de pleurer ? Il y a la fatigue, bien sûr, pourtant cette immense lassitude n'explique pas l'impatience, le désir irrépressible d'être ailleurs, de participer à un événement dont elle ne connaît pas la teneur, mais dont elle pressent l'importance.

Des souvenirs de la rivière des Renards l'envahissent. Dès les premières chaleurs, les crapauds entonnaient eux aussi leur complainte, comme une berceuse au crépuscule. Au-dessus du chœur assourdissant des rainettes, leurs trilles mélodieux se répondaient en un chant ininterrompu, scandé par les appels en decrescendo des grenouilles. Tous ces sons envoûtants créaient une confortable et séduisante impression de bien-être, à nulle autre pareille. Même le silence qui suivait, au mitan de la nuit, vibrait encore de la mélopée des batraciens.

Le chant tout en rondeur des crapauds engendrait une apaisante félicité, alors que la lamentation stridente des cigales, si persistante qu'on la dirait arquée au-dessus de la prairie, contient une menace.

Plus que jamais, Thana voudrait partir. Un goût amer emplit sa bouche. Rassemblant toutes ses forces, elle s'éloigne du fort et contourne l'église. Il fait entre chien et loup. Les colons et leurs familles s'attardent sur les galeries. Ils ne se décident pas à entrer dans leurs petites maisons de bois, bien calfeutrées et proprement chaulées. Une femme a détaché son corsage sur sa chemise de coton blanc. Thana reconnaît la délicate Mme Favrot à laquelle même sa grossesse ne réussit pas à donner du volume. Elle porte un chapeau de paille qu'elle soulève pour s'essuyer le front. Une douceur tranquille émane des habitations. Malgré qu'elles soient éloignées les unes des autres, chacune reste le prolongement de sa voisine.

Thana essaie d'imaginer son village, mais les cabanes, les feux, les séchoirs pour le poisson, tout se brouille dans sa tête. Elle ne retrouve que des ébauches ou des ruines, rien que des feux éteints, des paniers vides, et le visage de son père, inerte, triste à mourir. Une angoisse insupportable l'assaille. Les siens vont-ils donc mourir ? Sont-ils déjà morts pour qu'elle n'arrive plus à leur supposer une vie ? Que peuvent-ils faire, seuls contre la terre entière, haïs, pourchassés ? Comme elle voudrait les rejoindre et traverser la tourmente à leur côté !

Agitée, le visage décomposé, la jeune fille pleure en écoutant les cigales. Le vent se lève. Les drapeaux claquent. Très loin, le tonnerre gronde ; elle l'entend à peine en revenant vers le fort, épuisée. Philippe saura ce qu'il faut faire ! Il l'aidera à sauver les siens. Il la ramènera saine et sauve à la rivière des Renards.

En pénétrant dans la cour, elle se souvient que son ami a dû s'absenter. Fiévreuse, elle se réfugie dans sa chambre. Le visage enfoui dans son oreiller de crin, elle répète comme une incantation, sans vraiment savoir à qui elle s'adresse, aux siens, à l'ennemi ou aux dieux :

— Ne faites pas ça ! Ne faites pas ça !

* * *

— Nous n'avons pas le choix ! La guerre avec les Français a déjà fait trop de morts parmi nos guerriers. Nous les repoussons et il en vient d'autres. Toujours d'autres. Et toutes les tribus se rangent à leurs côtés.

Quand il est seul, entouré de loups, le cerf se résigne ou tente de fuir.

Kiala ne peut dissimuler sa colère. Il rugit et lance son grand couteau aux pieds du vieux Wapello.

– Les Mesquakies ne sont pas des cerfs, ce sont des loups! Seul un chef du clan du Cygne peut comparer les Mesquakies aux cerfs. Toi, avec tes cheveux de neige, as-tu déjà oublié la parole de Pemoussa? «Les Mesquakies sont immortels!» Je n'avais pas encore tué mon premier ours alors, mais je n'ai pas oublié. Ta mémoire se fait vieille, Wapello, et ton courage aussi.

Le vieil homme ne bronche pas. Son visage raviné s'assombrit. Il comprend l'amertume du guerrier et ne lui en veut pas. De toute façon, quoi qu'il dise, le conseil des chefs de paix a déjà pris sa décision.

– Tu as la fougue des hommes encore jeunes, mais la colère brouille ton esprit.

– Je ne fuirai pas comme un lâche! crache Kiala. Je ne quitterai jamais ma terre! Personne ne me forcera à partir. Si je dois mourir, ce sera ici. (D'un geste ample, le guerrier embrasse l'est et l'ouest, la rivière des Renards et la Wisconsin.) C'est ici que je mourrai! répète-t-il.

Après leur retraite forcée devant le commandant Marin, les Mesquakies se sont réfugiés au portage, entre les deux rivières. Leur situation devient chaque jour un peu plus intenable. Ils risquent fort de perdre le contrôle de ces deux voies d'eau, mais Kiala refuse d'aller plus loin. Convaincu que les dernières défaites essuyées par ses guerriers ne sont que des accidents de parcours, il préconise une nouvelle offensive. Les Mesquakies doivent forcer les Français et leurs alliés à se battre sur leur terrain. Ils doivent se déployer en petits groupes et frapper partout, près des forts, le long des rivières, sur les routes de traite, pour disparaître aussitôt. C'est en se battant à leur manière, celle qui leur a valu leur réputation d'invincibilité, qu'ils vaincront.

Quelques-uns l'appuient, mais ils sont trop peu nombreux et leurs arguments n'ont pas réussi à ébranler le conseil. La décision a été prise à l'unanimité, après que chacun eut pu s'exprimer. Certains, plus timorés, avaient proposé de se rendre à Montréal pour réclamer le pardon d'*Onontio*. Ceux-là n'avaient qu'un seul but : revenir ensuite chez eux et y vivre en paix. Les plus belliqueux, comme Kiala, préconisaient un affrontement. Wapello a voulu rallier tout le monde autour d'une solution mitoyenne : la recherche d'une nouvelle terre où ils pourraient s'installer en toute sécurité, sans renoncer à leur indépendance. Cette proposition l'a emporté. Kiala toutefois s'en dissocie avec véhémence, car elle ressemble trop à une reddition. Il va combattre, jusqu'à la mort s'il le faut, sans rien renier.

– Les messagers partiront demain, décrète Wapello, la mort dans l'âme. Ils iront à l'ouest, chez les Sioux, demander refuge. Ils se rendront à l'est, chez les Miamis, et jusque chez les Tsonnontouans. Partout, ils offriront les haches et demanderont asile pour le peuple de Wisaka.

* * *

Une fois de plus, Thana se réveille en sursaut. Elle a encore vu en rêve les grands cygnes s'envoler et la nuée de plumes blanches s'écraser sur le sol. Troublée, elle court vers Philippe, revenu de sa courte expédition, et se jette dans ses bras, incapable de parler. L'officier l'entraîne à l'extérieur du fort et l'oblige à s'asseoir à l'ombre d'un grand févier. L'arbre grince dans le vent, comme une poulie mal huilée. Les cigales chantent toujours.

– Raconte-moi ce qui se passe, dit Philippe d'une voix calme.

Thana n'y arrive pas. Elle doit faire un effort pour rassembler ses idées et chercher les mots justes.

– Mon peuple est en danger, dit-elle. Un grand danger...

– Comment le sais-tu?

– Je le sais.

Philippe n'insiste pas. Il n'aurait pas dû poser la question.

– Que veux-tu que nous fassions?

– Il faut parler au commandant, organiser une rencontre. Je veux parler à mon père, lui faire comprendre.

– Tu crois qu'il t'écoutera?

– Oui.

Cette fois, l'officier ne demande rien de plus. Thana a répondu sur un ton qui ne laisse aucun doute.

– Je vais parler à Saint-Ange, dit-il.

– Dis-moi vite sa réponse, je t'en prie.

* * *

– C'est non!

Les premiers messagers de Wapello reviennent au portage avec la réponse négative des Sioux. Les Mesquakies ne sont pas les bienvenus à l'ouest du

205

grand fleuve. Heureusement, les Miamis sont moins catégoriques. Ils accordent un droit de passage sans toutefois offrir l'hospitalité. C'est peu et beaucoup à la fois. Le vrai salut vient finalement des Tsonnontouans, qui refusent de les assister dans leur migration, mais acceptent de les recevoir sur leur territoire, s'ils réussissent à y parvenir.

– Vous n'y arriverez pas avec les femmes, les enfants et les vieillards, insiste Kiala. Vous devrez faire des feux, chasser, et vous déplacer trop lentement. Nos ennemis ne vous laisseront pas passer.

– Nous passerons, affirme Wapello. En allant directement vers le sud puis vers l'est, nous éviterons les tribus des grands lacs.

– Et les Illinois ?

– Ils ne peuvent rien contre nous. Wisaka nous aidera. Il veillera sur son peuple.

Le lendemain matin, en regardant les hommes se déployer sur les deux flancs du peloton constitué des femmes lourdement chargées et des enfants, Kiala doute un instant de sa décision. Ne devrait-il pas accompagner son peuple, marcher à sa tête et le protéger ? Perplexe, il jette un œil sur les quelques guerriers qui ont refusé de partir et lit dans leurs yeux la même incertitude. Pourtant, aucun ne bouge. Pour eux comme pour lui, le renoncement et l'humiliation seraient trop grands. Ils préfèrent la mort à l'exode.

Quand Wapello passe devant lui, Kiala le salue avec respect. Même si cette entreprise lui paraît insensée et vouée à l'échec, il ne doute pas un instant de la bonne foi du vieil homme. Celui-ci n'a toujours eu en tête que le bien de son peuple, et chaque malheur qui l'a affligé – la mort de ses épouses, celle de ses fils, l'enlèvement de ses filles – a renforcé sa détermination. Du clan du Cygne, il ne devrait pas jouir d'une telle autorité au sein de la tribu, mais son dévouement et son esprit fin, ses dons de tribun et ses pouvoirs mobilisateurs ont été plus forts que la tradition. Et Kiala doit bien le reconnaître : cette fois encore, Wapello a su convaincre.

À la tête de l'interminable colonne, celui-ci marche d'un pas résolu malgré son âge. Une lumière particulière brille dans ses yeux. Elle rappelle à Kiala le regard vif et intelligent de Thana, et ce souvenir douloureux qu'il refuse d'affronter en entraîne d'autres : les enlèvements, les morts, les blessés, les siens torturés, brûlés, harcelés, réduits en esclavage, égarés. La rage au cœur, le guerrier rentre précipitamment dans sa cabane.

* * *

D'abord nourri par de vagues rumeurs que personne ici n'a prises au sérieux, le pressentiment de Thana est devenu une certitude. Elle connaît si bien les siens qu'elle prévoit leurs moindres gestes. Troublée par l'envergure du projet et l'héroïsme qu'il suppose, elle les accompagne à distance, ces six cents femmes et enfants, escortés par trois cents guerriers, et qui progressent lentement, dans un silence presque complet, brisé parfois par les pleurs d'un nourrisson. Ils traversent des forêts ombrées, cortège austère avançant d'un pas feutré, un seul pas repris mille fois, dans les mêmes ornières. Sur les plateaux, à découvert, ils évoluent de nuit, aussi discrets que la chouette, avant de disparaître dans les vastes prairies, insaisissable serpent d'eau dont seule l'ondulation tranquille des hautes herbes pourrait trahir la présence.

Ils sont partis en juin, sous le regard approbateur de Wisaka, créateur de la terre et des hommes. En juillet, au temps des premières pousses, ils traversent à gué la rivière Illinois et s'installent temporairement sur la rive sud du cours d'eau. Les vieillards et les enfants sont à bout. Pendant qu'ils se reposent, les femmes cousent des mocassins et les hommes chassent pour constituer des réserves. Il reste encore tant de sentiers, de prairies et de marécages avant la terre promise par les Tsonnontouans. Tant de périls à affronter encore. Le pari est immense. Ils ont risqué le tout pour le tout, la vie pour la liberté, désespérément inconcevables l'une sans l'autre.

* * *

Wapello examine justement le chemin parcouru et toutes les embûches à venir lorsque des cris d'enfants annoncent le retour des chasseurs. Leur arrivée jette le chef de paix dans la consternation. Il tentait de prévoir l'imprévisible, mais il ne croyait pas ses jeunes guerriers capables d'une telle erreur de jugement. Ces derniers traînent avec eux une douzaine de prisonniers illinois.

— Ils nous ont attaqués, explique un des chasseurs sur un ton cassant. Nous nous sommes défendus.

— Il faut les rendre immédiatement ! ordonne Wapello.

Cette escarmouche compromet toute l'opération et il ne se gêne pas pour le leur reprocher, en espérant de tout son cœur pouvoir réparer cette bavure avant que l'irrémédiable ne se soit produit.

Quelques heures plus tard, il rencontre une délégation d'Illinois menée par un chef de paix conciliant. Les deux sages pourraient peut-être s'entendre; or, la rancune est si grande d'un côté comme de l'autre que des murmures de désapprobation accueillent chacune de leurs concessions. Autour d'eux, les adversaires se toisent, et l'espace qui sépare les deux camps semble se rétrécir à vue d'œil.

Soudain, vif comme l'éclair, un des guerriers illinois fonce, casse-tête à la main, sur un Mesquakie, et le blesse à l'épaule. Leurs compagnons s'interposent, des deux côtés, mais le mal est fait et il suffirait d'un signe, un mot, pour que Mesquakies et Illinois s'entre-tuent.

— Vous ne passerez pas sur nos terres ! hurle l'agresseur. Nos messagers sont déjà chez les Mascoutens et les Kicapous. Vous ne passerez pas !

Wapello est atterré. Il regarde les ambassadeurs illinois s'éloigner rapidement sans avoir obtenu gain de cause. Les prisonniers sont restés entre les mains des Mesquakies et aucune excuse n'a été faite. Tous les rêves du vieil homme s'effondrent d'un coup. Cette migration pacifique sur laquelle il comptait pour redonner vie et espoir à son peuple devient en quelques secondes une guerre ouverte dans laquelle se trouvent entraînés les femmes et les enfants. Dorénavant, sans qu'il soit même nécessaire d'en discuter, les chefs de guerre prendront la relève. À cause de quelques jeunes fous, inconscients des conséquences dramatiques de leurs gestes, Wapello a perdu son pari et il se retire, défait.

Toute la nuit, il entend, impuissant, les cris et les lamentations des prisonniers illinois soumis à la torture par les guerriers mesquakies. Une odeur de chair brûlée enveloppe le campement. Le vieil homme tremble de tous ses membres.

* * *

— Vous avez raison, lieutenant Maillard. Il faut en finir avec ces guérillas sauvages.

— Thana peut nous aider à nous concilier les Mesquakies.

— Vous avez raison, encore une fois. Nous possédons un atout dont il nous faut tirer parti.

Encouragé par l'ouverture d'esprit du commandant Saint-Ange, Philippe s'enhardit.

— Si nous ne réussissons pas rapidement à en faire des alliés, ils se tourneront du côté des Anglais qui, déjà, ont tenté de les gagner à leur cause avec un certain succès.

— Ce serait un désastre! Une alliance entre les Renards et les Anglais constituerait une menace sans précédent pour les relations entre les établissements français de la vallée du Saint-Laurent et ceux du bas Mississippi.

— C'est donc à nous, du fort de Chartres, qu'il revient de régler cette question. Notre emplacement stratégique, à la charnière de la Louisiane et du Canada, nous désignerait comme une cible de choix dans le cas d'une alliance entre les Anglais et les Mesquakies.

— Votre analyse de la situation me paraît exacte, lieutenant Maillard. Depuis ma nomination, je songe à ce problème. Je crois qu'il est temps de passer aux actes.

Enchanté d'avoir enfin trouvé un appui, Philippe écoute les explications de Saint-Ange. En premier lieu, il s'agit d'obtenir l'aval des Illinois et des autres tribus touchées par le conflit. La paix dans la vaste région des grands lacs ne pourra pas se faire sans leur accord. Il se charge d'ailleurs lui-même de les convaincre. En second lieu, il rencontrera avec Thana les chefs de guerre des Renards. Quatre d'entre eux seront invités à se rendre à Montréal pour discuter d'un traité avec le gouverneur.

– Ça peut marcher, j'en suis sûr! s'exclame Philippe, enthousiaste. Ça doit marcher!

– Faites-moi confiance, lui répond Saint-Ange, avec un sourire paternel. Je vais régler une fois pour toutes la question des Renards.

* * *

Quand elle apprend la nouvelle, Thana saute au cou de Philippe. La joue appuyée sur la vareuse de drap gris, elle écoute battre le cœur de l'officier. Grâce à ses soins attentionnés, elle a repris des forces. Cet homme lui a sauvé la vie si souvent! Il lui a appris sa langue, a démêlé pour elle les codes complexes qui gèrent la vie des Blancs, et, pourtant, elle ignore qui il est, d'où il vient; elle ne connaît rien de ses amitiés ou de ses amours.

Souvent, elle s'est interrogée à son sujet, mais elle n'a jamais osé rien demander. L'officier ne se livre pas facilement, comme s'il préservait un secret, et les Mesquakies réprouvent l'indiscrétion. Ils considèrent d'une grande inconvenance de demander son nom à quelqu'un. Il n'était donc pas question pour la jeune fille de forcer les confidences de son ami.

Sans desserrer son étreinte, elle lève les yeux vers le beau visage anguleux de Philippe. Elle admire les traits réguliers, s'attarde sur les lèvres fines d'un rose très pâle. Un désir intense lui brûle la gorge. Elle se hausse sur la pointe des pieds et penche la tête, disponible, mais Philippe la repousse doucement. Le regard profond de l'officier, d'un gris soyeux, exprime tant de mélancolie qu'elle n'insiste pas.

– Qui es-tu? ose-t-elle pourtant demander en rougissant.

– Ton ami.

Il a répondu en mesquakie.

– D'où viens-tu? Où reposent tes ancêtres?

– Là-bas, très loin. De l'autre côté de la grande mer.

– Alors d'où te vient donc ce savoir? As-tu du sang mesquakie en toi? Qui t'a donné la pochette? Qui t'a révélé les mots et les secrets du *micami*?

Thana s'enhardit, et Philippe, qui connaît bien la tradition mesquakie, comprend à quel point elle doit être désorientée pour profaner ainsi toutes les règles de politesse. Elle a besoin de savoir pour affirmer sa confiance. Trop d'obscurité brouille la suite des jours; la jeune fille réclame une assurance, une seule, pour pouvoir tolérer le reste. Le jeune homme accepte cet ultimatum déguisé. Thana a raison: leur relation doit être clarifiée, et il l'aime trop pour risquer de la perdre à cause d'un malentendu.

– J'ai connu un Mesquakie..., commence-t-il.

– Un esclave? demande Thana avec une perspicacité étonnante.

Philippe hésite, à la fois déconcerté et choqué par le mot qu'elle a employé.

– C'était un esclave, en effet, admet-il. Je l'ai acheté à son propriétaire et je l'ai affranchi.

– Il est parti, alors?

– Non, il est resté avec moi.

– Parce que c'était ton ami?

– Plus qu'un ami.

– Un frère?

– Plus qu'un frère.

Thana plisse le front sans détourner le regard. Elle pense comprendre, mais préférerait se tromper. Dans sa tribu, il arrive parfois que des hommes ne se marient jamais. Des histoires circulent, vieilles comme les pierres, d'hommes amoureux des hommes, et dotés de dons exceptionnels. Voilà peut-être ce qui a permis à Philippe de lui sauver la vie. Voilà également pourquoi il ne partage pas l'attirance qu'elle éprouve pour lui.

– Pardonne-moi, Thana...

Elle ne sait trop comment réagir. A-t-elle mal ou honte? Elle l'ignore pour le moment. Chagrin? Humiliation? Soulagement? Rien de tout cela et tout cela à la fois. Bouleversée, elle choisit de partir après avoir adressé à l'officier un sourire gêné.

Dans la cour, elle croise un visiteur. L'homme est déjà venu au fort à plusieurs reprises. Impossible d'oublier ce visage crispé aux traits chiffonnés. À demi sauvage et à demi blanc, ni tout à fait coureur des bois ni tout à fait traitant, l'homme a tout de l'aventurier impavide, d'une liberté insolente qui n'a d'égale que sa roublardise. L'intérêt de ses goussets passe avant toute autre considération.

Thana se hâte de rentrer.

Elle ne voit pas Jean-Antoine Campeau frapper à la porte du commandant.

* * *

– J'ai une mission à vous confier. Comprenez-moi bien : c'est une mission de première importance, capitale.

Campeau sourit, méprisant. Piètre négociateur, Saint-Ange dévoile son jeu dès les premiers mots. Il l'ignore, mais les prix viennent de monter d'un coup.

– De quoi s'agit-il ?

– Voici, mot pour mot, le message que vous devrez livrer aux chefs de guerre illinois. Vous irez dans tous les villages, chez les Kaskaskias, les Cahokias et les Norias, et vous leur répéterez ce message. Mot pour mot, j'insiste. Apprenez-le par cœur.

– Je vous écoute.

Pendant que son vis-à-vis se recueille pour ne rien perdre de son discours, le commandant se racle la gorge et déclame sur un ton péremptoire

– Vaillante et illustre nation des Illinois, alliés et amis des Français ; depuis longtemps, les Renards, vos ennemis mortels, agissent de façon téméraire et portent le malheur sur votre peuple. Parce qu'il souhaite que ses amis illinois vivent en paix sur leurs terres, *Onontio,* le grand chef des Français, a décidé d'exterminer les Renards. Je marcherai donc à la tête de mes braves guerriers, Français et Illinois, avec des fusils qui vont frapper comme le tonnerre ces misérables vantards. Et

214

nous ferons de la bourre à canon de leurs scalps. Soyez prêts à répondre à mon appel.

D'une traite, Campeau répète sans se tromper le discours de Saint-Ange. Il ajoute cependant

– Les chefs de guerre illinois ne font pas le poids devant ceux des Renards.

– J'ai un plan pour endormir leur méfiance et me débarrasser d'eux. Sans leurs chefs, les Renards seront désarçonnés et vulnérables.

Saint-Ange ne croit pas pertinent de dévoiler sa stratégie à cet aventurier, mais il a du mal à tenir sa langue. Lorsque Campeau aura rempli sa mission, il enverra un détachement chez les Renards pour inviter Kiala et les autres chefs de guerre à venir le rencontrer. Pour les attirer, il se servira de Thana.

– Vous avez pensé à tout, à ce que je vois, résume Campeau, comme s'il lisait dans ses pensées.

– À tout.

* * *

– Appelons les Miamis à l'aide.

– C'est déjà fait.

– Pourrons-nous tenir jusqu'à l'arrivée des renforts ?

Personne n'ose se compromettre, même pas Chakoso, un chef de guerre du clan de l'Ours qui a pris le commandement. Depuis qu'ils ont quitté les rives de la rivière Illinois, les Mesquakies sont harcelés par leurs ennemis. Trop craintifs pour les attaquer de front, ces derniers sont cependant suffisamment audacieux pour les ralentir. Les femmes sont épuisées. Elles portent tout l'avoir de la tribu, les victuailles, les outils, les tapis de jonc, les urnes, et elles auraient besoin de repos. Constamment aux aguets et obligés de repousser les assauts incessants, les hommes ne peuvent leur être d'aucune aide. Les enfants apeurés tiennent d'une main la jupe de leur mère et chassent, de l'autre, les nuées de moustiques qui fondent sur eux depuis qu'ils se sont engagés dans la grande prairie.

Wapello va de l'un à l'autre, soutenant les plus faibles, distribuant des encouragements.

– Il faut tenir, répète-t-il. Dès qu'ils s'éloignent de leur village, les Illinois deviennent craintifs comme des enfants, vous le savez bien. Ils vont bientôt rebrousser chemin et nous pourrons continuer notre route en paix.

Avec un peu de chance, son pronostic aurait pu se vérifier, mais l'arrivée de deux cents Mascoutens et Kicapous anéantit tous leurs espoirs. Ils ne pourront pas se tirer de ce mauvais pas sans se battre. Chakoso rassemble les femmes et les enfants dans un bocage et distribue ses guerriers de façon qu'ils forment un rempart humain autour d'eux.

– Il faudrait faire prévenir Kiala, propose Wapello.

– Ce serait inutile, lui rétorque Chakoso. Nous sommes trop loin maintenant. Même si nos messagers réussissaient à passer, Kiala arriverait trop tard.

Aux premiers coups de feu, Wapello pense avec beaucoup de tristesse à Thana et à Nucamoan. Des histoires ont couru de jeunes prisonnières en fuite, aussi loin que dans le territoire des Natchez, où lui-même n'a jamais mis les pieds. Il a toujours su qu'il s'agissait de ses filles et, longtemps, il a cru qu'il les reverrait un jour. Maintenant, il en doute.

Au bout de deux jours, l'aventurier mandaté par Saint-Ange revient au fort, accompagné par un parti d'Illinois.

En les voyant pénétrer chez le commandant, Thana comprend que le sort des siens se joue dans la petite pièce où sont réunis officiers et sous-officiers. Grâce à une fenêtre brisée, elle réussit à se glisser dans la chambre attenante. Pour mieux entendre, elle entrouvre la porte doucement.

— Je n'ai pas eu à aller très loin, explique l'émissaire de Saint-Ange. J'ai rencontré ces Illinois et j'ai pensé qu'il serait préférable de vous les emmener.

Pour être payé malgré tout, l'aventurier omet de dire que les guerriers se rendaient d'eux-mêmes au fort de Chartres.

— Que se passe-t-il ? demande le commandant.

Un des Illinois explique la situation. Il raconte en termes imagés l'exode interrompu des Renards. Il passe sous silence les premières escarmouches, moins glorieuses pour les siens, et s'attarde sur la manière dont ils ont tenu en échec leurs redoutables ennemis.

— La route est bloquée, conclut-il. Les Renards ne peuvent plus avancer ni reculer. Ils sont pris au piège, et si les Français acceptent de se battre à nos côtés, pas un seul ne s'en sortira vivant.

— Vos chefs ont-ils envoyé des émissaires au fort Saint-Joseph ? s'enquiert Saint-Ange.

— Oui, et jusqu'au fort Ouiatanon, à l'est.

Le commandant n'hésite pas un seul instant. Ses ordres fusent, clairs et brefs.

— Avertissez les colons et les commerçants des environs, lance-t-il à Philippe. Armez ceux qui se joindront à nous. Vous avez trois jours pour tout préparer.

— Vous ne pensez pas vous joindre aux Illinois pour attaquer les Mesquakies ! s'insurge l'officier.

— Le pays est en guerre, lieutenant Maillard ! Nous avons atteint un point de non-retour et nous devons prendre parti.

— Il y a quelques jours, vous élaboriez un plan de paix !

— Tout a changé. J'aurais aimé leur donner une dernière chance, ment le commandant, mais les Renards ont signé leur arrêt de mort. Il faut maintenant les abattre avant qu'ils ne se rongent la patte et s'enfuient.

— Mais...

— Exécutez les ordres !

Tous se dispersent.

Excité par la perspective d'en finir avec les Renards sans même avoir à en supporter l'odieux, Saint-Ange court préparer ses troupes.

Philippe reste seul, atterré.

Venant de la pièce attenante au bureau de Saint-Ange, un bruit discret attire son attention. On dirait le crissement d'un pied mouillé sur le plancher de bois. Sabre au poing, il pousse doucement la porte et découvre la fenêtre sans carreaux. En se penchant, il a tout juste le temps d'apercevoir Thana avant qu'elle ne disparaisse derrière la palissade. Profitant de la confusion générale, la jeune fille quitte le fort.

Philippe devine où elle va, et il ne fait rien pour la retenir. Toutefois, il n'est pas le seul à avoir été témoin du départ précipité de la jeune Mesquakie.

3

Sans réfléchir, Thana fonce vers les siens. Les indications fournies à Saint-Ange par les messagers lui permettent de s'orienter sans trop de mal. Pour le moment, la distance à franchir lui importe peu, de même que l'omniprésence des Illinois sur tout le territoire. Aucun des obstacles dressés entre elle et les siens ne pourra désormais la retenir. Elle a patienté si longtemps, alors qu'un seul désir l'habitait : retourner auprès de son peuple ! Comment a-t-elle pu être si naïve et croire, tout ce temps, à la bonne foi des Français ? Quelles chimères, quelles folles espérances ont bien pu la détourner de son dessein ?

Furieuse, la jeune fille progresse à grandes enjambées. Quand le terrain le permet, elle court, le plus vite possible. Sa robe frangée bat à ses mollets et ses pieds nus foulent le sol humide avec un plaisir sensuel. Tout ce temps perdu qu'il faut maintenant rattraper ! Elle n'aurait pas dû attendre si longtemps ! Elle a l'impression d'avoir dormi ; cet hiver passé au fort de Chartres n'aura été qu'un rêve, un long engourdissement dont il est difficile de s'extirper. Les émotions ressenties, les paroles entendues, les êtres, tout n'était qu'un leurre. Même Philippe...

Sans s'arrêter, Thana serre les poings et relève la tête. Une plainte interminable jaillit de sa poitrine, et malgré tous ses efforts pour le rayer de sa mémoire, le visage délicat de l'officier s'impose, lui voilant le sentier. Des gouttes d'eau perlent aux cils de la Mesquakie et dessinent des filets de brume, comme un col de guipure au-dessus des grandes herbes. Elle cligne des yeux plusieurs fois, et essuie ses larmes. Un soleil arrogant plombe sur d'abrupts rochers de calcaire, droit devant elle.

Après les avoir escaladés sans trop de peine, elle accède à un plateau, où abondent les noix et les petits fruits de toutes sortes. Elle mange et repart aussitôt. Tout va bien pendant un certain temps, mais peu à peu le sentier se rétrécit. Elle a de plus en plus de mal à le suivre. Obligée à de longs détours, elle s'empêtre dans les ronces et les branchages et perd un temps fou tout en gaspillant ses énergies. Elle avance, revient sur ses pas, cherche un passage, tourne en rond. Après plusieurs heures de ce manège éreintant, le découragement la guette. On dirait que le sentier s'arrête là et que jamais personne n'est allé plus loin.

— Tu es perdue, ma belle?

Thana sursaute. Son cœur bat la chamade.

L'homme vient vers elle. Il semble émerger d'une coulée invisible. C'est bien lui, Jean-Antoine Campeau, l'émissaire de Saint-Ange; elle avait reconnu sa voix. Il se rapproche jusqu'à la toucher. Son manteau de peau exhale tout un bouquet d'odeurs, à la fois rances et sucrées. Y sont inscrites les longues marches en forêt, les nuits à la belle étoile et les soûleries en solitaire. Quand il passe une main râpeuse sur le visage de Thana, celle-ci feule comme un puma.

— Eh! Du calme, la belle sauvageonne! dit-il en levant les mains. N'aie pas peur; je veux seulement t'aider.

La jeune fille n'en croit rien; cet homme-là n'a sûrement jamais aidé personne.

– Pourquoi? demande-t-elle. Pourquoi m'aider?

– Parce que ce bâtard de Saint-Ange ne m'a pas payé. Il a refusé, prétextant que les Illinois étaient venus d'eux-mêmes, et que je n'y étais pour rien. Ce salaud, je vais lui rappeler à qui il a affaire! Et tu vas m'aider!

– Comment?

– Tu vas arriver avant lui et tu vas avertir les tiens pour qu'ils lui préparent un comité de réception dont il se souviendra longtemps. (Thana n'a pas tout compris, mais le geste joint à la parole est éloquent: l'homme passe un doigt sur sa gorge.) Personne ne connaît ce territoire mieux que moi. Si tu ne traînes pas trop, nous y serons dans deux jours. Cet imbécile de Saint-Ange n'aura même pas eu le temps d'astiquer ses bottes.

* * *

L'aventurier ne mentait pas.

Lui et Thana voyagent de jour comme de nuit, sur des sentiers qui s'ouvrent pour eux seuls. Quand ils ont faim, Campeau sort de sa besace de la viande séchée; dès qu'ils en ont besoin, il trouve un canot. Il ne ressent jamais la fatigue et ne la supporte pas chez les autres.

Thana le suit en papillotant des paupières pour ne pas tomber endormie. Elle a perdu la notion du temps. Parfois, elle s'assoupit sans cesser de marcher. Lorsqu'elle reprend conscience, après quelques secondes, elle aperçoit, tout étonnée, une biche et ses faons ou des papillons jaunes qui voltigent dans toutes les directions. Elle doit se frotter les yeux et respirer à fond pour retrouver le fil, se rappeler où elle est et où elle va. Les paysages varient, les rivières se succèdent, jamais pareilles, mais une chose ne change pas : depuis son départ du fort, les cigales n'ont jamais cessé de chanter.

À l'aube du troisième jour, tel que l'a promis Campeau, ils ne sont plus qu'à deux kilomètres de l'endroit indiqué par les Illinois. Derrière son guide, Thana avance prudemment. Elle entend des coups de feu suivis de longues plages de silence, puis des bruissements, des éclats de voix. Les ennemis rôdent, tout près; elle sent physiquement leur présence.

Grâce au flair et à l'habileté de son compagnon, ils gravissent sans encombre un coteau, d'où ils surplombent la grande prairie. Loin à l'horizon, des nuages de beau temps semblent monter de la terre. Les herbes ondulent à peine.

— Les tiens sont là-bas, dans ce boisé, juste à la tête de la rivière, explique l'aventurier.

Il montre ensuite le campement des Kicapous et des Mascoutens, juste sur la droite. À gauche, à une bonne distance, celui des Illinois grouille de monde, alors que beaucoup plus loin, au nord, les Poteouatamis, en tout petit nombre, occupent une position stratégique.

— Il n'y a qu'une façon de passer. Les Illinois sont les plus dangereux parce que leurs éclaireurs ne restent pas en place. Pendant que je les occupe, tu te glisseras dans la rivière. La suite dépend de toi. Si tu restes immergée, tu pourras passer le campement des Illinois sans être vue. En avançant ensuite au milieu des roseaux, tu échapperas à la surveillance des Mascoutens.

Thana regarde la rivière, mince comme une couleuvre dans l'immense prairie. Peu à peu, ses muscles tendus se relâchent et son cœur bat plus calmement.

– Prête? demande son compagnon.

Elle hoche la tête.

* * *

De leur poste de guet, les sentinelles mesquakies suivent sa lente progression dans la rivière. Elle a déjà franchi la position occupée par les Illinois et elle marche maintenant à pas feutrés, en écartant doucement les roseaux. Ils la laissent venir sans jamais baisser leur arme, l'œil rivé aux ondulations qui trahissent son avancée. Puis elle rampe vers le boisé et les rejoint.

D'abord, ils ne la reconnaissent pas et ils la regardent, intrigués. Thana déambule parmi les siens, cherchant un visage connu. Elle a tant espéré ce moment! Jusqu'à ne plus y croire! Peu importent les circonstances, la précarité, l'endroit, elle est de retour et c'est tout ce qui compte! Elle sourit, salue les uns et les autres pour le seul plaisir de se voir répondre dans sa langue. Ils sont si nombreux, plus encore qu'elle ne l'avait imaginé, mille peut-être, de tous les clans, hommes, femmes et enfants, tragiquement déracinés. Ils ne la reconnaissent pas parce qu'ils se sont eux-mêmes perdus de vue. Leurs bras battent l'air comme s'ils voulaient reprendre leur envol et qu'on les retenait au sol. Dans leurs yeux, Thana distingue le même désarroi interrogateur. Aucune peur, aucune désespérance non plus, seulement une grande déception d'avoir dû s'arrêter au milieu de nulle part.

En observant les enfants, immobiles et attentifs, les femmes, debout près des lourdes charges qu'elles ont transportées jusqu'ici, et les guerriers, en attente, sans leurs couleurs de guerre, elle comprend que malgré toutes les apparences ils sont encore en mouvement. Un obstacle freine leur course, le voyage est retardé; pour l'instant, le seul geste perceptible est celui des mains impatientes qui chassent de temps à autre les moustiques ou essuient la sueur qui perle aux tempes, mais toute leur attitude, le regard, le port de tête, tout témoigne d'une mouvance intérieure ininterrompue.

Thana se rend au centre du campement. Une trouée dans le boisé permet les rassemblements, et les sages de la tribu y sont assis, silencieux, en attente eux aussi. Dès qu'elle pénètre dans la clairière, une femme la désigne du doigt.

– C'est Thana! s'exclame-t-elle. Venez voir! C'est Thana!

Malgré la gravité du moment, la jeune fille éclate de rire et serre Chikea dans ses bras. Cette dernière appartient à la tribu des Poteouatamis, la nation de la place du feu. Sans plus savoir ce qui leur a valu cette épithète peu flatteuse, les Mesquakies les nomment parfois les Pekinenis, ce qui signifie «peuple de râleurs». Il y a environ deux ans, Chikea a épousé Nähano, un jeune Mesquakie – un peu plus jeune qu'elle, d'ailleurs – reconnu pour ses talents de négociateur. Dès son arrivée au village, elle s'est liée d'amitié avec Thana qui, depuis lors, n'a plus jamais utilisé de termes péjoratifs pour désigner la tribu de sa compagne.

– C'est toi? C'est bien toi?

L'enfant prodigue est entourée. Les femmes la touchent du bout des doigts avec le respect dû aux revenants. La voilà enfin reconnue et nommée, Thana, fille de Wapello, du clan du Cygne, de la puissante tribu des Mesquakies.

Soudain, le cercle se lézarde et un vieil homme au regard chagrin vient vers elle. Il tend les bras et la jeune fille s'y précipite avec une violence qui le fait vaciller.

– Thana... Thana... Thana...

Wapello répète le nom de sa fille, encore et encore.

* * *

Au premier regard, il a su. Toutes les morts et toutes les épreuves étaient inscrites dans le corps de Thana. Ils n'ont pas eu besoin de parler de Nucamoan. D'ailleurs, ils n'ont presque rien dit. Les paroles étaient inutiles. Wapello n'a pas laissé la main de sa fille. De temps à autre, il effleure sa joue ou ses cheveux, d'un geste tendre et respectueux. La guerre lui avait ravi une jeune adulte insouciante; le destin lui rend une femme, une combattante. Il le devine à la plénitude des traits, à l'économie de mots, à la démarche posée. Thana n'a pas changé, mais elle n'est pourtant plus la même. En s'abreuvant à d'autres sources, en dehors du clan, elle a beaucoup appris, et son tout nouveau savoir s'appuie sur l'ancien. Wapello est fier de cette femme différente des autres, si résolument mesquakie.

– Nous sommes prêts à t'entendre.

À peine arrivée, la jeune fille a demandé à son père de réunir le conseil. Elle pénètre donc à sa suite dans un wigwam minuscule, logé comme par miracle entre deux mûriers rouges. Une dizaine d'hommes au faciès sévère et à l'allure martiale l'accueillent. Son premier réflexe est de chercher Kiala qu'elle n'a pas encore vu. Le chef de guerre brille toutefois par son absence et la jeune fille a soudain l'impression de ne pas avoir tout à fait retrouvé son peuple. Aussi déçue que déconcertée, elle cherche à comprendre et élabore des hypothèses, si bien qu'elle n'entend pas la question de Chakoso. Son père doit la rappeler à l'ordre.

— Combien de temps avons-nous, Thana ?

— Cinq... cinq jours, bafouille-t-elle en levant une main, doigts écartés. Le commandant Saint-Ange et ses hommes seront ici dans cinq jours.

— Il vient seul ?

— Les Illinois ont aussi envoyé des messagers aux forts Saint-Joseph et Ouiatanon.

Les chefs évaluent la situation. Les plus optimistes croient encore que les Miamis honoreront leur promesse et refuseront de participer au siège. Dans ces conditions, quelques soldats de plus ou de moins ne changeront rien à l'équilibre des forces.

— Il faut partir avant l'arrivée des Français, propose l'un des chefs. Sur le territoire des Miamis, nous serons tranquilles.

— Et si nous revenions au village, à la rivière des Renards ? risque un autre.

Thana frémit à cette évocation. De plus en plus inaccessible, sa rivière est devenue un symbole de paix et de bien-être. Pleine d'espoir, elle regarde Chakoso, à qui revient la décision finale. Rien ne transparaît sur le visage concentré du chef. Que peut-il faire ? Ses guerriers ne craignent pas les Illinois, les Kicapous et les Mascoutens. D'ailleurs, ces derniers se contentent de les harceler sans jamais tenter une véritable offensive.

Seuls, libres de leurs mouvements, les guerriers mesquakies pourraient s'en débarrasser assez facilement
et reprendre leur marche, mais avec les femmes, les
vieillards et les enfants, c'est impossible. Alors, que
faire? Miser sur le temps et l'inévitable lassitude
des assiégeants? Profiter de la nuit pour lancer ses
meilleurs hommes dans le camp ennemi? Attendre
des renforts?

— Nous allons construire un fort, déclare Chakoso.
Nous avons de bonnes réserves de munitions et de
nourriture. Nous pouvons tenir un long siège.

* * *

Les arbres tombent dans de grands froissements de
branches. Tout en refoulant les attaques sporadiques et
peu convaincues de leurs ennemis, les hommes érigent
une palissade. De leur côté, les femmes creusent des
tranchées qu'elles dissimulent avec des branchages.
Elles aménagent également des caches peu profondes
où les enfants pourront s'abriter. Recouvertes de tapis
tressés, ces petites fosses offrent une protection efficace
contre les flèches et les balles.

Peu à peu, une vie s'installe dans l'enceinte fortifiée, avec des rituels, des habitudes anciennes et
d'autres, toutes nouvelles, créées au jour le jour, au
fil des besoins. Conscientes de l'importance des cycles et des repères, les femmes instaurent un horaire
précis qui tient tout le monde occupé. Les guerriers
retrouvent leur aplomb; les enfants redeviennent des
enfants. Armés d'un arc à leur mesure, de petits garçons s'amusent à lancer maladroitement des flèches

de paille. D'autres, un peu plus âgés, s'entraînent à la course en se défiant.

Thana est rassurée. Tant que les enfants auront le goût de vivre, rien de mal ne peut leur arriver. Tout va bien. Cet équilibre, même fragile, permet d'échafauder des plans, de croire à l'impossible.

Assise au pied d'un arbre, le dos appuyé sur le tronc, une jeune mère chante pour son nouveau-né. «Quand tu seras un homme...», fredonne-t-elle, avant de défiler tous les devoirs dévolus au sexe masculin. Plus loin, une vieille femme confectionne une poupée sous le regard intéressé de quelques fillettes. Oui, tout va bien.

Un calme étrange règne dans la grande prairie. Rien ne bouge. Tout semble en suspens. Dans le camp ennemi, les cris ont cédé la place au recueillement. À tout moment, Thana s'attend à voir leurs vis-à-vis lever le siège et disparaître, emportés par quelque esprit souterrain. Dans le ciel limpide, les oiseaux se taisent, enivrés de soleil. Tout a été dit. Assiégés et assiégeants s'offrent une trêve avant l'ultime mise à mort, dont chacun espère bien être l'instrument et non la victime.

* * *

— Ils arrivent!

Tous les ont entendus bien avant de les voir. Les Français, Saint-Ange en tête, se déplacent avec la délicatesse d'un troupeau de bisons apeurés. Tambours et fifres scandent leurs pas. Les armes brillent au soleil, tel un grand feu de joie. L'air bourdonne de cris et de claquements de drapeaux.

Thana regrette le silence comme on regrette un ami. Le temps aurait pu s'étirer encore un peu dans une vacuité illusoire. Tout le monde, lui semble-t-il, y trouvait son compte.

– D'autres viennent de l'est !

Aux cinq cents Illinois et Français de Saint-Ange se joignent en effet quelque quatre cents hommes commandés par Simon Réaume, en provenance du fort Ouiatanon. Parmi eux, la présence d'un bon contingent de Miamis jette la consternation chez les Mesquakies. Tous les chefs, Chakoso le premier, comptaient sans trop le dire sur l'aide des Miamis, et voilà que ces alliés potentiels les trahissent malgré leurs promesses de neutralité.

Toutefois, cette amère déception n'égalera jamais la stupéfaction provoquée par l'arrivée inattendue d'une centaine de Sakis. Ceux-ci accompagnent le commandant Coulon de Villiers et ses soldats du fort Saint-Joseph, de même qu'un bon nombre de Potéouatamis. Cette défection des Sakis en faveur des Français abat profondément les assiégés, qui en perdent jusqu'à l'envie de combattre. Chakoso refuse d'y croire. Il envoie secrètement des émissaires auprès des Sakis, mais ils reviennent tous avec la même désespérante réponse.

– Ils nous ont trahis.

– C'est impossible ! s'exclame Chakoso. C'est impossible !

Depuis toujours, Sakis et Mesquakies vivent, chassent et guerroient côte à côte, comme des frères. Avec le temps, leurs langues se sont fondues l'une dans l'autre pour n'en faire qu'une, et les femmes et les hommes des deux tribus se sont unis. Combien d'enfants mesquakies, réfugiés aujourd'hui dans cette enceinte, ne sont-ils pas issus de ces mariages mixtes?

– C'est impossible..., répète Chakoso, atterré. Le chef des Français est très puissant s'il peut dresser des frères les uns contre les autres.

Le chef de guerre dispose ses sentinelles et se retire pour questionner les esprits. Thana le regarde s'éloigner, le désespoir au cœur. Elle a pitié de ce colosse, dur au combat mais incapable de supporter la déloyauté de ses alliés de toujours. Il disparaît dans le soleil couchant nimbé d'un halo écarlate. La jeune fille pense à son rêve, au duvet immaculé qui s'éparpille sur le sol, s'enfonce dans la vase, coule à pic dans les cours d'eau, s'effiloche aux cimes des arbres. Et elle a soudainement très peur. Si rien n'est tenté très rapidement, les siens ne survivront pas.

En courant, elle se rend auprès de son père. C'est en rêvant de paix qu'il les a, bien malgré lui, précipités dans cette impasse. Seuls ces mêmes rêves de paix pourront les sauver.

* * *

Après de longues discussions, Chakoso s'est rallié: ils iront négocier. Thana est prête depuis longtemps. Elle a d'abord aisément convaincu son père, qui a persuadé les autres chefs de paix. Puis une délégation importante d'hommes et de femmes a rencontré Chakoso. Ce dernier les a écoutés attentivement avant de se tourner vers les chefs de guerre.

– Avez-vous une autre solution? leur a-t-il demandé.

Sans rien dire, ils ont brandi leur arc. Bien que courageux, leur geste révélait malgré tout un profond désespoir. Ils choisissaient ainsi de se battre plutôt que de se rendre, en sachant très bien qu'ils n'avaient aucune chance. Guidé par Wisaka et inspiré par son grand respect de la vie, Chakoso a tranché.

Il se place en tête. Un bandeau torsadé profère à son visage une intensité troublante. De lourds colliers pendent à son cou. À la hauteur de la poitrine, les plus longs se rejoignent autour d'un médaillon ovale taillé dans un coquillage de bonne dimension et d'un blanc très pur. Chakoso ne porte aucune arme, contrairement aux hommes de son escorte, mais nul ne peut se méprendre sur son statut de chef. Sur sa tête presque entièrement rasée, il arbore avec fierté sa coiffure de guerre. Piquée de trois plumes d'aigle, symboles de son rang élevé, celle-ci est fabriquée de queues de cerfs attachées ensemble et teintes en rouge. Fixée à une touffe de cheveux sur le dessus de la tête, la bande hérissée descend très bas sur la nuque et donne au chef encore plus de prestance. Une partie de son oreille gauche disparaît sous plusieurs rangs de perles, et des bracelets ceignent ses biceps et ses poignets.

Thana le trouve magnifique. Il lui rappelle Kiala. Wapello lui a expliqué pourquoi ce dernier n'a pas participé à l'exode. Elle respecte sa dissidence, mais ne la comprend pas. Les Mesquakies auraient tellement besoin de lui aujourd'hui. Sa renommée dépasse de beaucoup celle de tous les autres chefs; Thana a pu le vérifier à maintes reprises lors de ses pérégrinations. Sa seule présence aurait pu impressionner les Français et faire toute la différence. La défection inattendue du héros adulé nourrit l'amertume latente de la jeune fille.

Au-delà de ses convictions, Kiala aurait dû choisir d'accompagner son peuple, d'être là où son peuple le réclamait.

Les joues de Thana s'empourprent au seul souvenir de Kiala et, encore une fois, elle s'en veut de le blâmer. « Il avait sûrement ses raisons, se dit-elle, remplie de remords. Je n'ai pas le droit de le juger. »

Elle en est là de ses réflexions lorsque son père, d'un signe discret, lui indique de se rapprocher de Chakoso. Ils sont parvenus au lieu de rendez-vous et la jeune fille se réjouit du regard étonné et admiratif des Français sur le chef et son escorte. En tournant la tête légèrement, elle aperçoit Philippe, quelque peu en retrait. Le lieutenant lui adresse un sourire gêné et vient se placer tout près de Saint-Ange. Ils se tiennent maintenant l'un en face de l'autre, au côté de leurs chefs respectifs, tous les deux assignés à la même tâche, seuls à connaître de l'intérieur ces mondes dissemblables et à désirer les rapprocher.

Thana aimerait dire à Philippe toute l'affection qu'elle éprouve pour lui. Ils se sont quittés sur un malentendu et elle voudrait le rassurer, mais l'occasion ne s'y prête pas. Sa tâche exige toute sa concentration. Il n'est pas facile de traduire avec précision les paroles de Chakoso. Lorsqu'elle trébuche sur certains mots, Philippe prend discrètement la relève. Peu à peu, sans avoir échangé un seul mot, ils travaillent de connivence. Ils s'accordent l'un à l'autre, empruntent le même débit, le même ton clair et apaisant, comme si l'avenir dépendait de l'harmonie de leurs voix.

Chakoso pèse chacun de ses mots. Le conseil a voté pour la paix, mais pas à n'importe quel prix. C'est du moins ce qu'il a compris, et il est bien conscient que tout ce qu'il dira va compter. Il craint que Philippe ne sache traduire sa pensée ; Thana le rassure d'un hochement de tête : il peut avoir confiance.

– Les Mesquakies vont libérer tous leurs prisonniers, dit-il. Ils vont ensuite se rendre à la condition que leur vie soit épargnée et qu'ils puissent se disperser par petits groupes chez les Sakis et les Marais où ils vivront en paix.

Saint-Ange ne l'entend pas ainsi.

– C'est une ruse ! s'exclame-t-il en prenant ses collègues à témoin. Vous voyez bien où ils veulent en venir !

Coulon de Villiers risque une suggestion.

– Si on leur laissait le bénéfice du doute ? Je connais les Renards ; ils sont fiers et belliqueux, mais ils ne savent pas mentir.

Saint-Ange est horrifié par autant de naïveté.

– Je vous croyais plus perspicace, commandant de Villiers. Ces Sauvages ne pensent qu'à une chose : étendre leur influence pour revenir en force. La proposition qu'ils viennent de faire confirme mes craintes.

– Peut-être veulent-ils simplement sauver leurs femmes et leurs enfants...

– C'est déjà trop ! Je serai sans pitié. J'ai reçu des ordres précis et j'entends les respecter. Il n'est pas question de laisser ces Sauvages s'en sortir une autre fois.

– Je n'ai pas reçu les mêmes directives que vous, s'insurge de Villiers.

– Ça ne m'étonne pas..., rétorque sèchement Saint-Ange sur un ton plein de sous-entendus.

Son collègue n'insiste pas. Tout le monde connaît les rapports amicaux qu'il entretient avec les Renards.

Encore l'été précédent, il a reçu Wapello et deux autres chefs au fort Saint-Joseph. Ceux-ci réclamaient un traité de paix, et il a chaudement plaidé leur cause auprès du gouverneur Beauharnois. Ce dernier a répondu à sa requête en nommant l'impitoyable Paul Marin au poste de commandant de la baie des Puants. De Villiers a compris, à ce moment-là, que le gouverneur tenait à s'assurer que ses relations cordiales avec les Renards ne nuiraient en rien à son ultime dessein. Depuis qu'il a débarqué en Nouvelle-France, Beauharnois rêve d'exterminer cette tribu encombrante. Il en a fait une affaire personnelle, et il semble tout près d'arriver à ses fins.

De Villiers aurait aimé gagner du temps, mais il ne peut risquer une scission au sein des troupes françaises. Avec les Illinois, les Miamis, les Potéouatamis, les Kicapous, les Mascoutens et les Sakis installés tout autour, la situation est critique. Canadiens et Louisianais doivent impérativement rester unis, car, à la moindre défaillance de leur part, les casse-tête et les haches de guerre pointés pour le moment sur les Renards pourraient se retourner contre eux.

Thana a suivi la discussion entre les officiers, sans rien traduire. Elle ne trouve pas les mots pour exprimer l'intransigeance de Saint-Ange. Même dans sa langue, elle ne trouve pas les mots. De toute façon, Chakoso a très bien compris. Il prend une flèche dans le carquois d'un guerrier et la fiche dans le sol avant de tourner le dos aux Français. Ses guerriers le suivent et Wapello reste seul avec Thana. Le vieil homme espère toujours un revirement, mais Saint-Ange quitte les lieux sans même le saluer. Les négociations sont rompues.

Thana entraîne son père. Il marche si lentement que Philippe n'a aucune difficulté à les rejoindre.

– Thana..., supplie-t-il. Je sais que tu m'en veux...

– Non, l'interrompt la jeune fille, tu te trompes. Je ne t'en veux pas. Tu es mon ami; tu le seras toujours.

– Dis-moi alors ce que je peux faire.

La jeune Mesquakie a une idée, mais il faudrait d'abord en parler à Chakoso. Comme celui-ci a déjà réintégré le fort, elle prend l'initiative, espérant que le chef de guerre ne lui en tiendra pas rigueur.

– Nous voudrions rencontrer les Sakis.

La requête surprend Philippe. Il hésite, la tête baissée, en serrant et desserrant les poings. Les risques sont énormes.

– Cette nuit, dit-il enfin. Du côté du couchant, au pied de la colline. Vous ne serez pas dérangés, je te le promets.

* * *

Tout là-haut, les étoiles palpitent, sensibles, dirait-on, au chant des cigales qui ne se taisent jamais. Quand Thana et les siens se présentent au rendez-vous, les Sakis, déjà sur les lieux, les invitent à s'asseoir d'un ton distant. Thana installe autour d'elle la vingtaine d'enfants qu'on lui a confiés. Tous sont issus d'un père ou d'une mère saki.

– Je ne veux pas faire de reproches à mes frères, commence Chakoso d'une voix posée, mais éraillée par l'émotion. Je me rappelle tant de chasses et tant de gibier partagé, tant de récoltes qui ont nourri nos deux peuples, comme une seule bouche, un seul enfant de notre grand-mère la Terre. Ceux de la terre jaune et ceux de la terre rouge n'ont-ils pas toujours combattu les mêmes ennemis ?

– Cette fois, l'ennemi est trop fort, explique le chef des Sakis.

– Si fort qu'il divise même les frères ?

La tristesse de Chakoso touche son interlocuteur.

– Nous voulons seulement sauver nos enfants, répond-il doucement.

– Et les nôtres ? Vous les laisserez mourir ?

– Non, parce qu'ils sont aussi les nôtres. Nous les prendrons et les élèverons comme nos fils et nos filles.

Sur un signe du chef, les Sakis se lèvent. Trois d'entre eux vont vers les enfants rassemblés autour de Thana et prennent les plus jeunes dans leurs bras. Même s'ils ont peur, même s'ils tombent de sommeil, les autres suivent sans rechigner, comme le leur ont recommandé leurs parents, et ils disparaissent tous dans la nuit. On dirait de petits lutins emportés par quelque esprit ensorceleur. Avant de les rejoindre, le chef des Sakis offre aux assiégés des paniers pleins de victuailles.

– Quand le temps sera venu, répète-t-il, nous prendrons tous les enfants que vous voudrez nous confier.

Malgré leur douleur, les Mesquakies reprennent courage. Quoi qu'il arrive, les enfants pourront être sauvés.

* * *

Le temps s'écoule lentement, comme le sable des rivières entre les doigts, et les ennemis se multiplient : la faim d'abord, impitoyable, qui affaiblit le corps et l'esprit, puis les moustiques qui ne laissent aucun répit aux Mesquakies depuis qu'ils ont épuisé leur réserve de graisse d'ours.

Les Français et leurs alliés ne bougent pas. Ils attendent que les assiégés affamés tombent d'inanition. Ils ont tout leur temps. La nourriture abonde et les feux, constamment entretenus, les protègent des insectes piqueurs. Par contre, la chaleur suffocante affecte tout le monde, à l'intérieur comme à l'extérieur du fort. Les assiégeants bénéficient de quelques lieux ombragés et ils ont de l'eau, ce qui n'est pas le cas des Mesquakies. Les femmes enceintes et les enfants souffrent plus que les autres. Complètement nus, sales et décharnés, les petits n'ont même plus la force de pleurer. Ils s'étendent sur l'herbe brûlée par le soleil, creusent le sol de leurs ongles pour trouver un peu de fraîcheur. Puis ils lèchent leurs doigts et s'endorment, épuisés, le pouce dans la bouche et les lèvres brunes de terre.

Thana n'essaie plus de compter le temps, ni même de le ressentir. Avec les autres femmes, elle fouille chaque jour les bosquets, espérant trouver une racine ou surprendre un animal. Malheureusement, elles ont déjà tiré de ce boisé tout ce qu'il pouvait donner. Là-bas, à la rivière des Renards, les épis doivent être à maturité. Elles en parlent souvent, avec des larmes dans la voix. Le souvenir des récoltes joyeuses et animées les rassasie pendant un moment, puis les images s'estompent et les crampes reviennent, plus terribles qu'avant. Combien de fois le soleil s'est-il couché sur leur faim ? Pour l'endormir, elles bercent les enfants ; sans chanter cependant, car l'effort est trop grand.

— Qu'allons-nous devenir ? demande l'une d'elles.

— Nos enfants vont mourir, murmure une autre en glissant un morceau de cuir dans la bouche de son nourrisson pour tromper sa faim.

— Il faut envoyer les petits aux Sakis, comme c'était entendu. Va parler à Chakoso, Thana, avant qu'il ne soit trop tard.

* * *

Les cheveux raides et sales tombant sur leurs yeux agrandis par la faim et la peur, une trentaine d'enfants, peut-être plus, sortent du fort. Chancelants sur leurs petites jambes maigrichonnes, ils se retournent souvent, incapables de comprendre ce que leurs parents exigent d'eux, suppliant du regard qu'on les rappelle. Les plus hardis prennent les bébés dans leurs bras et encouragent les autres d'un signe, d'un sourire. C'est facile. Ils n'ont qu'à longer le filet d'eau, sans le traverser. Le camp des Sakis est tout près. Des gens vont s'occuper d'eux, leur donner à manger. Et quand la guerre sera terminée, ils pourront rentrer dans leur village et retrouver leurs parents.

Derrière la palissade, le visage rivé aux interstices, les femmes qui ont consenti au départ de leurs enfants retiennent leur souffle et leurs sanglots. «C'est la meilleure solution», se répètent-elles sans jamais s'en convaincre tout à fait. Leurs petits seront sauvés. Les Sakis ont promis de les recueillir. Si les Français les laissent passer, ils seront sauvés.

Un mouvement attire leur attention vers la droite : on s'active dans le camp de Saint-Ange.

Des mères posent une main sur leur bouche pour ne pas crier. Plus vite, les enfants ! Marchez plus vite !

Quelques-uns veulent revenir; les plus grands les en empêchent. Ils sont si petits dans cette vastitude. Ils disparaissent parfois dans les hautes herbes, puis reparaissent comme des pèlerins sans défense. Le camp des Sakis est si près, et pourtant si loin pour leurs petites jambes. Là-bas aussi on les a vus venir et on les attend avec impatience.

Les enfants se trouvent maintenant à égale distance entre le fort, le camp de Saint-Ange et celui des Sakis. Jouant d'audace, ces derniers viennent vers eux en leur faisant de grands signes pour les inciter à se presser. Les mères respirent de nouveau. L'air est plus frais, la faim moins terrible. Un espoir fou les inonde. Courez maintenant ! Courez, les enfants ! Ne regardez pas derrière, courez !

Comme s'ils avaient pu entendre, les enfants hâtent le pas. Au même moment, un cri résonne dans la prairie.

– Feu !

Un seul cri, puis une pause. Comme une réticence : Assez longue toutefois pour que tous croient à une rémission. L'ordre ne sera pas exécuté. A-t-il seulement été donné ? Une telle aberration est-elle possible ?

Pourtant, dans l'air en suspens, les détonations éclatent en un feu nourri, sans pitié. Devant le regard ahuri de leurs mères, des enfants s'écroulent. Les Sakis qui s'étaient d'abord jetés par terre se relèvent et courent vers les petits en zigzaguant pour échapper au tir des soldats. Ils réussissent à en ramener un bon nombre à leur campement. Désemparés, les autres enfants ont rebroussé chemin, et leurs parents se lancent à leur rencontre. Ils en prennent deux ou trois dans leurs bras et reviennent vers le fort à toutes jambes.

Ils tiennent encore les rescapés contre leur cœur lorsque la fusillade cesse, aussi brusquement qu'elle avait commencé.

Une dizaine d'enfants gisent dans l'herbe.

Un homme quitte alors le camp de Saint-Ange et se dirige vers les petits corps ensanglantés. Thana reconnaît la démarche gracieuse de Philippe. Dans un silence complet, l'officier examine les victimes. L'air est si lourd que la sueur traverse sa chemise et mouille sa veste. Le moindre mouvement lui demande un effort considérable. Il va pourtant de l'un à l'autre et se penche sur chaque enfant. Un garçon et une fillette respirent encore. Il fait signe aux Sakis de venir les chercher. Ceux-là seront sauvés, mais pour les autres, il ne peut plus rien. L'odeur du sang lui donne la nausée et il ferme les yeux pour ne pas vomir.

* * *

Saint-Ange tente de se justifier devant ses collègues. Absolument horrifié par cette tuerie inutile, de Villiers menace de le faire destituer de son poste.

– Je ne fais que respecter les ordres, se défend le commandant du fort de Chartres. Et quoi que vous en pensiez, je ne le fais pas de gaieté de cœur.

L'autre ne répond pas. Son silence est éloquent.

Philippe n'assiste pas aux discussions. À la tête d'une patrouille, il effectue une tournée dans les différents campements. Son supérieur l'a dépêché auprès des Sauvages pour sonder leur réaction à ce qu'il considère comme un fâcheux incident. Philippe est vite fixé. Le visage fermé et méprisant, les Mascoutens et les Kicapous lui signifient très clairement leur désaccord, alors que les Miamis refusent carrément de le saluer. Ils pleurent tous les enfants des Mesquakies comme s'ils avaient été les leurs. Du côté des Illinois, l'accueil est encore plus déroutant. L'un d'eux crache même devant l'officier.

– La terre a soif du sang des guerriers, mais celui des enfants l'empoisonne, dit-il en levant son casse-tête sans terminer son geste. Les Blancs ne savent donc rien ?

Une éprouvante lassitude étreint le lieutenant Maillard. S'il en avait la capacité, il jetterait bas ce fort de fortune comme on ouvre une volière et libérerait les Mesquakies ! Mais ses moyens sont tellement limités... Découragé, il lève les yeux au ciel. Un soleil blanc darde des rayons blafards qui transpercent la couche grisâtre des nuages et confèrent à l'humidité une lourdeur implacable. Dans l'air moite, les moustiques prolifèrent et deviennent de plus en plus voraces. Philippe imagine sans peine le harassement des assiégés, les pleurs des femmes et la rage au cœur des hommes. Il sait ce que l'on ressent à voir mourir celui pour qui on aurait donné sa vie. Nanakwi est mort dans ses bras, en rêvant de rivière et d'eaux claires après lui avoir tout appris de l'amour et de la race humaine. Plus rien n'étonnait l'esclave mesquakie et il savait se mouvoir dans le chaos incompréhensible des jours avec la sagesse d'une vieille âme. D'un éclat de rire, il ramenait toujours tout à l'essentiel.

– Regardez, lieutenant !

Quelqu'un arrive de l'est dans un nuage de poussière.

– Allez avertir le commandant Saint-Ange.

Philippe distribue ses soldats à des positions stratégiques. Trop peu nombreux, ils ne peuvent risquer de se trouver face à une bande de Tsonnontouans venus au secours des Mesquakies. Dissimulé derrière un buisson, l'officier attend, anxieux. Contrairement à ses hommes, il se prend à espérer que ses appréhensions se vérifient. Avec l'arrivée des Tsonnontouans, les rapports de force s'équilibreraient. Il y aurait un combat et non un massacre.

* * *

La vibration de l'air a également été perçue à l'intérieur du fort. Alerté, Chakoso a aussitôt exhorté ses guerriers à la prudence tout en les préparant à un affrontement. Certains voudraient aller au-devant des Tsonnontouans et il a du mal à les retenir. Oppressés, à bout d'endurance, ils serrent les poings sur leurs armes en refrénant leurs cris de guerre. Ils n'ont rien mangé depuis des jours, mais l'arrivée des renforts leur infuse une vigueur nouvelle. Leurs muscles se contractent et du sang neuf afflue à leurs artères en martèlements brusques et précipités.

Les femmes et les enfants qui n'ont pu être recueillis par les Sakis se terrent dans les caches. Blottis les uns contre les autres, ils n'entendent plus que le bruissement du vent dans les arbres. Couvert de nuages, le ciel s'opacifie et menace de prendre la terre en étau.

Des éclaireurs dépêchés par Chakoso profitent de l'inattention des Français et de leurs alliés, tous tournés vers les arrivants, pour traverser la rivière et pénétrer très profondément derrière les lignes ennemies. Invisibles, silencieux, ils se dissimulent dans les hautes herbes et demeurent aux aguets, impatients d'apporter à leur peuple la nouvelle de sa libération, bien conscients qu'il s'agit là de son ultime chance.

Quand ils peuvent enfin identifier les nouveaux venus, ils refusent d'y croire et mettent un certain temps avant de regagner le fort.

* * *

Saint-Ange jubile.

Non seulement Nicolas-Joseph de Noyelles a-t-il pu rassembler des Wendats, des Poteouatamis et quelques dizaines de Miamis, mais il apporte également une directive de Charles de Beauharnois. À partir de maintenant, ni Coulon de Villiers, ni Simon Réaume, ni même cet idéaliste de Maillard ne pourront contester ses décisions. Les ordres du gouverneur, écrits noir sur blanc, sont on ne peut plus précis et, pour la troisième fois, le vieil officier se complaît à les claironner à ses collègues en martelant chaque syllabe et en appuyant sur les mots clés.

– Il faut parvenir à l'entière destruction de cette nation, lit-il d'une voix péremptoire, sans songer à faire aucun esclave. N'en pas laisser un seul de la race dans les pays d'en haut.

Personne n'est vraiment surpris – surtout pas de Villiers puisqu'il connaissait la politique de son supérieur concernant les Renards –, mais le message, officiel, cause tout de même un certain malaise. Québec est si loin et ce qu'ils vivent ici, sur le terrain, ressemble si peu à ce que le gouverneur et sa cour peuvent imaginer. Ces militaires de métier, les soldats comme les officiers, côtoient les Sauvages depuis des années;

243

ils louvoient habilement d'alliances en dissidences, tirant leur épingle du jeu au jour le jour, selon les circonstances. Composer avec les nations autochtones représente pour eux un défi constant, stimulant, et ce bras de fer leur plaît, de même que la liberté inhérente à ces grands espaces et à cette existence aventureuse. Ne sont-ils pas eux-mêmes un peu sauvages? Partant de cette perception, ils ont toujours interprété les ordres à leur manière, les traduisant dans le concret, les soumettant, quand ils le jugeaient bon, aux limites de leur quotidien. Cette fois encore, ils auraient préféré que l'administration n'envahisse pas leur territoire; cependant, comment pourraient-ils s'opposer à un ordre du gouverneur?

Ils se rangent donc tous aux arguments de Saint-Ange, les uns à contrecœur, les autres avec un certain soulagement.

Seul Philippe refuse obstinément de se soumettre.

* * *

En premier lieu, l'officier se rend auprès des Sakis qu'il sait constamment en contact avec les Mesquakies. Leur réticence à participer à cette guerre s'accroît de jour en jour. L'assassinat des enfants a ébranlé leur confiance envers Coulon de Villiers. Celui-ci les avait entraînés dans cette aventure en leur parlant de paix. Comment la paix pourrait-elle être possible, se demandent-ils aujourd'hui, avec des combattants qui ne respectent même pas leurs ennemis?

Philippe veut profiter de ces scrupules pour arriver à ses fins. Tout dépendra de son efficacité à convaincre.

Il s'adresse donc au chef dans sa langue, ce qui, déjà, suscite un certain émoi.

– J'ai un message pour les Mesquakies, dit-il. Je dois pénétrer dans le fort.

La partie n'est pas gagnée. Les Sakis ne comprennent pas où il veut en venir et ils se méfient. Depuis leur arrivée, ils ont bien remarqué cet officier différent des autres, moins arrogant et toujours attentif à leurs requêtes. Ils ont vu comment il a soigné les enfants blessés. Une fois déjà, il a arrangé une rencontre entre eux et les assiégés, mais c'était avant la tuerie et avant l'arrivée des renforts. Maintenant, ils ne savent plus à qui accorder leur confiance.

En désespoir de cause, Philippe sort le sac-médecine de son havresac. Les Sakis reculent, effrayés. Il leur parle alors de Nanakwi, le jeune sorcier qui lui a tout enseigné.

– Les Mesquakies sont mes frères parce que l'un d'eux m'a un jour sauvé la vie. Le temps est venu pour moi de leur rendre la pareille.

Le chef saki s'assoit et tire sur sa pipe.

Philippe peut parler : il sera écouté.

* * *

Son plan est simple et quand il peut enfin l'expliquer en personne à Chakoso, ce dernier comprend qu'il n'aura plus d'autre chance.

– L'attaque est prévue pour demain, explique Philippe. Vos trois cents guerriers, épuisés et affamés, ne pourront rien contre un millier d'hommes bien nourris. Ils ne pourront pas protéger les femmes et les enfants. Vous devez partir.

– Comment? Nous sommes encerclés.

– Je vais vous ménager une porte de sortie, un corridor qui vous permettra de fuir. Les Sakis ont accepté de fermer les yeux. Ils vont réclamer un poste de garde à l'ouest et vous laisseront passer.

– Et les soldats?

– Il n'y en aura pas; je m'en occupe. Mais vous devez partir cette nuit. À l'aube, il sera déjà trop tard.

Chakoso lève les yeux au ciel. Une chape de plomb bloque la lumière. Le jour s'assombrit de minute en minute, comme si la terre se trouvait précipitée dans l'obscurité, bien avant l'heure.

Le chef de guerre y voit un bon présage.

– Wisaka nous aidera, dit-il en serrant l'avant-bras de Philippe dans un geste amical. Le Grand Manito a envoyé un messager pour nous guider. Il ne laissera pas mourir son peuple.

– Les Mesquakies sont immortels, lui rappelle Philippe.

– Tu connais la parole de Pemoussa? s'étonne Chakoso.

– Je la connais.

Autour d'eux, les femmes et les enfants circulent à pas lents dans le jour noir, comme des fantômes égarés. Thana se tient très droite au milieu des siens. Malgré ses traits tirés, elle n'a rien perdu de sa souplesse et de sa grâce. Étrangement, son corps amaigri et fragile respire l'abondance, comme si tout se jouait dans le regard lumineux, d'une vivacité indestructible.

– Merci, murmure-t-elle à l'officier venu la rejoindre.

Il la prend dans ses bras et l'étreint.

– Que Wisaka te protège, dit-il avant de s'enfuir sans oser la regarder une dernière fois.

Il croit entendre le tonnerre, très loin.

* * *

Les Mesquakies se préparent au départ. Des rafales de vent charrient une chaleur humide et oppressante. Gagnés par la nervosité des adultes, les enfants affolés talonnent leur mère. Pour tromper leur impatience et raffermir leur détermination, Chakoso sort le ballot sacré.

– Nous allons invoquer les esprits, dit-il. Nous allons prier Wisaka, qu'il enveloppe notre route de brume et cache notre fuite.

Devant la tribu recueillie, le chef déploie les objets sacrés contenus dans le ballot. Après avoir promené ses mains au-dessus de cet assemblage hétéroclite, il saisit un oiseau grossièrement sculpté dans le bois et l'élève vers le ciel en récitant les paroles sacrées.

– Vole vers le pays de nos ancêtres, *nonokaa*. Vole sans bruit, protégé par le brouillard de Wisaka. Tant que les flèches de nos ennemis ne t'atteindront pas, nous aurons la vie sauve. Trace la voie au peuple de la terre rouge. Nous suivrons la piste révélée par ton vol silencieux, et ta gorge écarlate sera pour nous comme le soleil dans la nuit. Vole, *nonokaa*. Nous te suivrons.

Chakoso ouvre lentement les mains pour laisser s'échapper l'oiseau-mouche. Tous suivent son envol imaginaire vers le soleil couchant. Quand il disparaît, un éclair vrille le ciel noir.

– Wisaka a entendu nos prières, déclare alors Chakoso.

* * *

À pas feutrés et par petits groupes, les Mesquakies quittent le fort. Le vent hurle maintenant sa colère en rafales violentes et de grandes bouffées de chaleur moite leur coupent le souffle. Chakoso a distribué ses meilleurs guerriers dans chacun des groupes. Ils avancent d'abord à tâtons dans l'obscurité totale, puis leurs yeux s'adaptent et des formes se précisent. Chaque fois qu'un éclair foudroie la grande prairie, ils se jettent par terre et s'enfouissent dans les hautes herbes. Ils profitent ensuite du tonnerre pour franchir une bonne distance.

Lorsque Thana et son père quittent le fort avec les dernières familles, la pluie commence à tomber en gouttelettes éparses. Posté au haut de la colline, Philippe a lui aussi senti les gouttes de pluie sur ses joues. Il croise les mains et remercie le ciel. Il sera maintenant très difficile de poursuivre les fuyards.

Confiant, l'officier entreprend la descente pour rejoindre ses hommes lorsqu'un éclair fulgurant embrase toute la vallée. Des silhouettes se découpent dans la lumière crue et un cri apeuré perce la nuit. Philippe porte une main à son cœur et laisse échapper un juron. Puis l'obscurité se fait de nouveau, encore plus compacte qu'auparavant, et le tonnerre éclate dans toute sa fureur, comme s'il voulait déchirer la terre et le ciel. Une bourrasque se lève, transportant avec elle une pluie torrentielle.

Le dos courbé et la tête rentrée dans les épaules pour se protéger de l'ondée, un soldat monte la colline.

– Nous avons entendu quelque chose, dit-il.

– Quelque chose ? s'inquiète Philippe.

Le soldat hésite, gêné.

248

— Des... des pleurs, explique-t-il, comme des pleurs d'enfant.

— Le vent vous aura joué un tour, soldat, le rassure Philippe. Venez. Il n'y a plus rien à faire ici.

Il rassemble rapidement ses hommes et entreprend de rentrer au camp, mais un détachement d'Illinois commandé par Simon Réaume les intercepte. Les deux officiers doivent hurler pour s'entendre.

— Vous n'avez rien vu? demande Réaume.

— Non, crie Philippe. Il n'y a rien à voir avec ce temps de chien.

— Les Illinois ont entendu quelque chose.

— Le tonnerre? se moque Philippe pour donner le change.

Réaume hausse les épaules. Il n'a qu'une envie: se mettre à l'abri.

— Rentrons, ordonne Philippe. L'orage rend tout le monde nerveux et avec cette pluie nous risquons de nous tirer les uns sur les autres.

* * *

Quand leurs ennemis engagent la poursuite, le lendemain matin, les Mesquakies ont franchi une vingtaine de kilomètres. Les plus jeunes couvrent les deux flancs, de l'avant à l'arrière, attentifs au moindre signe. Les guerriers plus expérimentés protègent les arrières.

— Les Mesquakies n'ont jamais eu peur de se battre! crie le chef en levant son casse-tête à bout de bras.

Un cri terrifiant sourd de sa poitrine, et les hommes, galvanisés par sa volonté de vaincre et son assurance, redeviennent des guerriers invincibles. Pendant qu'ils se partagent la poudre épargnée par la pluie torrentielle

249

de la nuit, Chakoso vient vers Thana. Il la regarde droit dans les yeux, et la jeune fille décèle derrière le combattant redoutable un homme tourmenté.

– Tu vas avec les femmes et les anciens, ordonne-t-il. Je ne peux vous laisser un seul guerrier. Tu seras le guerrier et Wapello sera ton guide. Je te les confie.

Il lui indique ensuite la direction à prendre, vers le nord, vers les rochers. Thana hoche la tête pour montrer qu'elle a bien compris. Le chef fait mine de partir, puis il se ravise comme s'il avait autre chose à ajouter. Mais il se tait, et au bout de ce qui leur a semblé, à tous les deux, un silence prémonitoire, il tourne les talons et rejoint ses hommes.

Émue par ce tête-à-tête bref et intense, Thana rassemble les femmes, d'abord d'une voix hésitante, puis avec de plus en plus de détermination. Leur désarroi fait peine à voir. Bien secondée par son amie Chikea et par Wapello, la jeune fille touche chacune d'entre elles pour lui insuffler la force de continuer et lui indiquer la voie. Elle ne supporte aucune plainte, aucun épanchement.

– Les hommes ont besoin de tout leur courage, insiste-t-elle. Les lamentations n'aideront personne.

Regroupés autour de leur chef, les guerriers ne les regardent pas reprendre leur marche. En silence, ils peignent leur corps et leur visage. De loin, Thana entend les chants de guerre, les battements des tambours et les pulsations des *che-che-quon*. Elle frissonne mais ne s'arrête pas. Intransigeante, elle houspille les traînards, insulte même les anciens pour les obliger a presser le pas.

Ils ont parcouru une bonne distance lorsque les Français tirent la première salve. Pourtant, les détonations leur paraissent si rapprochées que tous, femmes et enfants, se mettent à courir dans tous les sens, cherchant un abri où se terrer. Thana gaspille un temps précieux à essayer en vain de les rassembler.

Là-bas, les coups de feu ont cessé.

La jeune fille regarde son père, pleine d'espoir. Le vieil homme secoue la tête. De toute évidence, les guerriers mesquakies n'ont pas réussi à repousser leurs assaillants. À un contre cinq, il aurait fallu un miracle.

– Pourrons-nous atteindre les rochers ? demande Thana.

Wapello n'a pas le temps de répondre. Les hommes qui ont pu échapper au massacre arrivent en courant. Chakoso est parmi eux.

– Cachez-vous ! crie-t-il. Vite ! Sauvez-vous !

Tous s'éparpillent vers les boisés, mais bien peu y parviennent. Des flèches percent les poitrines, se fichent dans les gorges des femmes. Des cervelles éclatent, des membres se détachent des troncs.

Thana entraîne son père sans jamais se retourner. Elle traverse des vestes grises comme on plonge dans une rivière étale, échappe de justesse aux tomahawks des Illinois. En poussant Wapello, elle s'engage dans un marécage, y patauge un moment, désorientée, puis atteint une ligne de saules. Leurs troncs immenses reposent dans l'eau boueuse. Tout autour flottent des branches arrachées par l'orage. Père et fille plongent au cœur de cette ramure artificielle, et s'en recouvrent comme d'une seconde peau.

* * *

Un enfant affolé crie à tue-tête. Sa plainte parvient jusqu'à Thana qui s'extirpe prudemment de sa cachette

251

et l'aperçoit, seul et désespéré. La jeune fille a beau retenir son souffle et tendre l'oreille, elle ne décèle aucun autre bruit. Rien. Ni détonations ni tambours de guerre, pas même un chant d'oiseau. Rien que ce hurlement de détresse, tout à fait démesuré dans le corps minuscule de l'enfant.

Une femme accourt. Elle prend le petit et l'emporte, et la plainte s'estompe progressivement jusqu'au silence. Ses compagnes émergent ensuite une à une de leurs abris, et leurs jupes dégoulinantes tracent un sillon vaseux dans l'herbe piétinée. Leurs pieds nus produisent un bruit de succion. Thana les suit en soutenant son père, mais toutes s'arrêtent bientôt, horrifiées.

La prairie est jonchée de cadavres : quelques hommes – ceux qui avaient pu échapper au premier assaut –, beaucoup de femmes et d'enfants, des centaines. Wapello ne peut retenir ses sanglots. Thana l'abandonne et avance entre les corps. Certains semblent dormir, les enfants surtout, d'autres exposent insolemment leurs plaies béantes aux pâles rayons du soleil.

La jeune Mesquakie contemple l'atrocité avec une soif infinie de comprendre et de se souvenir. Les yeux secs, sans un cri, elle laisse croître dans tout son corps cette mémoire douloureuse mais nécessaire. Tant de morts ! Et tout ce sang encore chaud que frôlent ses chevilles. Tant de sang ! Comment un peuple peut-il répandre tant de sang, sur une terre qui n'est pas la sienne ?

Elle serre les poings et respire profondément sans jamais réussir à vider ses poumons. Lentement, à tout petits pas, elle remonte le cours de cette journée qui fera désormais leur histoire. Quand elle atteint le champ de bataille, où gisent plus de deux cents guerriers sacrifiés, ses jambes refusent de la porter davantage. Elle tombe à genoux au milieu de ses morts. Elle les appelle, les réinvente, les soulève un à un par la seule force de sa mémoire. Les guerriers reprennent leurs armes et l'histoire recommence, différente. La prairie sent bon le sassafras, et les grandes herbes ondulent de nouveau, effleurées par la brise. Acharnée à reconstruire l'impossible, Thana s'épuise et fond en larmes.

Quelqu'un écoute ses sanglots.

Comme elle, Philippe a voulu se souvenir et rendre un dernier hommage aux victimes du massacre perpétré par les siens. La détresse de Thana le met à l'agonie; la honte l'empêche d'aller vers son amie. Il s'éloigne, la tête basse.

* * *

Quelques vieillards qui regrettent d'avoir échappé au carnage alors que tant de jeunes sont morts, des enfants tellement effrayés qu'ils n'arrivent plus à fermer les yeux, des femmes en deuil, sans larmes, et une poignée de guerriers hagards et silencieux, voilà ce qui reste de la grande et puissante tribu des Mesquakies. Voilà ce qui erre en bande compacte, ce qui trébuche, se relève, s'attend, souffre en silence de la faim, épuisé, brisé. Cinquante, soixante personnes peut-être, qui marchent par habitude, d'un pas alourdi par les centaines et les centaines de morts qu'elles laissent derrière et dont elles souffrent comme un amputé, de son membre fantôme. N'étaient-ils pas un millier hier encore, à tracer ensemble leur chemin? Qu'est-il donc arrivé pour qu'ils ne soient plus que des rôdeurs sans feu ni lieu, avec pour unique ambition le prochain pas à faire?

Un enfant dans les bras, un autre accroché à sa jupe, Thana oblige Wapello à avancer. Parfois, elle s'arrête pour encourager un vieillard épuisé ou relever une femme qui veut abandonner. D'autres font comme elle, et ils progressent, bien qu'ils aient l'impression de piétiner. À certains moments, la jeune fille se demande s'ils ne sont pas morts eux aussi et si leur âme n'a pas tout simplement perdu sa route vers la grande rivière blanche. Pour ne pas se laisser engloutir, elle s'efforce d'habiter pleinement chaque seconde et chaque lieu.

De temps à autre – quand il n'est pas à chasser ou à monter la garde –, Chakoso l'accompagne sur une courte distance. Ils ne disent rien, ne se touchent jamais, mais ces instants privilégiés les réconfortent tous les deux. Le chef jette un regard de plus en plus admiratif sur la jeune fille, et celle-ci souhaite en être digne. Devant lui, elle redresse la tête et cambre les reins, espérant cacher son immense lassitude. Quand il retourne à ses occupations, elle se prend à le regretter.

Heureusement, Chikea n'est jamais très loin.

– Tu les entends ? On dirait de vieilles commères malcommodes !

Depuis le premier jour de leur odyssée, une volée de corneilles tournoient en croassant au-dessus de leurs têtes. Elles ne se laissent jamais oublier, s'invectivant d'un arbre à l'autre, de l'aube au crépuscule.

Excédée, Chikea agite les bras pour les effrayer. À sa grande surprise, les corneilles s'envolent et vont se réfugier beaucoup plus loin, au faîte d'un orme.

– Tu as même réussi à les faire taire ! s'exclame Thana en souriant. Quel est ton secret ?

Son amie écarquille les yeux en secouant la tête de stupéfaction. Au même moment, une sentinelle donne l'alerte, et Chikea comprend qu'elle n'a rien à voir dans l'envol des corneilles. Les oiseaux n'ont pas eu peur de ses innocentes contorsions; ils ont fui devant la vingtaine de guerriers qui, casse-tête à la main, encerclent les fugitifs.

* * *

Après avoir longuement écouté le récit de Chakoso, Kiala promène un regard compatissant sur la poignée de survivants. Il reconnaît des visages, en cherche d'autres, en vain. Quand il aperçoit Wapello, il a du mal à retrouver dans ce vieillard décharné et brisé le guide éclairé qui marchait à la tête de son peuple pour le mener à la terre promise. Même s'il lui en veut et le tient en grande partie responsable de cette hécatombe, le vieil homme lui fait pitié et il ne désire pas l'accabler davantage. Il se tourne plutôt vers la jeune fille qui accompagne Wapello. Incrédule, il plisse le front et la dévisage un bon moment.

Thana frémit sous le regard inquisiteur.

Depuis l'arrivée de Kiala, depuis qu'il les a retrouvés, elle ne voit que lui. Comme toujours, il remplit l'espace et sa seule présence rassure et réjouit, mais la jeune fille, pour la première fois, ne se satisfait plus de cette proximité impersonnelle. Dorénavant, Kiala ne devra plus être avec elle comme il est avec tous les autres. Persuadée que tout ce qu'elle a vécu, que toutes les épreuves qu'elle a traversées lui octroient certains droits, elle se croit autorisée à exiger plus. Malgré l'épuisement – ou peut-être justement à cause de cette immense fatigue qui la laisse à nu, vulnérable, et donc contrainte à l'essentiel –, elle comprend très clairement ce qu'elle a toujours refusé d'admettre. Pendant si longtemps, elle a admiré Kiala sans retenue, en toute connaissance de cause, parce qu'il est un homme admirable. Elle l'a aimé aussi, sans jamais parvenir à nommer cette émotion. Des hommes ont offert beaucoup de présents à Wapello pour obtenir sa main. Plusieurs ont demandé de porter son sac lorsqu'elle allait cueillir des baies sauvages. Elle a toujours refusé, et certains s'en sont trouvés humiliés, profondément blessés. Combien l'ont rencontrée par hasard partout où elle allait? Elle n'a pas fui devant eux pour signifier son consentement; elle a plutôt regardé ses mocassins sans rien dire et ils ont compris.

N'avait-elle pas une bonne excuse? Son frère, si jeune, et la petite Nucamoan réclamaient toute son attention. Elle a donc rejeté également le jeune musicien amoureux qui jouait de la flûte pour elle, soir après soir. Elle a ignoré cet autre qui passait par Shäki pour l'amadouer. Tout ce temps, elle est obstinément restée sourde et aveugle aux avances, prétextant de nobles devoirs familiaux. Elle comprend maintenant qu'elle attendait Kiala.

Ce dernier remarque le trouble de la jeune fille, mais il ne peut détacher son regard du beau visage tourné vers lui dans une attente fiévreuse. Pendant quelques secondes, il a cru rêver. Or, c'est bien elle: la bouche gourmande aux lèvres vermeilles, les yeux de houille pailletés d'or comme s'ils étaient éclairés de l'intérieur, les sourcils retroussés vers les tempes en une ligne touffue, c'est bien Thana.

Il voudrait lui poser mille questions, mais il n'en a pas le temps. Il esquisse un sourire, ce même sourire séducteur que Thana se rappelle si bien, puis il se tourne vers les autres.

– N'ayez plus peur, dit-il. Nous vous ramenons chez nous.

* * *

Pour trouver un endroit sûr, il leur faut remonter la Wisconsin. Le nouveau village s'étire sur la rive nord de la rivière, à une très courte distance du Mississippi.

À la vue des cabanes surmontées d'un mince filet de fumée bleuâtre, Thana est inondée de bonheur. Il y a si longtemps... Si longtemps... Après avoir cru mourir, après s'être perdue et avoir erré dans un pays étranger, elle a finalement retrouvé sa route. Son père est là, tout près, et Kiala marche devant elle, en déroulant les muscles puissants de ses épaules et de son dos jusqu'à la chute discrète des reins. Ses jambes vigoureuses mordent le sol.

Chakoso marche à ses côtés et, souvent, leurs foulées se confondent. Les deux hommes ont le même âge. Tous les deux appartiennent à des clans prestigieux, ceux du Renard et de l'Ours, d'où sont issus les plus grands chefs de guerre. Ils ont été mariés et leurs femmes sont mortes sous les haches des Kútakis. Ils ont traqué leur premier gibier ensemble, ont tué, côte à côte, leurs premiers ennemis. Souvent, ils ont dansé et festoyé, se soutenant l'un l'autre jusqu'à la barre du jour, toujours les derniers à regagner leur cabane. Plus fougueux et impulsif, Kiala a dû recourir à plusieurs reprises aux conseils judicieux de son compagnon pour masquer ses frasques. Pourtant, quand il a décidé, à l'encontre de Chakoso, de ne pas participer à l'exode vers les territoires des Tsonnontouans, il a eu l'impression d'être pour la première fois le plus raisonnable. Aujourd'hui, le malheur qui accable les siens lui prouve qu'il a eu raison, même s'il aurait préféré se tromper.

Bien à l'abri dans leur sillage, Thana suit les deux hommes jusqu'à l'orée du village.

Une femme vient vers eux, qu'elle ne connaît pas.

Jeune et belle, celle-ci se précipite dans les bras de Kiala. Le guerrier laisse tomber ses armes et la serre contre lui. Ils disparaissent ensuite dans une cabane, amoureusement enlacés.

Confuse, Thana se laisse dépasser par les autres. Jamais, même au fort Rosalie, même dans le sentier des Natchez, jamais elle n'a éprouvé une pareille solitude. Elle se sent trahie, comme si elle avait fait tout ce chemin pour rien.

Arrivée à sa hauteur, Chikea la prend par la taille et l'entraîne malgré sa résistance.

— Tu es chez toi, dit-elle, et tout ira bien maintenant.

TROISIÈME PARTIE

Qu'est-ce que la vie ?
C'est l'éclat d'une luciole dans la nuit. C'est le souffle d'un bison
en hiver. C'est la petite ombre qui court dans l'herbe et se perd
au couchant.

Crowfoot, un Pied-Noir

1

– Wisaka a créé le peuple de la terre rouge, nu et ignorant, et il l'a donné à la Terre pour qu'elle l'accueille en son sein et le nourrisse. Elle est notre grand-mère à tous. Écoutez bien cette histoire, les enfants : elle vous dira comment la Terre veille depuis toujours sur le peuple de Wisaka.

Tout en écharnant la peau d'orignal posée sur un rondin, Thana écoute son père. La voix de Wapello lui parvient par bribes, tantôt enthousiaste, tantôt éraillée, mais toujours en harmonie avec ses propos. Tout l'hiver, le chef de paix déchu a raconté aux enfants du village les légendes qui retracent l'histoire du peuple mesquakie.

– À la chute des feuilles, explique-t-il, les premiers hommes ont cru à un nouveau jeu ; ils n'ont rien compris. Même quand ils ont vu l'écureuil remplir sa cache et l'ours préparer sa couche, ils n'ont pas compris. Wisaka les avait confiés à la Terre et ils ne s'inquiétaient de rien.

Thana sourit. Elle a reconnu la légende de la cinquième saison, qu'elle pourrait réciter par cœur.

De nouveau concentrée sur sa tâche, elle dépose le racloir de corne avec lequel elle a gratté toutes les particules de chair et les tendons qui adhéraient à la peau. L'instrument a laissé des marques rouges dans sa paume. Après avoir, à quelques reprises, ouvert et fermé sa main ankylosée, elle délie ses doigts un à un, puis renverse la peau pour travailler l'autre côté à l'aide d'un outil muni d'un double tranchant bien effilé. Le gros du raclage a été fait il y a quelques jours, avant le trempage, mais il ne doit rien rester.

– Nus et ignorants, les Mesquakies ont cru mourir dès les premiers froids, continue Wapello. (Thana tend l'oreille pour ne pas manquer la fin, même si elle en connaît chaque détail.) La neige recouvrait le sol. Les légumes et les fruits gelaient dans les paniers. Les noix devenaient introuvables. Désemparé, le peuple de Wisaka a supplié la Terre de venir à son secours, et la Terre l'a entendu. Elle a repoussé l'hiver, et une douce chaleur a refleuri les prairies et redonné leur tendreté aux fruits. Le peuple de Wisaka en a profité pour ré-colter et emmagasiner. Quand il a été prêt, la Terre a refermé ses bras et la froidure est revenue, encore plus féroce. Mais, cette fois, les Mesquakies l'attendaient de pied ferme.

Comblés par cet heureux dénouement, les enfants applaudissent et se dispersent en trottinant comme des souriceaux de printemps. Ont-ils bien compris ce que Wapello désirait leur enseigner ? Savent-ils que les re-doux, encore aujourd'hui, rappellent au peuple de la terre rouge que sa grand-mère veille sur lui, toujours disposée à lui accorder une seconde chance ? « La Terre peut ralentir les saisons, en créer de nouvelles, inonder les portages ou assécher les rivières. La Terre est toute-puissante et tout amour, et les Mesquakies doivent lui réitérer leur confiance. » Voilà ce que Wapello aurait voulu dire, mais il se retrouve seul, droit et ridé comme un orme mort qui serait rongé par en dedans.

Thana s'acharne sur une touffe de poils pour ne pas voir le criant désarroi de son père. Le vieillard cherche à semer un peu d'espoir. Il a raconté la cinquième saison aux enfants pour les rassurer et, à travers eux, réconforter les adultes. Pourtant, personne n'est encore prêt à l'entendre.

Une centaine de guerriers et quatre fois plus de femmes, de vieillards et d'enfants ont survécu tant bien que mal à l'hiver. Ne sachant trop comment réagiraient leurs ennemis après le massacre de la grande prairie, les hommes n'ont pas voulu s'éloigner ou se disperser sur les territoires de chasse. Ils ont préféré concentrer leurs forces et rester aux alentours, où ils ont pu débusquer un peu de petit gibier, juste de quoi survivre. L'hiver a été long et dur.

Heureusement, la dernière expédition a permis d'abattre trois orignaux. Depuis quelques jours, le soleil fait fondre la neige, et les gelées de la nuit forment une croûte sur la surface neigeuse. Les orignaux se déplacent difficilement dans ces conditions. Plusieurs se blessent les pattes et restent prisonniers de la croûte glacée. Les chasseurs en ont profité.

Rassasiés pour la première fois depuis des mois, réchauffés par un soleil clément, les Mesquakies reprennent des forces sans toutefois reprendre espoir comme le souhaiterait Wapello. Ils ont tellement souffert! Il leur faudra sûrement encore un peu de temps avant de croire à nouveau qu'un être bienveillant les protège.

Les hommes ont commencé à préparer les champs pour la culture. Les femmes arrachent les mauvaises herbes et débarrassent les lieux de tous les déchets accumulés pendant l'hiver. À certains endroits, elles ont même déjà formé les buttes de terre sur lesquelles sera semé le maïs. Si tout se passe bien, les Mesquakies n'auront bientôt plus à quémander l'aide des Sakis pour nourrir leurs enfants, et ceux qui ont trouvé refuge dans la tribu amie pourront revenir.

Dans la forêt, quelques hommes brûlent des arbres à la base pour pouvoir les abattre plus facilement. Les troncs serviront à construire les longues cabanes d'été. Leur chute provoque chaque fois de joyeux cris de victoire. En les entendant, Thana repense à la légende. Comme Wapello, elle est toute disposée à croire que la saison à venir marquera la renaissance de son peuple. Les rires clairs des femmes occupées au débroussaillement viennent confirmer ses espérances. D'ailleurs, elle aurait préféré travailler à leur côté plutôt que de s'échiner sur ces poils récalcitrants, mais elle se console en se disant qu'elle a au moins échappé aux travaux de vannerie, un art qui exige une patience dont elle est dépourvue.

En soupirant, la jeune fille gratte avec plus de force, au risque de percer la peau.

Amusées par sa maladresse, certaines de ses compagnes se moquent d'elle. Les plus timides étouffent leurs rires derrière leur main, d'autres n'ont pas cette délicatesse. Parmi ces dernières, Thana reconnaît Wasäna, l'épouse de Kiala.

L'attitude de la jeune femme ne la surprend pas, car celle-ci ne manque jamais une occasion de lui témoigner son animosité. Sarcasmes, calomnies, Wasäna ne recule devant rien pour la discréditer. Elle a même profité de la réserve de Thana pour laisser planer une foule de sous-entendus, tous plus désobligeants les uns que les autres, sur ses mésaventures au pays des Natchez.

En fait, elle la déteste avec tellement de véhémence et de ténacité, et avec une délectation si évidente, que Thana, médusée, en oublie de se défendre. La jeune fille répugne à parler d'elle, et les blessures sont encore trop vives pour qu'elle puisse évoquer sereinement le souvenir de Nucamoan ou de Marie-Anne. Elle préfère se taire et chérir intérieurement leur mémoire, comme elle préfère garder pour elle l'histoire de Josiah. Elle ne tient pas à ce que chacun y aille de ses conseils ou de ses hypothèses. Elle a imaginé pour l'esclave une fin heureuse et elle refuse que quiconque vienne ébranler son fragile échafaudage.

Cette volonté de préserver une mémoire intime la fait parfois paraître plus secrète qu'elle ne le souhaiterait, et Wasäna ne se gêne pas pour exploiter à son avantage ce simple réflexe de défense en accusant Thana d'orgueil mal placé et de dissimulation.

En cela, elle est appuyée par sa mère. Celle-ci montre justement Thana du doigt en riant de toute sa bouche édentée. Depuis le mariage de sa fille avec le grand et puissant Kiala, la vieille femme a pris beaucoup d'importance dans la tribu. D'autant plus que les aînées sont très peu nombreuses – la plupart sont mortes lors du massacre – et que quelques-unes seulement peuvent se vanter, comme elle, d'avoir encore tous leurs fils. À l'instar de Kiala, les frères de Wasäna avaient choisi la résistance plutôt que l'exode. La vieille femme est donc une des seules aînées à posséder une famille qui n'a pas été dramatiquement amputée, et ce statut lui vaut quelques privilèges.

– Voilà bien la fille de son père ! s'exclame-t-elle méchamment en prenant les autres femmes à témoin. Elle n'a rien appris.

Heureusement, Wapello est parti; il n'aura pas entendu les sarcasmes de la vieille et Thana s'en réjouit. Encore une fois, elle essaie de comprendre pourquoi Wasäna a développé une telle hargne à son endroit. Parce que le clan de l'Ours auquel elle appartient est plus puissant que celui du Cygne et qu'elle tient à montrer sa supériorité? À cause de l'erreur de Wapello? Parce que le périple de Thana lui a permis de découvrir un monde qu'elle-même ne peut soupçonner? À force de chercher, la jeune fille en est venue à émettre de nombreuses hypothèses. Elle n'en a retenu qu'une seule: Wasäna a peur. Thana a beau refouler héroïquement son amour pour Kiala, elle a beau essayer de le contenir de toutes ses forces au-dedans d'elle comme un secret précieux, elle sait bien que, malgré tout, il saute aux yeux. Et Wasäna se sent menacée. «Pourquoi? se demande Thana. C'est elle que Kiala a choisie; c'est elle qu'il a épousée. Il ne m'aime pas... De quoi a-t-elle peur?»

— Elle est si gauche que même les Blancs n'ont pas voulu d'elle! renchérit Wasäna.

Piquée au vif, Thana veut répliquer, mais Chikea lui prend la main et y dépose un peu de cendres humides. Guidée et encouragée par son amie, Thana applique cette solution sur les poils. Elle attend ensuite quelques secondes en jetant un regard appuyé et lourd de sens sur Wasäna et sa mère, puis elle racle doucement la peau.

— Tout se détache si facilement! s'étonne-t-elle, ravie.

— Tu peux la tendre, maintenant, lui conseille Chikea.

Ensemble, elles fixent la peau bien tendue sur un cerceau de bois et l'attachent solidement avec des lanières de cuir.

— Si tu veux que la peau soit souple et résistante, fais bien pénétrer la pâte, recommande Chikea avant de se rasseoir devant son ouvrage.

— Je sais, dit Thana en tournant sur elle-même pour prendre le bol de pâte.

Mais lorsqu'elle se penche pour le ramasser, quelqu'un la devance.

— J'en ai besoin, dit Wasäna en serrant le bol contre elle.

— C'est trop pour une seule peau, plaide Thana. On pourrait partager.

— Il n'en est pas question. Si je t'en donne, je risque d'en manquer.

Thana serre les dents et les poings. Ses grands yeux pétillent. On pourrait la croire au bord des larmes; pourtant, elle a beaucoup plus envie de frapper que de pleurer. Les femmes l'observent, convaincues qu'elle va riposter cette fois, mais la jeune fille préfère garder sa haine pour de véritables ennemis. Elle a vu tant de choses que ses compagnes ne verront jamais! Elle a tant appris! La plupart des femmes lui en veulent d'avoir vécu en dehors d'elles et de ne jamais raconter, de les tenir à l'écart de son savoir et de son expérience, et de les contenir, par son silence obstiné, dans une triste ignorance. Les allusions de Wasäna trouvent chez elles un écho. Comme l'épouse jalouse, elles sont bien prêtes à taxer d'arrogance l'infinie fragilité de Thana.

Dépitée, l'œil furibond, celle-ci quitte le cercle des femmes et se rend à l'endroit où on a jeté les carcasses des orignaux. Agacée par l'odeur et pressée d'en finir, elle prend le crâne d'une des bêtes, le fracasse contre une roche et en extrait toute la substance, qu'elle dissout ensuite dans l'eau tiède en malaxant avec ses doigts jusqu'à ce que le mélange forme une pâte consistante sans être trop épaisse.

Elle a les deux mains dans cette mixture peu ragoûtante lorsqu'un murmure curieux parcourt le village.

Sans cesser de pétrir la pâte, la jeune fille essaie d'identifier la cause de cet émoi. Elle tend l'oreille, s'étire le cou, jusqu'à ce qu'une fillette annonce à grands cris le retour des ambassadeurs. Le pouls de Thana s'accélère et une bouffée de chaleur lui monte au visage. Avec une application feinte, elle se dépêche d'enfouir ses deux mains dans le mélange d'eau et de cervelle.

* * *

Les deux guerriers étaient partis depuis quelques mois, et certains désespéraient de les revoir. Après d'interminables discussions, et bien à contrecœur, Kiala les avait chargés d'une mission de première importance. Ne disposant que de peu de guerriers, dont certains sont si jeunes qu'ils savent à peine manier le casse-tête, le chef de guerre s'était laissé convaincre par les arguments des plus modérés et il avait permis à deux négociateurs chevronnés de se rendre au fort Saint-Joseph pour plaider leur cause auprès de Coulon de Villiers, le seul Français auquel ils accordent encore quelque crédit.

Nähano, l'époux de Chikea, a tout naturellement été choisi, d'abord pour ses aptitudes personnelles, également parce que son beau-frère, le Poteouatami Meguesiliguy, entretient de très bonnes relations avec les Français du fort Saint-Joseph. Kiala comptait sur cette alliance pour fléchir de Villiers. D'autant plus que Meguesiliguy est un chef de paix respecté; il a souvent servi d'intermédiaire pour régler des conflits. Parce que le frère de Chikea parle bien et juste, Kiala croyait, grâce à son intervention, pouvoir obtenir une amnistie dans la dignité. Voilà pourquoi il a délégué Nähano, tout en lui adjoignant Chakoso, son ami et complice depuis toujours.

Pendant que le premier enlace Chikea, le second s'avance d'une foulée conquérante, jusqu'au milieu du village. Sans quitter sa place, Thana l'observe. Sur ses mocassins et ses jambières s'est accumulée la boue des sentiers. Une cape de fourrure passée en bandoulière sous son bras gauche est maintenue à la taille par une ceinture brodée à laquelle est attaché un pagne. Les colliers qu'il portait lors de sa rencontre avec Saint-Ange pendent toujours à son cou. Superbe, il semble façonné à même le roc, dans une matière riche, veineuse, sans fissure.

Thana chavire sous l'assaut de sentiments contradictoires. Depuis des mois, elle redoute et espère ce retour en ressassant les dernières paroles de Chakoso : « Les Kútakis ont emmené ma femme et mes fils. Dans la grande prairie, j'ai perdu ma mère et mon oncle. Je n'ai plus personne, mais il me reste ma vaillance et mon nom, celui d'un guerrier né dans le clan de l'Ours, fils et petit-fils de chef. » Il a ensuite demandé à Thana de l'attendre, tout simplement, en lui expliquant qu'à son retour il pourrait, sans déshonneur, mettre fin à sa période de deuil.

Il revient aujourd'hui, plus magnifique encore qu'à son départ. Thana le trouve à la fois redoutable et attirant. Il est comme les tisons d'un grand feu à peine éteint, qu'il ne faut pas toucher, et au-dessus desquels il fait si bon étendre les mains. Lorsqu'il tourne la tête vers elle, son regard sévère sous un front buté paralyse la jeune fille qui reste là, immobile, comme la proie sous l'œil du rapace. Il a peint son visage de trois lignes noires horizontales. Celles-ci passent sous le nez, sur le menton et aux commissures de ses lèvres minces qui semblent ainsi s'allonger jusqu'aux joues en une moue hautaine.

Intimidée, Thana ne sait trop quelle attitude prendre. Elle n'a rien promis; elle n'a pas non plus décliné l'offre de Chakoso. Celui-ci espère sûrement une réponse, à tout le moins un signe. Heureusement, les anciens viennent accueillir les ambassadeurs et Chakoso doit les suivre. Kiala est absent; il sillonne la région des grands lacs en quête de nouvelles alliances. Les membres du conseil entendront donc les deux hommes et feront des recommandations qui seront transmises au chef dès son retour. Les hommes s'engouffrent dans un wigwam et les femmes retournent à leurs tâches. Plusieurs jettent un regard moqueur à Thana. L'intérêt de Chakoso pour la jeune fille n'a échappé à personne.

Celle-ci ignore volontairement ricanements et jacasseries.

Une fois la pâte de cervelle terminée, elle passe devant Wasäna et sa mère sans les regarder, et elle entreprend de badigeonner la peau tendue. Patiemment, avec des gestes d'une sensualité troublante, elle la frotte jusqu'à la complète absorption de la pâte. Ses doigts s'attardent sur le grain humide qui semble reprendre vie à son contact. Des odeurs inattendues flattent ses narines : celle, douceâtre, de l'huile de tournesol dont les hommes enduisent leur crâne rasé, celle, plus persistante, du suif, ou celle, toujours enivrante, des conifères. Kiala sent le sapin et l'épinette. Elle ne connaît pas l'odeur de Chakoso. Le sourire de Kiala donne envie de remercier le ciel; Chakoso ne sourit jamais. Tout s'embrouille dans la tête et le corps de Thana. Les deux hommes se superposent l'un à l'autre, s'empruntent des traits, des attitudes, jusqu'à devenir méconnaissables.

— Ne tarde pas trop à la laver, Thana. Elle pourrait fendiller.

Tirée de sa rêverie par Chikea, la jeune fille retire la peau du cadre, la lave et l'essore en l'enroulant autour d'un arbre à l'aide d'un bâton. Cet exercice exigeant, répété plusieurs fois, la libère de ses hantises. Elle installe ensuite la pièce sur un trépied pour la faire sécher et en prend une autre, prête pour le fumage.

Alimenté par des copeaux de pin, un feu boucane déjà. Thana coud la peau en forme de sac et l'inverse au-dessus du feu, en fixant l'autre extrémité à une branche. Cette dernière étape est assez délicate, car il faut éviter à tout prix les flambées, tout en s'assurant que la fumée remplisse le sac également.

— Ta peau sera tachetée comme celle d'un jeune daim, se moque Wasäna au bout d'un moment. Celui qui devra la porter ne fera pas le fier!

Elle a raison : Thana ne l'avait pas remarqué, mais la fumée s'échappe à plusieurs endroits. Découragée, elle s'apprête à retirer la peau pour la recoudre avec plus d'attention, lorsque Chikea, généreuse, vient à son secours :

— Je m'en occupe, dit-elle. Va plutôt chercher ce qu'il faut pour alimenter le feu. Il risque de s'éteindre.

Soulagée, Thana s'éloigne vers l'espace boisé qui sépare le village de la rivière. Heureuse de se retrouver seule, loin des feux et des bavardages, elle remplit son panier de petit bois, sans se hâter, en se dirigeant inconsciemment vers le cours d'eau. Sous les rayons du soleil et l'action du vent, la neige a fondu. Il ne reste plus que quelques flaques opiniâtres dans le sous-bois. Sur la berge, un pluvier essaie de l'attirer loin de son nid, mais la jeune fille ne s'intéresse pas à lui. Après avoir retiré ses mocassins et ses jambières, elle dénoue les lacets qui retiennent sa robe et la laisse glisser le long de son corps pour ensuite l'enjamber et entrer dans l'eau sur le bout des pieds.

— Salut à toi, Thana, la fille-rivière.

La voix grave et rauque de Chakoso la fige sur place. Tiraillée entre le désir de plaire à cet homme pour lequel elle éprouve un immense respect et la crainte qu'il n'exige une réponse à sa proposition, elle hésite entre aller vers lui et se laisser couler au fond de l'eau.

Torse nu sous les lourds colliers en cascade, le guerrier tend vers elle son poing fermé. Le soleil miroite sur son médaillon nacré.

— J'ai quelque chose pour la fille de Wapello. (Il ouvre les doigts et découvre une poignée de graines de tournesol.) C'est pour toi, dit-il en prenant la main de Thana pour y déposer les graines. Dans le wigwam de Chakoso, il y aura toujours de l'huile pour le pain et la soupe.

Thana est émue. En ces temps difficiles, la promesse de Chakoso signifie beaucoup. Les Mesquakies n'ont rien récolté l'automne passé. Les paniers sont restés vides tout l'hiver. Cette poignée de graines, c'est l'espoir de jours meilleurs. La jeune fille referme les doigts sur le précieux présent et sourit au guerrier. Celui-ci veut lui rendre la pareille, mais il n'a pas l'habitude de ces jeux de séduction. Il écarquille les yeux en relevant sa lèvre supérieure d'un seul côté. Cette fois, les appréhensions de Thana s'évanouissent et elle rit franchement. Ses seins sautillent en même temps que ses épaules. Chakoso regarde, émerveillé, ces petites bêtes frémissantes et chaudes. Comme il voudrait les caler au creux de ses mains, les sentir palpiter contre sa joue. Sous son pagne, son membre se dresse.

– Ce soir, dit-il, j'irai te rendre visite.

* * *

Le vieux Wapello dort à poings fermés lorsqu'une ombre se glisse dans le minuscule wigwam qu'il partage avec sa fille.

Chakoso s'étend délicatement près de Thana et il s'enroule dans sa propre couverture en resserrant avec pudeur les pans sur sa poitrine. Seule sa respiration bruyante trouble le silence. Le feu est presque éteint, mais parfois une flambée très brève éclaire les murs d'écorce. Thana garde ses bras le long de son corps pour éviter tout contact. À travers la couverture, la chaleur de Chakoso irradie déjà. Elle la sent envahir sa couche. Le corps moite, tout en nage, la jeune fille n'ose pas se découvrir. L'espace qui la sépare de Chakoso lui paraît si mince qu'elle ressent, comme si elle les touchait, les larges épaules de l'homme allongé près d'elle. Elle devine les cuisses nerveuses et musclées. Il lui suffirait d'un léger mouvement de la main pour effleurer l'os saillant du bassin. Même en essayant de se faire discret, Chakoso prend tellement de place !

Une émotion trouble s'empare de Thana.

Elle aimerait se glisser dans la chaleur de l'autre, appuyer sa tête contre sa poitrine et se pelotonner dans son étreinte. Chakoso est un homme puissant, entier, passionné sous des dehors taciturnes. Thana le connaît peu, suffisamment toutefois pour reconnaître son courage et son authenticité. Il ne sait pas mentir et il ne s'engage jamais à moitié. Sa recherche de la perfection est si intense qu'elle peut le mener à l'ascétisme ou à l'intransigeance, et Thana craint de n'être pas à la hauteur de ses attentes.

— Demain et les jours qui suivront, murmure Chakoso, je construirai une longue cabane pour toi et ton père.

— C'est trop pour deux personnes, lui répond Thana.

— Tu n'as qu'un mot à dire et vous ne serez plus jamais seuls.

Thana ne sait trop que répondre à cette invitation. Chakoso l'attire et l'apeure en même temps. Il y a plus aussi. Si elle accepte son offre, elle renonce à Kiala. D'un autre côté, elle est convaincue que Kiala ne l'aime pas et ne l'aimera jamais. Toute sa vie, elle a rêvé de lui, le parant de toutes les qualités qui font un homme, lui prêtant tous les rôles, du sauveteur jusqu'à l'amant. Pourtant, Kiala ne l'aime pas, même s'il a parfois à son égard la gentillesse d'un grand frère ou la bienveillance d'un chef bon et attentionné. Emportée par ses propres fantasmes, Thana a voulu y voir plus qu'une simple estime, une préférence peut-être ; or, au fond d'elle-même une voix maligne lui répète que Kiala ne l'aime pas.

Sans plus réfléchir, elle signifie son congé à son prétendant:

– Tu dois partir, maintenant, dit-elle en tournant la tête vers lui.

Le visage de Chakoso s'illumine et il obéit, le cœur gonflé d'orgueil. Dans la tradition mesquakie, cette simple phrase laisse entendre qu'il pourra revenir, et plus longtemps.

– Je viendrai quand la longue maison sera terminée, précise-t-il.

* * *

Pendant des jours, tout le village captivé assiste à l'érection de la cabane. Avec une force et une énergie décuplées, le guerrier amoureux abat les arbres et découpe l'écorce. Il refuse obstinément l'aide qu'on lui propose. Il tient à planter lui-même chaque montant et à installer seul les chevrons qui soutiendront le toit. Une fois la charpente complétée, il y fixe solidement les grands morceaux d'écorce, rien que de l'écorce d'orme, la meilleure. Il aménage ensuite l'intérieur, n'autorisant personne à y entrer avant qu'il ait terminé. Thana doit être la première à constater combien la cabane est spacieuse et confortable, et avec quel soin il a construit les couchettes le long des murs. Il y en a six, mais une seule est recouverte de fourrures et isolée par un rideau de joncs fixé aux montants.

Chakoso travaille sans relâche et les bourgeons pointent effrontément au bout des branches lorsqu'il revient dans le wigwam de Wapello.

– Quand tu auras transporté tes choses dans la nouvelle cabane, dit-il à Thana, je parlerai de toi à Chikea, ta compagne plus âgée.

C'est la coutume, quand il n'y a ni mère ni sœur, d'avertir la parente ou l'amie la plus près de la future épouse.

Thana ne dit rien et son prétendant prend tout naturellement son mutisme pour une acceptation. Pourtant, lorsqu'il la quitte, la jeune fille est au bord des larmes. Elle ne peut plus reculer, maintenant. Chakoso a construit la cabane et elle ne l'a pas empêché. Il a proposé de parler à Chikea et elle n'a rien fait pour l'en dissuader. Elle ne peut plus revenir en arrière. Chakoso l'aime et il fera un bon époux. Il veillera sur elle et sur Wapello. Il lui donnera des enfants et la rendra heureuse. Elle a beau se répéter tout cela, quelque chose la retient, un goût amer, un malaise. En encourageant Chakoso, elle a l'impression de le tromper. Quoi qu'elle dise ou fasse, son corps, son âme, son cœur, même son esprit restent habités par Kiala. Tous ses efforts pour l'oublier ne donnent rien. Comment pourrait-elle épouser Chakoso sans se haïr?

Confuse, la jeune fille ne sait plus quels dieux invoquer pour trouver la paix. Si elle accepte de se donner à Chakoso, elle souhaite que ce soit en toute honnêteté, sans tromperie, avec chaque parcelle de son être. Chakoso l'aime sans réserve et elle désire de tout son cœur lui rendre son amour, mais, pour l'instant, elle n'y arrive pas.

* * *

Inventant des prétextes d'une ingéniosité remarquable, la jeune fille retarde le moment d'emménager dans la cabane. Chakoso ne la presse pas. Il attend son bon vouloir, sans la brusquer, avec une patience surprenante chez ce guerrier fougueux et irritable.

Sans l'avouer, Thana s'habitue peu à peu à ses avances discrètes. Le regard amoureux de Chakoso lui procure une sensation agréable qu'elle réussit à prolonger bien au-delà de leurs rencontres, rien qu'en imaginant la stature imposante de son prétendant.

Cependant, lorsqu'on annonce le retour de Kiala, elle ne peut s'empêcher de frémir.

La mission diplomatique du chef de guerre l'a mené jusque chez les Sioux et tous espèrent beaucoup de ses démarches. S'il réussissait à rallier toutes les tribus de souche algonquienne, le paysage politique et commercial de la région des grands lacs ne serait plus le même. Les Mesquakies retrouveraient tout leur prestige et les Français devraient se plier aux exigences de cette nouvelle confédération pour ne pas risquer de voir les Anglais les supplanter.

Comme les autres, Thana assiste à l'arrivée du chef et de son escorte. Tout de suite, elle constate qu'il n'a rien perdu de son pouvoir d'envoûtement. Entourée, courtisée par l'austère Chakoso, elle avait presque oublié le charme à la fois provocateur et enfantin de Kiala, de même que son sourire gracieux, et de les retrouver lui fait l'effet d'une embellie dans un jour sombre.

Chakoso observe sa fiancée à la dérobée. Il voit son visage ébloui s'empourprer à mesure que Kiala se rapproche. Sans s'en rendre compte, elle a croisé ses mains juste au-dessus de sa poitrine et les tient enlacées l'une dans l'autre. « Voilà pourquoi elle n'a pas encore emménagé dans la cabane, se dit-il, le cœur gros. Elle l'attendait. »

Quand Kiala vient vers lui et le salue, le guerrier oppose à l'enthousiasme de son ami un visage assombri. L'autre s'en étonne, mais le devoir l'appelle et il ne peut s'attarder.

– Rejoins-nous au conseil, dit-il. Nous avons à parler.

* * *

Chefs de guerre et chefs de paix discutent ferme. Depuis trois jours, les assemblées commencent à l'aube sans qu'on sache à quel moment elles se termineront. Quand les opinions divergent trop et que toute entente semble impossible, elles s'interrompent abruptement en plein soleil et chacun part de son côté. Certains autres jours, elles se prolongent jusqu'au milieu de la nuit.

Tenues à l'écart des discussions, les femmes essaient vainement de surprendre des conversations ou d'arracher quelques confidences à leurs époux. La nuit, au milieu des enfants étendus sur le sol qui marmonnent et tètent dans leur sommeil, elles n'arrivent pas à dormir.

Thana ne fait pas exception. Les soupirs de Wapello lui parviennent, de l'autre couchette. Au vieillard également, le sommeil se refuse. Comment pourrait-il dormir ? Kiala n'est même pas venu à lui, comme il le faisait autrefois, pour demander conseil. La détresse de son père atteint Thana en plein cœur. Wapello meurt à petit feu, torturé par la rancune des siens, et elle ne peut rien faire pour lui venir en aide. Seulement lui offrir une tisane pour soulager ses membres ankylosés.

Après avoir bu, le vieil homme trouve un peu d'apaisement et somnole un moment, pendant que Thana, seule avec ses fantômes, guette les premières lueurs du jour.

* * *

Un matin, alors que Thana vaque à ses occupations habituelles, une fillette vient la chercher, au grand dam de Wasäna et de sa mère qui ne peuvent s'objecter : Kiala la demande.

Quelques secondes plus tard, la jeune fille, très intimidée, pénètre dans le wigwam où les membres du conseil ont encore une fois passé une partie de la nuit. Peu nombreux, ces hommes assis autour d'un feu constituent le dernier espoir des Mesquakies. Leurs décisions risquent de mener le peuple à sa perte et ils le savent. Voilà pourquoi les délibérations s'éternisent : les chefs cherchent un consensus pour ne pas répéter l'erreur de Wapello. Certains envisagent un nouvel exode, alors que d'autres préconisent une résistance opiniâtre. Bien peu croient encore à une paix négociée sur une base équitable.

Invitée par un ancien, Thana prend place dans le cercle. En face d'elle, le visage tantôt balayé par les flammes, tantôt plongé dans la pénombre, Kiala la regarde, l'air inquisiteur. Près de lui, Chakoso reste imperturbable. Les yeux rivés sur Kiala, sa fiancée ne l'a pas aperçu.

– Tu connais bien les Français, commence Kiala pendant que les autres, tout autour, appuient ses propos en grognant et en hochant la tête. Dis-nous le poids de leur parole. Sont-ils des hommes d'honneur ?

Thana pense aussitôt à Philippe, si juste et si bon. Elle songe également à de Meuse et tressaille comme si on l'avait frappée. Elle revoit les deux commandants du fort de Chartres : Dutisne, incapable de rancune, et Saint-Ange... Tant de souvenirs amers lui montent à la gorge qu'elle n'arrive pas à parler.

Les chefs attendent.

– Les Blancs sont comme nous, dit-elle enfin, avec un tremblement dans la voix qui ajoute à la portée de ses propos. Les fourbes côtoient souvent les justes. Les insensés l'emportent parfois sur les sages. En cela, les Blancs ressemblent à tous les peuples. Cependant, là où ils diffèrent des Mesquakies, c'est dans leur obéissance aveugle à leurs chefs. Ils n'ont pas, comme nous, droit à la dissidence. Si le chef est mauvais, les autres le seront aussi.

Un grand silence accueille sa réponse. Pendant un instant, elle croit avoir indisposé les membres du conseil par sa franchise, mais Kiala hoche la tête, satisfait.

– Il va falloir jeûner et chanter, dit-il en ouvrant les bras pour signifier la fin de la réunion.

Les autres acquiescent tout en se levant. Un à un, ils quittent le wigwam. Chakoso les suit; il se rend jusqu'à la porte même s'il lui en coûte de laisser Thana seule avec Kiala. Il essaie vainement d'attirer l'attention de la jeune fille. Celle-ci ne voit que Kiala, maintenant tout près d'elle. Chakoso se sent de trop. Ces deux êtres lui semblent unis par un lien mystérieux que même le plus puissant des hommes ne pourra jamais briser. Il sort, le cœur lourd.

Thana n'a pas quitté Kiala des yeux.

– Je ne t'ai pas beaucoup aidé, s'excuse-t-elle, peinée.

– Au contraire. Ta mémoire est fidèle et ton jugement est sûr. Tu es bien la fille de Wapello.

La jeune fille sourit, radieuse. Le grand chef de guerre, avec quelques mots, vient d'absoudre son aîné. Il l'a fait sans témoin, certes, probablement pour ne pas ajouter à la confusion, mais il l'a fait, et Thana lui en est reconnaissante. Enhardie, elle ose une question :

– Pourquoi cherches-tu à connaître l'âme des Blancs ? Ils sont si loin, maintenant. Ne nous laisseront-ils pas en paix ?

– C'est ce qu'ils prétendent, et, du même souffle, ils exigent que je me rende à Montréal avec d'autres membres du conseil et que je me constitue prisonnier. C'est, disent-ils, la seule façon de sauver notre peuple.

– Les autres tribus ne peuvent donc rien faire ?

– Certaines ont accepté de nous rendre les prisonniers mesquakies. D'autres m'ont assuré de leur neutralité. Aucune toutefois n'a le courage de se battre à nos côtés ou même de plaider notre cause.

Thana regrette d'avoir posé cette question, obligeant ainsi le chef de guerre à avouer son échec.

– Je vais te laisser, dit-elle. Je sais que Wisaka t'enverra un signe.

* * *

Avant même que les femmes aient rallumé les feux, Chakoso fait irruption dans le wigwam de Thana et s'agenouille près de sa couche. Il la réveille avec une brusquerie à laquelle elle n'est pas habituée. Son attitude a changé du tout au tout. Lui si patient et attentionné, il est devenu en quelques jours méfiant et irascible. La jeune fille craint d'abord un mouvement de violence de la part du guerrier, mais celui-ci reste à une distance respectueuse. Dans la pénombre où se distille à petites doses une lumière indécise, son visage renfrogné trahit une grande tristesse. Ses sourcils froncés se joignent à la racine du nez, un nez d'aigle, puissant, à l'arête fine et aux ailes frémissantes. Ils rappellent à Thana l'air mauvais de Wasäna, et la jeune fille comprend alors l'émotion qui étreint Chakoso : il a peur de la perdre et il souffre.

Elle veut s'excuser; il parle le premier :

– J'ai fait un feu dans la cabane. J'ai déposé ma couverture sur la couche. Mon tambour est accroché au mur et, tout au fond, ma pipe attend la récolte de tabac. Sur le trépied, j'ai laissé mon bâton de guerre aux nombreuses plumes d'aigle, et le ballot sacré que mon oncle avait lui-même rempli. Celui qui entrera dans la cabane saura qu'elle appartient à un brave. Il connaîtra sa puissance.

Même s'il fait toujours sombre dans le wigwam, à l'extérieur le jour apporte son lot de bruits quotidiens. Tout recommence une autre fois. Le village s'éveille. Les femmes iront aux champs; les hommes fabriqueront des outils ou construiront un canot. Chakoso se hâte. Il reprend son arc et son carquois qu'il avait laissés tomber et il se relève brusquement. Il désire quitter le village sans témoins.

– Où vas-tu? s'inquiète Thana. Attends! Tu ne peux pas partir comme ça !

Sa voix oscille entre un désir trouble et une peur mal contrôlée.

– Je vais à la chasse, lui répond Chakoso. À mon retour, je saurai si une femme a entretenu le feu dans ma cabane.

* * *

Assis au pied d'un chêne, Kiala laisse retomber la tension des derniers jours, des derniers mois. En quête de vision, il a jeûné et prié, et son esprit purifié le ramène sans cesse à la terre, comme si la solution se trouvait là et nulle part ailleurs. Les épaules affaissées, la tête basse, les bras ballants de chaque côté du corps et les mains à plat sur le sol, il caresse l'humus imprégné de rosée et chargé d'odeurs capiteuses. La terre palpite sous ses doigts comme un cœur immense et fragile, si précieux que le puissant Kiala s'étend de tout son long et enfouit son visage dans les feuilles putréfiées. « Tu dois t'accoupler à la terre, Kiala, frotter tes cuisses au terreau humide, le sexe brandi, et creuser le sol jusqu'aux racines, à la fois maître et esclave. De ta semence, tu recréeras le peuple de la terre rouge, plus fort encore, invincible, immortel. » Le guerrier croit reconnaître la voix de Pemoussa, celle qui porte loin et traverse, toujours plus forte, les cycles des saisons. Quand il a entendu la prophétie de la bouche même de Pemoussa, il n'était encore qu'un jeune garçon, mais il s'était battu comme un homme. Ils étaient encerclés, pris au piège. Autant pour raviver le courage de ses guerriers que pour provoquer ses ennemis, Pemoussa a déclaré : « Les Mesquakies sont immortels. » Sans le savoir, il imposait ainsi à son peuple un devoir de résistance, un devoir sacré que le jeune Kiala d'alors s'est juré d'accomplir. Depuis ce jour, il a hurlé la prophétie chaque fois qu'il a brandi son casse-tête ou tendu son arc, chaque fois qu'un enfant mesquakie est mort de froid ou de faim. Il l'a hurlée comme une révélation dont il serait le détenteur et qu'il devrait transmettre

283

au-delà de la mort et de la peur. Aujourd'hui, le Grand Esprit a pris la voix de Pemoussa pour lui indiquer la route à suivre. «C'est toi, Kiala, qui devras réaliser la prophétie.»

Le chef de guerre voudrait en savoir plus, mais la vision s'estompe peu à peu. Il ouvre les yeux, se redresse, et replonge lentement dans la réalité. Sa quête de vision l'a mené à l'essentiel. Sa décision est prise; il doit toutefois compléter le rituel. Les mains levées, paumes tournées vers le ciel, l'initié entonne un chant. Tout l'héroïsme de son peuple passe dans sa voix grave et plaintive. À travers le velouté de la langue mesquakie, les syllabes se succèdent dans un phrasé harmonieux et serein, où seuls les effets de gorge rappellent cruellement la douleur de vivre et de survivre:

Ne ne ya li ke ta da me ne wi na;
te la ne ta ke ta da me ne wi na.

Les paroles partent de la terre et rôdent un moment dans le sous-bois comme si, lestées d'un trop-plein de souffrance, elles tardaient à s'élever vers le royaume de Wisaka.

Thana les entend.

À mesure que se dissipe la brume matinale, le chant s'impose avec de plus en plus de clarté.

Depuis le matin, la jeune fille déterre des racines comestibles. La cueillette a été bonne comme toujours après les crues printanières, et son panier déborde. Elle aurait pu rentrer déjà, mais, pour prolonger le plaisir d'être seule avec la rivière, elle a poussé sa recherche un peu plus loin, jusqu'à se perdre avec délices entre les bancs de sable ravinés et la forêt riveraine.

C'est là que le chant la rejoint.

Curieuse, elle essuie ses mains boueuses sur sa jupe et suit le sillon creusé par la voix. Peu à peu, elle reconnaît les mots «Je te nourris encore et encore...» L'officiant sera béni et nourri. L'esprit de la guerre lui enjoint de cesser ses gémissements et d'avoir confiance. «Un guerrier aimé et béni peut être tué, admet-il, même un chef. La guerre existe, elle existera toujours, mais je te nourris encore et encore; toujours je nourrirai l'aimé.» Ce chant a été donné par le Grand Esprit aux clans de plumes; il leur appartient en propre. Voilà pourquoi Thana le connaît si bien et pourquoi elle est si surprise d'apercevoir Kiala. Lui, du clan du Renard, a emprunté cette chanson, allant ainsi à l'encontre de toutes les traditions, probablement parce qu'elle seule pouvait exprimer avec justesse son état d'âme.

Pendant quelques instants, Thana écoute et observe. La force animale qui émane du guerrier la trouble. Sa large poitrine se gonfle au rythme des incantations, et les veines saillent de ses bras levés vers le ciel. Aucune peinture n'orne son visage, et cette nudité confère à ses traits une douceur inhabituelle.

Émue, Thana ramène les bras sur sa poitrine et baisse la tête en un geste de défense. Elle enferme ainsi son désir pour l'empêcher de sortir ses griffes et de la blesser. Triste à mourir, elle écoute le guerrier jusqu'à ce qu'il se taise. Elle veut alors rebrousser chemin, retourner très vite au village et se réfugier dans la routine quotidienne, toute de feintes et de renoncements.

Elle esquisse un premier pas, mais la voix de Kiala freine sa retraite.

– Je n'irai pas... Je n'irai pas à Montréal.

Elle aurait dû savoir qu'il avait détecté sa présence.

– Je suis heureuse, dit-elle d'une voix brisée par l'émotion, même si je ne comprends pas.

– J'ai bien écouté ce que tu as dit et j'ai entendu la voix de Pemoussa. Je ne peux pas faire confiance à *Onontio*. Sa clémence est feinte; elle l'a toujours été. Pemoussa l'a cru autrefois et *Onontio* a puni sa naïveté en tuant les femmes et les enfants. (Thana hoche la tête; sa mère était parmi les victimes.) Si je vais à Montréal, comme il l'exige, je laisserai le village sans protection et c'est ce qu'il souhaite. Une fois déjà, j'ai abandonné mon peuple; je ne referai pas la même erreur.

Thana vient s'agenouiller près de lui.

– Que vas-tu faire, alors?

– Je vais promettre de garder la paix et je vais permettre l'établissement d'un poste de traite près du village. Les Mesquakies ne sont plus qu'une poignée. Ils doivent se refermer sur eux-mêmes et se reconstruire de l'intérieur. Inutile maintenant de chercher des appuis illusoires. Il faut gagner du temps. Pour l'instant, tout cc que les Français veulent, ce sont des fourrures, et nous allons leur en fournir. Nähano ira à Montréal pour négocier de nouveaux accords. Il parlera pour moi et Chakoso l'accompagnera; c'est un grand chef. (Thana se pince les lèvres pour réprimer une exclamation.) J'espère avoir bien compris le message du Grand Esprit.

Le timbre de sa voix, l'intonation, tout rappelle à la jeune fille la fausse assurance de Shäki quand il venait le soir raconter sa journée. Tout en affirmant sa supériorité de jeune mâle par des paroles et des gestes maladroits, il cherchait l'assentiment de sa grande sœur.

Alors, pour le réconforter, elle caressait sa nuque et ses épaules, et le garçon se blottissait sur son sein en soupirant d'aise comme un petit animal domestiqué. Pendant quelques secondes, il redevenait un enfant, avec tous les droits inhérents à l'enfance, même celui de douter et d'exposer sans honte sa fragilité.

Sans penser aux conséquences de son geste, Thana effleure la nuque de Kiala du bout des doigts. De sa paume, elle caresse ensuite la joue du guerrier. Conquis, avide de tendresse et de réconfort, celui-ci penche la tête et s'appuie sur la main aimante. Il aspire une grande bouffée d'air qu'il rejette de façon intermittente, donnant l'impression qu'il va suffoquer. Thana n'entend plus rien, ni le vent dans les trembles, ni les jacasseries heureuses des oiseaux, ni même les craquètements hystériques des écureuils. Rien que ce, halètement d'homme, rien que le glissement de ses doigts sur la peau odorante et lisse comme l'écorce d'un jeune hêtre.

Un afflux de sang monte à son visage lorsque Kiala prend sa main, un peu trop brusquement, et la serre sur sa poitrine en comprimant ses doigts sous sa poigne de géant.

– Kiala..., murmure-t-elle. Je t'aime tant.

Il la regarde sans dire un mot. Un voile triste et sombre couvre ses yeux. Il regarde sans voir, à travers elle, bien au-delà, avec la concentration tourmentée d'un funambule à mi-chemin entre le point de départ et le point d'arrivée.

De sa main libre, Thana veut toucher sa bouche, mais il la repousse et bondit sur ses pieds, aussi prompt que le renard surpris par le chasseur. Désemparée par une telle réaction, elle s'accroche à ses jambes.

– Pourquoi? gémit-elle. Pourquoi ne veux-tu pas de moi? (Elle lève la tête vers lui. Droit et fort, il lui rappelle le fût élancé des pins centenaires traversés par le soleil dans le sentier des Natchez.) Pourquoi? répète-t-elle sans desserrer son étreinte.

Le guerrier ne bouge pas. Il reste immobile si longtemps qu'elle se croit assez forte pour pouvoir le retenir. Puis il se penche et se libère doucement des bras qui l'emprisonnent. À travers la fermeté du geste, Thana comprend immédiatement qu'elle l'a perdu.

– Pourquoi? demande-t-elle, obstinée, en s'assoyant sur les talons, les muscles relâchés, abandonnée.

– Parce que je t'aime trop, murmure Kiala, en s'agenouillant devant elle, si près qu'elle sent son haleine sur son front. (La jeune fille écarquille les yeux; elle ne comprend pas.) Wasäna et sa mère refusent que je t'épouse, lui explique-t-il. J'ai parlé de toi, et elles refusent.

– Tu voulais m'épouser? demande Thana, ébahie, les larmes aux yeux. Tu m'aimes donc?

– Oui. Depuis toujours. Comme un grand frère, d'abord, puis comme un homme aime une femme et la désire... et la rêve chaque nuit dans sa couche.

– Oh! Kiala!

Elle se jette contre lui. Il la serre dans ses bras, puis se penche et pose un baiser sur sa joue.

– Je t'aime, dit-il. Je ne t'épouserai jamais, mais tu seras toujours ma femme.

Thana se révolte, le frappe de ses poings.

– Ne dis pas ça! hurle-t-elle. Tu es le chef. Tu ne vas pas te soumettre aux lubies d'une vieille sorcière! Je serai ton épouse obéissante et affectueuse. Rien ne manquera dans ta cabane. Je travaillerai du lever du soleil à son coucher. Personne ne trouvera rien à redire et jamais tu n'auras à te plaindre de moi. Je veux être ta seconde épouse.

– Jamais! lance-t-il, en la repoussant au bout de ses bras. Tu deviendrais leur souffre-douleur.

– Ça m'est égal! C'est à moi de choisir!

– Tu parles comme une enfant ignorante. Si l'aïeule n'accepte pas la nouvelle épouse, elle a tous les droits. C'est la loi, et même un chef ne peut rien y changer. Tu souffriras les pires humiliations, les pires sévices. Les frères de Wasäna t'emporteront au loin et te violeront, chacun leur tour. Jamais ils ne te laisseront en paix, et je ne pourrai rien faire. (Thana tremble de tous ses membres. Kiala essaie de la ramener vers lui; elle se rebiffe.) Je t'aime, Thana, et je ne pourrai pas supporter que l'on te fasse du mal. Des clans se formeraient; il y aurait des morts. Notre peuple est si faible, Thana. Il ne doit plus y avoir de morts, plus jamais. Si je te choisis comme seconde épouse, je risque une guerre de clans. Notre peuple n'y survivrait pas.

Thana est défaite. On la dirait sur le point d'éclater en morceaux. Il se penche vers elle, essaie de la prendre dans ses bras. Elle le repousse avec une force surprenante et se replie sur elle-même.

Kiala n'insiste pas. Il la quitte comme on abandonne un blessé pour lequel on ne peut plus rien. «Il ne doit plus y avoir de morts», a-t-il dit. «Alors, se demande Thana, pourquoi ne retire-t-il pas ce long coutelas qui me fouille le ventre?»

* * *

Entouré, acclamé, Chakoso promène un regard farouche et austère sur la foule excitée par sa chasse fructueuse. Il cherche Thana, mais ne la voit nulle part. Déçu, il dépose le cerf qu'il portait sur ses épaules et se déleste de sa ceinture à laquelle est attaché le petit gibier. Les femmes et les enfants se précipitent. Chakoso n'a pas de famille. Il acceptera sûrement de partager ses trésors, et chacun souhaite sa part.

Pendant qu'ils se perdent en conjectures, déjà prêts à en venir aux coups, le chasseur se rend à sa cabane avec une seule envie : repartir au plus vite. La personne à qui il pensait offrir le fruit de sa chasse n'est pas venue à sa rencontre, et l'amertume qui l'étreint lui enlève le goût des réjouissances. Toutes les nuits, il avait rêvé ce moment où, devant le village réuni, il déposait le gibier aux pieds de Thana, scellant ainsi leur union. Le rêve a menti et le chasseur en veut aux esprits de s'être ainsi moqués de lui.

Il pénètre avec rage dans la cabane avec l'intention de prendre quelques objets et de repartir, mais il s'arrête sur le seuil, interdit. Des tisons rougeoyants forment un minuscule point lumineux au centre de la cabane. Quelqu'un a entretenu le feu.

En scrutant la pénombre, tout autour, il devine des objets qui n'étaient pas là à son départ : des bols de bois, quelques paniers d'osier, un mortier et un pilon creusés dans un tronc d'arbre. Plus loin, des mocassins de femme. Accrochées au mur, de longues jambières d'homme, neuves et finement brodées sur les côtés.

– Chikea m'a aidée. Seule, je n'aurais pas terminé à temps.

Thana émerge de l'obscurité.

Elle porte une robe fauve aux épaules entièrement brodées d'aiguilles de porc-épic teintes en bleu. Le dessin épouse les courbes du corps et plonge jusqu'au milieu de la poitrine, où sont cousues trois lanières de cuir enroulées de perles de la même couleur que les broderies. Ses longs cheveux, noirs et brillants comme ses yeux, ont été ramenés d'un seul côté pour dégager l'ovale parfait de son visage. Ses lèvres pulpeuses semblent avoir été dessinées par la main qui a tracé les méandres des rivières. Tout dans le corps de la jeune femme n'est que fluidité et harmonie, avec ce mélange subtil et étrange de robustesse et de grâce qui n'appartient qu'à elle.

Jamais Chakoso n'aurait pu imaginer si belle épousée. Son visage de pierre, taillé au silex, s'illumine. Il se redresse, bande ses muscles. Ses lèvres ne bougent pas, pourtant il rit de tout son corps, secoué par un bonheur euphorique auquel il avait cru devoir renoncer.

— Je serai ton épouse, dit Thana d'une voix ferme, à une condition.

— Parle, je t'écoute.

— Je ne veux plus jamais t'attendre. Je veux te suivre.

— Désormais, partout où j'irai, tu viendras aussi.

2

Pelotonnée contre le corps chaud et vigoureux de Chakoso, Thana essaie d'imaginer la suite. Montréal n'est plus très loin. En partant à l'aube, ils devraient y parvenir avant le coucher du soleil. Malgré de grands efforts d'imagination, la jeune Mesquakie ne réussit pas à se représenter cette ville – le concept en soi lui échappe. Et même si tout le monde parle de Montréal comme d'un point tournant où sont prises les décisions importantes, elle a du mal à croire que le sort de son peuple puisse véritablement dépendre de gens qui vivent si loin et qui n'ont jamais mis les pieds sur la terre des Mesquakies.

Elle a quitté la rivière Wisconsin au temps du sarclage, quand les femmes remontent en chantant les rangées de maïs pour enlever les mauvaises herbes. Kiala a remis à Chakoso deux *wampums* fabriqués par les artisanes les plus habiles. En déposant la première ceinture de coquillages sur les bras tendus de son ami, le chef de guerre a déclaré : « Voici ma parole ; porte-la à *Onontio.* » En lui confiant la seconde, il a ajouté : « Voici ma paix. Dis bien au chef des Français que mes guerriers resteront au village, en paix. » Chakoso a enroulé les ceintures blanches autour de sa taille, sans jamais quitter Kiala des yeux, pour bien lui montrer quelle importance il accordait à sa mission et à ces objets sacrés.

Depuis toujours, les *wampums* servent à la fois de monnaie d'échange, d'objets de reconnaissance et même de missives entre les tribus. Avec un *wampum*, selon sa couleur ou les motifs qui y sont brodés, on peut déclarer la guerre, demander une amnistie ou signer un traité. Les ceintures de coquillages servent tantôt à racheter des prisonniers, tantôt à récompenser un chef ou un guerrier méritant. Elles sont également de tous les rites sacrés, de toutes les cérémonies.

Cette fois, les deux ceintures blanches revêtaient une signification toute particulière : sur elles repose le destin du peuple de Wisaka.

Kiala a serré le bras de Chakoso, puis il a salué Nähano. Thana se souvient avec un pincement au cœur qu'il ne l'a pas regardée. Depuis qu'elle a épousé Chakoso, Kiala ne lui a plus adressé la parole. Très pris par sa charge, le chef de guerre s'absente souvent, et quand il est au village, Thana a l'impression qu'il l'évite. Plus encore, il ne la voit plus. Entre elle et lui, il a dressé un mur qui ressemble à de l'indifférence.

Wasäna est enceinte. Le jour du départ, elle et sa mère affichaient un air triomphant. Thana les a ignorées. Elle a plutôt embrassé son père. Chikea se tenait bravement au côté du vieillard. Elle va habiter avec lui dans la cabane et s'en occuper. Rassurée, Thana a pu partir sans trop de regrets. Elle a emboîté le pas aux deux ambassadeurs et ils ont pris la direction du fort Saint-Joseph, où les attendait le commandant de Villiers. Escortés par l'officier et ses hommes, ils ont ensuite entrepris le long voyage jusqu'à Montréal.

Ils y seront demain, et la jeune femme frissonne d'excitation en scrutant la lune pleine, si parfaitement ronde. Avec les premières gelées et les dernières récoltes, un nouveau cycle des saisons commence, et Thana aime croire qu'elle entreprend, elle aussi, une nouvelle étape de sa vie.

Du pied, elle effleure la jambe de son époux. Celui-ci grogne dans son sommeil, et elle se retire en toute hâte. Elle s'habitue difficilement à cette intimité. À la fois fascinée et intimidée par Chakoso, elle apprivoise sa présence petit à petit et essaie de lui rendre son amour avec une sincérité touchante. Dès le départ, le guerrier l'a intégrée à l'expédition, sans compromis. Elle a dû marcher au même rythme que les hommes, porter des charges équivalentes, coucher sur la dure, ou ne pas se coucher du tout. Devant les soldats, Chakoso n'aurait pas supporté qu'elle se plaigne ou montre quelque faiblesse. Elle a donc essayé de toutes ses forces de répondre aux exigences de son mari, et le regard fier qu'il pose parfois sur elle la récompense amplement de sa peine. Elle veut lui prouver qu'il a fait le bon choix, qu'elle ne sera jamais un fardeau.

Depuis qu'ils ont quitté le village, la jeune femme a vaillamment surmonté toutes ses appréhensions. Quand ils sont entrés au fort Saint-Joseph sous le regard haineux des sentinelles, elle n'a pas baissé la tête, non plus lors de leur passage au fort du Détroit. Parce que sa mère a été assassinée à cet endroit, elle craignait les souvenirs douloureux, mais elle est restée sereine. Même le violent orage qui a secoué le lac Huron, menaçant de les faire chavirer à tout moment, elle l'a affronté sans trembler. Ce courage, elle croit le devoir en grande partie à Chakoso. L'amour inconditionnel de son époux la rend invincible.

Celui-ci se déplace et passe un bras sur sa poitrine. Malgré l'inconfort, elle n'ose pas bouger pour ne pas le réveiller. Ils se sont installés un peu à l'écart, avec Nähano. Les soldats et leur commandant ont préféré rester près du feu. Des loups hurlent au loin sans que Thana puisse identifier la provenance exacte des hurlements. Elle ferme les yeux et se livre tout entière à l'agréable engourdissement qui grimpe le long de ses jambes.

Il fait chaud et bon.

Du corps moite de Chakoso émanent des effluves terreux que la jeune femme reconnaîtrait maintenant entre mille. Chakoso sent le terreau noir et meuble. Un sifflement discret s'échappe de son nez à chaque expiration. D'un mouvement impatient, il resserre son étreinte autour de Thana et glisse une jambe entre les siennes. Contre sa hanche, elle sent le membre viril de son époux, agité de mouvements brefs et saccadés. On dirait une petite bête prise au piège. Cet affleurement excite la jeune femme et réveille en elle un désir ardent. Elle imagine le sexe de Chakoso qui la pénètre, pendant que ses mains immenses pétrissent ses seins et son ventre. La gorge sèche, les joues en feu, elle rapproche ses lèvres de celles de son mari et glisse sa main le long de son corps robuste. Cependant, au dernier moment, elle retient son geste, affolée par sa propre audace.

Chakoso ne l'a jamais prise.

Le premier soir, allongée sur sa couche, elle a attendu, nerveuse. Il est venu vers elle et a longuement promené une torche au-dessus de son corps nu.

— Je ne te prendrai pas ce soir, a-t-il dit, ni les autres soirs. Tant que ton esprit appartiendra à un autre, je ne te prendrai pas. Je vais t'aimer sans jamais te caresser, d'un amour si grand que tu n'en trouveras jamais de pareil. Je vais attendre que tu réclames mon corps sur le tien.

Il a tenu parole. Chakoso tient toujours parole. Déjà, quand il était petit, il se lançait des défis que d'autres auraient jugés intenables. Pourtant, il allait toujours jusqu'au bout, parfois même au péril de sa vie. Jeune guerrier, il a soumis son corps aux pires épreuves, jeûnant ou restant éveillé pendant de longues périodes. Il aime pousser sa volonté à des limites extrêmes. Ces défis relevés avec brio le confirment dans sa virilité et aiguisent son endurance.

Cette nuit, Thana voudrait le délivrer de sa promesse. Son corps a faim d'un autre corps, de caresses, mais elle hésite. De qui a-t-elle si faim pour ressentir dans le bas-ventre une chaleur si intense? Est-ce vraiment de son époux? Son esprit appartient-il toujours à un autre dont elle tarde à guérir? Saurait-elle répondre avec franchise à Chakoso s'il lui posait la question?

Comme s'il connaissait déjà la réponse, le grand Mesquakie se déplace en geignant et lui tourne le dos. Seule, sans le corps de Chakoso autour d'elle, sans couverture, Thana frissonne.

* * *

Coulon de Villiers les presse. C'est un homme près de la cinquantaine, passablement nerveux et quelque peu désabusé. Lorsqu'il est arrivé au pays, en 1700, il nourrissait de grandes ambitions en même temps que de nobles idéaux. Depuis, sa bonne volonté a souvent été mise à rude épreuve, et il a dû renoncer à quelques-uns de ces grands idéaux au profit de très légitimes ambitions. En 1705, il a épousé Angélique de Verchères – la sœur de la célèbre Madeleine –, et il a vite compris que pour nourrir sa nombreuse progéniture les promotions valaient mieux que n'importe quelle quête d'absolu. Il balance donc constamment entre ses principes humanistes et ses devoirs de militaire de carrière ou de père de famille. Les premiers se trouvant le plus souvent bafoués, il s'en veut de sa lâcheté, ce qui lui fait l'esprit chagrin et parfois irascible. Dès qu'il a aperçu au loin les volutes de fumée qui jaillissaient des cheminées, il s'est montré impatient de se réfugier enfin derrière les fortifications. Même si la petite troupe a franchi les différentes étapes du voyage sans encombre, il redoute toujours quelque mauvaise surprise.

Dans l'esprit de Thana, c'est plutôt cet interminable mur de pierres, haut de six mètres, percé de meurtrières et flanqué de bastions imposants, qui représente un danger. Elle ignore ce qu'il cache et, pour la première fois depuis leur départ, elle se sent vulnérable.

Sitôt accosté, de Villiers les entraîne vers la porte du port. Au passage de l'officier, les sentinelles se mettent au garde-à-vous, tout en jetant un œil curieux sur les trois Mesquakies. Le cœur battant, ces derniers pénètrent à l'intérieur de la ville fortifiée. Une cloche résonne tout près. Le tintement rappelle à Thana l'église du fort Rosalie; pour Chakoso et Nähano, c'est une première expérience. Ils s'efforcent de rester stoïques, mais la jeune femme a perçu une légère et brève modulation dans leur foulée.

C'est l'heure du souper et la place du Marché est déserte. Même si les étals ont été vidés, quelques cochons bien gras fouillent en grognant dans les carcasses de leurs congénères, jetées dans les rigoles avec le sang et le fumier.

Les Mesquakies et leur escorte empruntent la rue Saint-Paul, traversée d'ombres furtives : un homme en perruque et bas de soie brandit sa canne derrière deux enfants qui courent s'engouffrer dans la maison la plus proche. Une femme balaie furieusement le trottoir de bois devant sa porte. Avec de grands gestes déterminés, elle repousse jusque dans la rue les ex-créments d'animaux et les épluchures de légumes. Un moment, elle suit les trois Mesquakies des yeux sans toutefois ralentir le rythme. Thana lui rend son regard et la femme sourit.

Plus loin, une poignée de soldats se rangent sur le trottoir pour leur céder le passage. Lorsque la cloche sonne une seconde fois pour les rappeler à l'ordre, ils se précipitent en jurant, et Thana entend derrière elle leurs pas pressés marteler le sol.

Le temps est à la pluie, plus menaçant que véritable-ment mauvais. Derrière les fenêtres, où vacillent déjà les flammes bleutées des lampes, la jeune étrangère distingue des rires et des éclats de voix. À l'occasion, des pleurs d'enfant. Des odeurs d'ail et de chou lui parviennent, de plats mijotés, autour desquels les familles se réunissent : des hommes, des femmes, leurs enfants et leurs petits-enfants, si semblables aux hommes, aux femmes et aux enfants mesquakies, et, en même temps, si différents, enfermés dans leurs maisons en pierre, engoncés dans leurs justaucorps, leurs jupons de coton et leurs cornettes, à l'étroit dans ces rues sans ciel, encombrées d'ordures.

Thana s'est laissé distancer. Des enseignes retiennent son attention. Quelqu'un a suspendu un gros soulier de bois au-dessus de son entrée. Plus loin, une grappe de raisin, découpée dans une planche et teinte de mauve et de vert, se balance en grinçant entre le linteau de la porte et le chambranle de la fenêtre. La jeune femme presse le pas pour rejoindre les hommes. Quand elle arrive à sa hauteur, Chakoso lui jette un regard sévère auquel elle n'est pas habituée, celui que l'on adresse à un enfant turbulent.

* * *

Après une longue attente dans l'antichambre, de Villiers et les ambassadeurs mesquakies sont enfin reçus par Charles de Beauharnois. Le gouverneur allait passer à table. Il y a bal ce soir, et il n'aime pas danser le ventre vide. Il reçoit donc ses visiteurs attablé devant un couvert d'argent, vêtu simplement d'une chemise de toile fine, garnie d'un jabot et de manchettes de mousseline. Une perruque poudrée et bouclée encadre son visage étroit, affublé d'un nez proéminent.

Thana observe attentivement ce chef dont les décisions ont bouleversé tant de vies. Il n'a jamais vu la rivière des Renards ni la Wisconsin, et pourtant ses ordres affectent le quotidien de toutes les tribus des grands lacs. Quelle preuve de courage a-t-il donnée pour que ses officiers acceptent de porter sa parole si loin, souvent au péril de leur vie?

— Lequel d'entre vous est Kiala? demande le gouverneur d'une voix haut perchée mais chantante.

— Kiala n'a pu venir, explique Coulon de Villiers. Il vous envoie Chakoso, un grand chef de guerre du clan de l'Ours, et Nähano, un négociateur hors pair, apparenté à Meguesiliguy par sa femme.

– Kiala devait venir, réplique le gouverneur sur un ton de reproche.

Il a plissé ses petits yeux sombres et pincé les lèvres. Ne subsiste plus dans son visage fermé que son nez immense.

De l'autre côté de la table, Chakoso saisit très bien son agacement, de même que le malaise de Coulon de Villiers. Les pourparlers débutent sous de mauvais auspices.

– Je ne suis pas Kiala, dit-il, très digne, mais je porte sa parole.

Il détache le premier *wampum* enroulé autour de sa taille et le tend au gouverneur. Celui-ci, plutôt que d'accepter la ceinture de coquillages comme l'exige le protocole, la repousse d'un geste impatient qui fait tourbillonner ses manchettes de mousseline.

Chakoso blêmit. Pas un muscle de son visage ne bouge, mais Thana, placée derrière lui, voit se crisper les nerfs de son cou. Si le guerrier offensé tenait en ce moment son casse-tête entre les mains, elle ne donnerait pas cher de la vie du gouverneur. Heureusement, l'ambassadeur de Kiala est venu sans armes, comme on le lui avait recommandé, avec, pour se défendre, sa seule parole et sa bonne foi.

– Monsieur le gouverneur..., supplie de Villiers, conscient de l'impasse diplomatique où peut les mener l'attitude grossière de Beauharnois. Vous devriez écouter ce que Chakoso a à dire. Il a pleins pouvoirs pour parler au nom de Kiala et de tous les autres chefs.

– Je n'ai pas le temps ce soir, rétorque le gouverneur, pendant qu'un serviteur dépose devant lui un potage fumant. Revenez demain, nous verrons.

* * *

Désireux de leur faire oublier cet affront, de Villiers installe confortablement les Mesquakies chez un parent à lui qui tient une auberge. Ils seront logés au rez-de-chaussée alors que lui-même habitera à l'étage, où une chambre lui est réservée à chacun de ses passages à Montréal. Ses soldats ont retrouvé leurs collègues à la caserne. Il aurait donc tout le loisir de se reposer, mais le gouverneur l'a invité au bal, et même si ces divertissements de citadins lui déplaisent, il tient à être présent pour plaider la cause des Renards, s'il en a l'occasion. Après s'être rafraîchi et avoir endossé un uniforme propre, il quitte donc l'auberge en direction du château Ramezay.

Confinés à leur chambre, Thana et ses compagnons essaient de faire le point.

— Ce ne sera pas facile, déclare Chakoso. Kiala aurait dû venir. C'est lui *qu'Onontio* veut rencontrer.

— Tu dois leur montrer que tu es un grand chef, l'encourage Nähano. Les Blancs savent reconnaître les qualités d'un chef et tu les réunis toutes, Chakoso.

Bien que flatté, l'ambassadeur n'en reste pas moins perplexe. Il en veut à Kiala d'avoir fui ses responsabilités. Mais comment le discréditer sous le regard pesant de Thana?

— Laisse-nous, dit-il à cette dernière. Nous devons parler.

Déçue d'être écartée des discussions, la jeune femme se retire dans un coin de la pièce. Pendant un moment, elle chipote les restes du repas que leur a fait porter de Villiers. Déjà, les hommes ne s'occupent plus d'elle. Parce qu'elle étouffe dans cette pièce humide, sans fenêtre, elle prend une pomme dans le panier de fruits et sort.

Dehors, la lourdeur de l'air a cédé la place à une clarté étrange, à demi embrumée, transpercée ici et là de langues de lumière. Il fait doux. Le vent qui rôdait au-dessus des maisons s'est apaisé. Journaliers et artisans sont rentrés chez eux, après une dure journée de labeur. La ville se prépare pour la nuit.

Tout en croquant dans sa pomme, Thana descend la rue Saint-Paul, traverse la place du Marché et emprunte discrètement une poterne du mur d'enceinte, qui donne sur le fleuve. L'air du large lui fait du bien. Des canards se posent sur l'eau, à grand renfort de couacs agacés. Elle les regarde un instant, amusée, puis leur lance les restes du fruit.

Elle pense à Philippe. C'est d'un intermédiaire comme celui-là que les Mesquakies auraient besoin, bon et respectueux, digne d'admiration. Qu'est-il devenu après le grand massacre? Elle ne sait même pas s'il a survécu; cependant, elle ne peut envisager sa mort. Si le gouverneur confiait à un homme comme Philippe les pourparlers avec les Mesquakies, ces derniers reprendraient confiance et un accord serait possible.

Perdue dans ses pensées, la jeune femme ne voit pas le temps passer. Quand elle songe à revenir à l'auberge, le ciel obscurci tamise déjà les restes de jour, et la ville repue s'apprête à lâcher ses prédateurs nocturnes.

Thana se hâte.

Dans la pénombre, la rue Saint-Paul, tantôt déserte, ne ressemble plus à rien. Même l'air est différent, plus odorant, plus dense. Des soldats, des prostituées en quête de clients, des voyageurs – marchands ou colons –, leur balluchon sur l'épaule, toute une multitude disparate envahit l'espace. Certains la bousculent, la plupart volontairement. Les soldats surtout, qui disparaissent ensuite dans les très nombreux cabarets. Par les portes et les fenêtres ouvertes, Thana entend les jurons des joueurs de cartes excédés et les exclamations incohérentes des buveurs. Des femmes passent et repassent, portant à bout de bras d'immenses pichets de grès, pleins à ras bord d'une bière mousseuse.

Cette animation soudaine et désordonnée effraie la jeune Mesquakie. Une peur indéfinissable oppresse sa poitrine. Est-ce l'obscurité, chamarrée de lueurs blafardes, ou l'effronterie sur les lèvres des passants, ou cette brillance glauque dans leur regard? Elle ne saurait l'expliquer, mais son pressentiment est tel qu'elle ne désire qu'une chose: fuir ce désordre et rentrer à l'auberge, dont elle voit l'enseigne quelques pas plus loin. Là-bas, au village, la nuit appartient aux bêtes sauvages, silencieuses et secrètes, qui marchent la forêt à pas feutrés et dont l'existence tient du mythe plus que de la réalité. Ici, les habitants de la nuit créent leur propre tumulte en marquant effrontément leur présence. On les voit, on les entend, on les sent tout près, beaucoup trop près.

Un détachement de soldats dévale bruyamment la rue. Thana se blottit contre le mur pour passer inaperçue. Lorsqu'elle veut se remettre en marche, une main s'abat sur son épaule.

* * *

Facilement reconnaissables à leur coiffure piquée de plumes éparses, quatre Wendats encerclent la jeune

303

femme. Ils portent des gilets en tout point semblables à ceux des Français, mais leur cou est orné de *wampums*. D'ailleurs, si Thana entretenait encore un doute sur leur identité, celui-ci se dissipe complètement lorsque l'un d'eux prend la parole. Leur langue, de souche iroquoienne, n'est pas aisée à comprendre; par contre, la mimique de l'ivrogne est éloquente. Il caresse les épaules de Thana, enroule ses doigts dans ses cheveux. Son haleine empeste l'alcool.

Au-delà de la peur, la jeune Mesquakie essaie de réfléchir. Si elle réussit une échappée, elle n'aura qu'à courir : l'auberge est tout près et ces hommes éméchés renonceront peut-être à la poursuivre. Elle esquisse un geste; les Wendats se braquent aussitôt devant elle. Leurs corps frôlent le sien, et cette muraille vivante, haletante, gigantesque, forme un dôme de muscles et de sueur au-dessus de sa tête.

Alors qu'elle désespère, trois soldats curieux écartent les Wendats et découvrent leur prisonnière. Celle-ci leur jette un regard suppliant. Pendant une seconde, elle se croit sauvée; elle déchante bien vite.

– Dis donc, La Forêt, fait l'un des soldats d'un ton ricaneur en s'adressant au plus grand des Wendats. Tu as fait une sacrée prise ! Une Renarde, invitée spéciale du gouverneur ! Amuse-toi bien, mon bonhomme !

Sur ces mots, les trois militaires, plus ivres que les Wendats, se prennent par le cou et repartent en titubant. Thana les voit se diriger vers l'auberge où Chakoso doit l'attendre. Dans un sursaut de révolte, elle repousse deux de ses agresseurs. Celui que les soldats ont appelé La Forêt la saisit alors par le bras. Elle essaie d'appeler à l'aide; il plaque aussitôt sa main immense sur sa bouche. Elle suffoque. De son bras libre, l'homme l'empoigne par la taille et l'entraîne à l'arrière du cabaret en empruntant un passage si étroit que la jeune femme s'érafle les jambes sur les pierres mal dégauchies. Dans la cour arrière, minuscule et sombre, elle résiste de toutes ses forces à la poussée de son assaillant qui cherche à la projeter au sol. Elle mord tout ce qui passe devant sa bouche, griffe, le plus souvent dans le vide, crie quand elle le peut, balance coups de pied et coups de poing à droite et à gauche, complètement démunie, sans repère spatial ou visuel. Il fait aussi noir qu'au fin fond d'une rivière. L'ennemi se découpe et se multiplie autour d'elle. Il se propage en mains gigantesques, sans corps, en souffles nauséabonds, en poitrines dures comme la pierre. Lorsqu'un autre Wendat vient prêter main-forte à La Forêt et lui saisit les deux mains, Thana sait qu'elle est perdue. Un croc-en-jambe la fauche d'un coup sec. La secousse, violente, se répercute dans tout son corps, jusqu'à la nuque. Et elle tombe, lentement, longuement... comme si la terre se dérobait.

Alors qu'elle imagine sa tête heurtant le sol et anticipe le choc, la prisonnière sent soudain l'espace s'agrandir autour d'elle. Une béance se forme par où elle pourra s'échapper. Rapide comme un chat, elle tourne sur elle-même et atterrit sur ses genoux sans se blesser, grâce à sa longue jupe de daim.

Elle met quelques secondes à rassembler ses esprits.

Au-dessus d'elle, on échange des coups. Elle entend des râles étouffés, le craquement des os fracturés. Chakoso ne fera pas de quartier. Il cherchait Thana, inquiet, et, sans le vouloir, les soldats éméchés l'ont renseigné. Il est arrivé à temps. La Forêt et ses compagnons vont payer pour toutes ses frustrations de la journée.

Quand il prend Thana par la taille pour la relever, trois Wendats gisent sur le sol. La Forêt s'est échappé, si amoché qu'il laisse derrière lui une trace de sang, aussitôt lapée par les chiens errants.

— Tu ne dois plus sortir seule, dit simplement Chakoso à sa jeune épouse.

Celle-ci se serre contre lui et lui prend la main. Elle perçoit encore le tressaillement nerveux des muscles puissants, si durement sollicités.

De retour dans leur chambre, Chakoso ne fait aucune allusion à l'incident, mais il l'examine en silence, des pieds à la tête, comme s'il voulait s'assurer qu'elle n'a rien. Lorsqu'il aperçoit l'éraflure sur sa jupe, à la hauteur des genoux, un éclair affectueux passe dans ses yeux, tout d'indulgence et de dévotion.

* * *

Après avoir reçu les hommages de Nähano, Charles de Beauharnois écoute patiemment le long plaidoyer de Chakoso, traduit au fur et à mesure par Thana. Cette dernière se réjouit de l'assurance de son mari, tout en s'étonnant de le voir prendre des libertés que Kiala n'aurait peut-être pas approuvées. En effet, l'ambassadeur mesquakie réclame ardemment une paix durable, mais il n'hésite pas à reconnaître ses fautes.

— Nos crimes sont énormes, dit-il, et sont imputables à notre terrible entêtement. Nous voulons expier.

Beauharnois pousse sa lèvre supérieure vers l'avant et hoche la tête.

— Qu'attendez-vous de moi ? demande-t-il.

– Donnez-nous quelqu'un pour nous gouverner, quelqu'un qui vous représenterait et qui inspirerait respect et soumission à nos jeunes guerriers. Un chef qui nous donnerait de l'esprit.

– C'est tout?

– Donnez-nous un forgeron pour réparer nos haches, ajoute Nähano, un missionnaire pour nous guider.

Beauharnois dissimule son triomphe derrière un air préoccupé.

– Revenez plus tard, dit-il. J'ai besoin de réfléchir.

Thana déteste cet homme et l'humiliation à laquelle il soumet les siens. Pourtant, elle espère encore. Chakoso s'est montré raisonnable, peut-être même plus qu'il ne l'aurait dû. Il a joué le tout pour le tout en offrant beaucoup plus que prévu. Il n'avait pas le choix. L'absence de Kiala avait irrité le gouverneur et il devait y remédier. Si Charles de Beauharnois accepte sa proposition, ils auront, d'une certaine façon, renoncé à leur indépendance, mais ils auront gagné la paix. Pour le moment, c'est tout ce qui importe. Thana a confiance.

Une heure plus tard, la réponse du gouverneur à leur requête l'anéantit.

* * *

– Je ne trouve aucune justification à votre perfidie. Je sais les efforts déployés en ce moment même par vos ambassadeurs, Kiala en tête, pour former de nouvelles alliances avec les Tsonnontouans. Vous ne méritez pas ma clémence. Toutefois, j'accepte de vous laisser la vie sauve. Et cela, malgré votre peu de valeur. Sachez que je considère comme un affront personnel le refus de Kiala de se rendre. Je lui accorde cependant une dernière chance. L'un d'entre vous restera ici comme otage. L'autre transmettra mes volontés à votre chef si lui et quatre de ses plus valeureux guerriers ne viennent pas à Montréal, l'été prochain, je jure de détruire les Renards jusqu'au dernier.

* * *

En partant très tôt, le jour suivant, Chakoso et Thana croyaient pouvoir échapper aux regards. Ils ont salué Nähano en l'assurant que sa femme ne manquerait de rien, et ont enfilé la rue Saint-Paul, à la suite de Coulon de Villiers et de ses soldats. Leur seule envie : monter à bord des canots et fuir cette ville fortifiée, crasseuse et puante.

Ils n'avaient pas prévu devoir affronter l'affluence d'un jour de marché.

La place est déjà encombrée par les étals débordant de marchandises, par les chariots à deux roues, les chevaux excités, les mendiants aux aguets, les négociants, artisans, fermiers et fermières, servantes et esclaves poussant brouette ou portant paniers. Tête baissée, les deux Mesquakies tentent de se frayer un chemin dans tout ce tohu-bohu et cet enchevêtrement de marchandises. Ils vont atteindre la porte du port et enfin échapper à l'étreinte de cette ville, lorsque Thana entend une voix crier son nom.

Elle croit rêver et continue sa route. Comment discriminer une voix, un son au-dessus de ce tumulte ? Seule Nucamoan y serait parvenue. Pourtant, la jeune femme entend de nouveau et, cette fois, Chakoso a entendu lui aussi. Il se retourne en même temps qu'elle et voit se précipiter vers eux un homme mince et élancé, au visage très fin et vêtu d'une élégante redingote noire.

– Thana! C'est toi? C'est vraiment toi?

Philippe n'en revient pas; Thana non plus.

– C'est vraiment toi? répète le jeune homme.

– Philippe!...

Il la prend par les épaules, la secoue, trop heureux pour penser seulement à la serrer dans ses bras, trop excité pour s'inquiéter du regard inquisiteur de Chakoso.

– Mais que fais-tu à Montréal?

Thana explique, gênée par l'exubérance de son ami qui les accompagne jusqu'aux canots. Chakoso les précède, taciturne. D'où vient donc cet homme qui parle si bien leur langue? Dans quelles circonstances a-t-il connu Thana? Combien d'amis comme celui-là sa femme porte-t-elle dans sa mémoire? Et quel espace pourra-t-elle jamais lui accorder à lui, son époux, qui donnerait sa vie pour elle? Ces questions et bien d'autres le remplissent d'amertume. Il n'a rien à reprocher à Thana. C'est une épouse attentionnée qui s'applique à lui plaire. Et c'est justement ce qui l'agace et le chagrine, cette application qu'elle met en tout, elle habituellement si spontanée. Elle se donne beaucoup trop de mal, et c'est sans doute pour se dissimuler à elle-même un sentiment dont elle ne peut se libérer. «Son esprit n'arrive pas à se délivrer de Kiala, constate Chakoso. Et peut-être ce Blanc possède-t-il, lui aussi, une partie de son âme...»

Maussade, il préfère aider les soldats à charger les canots plutôt que de voir Philippe s'accrocher à Thana et se désoler.

– J'ai tellement de peine de te quitter alors que je viens tout juste de te retrouver.

– Viens chez moi, dans mon pays, lui suggère Thana. Nous avons besoin de toi.

– Je ne peux pas. Je rentre en France. Mon coffre est déjà dans le bateau. Jusqu'à maintenant, je ne pouvais pas. Mais aujourd'hui, mon père est mort et je peux enfin rentrer chez moi, où ma mère me réclame.

– C'est près des Mesquakies, chez toi, lui rétorque Thana. Tu parles notre langue, tu comprends notre cœur. Tu dois rester.

– Non, c'est impossible, déplore Philippe, le regard triste soudain. Je n'ai plus de place ici. Je ne peux plus supporter l'arrogance des miens. Depuis... depuis le massacre de la grande prairie... je ne peux plus. Je les ai vus se réjouir, se glorifier même d'avoir presque anéanti les Mesquakies. Les communications avec la Louisiane ont été rétablies, quel bonheur ! La tranquillité est revenue au Canada, le commerce est réouvert ? Bien sûr ! Mais au prix de quelle cruauté ? Je ne peux plus, Thana. Pardonne-moi.

Ses yeux gris se brouillent. La jeune femme presse son bras.

– Tu reviendras, dit-elle, je le sais. Quand ton âme sera apaisée, tu reviendras.

Elle monte ensuite à bord du canot pour ne pas indisposer ses compagnons de voyage.

– N'oublie pas, lui lance Philippe. Les Mesquakies sont immortels. Ne laisse jamais personne en douter.

* * *

Chez le gouverneur, un visiteur inattendu vient d'être annoncé. La Forêt marche lentement. Une entaille

310

profonde zèbre sa joue droite et une douleur aux côtes l'empêche de se cambrer. On dirait un chat ramassé sur lui-même, prêt à bondir. Il n'est pas seul : un Iroquois l'accompagne. Ce dernier, baptisé depuis peu, vient de la mission du lac des Deux Montagnes. Ils présentent une requête qui étonne Charles de Beauharnois et le réjouit.

– Avec votre permission, nous voulons organiser une attaque-surprise contre les Renards.

Le gouverneur, imperturbable, soupèse les avantages de cette offre inespérée. Voilà l'occasion rêvée de se débarrasser pour de bon des Renards, et à faible coût. La Forêt les connaît bien ; sa tribu habite près du fort du Détroit. C'est un allié fidèle qui a été de tous les combats contre ces rebelles. Déjà, en 1712, il était présent lorsque Jean-Baptiste Bissot de Vincennes a massacré un millier de Renards et de Mascoutens, et fait Pemoussa prisonnier. Il sortait à peine de l'enfance, mais sa grande taille et son tempérament batailleur – ces mêmes attributs qui l'ont plus tard propulsé au rang de chef – lui avaient permis de se lancer dans la mêlée aux côtés des Français et des guerriers wendats. Depuis, l'aversion de La Forêt pour les Renards est bien connue. Elle semble aujourd'hui décuplée, plus féroce que jamais. Si, de surcroît, les Iroquois christianisés acceptent de se joindre à lui, la bataille est gagnée d'avance.

Beauharnois ne peut passer à côté d'une telle occasion ; cependant, il hésite. Ne vient-il pas de promettre aux deux ambassadeurs mesquakies de les laisser en paix jusqu'à l'été prochain ?

– Je ne peux pas vous donner cette permission, dit-il finalement.

Le chef wendat et son allié ne cachent pas leur déception.

— Pourquoi? Vous désirez tout comme nous exterminer ces chiens!

Beauharnois prend le temps de replacer ses manchettes avant de répondre

— Sachez toutefois que je ne m'opposerai en aucune façon à cette campagne. Je vous promets de rester neutre.

3

Wapello est étendu sur sa couche et repose. Un gâteau de maïs enveloppé dans de larges feuilles finit de cuire dans les braises et embaume toute la cabane. Thana suspend au plafond la dernière botte de tabac séché et descend prudemment l'échelier. Sans faire de bruit, pour ne pas réveiller son père, elle rassemble quelques fourrures qui ont besoin d'être aérées et sort.

Après le clair-obscur de la cabane, la lumière dorée l'éblouit. Sous un ciel azuré et vibrant de soleil, les peupliers et les érables embrasent l'espace de leurs feuillages jaunes, roux et orangés. Ces deux clartés ruissellent l'une vers l'autre et éclatent en îlots lumineux. Thana respire profondément en savourant le bonheur ineffable d'être enfin chez soi.

Le voyage de retour a été pénible. Avec de la pluie deux jours sur trois, les portages ont été longs et exténuants. De plus, l'échec de leur mission attristait tout le monde et l'absence de Nähano laissait un grand vide.

Quand elle les a vus arriver sans son mari, Chikea a blêmi, mais elle a gardé sa dignité malgré la profondeur de son désarroi. Déjà installée, elle est restée dans la cabane de Thana et de Chakoso, et elle ne se lasse pas d'entendre son amie raconter son voyage, Montréal, le marché, les auberges, les gens. Plus elle en apprend sur

313

les lieux où vit Nähano et sur les personnes qu'il côtoie, plus elle se sent près de lui. Pour ne pas l'inquiéter, Thana a passé sous silence sa mésaventure avec les Wendats, comme elle a tu sa rencontre avec Philippe pour ne pas aviver le ressentiment de Chakoso.

– Tu as vu Wasäna? Elle voudrait faire de son fils un guerrier avant même qu'il n'ait appris à marcher.

Chikea revient de la rivière avec deux outres pleines d'eau, et elle désigne du menton la femme de Kiala, entourée de sa petite cour. Pendant l'absence de Thana, celle-ci a accouché d'un fils qu'elle exhibe comme un trophée de chasse et pour lequel elle réclame toute l'attention de ses compagnes. Elle a paré le poupon de colifichets et l'a vêtu d'une robe d'un cuir très fin, beaucoup trop grande pour lui.

Amusée par la fierté exubérante de la jeune mère, Thana secoue la tête et esquisse un sourire avant de revenir à son ouvrage.

Tout en battant les fourrures, elle jette un œil vers la cabane de Kiala, où les membres du conseil sont encore une fois réunis. Comme elle aimerait entendre ce qui s'y dit.

* * *

– Tu dois rencontrer *Onontio*! C'est toi qu'il veut et personne d'autre!

– Il y a plusieurs années de cela, Pemoussa a fait confiance aux Blancs. Il est allé à Montréal et il n'est jamais revenu. Il est mort loin de son peuple, et les Mesquakies ont connu des années de déroute, sans chef, sans guide pour transmettre les visions.

314

L'éternelle discussion entre Chakoso et Kiala tourne en rond et risque, encore une fois, de s'envenimer. Le premier, obstiné, maintient que Kiala doit se rendre à Montréal et offrir lui-même les *wampums* de paix, car le gouverneur ne les acceptera de personne d'autre. Kiala, quant à lui, demeure intraitable. La réponse *d'Onontio* à ses dernières offres a détruit tous ses espoirs de conciliation. Il est prêt à reprendre la route pour tenter encore une fois de rebâtir une confédération. C'est, selon lui, le seul moyen de bouter les Français hors de la région des grands lacs.

— Tu as perdu la raison ! lui objecte Chakoso, ulcéré par l'aveuglement de son ami.

— Et toi, lui rétorque Kiala sur le même ton, comment peux-tu être aussi naïf ? Les Français ont juré de nous exterminer. Les paroles sont inutiles désormais. N'as-tu donc rien appris du passé ? N'as-tu donc aucune mémoire ? Jamais, pas un instant, et quoi qu'ils disent ou fassent, jamais les Français ne s'éloignent de leur dessein qui est de nous anéantir.

— Tu meurs de peur ! explose Chakoso, mis hors de lui par ces palabres inutiles. Le grand chef des Mesquakies craint de mourir seul, loin de son wigwam.

Blanc de colère, Kiala braque les yeux sur Chakoso et lui crache sa réponse :

— Je n'ai peur de rien ni de personne ! Si ma mort pouvait sauver mon peuple, je mourrais.

Les deux hommes se toisent en serrant les poings, empêtrés dans un antagonisme dont ils sont les premiers surpris. Très souvent par le passé, ils ont eu des divergences d'opinions, mais ils ont toujours su composer avec leurs différences pour en faire un atout et en tirer le meilleur. Jamais la tension entre eux n'a atteint un tel paroxysme. Chacun semble avoir désappris le langage de l'autre, et leurs démêlés troublent toute la communauté, habituée depuis toujours à compter sur leurs forces conjuguées.

— Reprenez votre place autour du feu, ordonne un des anciens. Nous allons parler.

Les deux hommes se jaugent un instant, puis Kiala réintègre sa place le premier. Pendant quelques secondes, tout le monde respire mieux. Plus tempéré, Chakoso ne peut que se rallier, pensent-ils. Pourtant, à leur grande stupeur, le guerrier choisit de marquer très nettement sa dissidence par un coup d'éclat. Il ne peut plus respirer le même air que Kiala et, tout au fond de lui-même, il sait bien que la politique n'y est pour rien. Il ne peut plus souffrir l'emprise de son ami sur Thana. Il a bien vu le chagrin de sa femme quand Kiala, le jour de leur retour, a feint de ne pas la voir. Cette souffrance, encore plus que la sienne, il ne peut plus la supporter. Sans s'expliquer, il quitte précipitamment la cabane.

Thana le voit venir d'une grande foulée rageuse, tel un bison en colère, qui fonce, aveugle et sourd.

— Prépare-toi, dit-il, nous partons pour le territoire de chasse.

* * *

Ébloui par le soleil, La Forêt plisse les yeux. À ce froid intempestif, il aurait préféré un ciel couvert, un sol plus humide. Il n'aime pas cette rigidité de l'air sur laquelle les sons voyagent trop clairement, à des kilomètres à la ronde. Non, ce temps ne dit rien de bon au chef wendat : trop excessif, trop fastueux, avec ses flambées de couleurs et de brillance. L'air sent la catastrophe.

Malgré son agacement, La Forêt rassemble ses troupes. Aux soixante-quatorze Wendats qu'il a pu réunir se sont joints quarante-sept Iroquois christianisés, prêts à donner leur vie pour satisfaire leurs mentors jésuites. Toutefois, en dépit de nombreuses représentations dans les villages des alentours, il n'a pu enrôler que quatre Outaouais. Au dire des chefs, tous les jeunes guerriers étaient déjà partis pour leur campement d'hiver.

Le Wendat ne s'en formalise pas. Il se doutait bien que plusieurs tribus, à l'instar des Français, joueraient la carte de la neutralité. Les Renards ont fait assez de dommages dans le passé pour inciter à la prudence. Cependant, il sait aussi que toutes les nations – prenant exemple encore une fois sur les Français – approuvent cette campagne. Il en a pour preuve la discrétion qui a entouré les préparatifs. Alors qu'habituellement le moindre mouvement à partir du détroit se répercute jusque dans la vallée du Mississippi, cette fois un silence complice a protégé la mise sur pied de l'expédition. D'autre part, le commandant du fort, Henri-Louis Deschamps de Boishebert, a très généreusement fourni l'approvisionnement. Les hommes ne manqueront de rien. L'officier a même ajouté des mousquets en quantité suffisante pour armer chaque guerrier. «Pour la chasse...», a-t-il cru bon de préciser afin de se blanchir à l'avance de tout blâme. Officiellement, les Wendats et leurs alliés partaient donc pour la chasse.

Mis en train par ce rappel réjouissant de la duplicité des Français, La Forêt empoigne son mousquet tout neuf et donne le signal du départ.

La longue colonne défile en silence. Aucun mouvement d'ensemble ne lie les guerriers les uns aux autres comme dans les déplacements régentés d'une armée. Chacun s'arrête et repart à son gré. De petits groupes se détachent régulièrement du peloton pour emprunter une autre piste. Chaque membre de la troupe est responsable de sa propre progression, ce qui n'empêche pas une certaine unité puisque, de toute façon, tout le monde se retrouvera aux points de ralliement.

Pour mesurer leur avance, ils ne comptent donc pas en jours, mais en lieux : la rivière Saint-Joseph, le portage du Loup blanc, la pointe du lac Michigan, la rivière Chicago... Et quand la neige se met à tomber en gros flocons lourds, ce n'est pas le temps qu'ils perdent qui met La Forêt en rogne, mais l'obligation dans laquelle il se trouve de repenser les étapes.

Cette nuit-là, le sommeil des hommes est perturbé par le bruit sec et ininterrompu des branches cassées. La neige s'accumule sur les ramures encore feuillées et celles-ci ne résistent pas. Même de petits arbres entiers succombent à l'excès de poids. Le lendemain, le sentier est jonché de branches et de rameaux sur des kilomètres. Une impression d'irréel se dégage de ces frondaisons rougeoyantes couvertes de neige. Certains n'hésitent pas à y voir un mauvais présage.

La Forêt stimule ses troupes en leur promettant des renforts :

– Les Poteouatamis ne refuseront pas de se joindre à nous. Ce sera plus facile ensuite de convaincre les Kicapous et les Mascoutens.

Déjà le chef wendat s'imagine à la tête d'une impressionnante force guerrière. Si tout va comme il l'entend, il pourra non seulement mater les Mesquakies, mais également reprendre le monopole du commerce. Comme autrefois, quand ils étaient au faîte de leur gloire, les Wendats redeviendront les seuls intermédiaires valables pour la traite des fourrures dans la région des grands lacs. Aucune femme alors, et surtout pas une Mesquakie, ne refusera de lui appartenir.

* * *

Au campement d'hiver, Thana s'affaire à longueur de journée sans réussir à chasser son inquiétude. Chakoso la laisse seule très souvent, et de plus en plus longtemps. Il la fuit, comme il a fui le village. Il semble lui en vouloir, mais elle ne sait pas de quoi.

Les nuits sont froides.

Au petit matin, le sol est fréquemment recouvert de neige.

Abandonnée à elle-même, la jeune femme essaie de comprendre ce qui se cache derrière l'attitude de son mari; or, ses propres sentiments lui échappent. Elle ne sait plus qui elle aime et qui elle pleure. Qui lui manque le plus, de ce mari qui n'en est pas un ou de Kiala qui nie jusqu'à son existence. Elle aimerait pouvoir dire à Chakoso qu'elle l'aime plus que tout, d'un amour semblable à celui qu'il éprouve pour elle et qui le rend si malheureux, mais ce serait lui mentir et elle ne s'y résigne pas. Elle peut cependant lui offrir une affection sans limites, toute faite d'admiration et de tendresse. Malheureusement, il semble bien ne plus pouvoir s'en satisfaire et Thana le regrette. Chakoso n'est pas Kiala, elle l'aime pourtant à sa façon, et ce sentiment lui procure une quiétude qu'elle n'a jamais connue auparavant. Si seulement elle pouvait faire

319

comprendre à son mari tout le bien qu'il lui fait et combien elle a besoin de lui.

Le soir, quand il s'allonge près d'elle, la jeune femme risque parfois de timides approches. Elle effleure la hanche de Chakoso, pose sa joue sur son épaule ou frôle sa jambe, mais ses efforts ne donnent rien. Son mari ne répond à aucune de ses avances. Elle sombre alors dans un sommeil agité. Souvent, elle rêve que les cygnes sont revenus. Du sang ruisselle des arbres en une fine pluie rouge et les éclabousse.

* * *

Après de multiples détours, La Forêt et ses hommes atteignent la rivière Chicago. Les Poteouatamis ont fui à leur approche et des messagers kicapous les ont avertis de ne pas traverser leur village, car ils ne seraient pas les bienvenus. Partout, la présence des Iroquois joue en leur défaveur. En effet, bien peu de tribus des grands lacs, la plupart de souche algonquienne, souhaitent s'associer au peuple de la grande maison. Et ce, en dépit de toutes les assurances que peut leur donner La Forêt. Il a beau affirmer que ces Iroquois viennent de la vallée du Saint-Laurent, qu'ils sont christianisés et amis des Français, personne ne croit à cette alliance soudaine et contre nature.

En outre, l'hiver ne fait de quartier à personne. Il est arrivé plus tôt que prévu et avec plus d'âpreté, si bien que la principale occupation consiste à se pré- parer le mieux possible aux grands froids. Dans ces conditions, La Forêt ne peut trouver d'appuis nulle part. De plus, sa petite armée est gravement touchée par la maladie.

— On ne peut pas continuer. Deux hommes sont morts et une dizaine d'autres sont malades.

— Les vivres commencent à manquer.

— La chasse est mauvaise; on n'arrive plus à assurer le ravitaillement.

Le chef wendat écoute ses principaux lieutenants résumer la situation. Le moral est au plus bas, et plusieurs se demandent ce qu'ils font là.

— Le Grand Manito nous dit de rentrer chez nous, dit l'un d'eux en exprimant tout haut la pensée d'un bon nombre.

Certains acquiescent en hochant la tête.

— Au contraire, plaide La Forêt. Avec la neige, la surprise sera complète. Le Grand Esprit nous protège. (S'il n'en tenait qu'à lui, ils se remettraient en route immédiatement, mais il réalise qu'une halte est nécessaire pour soigner les corps et raviver la flamme guerrière.) Nous allons établir un campement, dit-il, et nous arrêter pour quelques jours. Les hommes trop malades pour continuer passeront l'hiver ici, et je repartirai avec les plus forts.

* * *

Bien emmitouflée dans une peau d'ours, Thana marche dans la neige avec une joie enfantine. À chaque halte, elle se retourne pour regarder leurs traces et mesurer le chemin parcouru.

Lorsque Chakoso lui a proposé d'aller porter des provisions à Wapello et à Chikea, la jeune femme n'a pas caché son bonheur. Levée la première, elle a été prête bien avant son mari. Elle a rempli deux ballots de viande, un plus large, pour Chakoso, et un autre, de dimension plus modeste, pour elle. Ils se sont aidés mutuellement à fixer ces ballots sur leur dos grâce à une courroie qui passe sur leur front, et ils ont entrepris leur longue marche.

Ils mettent une journée, de l'aube à la brunante, pour arriver à destination. Dans le calme crépusculaire, ciel et terre se referment doucement sur le village, et une ombre bleutée enveloppe les cabanes, toutes pareillement surmontées d'un rai de fumée blanchâtre. Pour la première fois peut-être, Thana comprend ce que signifie le mot «paix». Sagement replié sur lui-même, son peuple se reconstruit, et l'hiver ne sera pas trop long pour lui permettre de se régénérer. Des ventres des femmes rassurées, des enfants vont naître. Les braves vont retrouver le goût de vivre, de se battre, et de défier la vie. «Le sacrifice de Nähano n'aura pas été vain», pense la jeune femme. Même Wapello a repris des forces, grâce aux bons soins de Chikea et à la générosité des chasseurs qui, comme Chakoso, reviennent régulièrement au village pour partager leurs prises avec les plus démunis. Les enfants ont de belles fesses rondes et des joues bien remplies. En les voyant se chamailler et rire, Thana ne peut s'empêcher de se questionner. Peut-être Kiala a-t-il tort de s'entêter. Peut-être la paix, même si on y accède dans le déshonneur, vaut-elle mieux que toutes les guerres. Cette quiétude ouatée qui enveloppe le village ne doit-elle pas être préservée à tout prix?

Ces réflexions ne font que l'effleurer et elle n'a pas envie de s'y attarder, car elle a beaucoup trop à faire. Jusqu'au milieu de la nuit, elle bavarde avec Chikea. Le lendemain, elle passe de longues heures avec Wapello et entreprend avec lui une tournée des cabanes.

Dans celle de Kiala, elle complimente d'abord Wasäna sur la beauté et la robustesse de son fils, puis elle se rapproche des hommes qui jouent aux dés. Chakoso et Kiala ont déjà éliminé tous leurs adversaires, et il reste à déterminer lequel des deux gagnera la partie. C'est au tour de Chakoso de lancer les dés. Il tient au creux de ses mains un plat en bois où se trouvent six petites pierres plates colorées d'un côté en rouge, de l'autre en noir. Il s'agit de lancer les cailloux dans les airs et de les faire habilement retomber dans le plat. On compte ensuite le nombre de pierres d'une même couleur et celui qui en obtient le plus remporte la victoire. Chakoso a choisi le rouge, Kiala, le noir.

— Vous devez parier quelque chose, dit Paketo, un des joueurs évincés.

Les deux adversaires se défient du regard, mais ni l'un ni l'autre n'ose proposer un gage. Paketo ne conçoit pas le jeu sans un pari de taille; il insiste.

— Thana va décider pour vous deux, propose-t-il. Allez, Thana! Sur quoi devraient-ils miser?

La jeune femme a rougi. Elle regarde autour d'elle, désemparée. Chakoso a levé les yeux et il attend, comme s'il lui lançait un ultimatum. Kiala regarde par terre en triturant une lanière de cuir.

— Je... Je ne sais pas, bredouille-t-elle d'une voix cassée.

Devant son embarras, Paketo regrette d'avoir ainsi attiré l'attention sur elle. Il l'a fait sans méchanceté, seulement pour ajouter un peu de piquant à la partie. Jamais il n'aurait cru semer un tel émoi chez la jeune femme. À lui maintenant de dissiper le malaise.

— Moi, je sais! lance-t-il, l'œil rieur. Pariez sur moi! J'offre mes services au gagnant.

— Mais tu ne sais rien faire ! se moque un des spectateurs.

Tout le monde s'esclaffe et en rajoute, au détriment du pauvre Paketo. Thana en profite pour s'éclipser.

* * *

Chakoso est rentré tard. Il n'a rien dit, même pas s'il avait gagné ou perdu. Après quelques heures de sommeil, il a simplement enfilé ses fourrures et Thana l'a suivi. Longtemps, ils ont marché en silence, l'un derrière l'autre, pris chacun dans leurs pensées. D'abord modéré, le vent s'est amplifié peu à peu. Et c'est seulement maintenant, parce qu'il gêne leur progression, qu'ils se rendent vraiment compte de sa véhémence.

Il est trop tard pour rebrousser chemin, mais Chakoso ne s'inquiète pas; ils ont amplement le temps de se rendre au campement. Le vent va s'agiter encore un bon moment avant de s'emporter et de tout balayer sur son passage.

Le guerrier marche devant, la tête rentrée dans les épaules. Thana le suit tant bien que mal, en profitant de son corps comme d'un rempart entre elle et la tourmente. Jamais son mari ne dévie de sa route; le rythme reste régulier, sans précipitations ni ralentissements, en dépit du vent qui se lamente autour d'eux et soulève des traînées de neige.

Sans trop s'en rendre compte, Thana se laisse distancer. Elle se trouve du même coup plus vulnérable. Sans Chakoso devant elle, il lui est impossible de lutter efficacement contre le blizzard. Le souffle coupé, elle se retourne pour se protéger d'une bourrasque plus violente que les autres. Derrière l'écran blafard de la neige charriée en rafales, elle croit apercevoir une longue silhouette mouvante. «Une branche, pense-t-elle, ballottée par le vent.»

Après avoir respiré à fond, elle fait face au grain et rejoint Chakoso. De nouveau en sécurité derrière lui, elle se retourne une dernière fois, juste pour vérifier et se rassurer. Ce coup-ci, le doute n'est plus permis : un homme les suit. Son ombre se détache très nettement entre deux bourrasques.

Tout ce temps, Chakoso a gardé la même cadence. Elle veut attirer son attention en le tirant par le bras, mais elle interrompt son geste en constatant qu'il tient solidement son casse-tête dans sa main. Le guerrier a lui aussi décelé une présence, et bien avant elle. À la façon dont ils se déplacent, il croit avoir affaire à des Illinois, trois, quatre tout au plus. Il ne craint pas l'affrontement, il cherche seulement à gagner du temps. Encore quelques minutes de marche et ils atteindront un talus rocheux. En s'appuyant au muret, il évitera l'encerclement et obligera ses ennemis à un face-à-face qu'il a beaucoup de chances de remporter.

Thana marche dans ses pas, prête à réagir au moindre signal. Sans ralentir, Chakoso détache son tomahawk de sa ceinture et le lui glisse entre les mains. Au contact de l'objet imprégné de la chaleur de son mari, la jeune femme sent la fièvre lui monter au visage en même temps qu'un frisson dans les reins. Chakoso compte sur elle. Il a besoin de son sang-froid, comme elle a besoin de sa force.

Tenu en respect par la barrière rocheuse, le vent a faibli.

Rapidement, Chakoso s'adosse à l'escarpement et bande son arc. Rien n'échappe à sa vue perçante. Au premier mouvement, à peine une vibration dans l'air, il décoche une flèche. Un cri de douleur lui indique qu'il a atteint son but. Toutefois, il n'a pas le temps d'armer à nouveau. Les Illinois bondissent du sol comme des monstres souterrains, aussi rapides que les gélinottes enfouies sous la neige et débusquées par le renard. Le guerrier a juste le temps de saisir son casse-tête. Il tourne sur lui-même en brandissant son arme à l'aveugle et se débarrasse d'un autre assaillant. Deux autres se dressent devant lui, menaçants.

Sous l'assaut, Thana a reculé. Elle serre le tomahawk dans ses mains tremblantes sans trop savoir comment réagir. Chakoso fait face bravement. Les genoux légèrement pliés, le buste penché vers l'avant, les bras levés, il oscille de gauche à droite comme un ours en cage. Lentement, ses assaillants s'éloignent l'un de l'autre pour l'attaquer sur ses flancs. Ils ont oublié Thana, qui ne représente qu'un butin à se partager après la bataille. La jeune femme a du mal à rassembler ses forces et ses esprits. Le tomahawk pèse si lourd dans ses mains... Comment réussir à soulever cet objet immense?

Les trois hommes se jaugent. Un râle sourd de leurs entrailles; le même râlement pour les trois, celui de la bête en chasse.

Chakoso ne peut se permettre le premier assaut. Il attend, en comptant sur son agilité et sur sa force pour maîtriser dans un même mouvement ses deux agresseurs. Ceux-ci sont des combattants aguerris. Ils pratiquent avec un art consommé la méthode de l'encerclement, tant redouté par le Mesquakie. Maintenant, quand ce dernier regarde l'un des deux Illinois, l'autre sort de sa ligne de mire. Il doit donc se fier à son instinct pour deviner d'où viendra l'attaque. Tous les muscles de son corps sont sollicités. Un tressaillement, un son, et il est prêt à bondir.

Figée dans l'attente, Thana crispe ses doigts sur le manche du tomahawk avec tellement de force qu'elle ressent une douleur intense. Comme si l'arme, trop lourde, tirait tous les tendons de ses épaules. À ce moment, l'un des assaillants se retrouve tout près d'elle, sans qu'elle ait pu déceler chez lui le moindre mouvement. Il lui tourne le dos.

Alors, l'évidence lui apparaît : cet homme va mourir de sa main. Avant même de le toucher, elle imagine le tranchant du tomahawk pénétrer sa chair. Dans un effort surhumain, elle lève son arme et frappe de toutes ses forces. Le silex acéré déchire les muscles. Le sang gicle, et la jeune femme tient toujours la cognée. Elle sent jusque dans sa poitrine les soubresauts de sa victime et un goût amer lui emplit la bouche. Après d'interminables minutes, l'homme s'effondre enfin et elle lâche son arme pour ne pas être entraînée dans sa chute.

* * *

Plus tard, une éternité plus tard, un feu réchauffe le wigwam. Chakoso a lui-même dévêtu Thana. Avec une grande délicatesse, il l'a débarrassée de ses vêtements mouillés et il l'a allongée sur une fourrure duveteuse. La jeune femme se laisse doucement séduire par cette tendresse enveloppante qui efface tous les passés, même le plus récent. Son esprit se libère de toute entrave, et quand Chakoso la pénètre, elle goûte pour la première fois les délices de l'oubli. Pendant quelques secondes, elle perd toutes les mémoires, n'est plus qu'une flambée de désir, un lieu vide, intact, primitif, tout entier rempli par l'amour de Chakoso.

Dehors, le blizzard fait rage.

Rassasiés, les deux amants restent longtemps soudés l'un à l'autre. Leurs corps moites retiennent les reflets orangés des flammes. Lorsqu'il se retire, Chakoso roule sur le côté pour libérer Thana de son poids, mais il laisse un bras et une jambe posés lourdement sur la poitrine et les cuisses de sa femme en un geste possessif.

— Je t'aime, murmure-t-il. Tu es ma femme et je t'aime. (Thana frémit sous la caresse des mots et Chakoso perçoit son émoi.) Si tu préfères habiter au village, ajoute-t-il néanmoins, je comprendrai. Je ne veux plus que tu coures le moindre danger.

— Non, le rassure Thana, je reste ici, avec toi.

— Alors, dès demain, je te montrerai à te servir d'un arc.

Une bourrasque secoue le wigwam et le vent glacial s'infiltre dans les interstices. Quelques flocons de neige viennent mourir dans le feu. Thana presse son visage contre l'épaule de Chakoso. Ses longs cheveux s'étalent sur la poitrine de son mari et leur font à tous deux comme une couverture. En souriant, la jeune femme écoute les mugissements féroces du blizzard déchaîné.

* * *

La Forêt fulmine. Le voilà encore immobilisé, cette fois à cause d'une tempête. Jusqu'à maintenant, l'expédition a été parsemée d'embûches. Mauvais temps, maladies, blessures multiples... Des vivres ont même disparu; tout comme les animaux que les chasseurs n'arrivent plus à repérer. À croire qu'on leur a jeté un mauvais sort!

Le chef wendat ne le dira jamais à haute voix, surtout pas devant ses hommes, mais cette femme qu'il a tenue dans ses bras à Montréal et qui s'est débattue comme une sorcière, elle était trop belle pour être innocente. Ce corps de déesse et ces yeux de houille, et ces cheveux comme des reptiles... Rien d'humain là-dedans. Tout envoûtement et maléfices.

Comme chaque fois qu'il évoque la jeune Mesquakie, le grand Wendat transpire. Il se sent mal. Des bêtes malfaisantes grouillent dans tout son corps, et sa tête fourmille d'images lascives. Dans ses oreilles, un bourdonnement continu brouille tous les autres sons. Cette femme l'a ensorcelé. Il regarde son corps, s'attendant à le voir éclater en mille morceaux et se désintégrer. Ses membres, ses yeux, ses ongles vont se détacher de lui comme les feuilles des arbres à l'automne. Cette femme, il l'a tenue dans ses bras, il a voulu la retenir contre son gré; il n'aurait pas dû. Depuis ce temps, elle le hante. Elle gouverne chacun de ses gestes, chacune de ses pensées. En quelques minutes, elle a réussi à le séparer de lui-même, de ce qu'il comprenait et maîtrisait de lui-même. Seule la mort de la Mesquakie pourra le réunifier, lui permettre de se reconnaître, mais il craint ses pouvoirs.

* * *

L'arc sur l'épaule, Thana accompagne maintenant son mari dans chacune de ses expéditions. Il lui enseigne tout ce qu'il sait, lui explique longuement les secrets du piégeage. Souvent, ils couchent à la belle étoile dans le lit odorant des sapinières, insensibles au froid, invincibles tant qu'ils sont ensemble.

Un soir qu'ils reviennent à leur campement après plusieurs jours d'absence, ils aperçoivent une fumée blanchâtre qui s'échappe de leur wigwam. L'arme à la main, prêts à se défendre, ils avancent tous les deux à pas feutrés pour surprendre l'intrus.

Chakoso entre le premier.

À son grand soulagement, il se trouve devant un des leurs.

— Où étiez-vous passés ? leur reproche ce dernier. J'ai cru que vous ne reviendriez jamais !

— Que fais-tu ici ?

— Je viens te chercher. Nous avons besoin de toi au village. Les anciens te réclament.

— Pourquoi ? s'enquiert le guerrier, méfiant.

— Des Mascoutens avaient accepté de rendre des prisonniers mesquakies. Alors que ceux-ci revenaient vers le village, des Illinois les ont attaqués. Ils ont tous été tués.

Chakoso serre les poings. Cette nouvelle provocation le met hors de lui, mais il n'est pas prêt à renoncer à son bonheur. Il est trop tôt : Thana et lui ont besoin d'un peu de temps encore.

— Et alors ? demande-t-il, sur la défensive. Que puis-je y changer ?

— Les anciens sont inquiets. Kiala réclame vengeance. Il veut monter une expédition punitive contre les Illinois, et ils doutent que ce soit la bonne solution. Ils ont besoin de tes conseils.

Chakoso réfléchit. Comment se défiler ? Thana elle-même l'exhorte à répondre à l'appel des anciens.

Elle n'a rien dit; son regard appuyé et franc parle de lui-même. Pourtant, le guerrier résiste. Il ignore pourquoi, mais il sait qu'ils ne doivent pas retourner au village maintenant. «D'ailleurs, se dit-il, Kiala a peut-être raison cette fois... Un peuple ne peut pas toujours baisser la tête devant les affronts sans perdre sa dignité.»

– Tu viendras? insiste le messager.

Chakoso regarde Thana. L'attente qu'il lit dans ses yeux lui fait peur. Elle lui paraît démesurée, blessante même. Sa femme ne devrait pas désirer partir. Elle devrait, comme lui, vouloir protéger leur intimité à tout prix. Si elle-même y accorde si peu d'importance, à quoi bon se battre? Déçu, le guerrier se tourne vers le messager.

– Nous partirons demain matin, décrète-t-il d'une voix brisée.

* * *

À l'instar des Mascoutens, plusieurs autres tribus ont relâché leurs prisonniers mesquakies, et ceux-ci ont pu revenir sains et saufs auprès des leurs. Des pères ont ainsi retrouvé leur fils, des femmes, leur mari, et certaines retrouvailles ont été particulièrement touchantes.

Le village est en pleine effervescence. Les clans se reconstruisent; on réaménage les cabanes pour accueillir les nouveaux venus. Malgré ses appréhensions de la veille, Chakoso est heureux de participer à cette renaissance. Il croise des compagnons qu'il avait cru ne jamais revoir; des visages épanouis lui sourient, et de jeunes hommes tiennent fermement leur promise par la main, comme s'ils craignaient qu'on ne les sépare de nouveau. En les observant – et même s'il en a douté un moment –, le chef de guerre se persuade de la nécessité d'une paix durable que rien ne doit venir compromettre. Leur survie en dépend.

En se dirigeant vers la cabane de Kiala, il prépare déjà ses arguments. Les membres du conseil le reçoivent avec des hochements de tête satisfaits alors que Kiala reste distant. Chakoso ne s'inquiète pas de sa réaction; il se concentre plutôt sur ce qu'il dira. À lui maintenant de trouver les mots pour convaincre et rallier tous les chefs.

Quand on lui donne enfin la parole, il redresse le torse et s'adresse directement à Kiala.

– Il ne faut pas répliquer, dit-il. Toi qui redoutes avec tant de justesse la fourberie des Blancs, ne vois-tu pas leur volonté toute-puissante derrière ces attaques? *Onontio* a promis une saison de paix, mais il sautera sur la première occasion pour se défaire de sa promesse. Les Illinois sont des femmes qui ont besoin d'un maître. Que décident-ils par eux-mêmes? Rien! Toi, Kiala, le grand stratège, ne devines-tu pas le piège? Ne vois-tu pas qui est derrière tout ça? Il ne faut pas répliquer. Même l'ours sait quand il doit se terrer et attendre.

Sous l'approbation manifeste des anciens – dont Wapello, auquel on a permis de réintégrer le conseil –, Chakoso parle longuement et avec une éloquence et une dignité remarquables. Conscient d'avoir perdu la partie, Kiala se renfrogne dans son coin. Lorsque l'orateur se tait et que tous les regards convergent vers lui pour connaître son verdict, il dit simplement, sur un ton qui trahit son mépris:

— Chakoso n'est plus un chef de guerre; il est devenu un chef de paix.

Il quitte ensuite la cabane pour bien montrer son désaccord. Les autres entourent aussitôt le formidable tribun.

— Tu devrais rester au village et siéger au conseil avec nous, disent-ils. Nous avons besoin de toi.

Chakoso ne répond pas, et tous comprennent qu'il désire un peu de temps. Kiala est un ami, et un grand chef. Nul ne peut s'opposer à lui sans avoir réfléchi et prié les dieux.

En compagnie de Wapello, le guerrier rejoint donc Thana qui tentait de consoler Chikea. En voyant les familles rassemblées et les couples réunis, celle-ci souffre encore plus de l'absence de Nähano.

Les deux hommes se retirent à l'écart, respectueux du chagrin de la jeune femme.

— Tu devrais rester, insiste Wapello auprès de son gendre.

— Je ne sais pas..., répond ce dernier en enveloppant Thana d'un regard inquiet. Les Mesquakies n'ont pas besoin de deux chefs.

Conscient du dilemme devant lequel se trouve le mari de sa fille, le vieillard essaie d'alléger son fardeau.

— Dors maintenant, dit-il. La nuit te portera conseil.

* * *

La Forêt contemple la pleine lune en remerciant les dieux. Grâce à elle, il leur sera possible d'avancer une bonne partie de la nuit.

— On ne s'arrête pas! crie-t-il à ses hommes. Il faut se rendre assez près du village pour pouvoir attaquer à l'aube. Avec l'effet de surprise, ils n'auront aucune chance.

Le chef wendat ne peut cacher sa satisfaction. La maladie l'a privé de bons guerriers; le blizzard les a retenus plusieurs jours. Quelques Iroquois, découragés, ont décidé de rebrousser chemin; d'autres, malades, ont dû repartir avec eux. Mais ceux qui restent font preuve d'une détermination à toute épreuve. Ils ont chassé avec succès, ont mangé à leur faim. Et la longue halte due au mauvais temps leur a permis de se reposer et de se fabriquer de nouvelles raquettes beaucoup plus solides. Ils sont prêts.

4

À l'est, une lueur jaunâtre monte de la terre.

Les guerriers wendats se secouent pour se débarrasser de la neige qui s'est accumulée sur leurs vêtements pendant qu'ils dormaient et, raquettes aux pieds, ils entreprennent l'ultime étape de l'expédition.

Là-bas, au village, les femmes hésitent à quitter la tiédeur des couches. Les enfants dorment à poings fermés, entassés les uns par-dessus les autres comme une portée de chiots.

Désireuse de prolonger cet instant délicieux, entre rêve et conscience, Thana tarde elle aussi à ouvrir les yeux. Le feu crépite. Derrière ses paupières closes, la jeune femme devine les flammes orangées. Chakoso a dû se lever au milieu de la nuit. Elle aime penser qu'il l'a regardée dormir, qu'il l'a touchée peut-être avant de jeter dans la braise les bûches odorantes. La cabane enfumée baigne dans une chaleur humide. Il faudrait se lever et trancher la pâte de maïs cuite la veille, mais comment vaincre cette indolence sans trop se faire violence ?

Son cerveau émoussé croit entendre un son étrange, qui vient de loin et qui pourrait bien être un cri.

A-t-elle vraiment entendu un cri ?...

Elle croit s'être trompée, mais Chakoso est déjà debout.

Au premier coup de feu, il se précipite à l'extérieur, casse-tête à la main.

– Reste ici, dit-il.

Tout à fait réveillée, la jeune femme attrape son arc et le suit.

Les Wendats se répandent déjà dans le village comme une crue de printemps. Grâce à leurs raquettes, ils ont pu avancer rapidement et sans bruit. L'effet de surprise est total.

Malgré leur courage et cet acharnement qu'ils mettent depuis des années à survivre, les Mesquakies n'arrivent pas à prendre le dessus et à se sortir des griffes de leurs assaillants. La stupéfaction leur enlève tous leurs moyens. N'étaient-ils pas en paix, en sécurité? Ils l'avaient cru, très naïvement, résistant même à toutes les provocations pour sauvegarder ce fragile équilibre. Hébétés par cette attaque sauvage et totalement imprévisible, ils perdent un temps précieux à se sortir de leur stupeur.

Les tout jeunes guerriers se lancent les premiers au cœur de la bataille, nus, candides, convaincus que leur ardeur juvénile viendra à bout de tout. Ils meurent avant tous les autres, même avant les femmes. Celles-ci fuient les cabanes en flammes avec deux, parfois trois enfants dans les bras, qu'on leur arrache en pleine course pour les égorger sous leurs yeux, avant de leur fracasser le crâne. Les vieux prient Wisaka sans même penser à fuir. Seuls les guerriers d'expérience, trop peu nombreux cependant pour organiser une riposte efficace, arrivent à se défendre tant bien que mal, à un contre trois. Ils tombent sous les coups, se relèvent, opiniâtres, réussissent à se regrouper, puis se disloquent de nouveau, un contre tous encore une fois.

Thana a perdu Chakoso de vue. Elle court, son arc à la main, se bute à des regards effarés, trébuche sur les corps, échappe à quelques assauts. Complètement désorientée, elle s'arrête, seul être immobile dans cette palpitation chaotique. Tout le village brûle et la fumée lui pique les yeux. Elle ne peut plus retourner à la cabane et ne sait pas ce qu'il est advenu de son père ni de Chikea.

Pour se donner du courage, elle encoche une flèche dans la corde tendue de son arc, et entreprend de traverser les lignes ennemies pour atteindre le boisé et se mettre à couvert. Elle avance, prudente, à travers la fumée de plus en plus dense, et repère, droit devant, un espace désert entre deux flambées, comme une éclaircie.

Elle fonce, sort du nuage grisâtre et aperçoit Chakoso et Kiala qui se battent côte à côte, se touchant presque. Avec quelques autres, ils opposent une résistance mal organisée aux charges des Wendats. Les ennemis montent en vagues puissantes, et les deux hommes, enragés, se battent comme des loups. Des guerriers tombent sous leurs coups; d'autres arrivent de nulle part. Ils essaient de se multiplier, d'être partout à la fois en conjuguant leurs forces pour ne pas se laisser submerger, mais deux Wendats s'apprêtent à les surprendre par-derrière.

Thana a beau hurler, sa voix ne franchit pas le tumulte.

Les tomahawks ennemis se dressent au-dessus des deux hommes sans que ni l'un ni l'autre soupçonne le danger. Thana brandit son arc. Ses mains tremblent. En retenant son souffle, elle vise d'instinct l'assaillant de Chakoso. Elle n'a pas le droit de rater sa cible;

elle n'aura pas une seconde chance. Elle voit bien, très bien, le tranchant de l'arme au-dessus de la tête de son mari. Il lui reste une seconde, moins peut-être. Elle va décocher, et avant même que sa flèche aille se planter dans le dos du Wendat, le compagnon de celui-ci aura déjà fracassé le crâne de Kiala. Elle veut tirer; ses tremblements redoublent. «Décoche, Thana! Vite! Tu dois sauver Chakoso! C'est ton mari, c'est l'homme qui t'aime!» Pourtant, à l'instant ultime où ses doigts engourdis vont desserrer leur étreinte sur la corde tranchante, elle effectue un léger mouvement vers la gauche, quasi imperceptible, et la flèche va s'enfoncer dans le corps de l'assaillant de Kiala.

Elle a choisi Kiala. La mort de Kiala était insupportable. Mais celle de Chakoso l'est-elle moins? A-t-elle vraiment choisi? Qui a dirigé son bras?

L'arc lui échappe des mains.

Horrifiée, elle court vers Chakoso, vers son corps chaud et lourd, et si tendre, avec une seule envie: mourir avec lui. Comment pourrait-elle vivre désormais, elle qui n'oublie jamais rien?

Quand le grand Wendat retire son tomahawk du crâne de Chakoso et se tourne vers elle, elle ne le reconnaît pas, car elle fixe sa main, cet énorme poing fermé sur l'arme qui va la tuer. Elle ne reconnaît pas La Forêt. Celui-ci lui saisit le bras et l'attire brusquement vers lui. Thana lève les yeux pour le supplier de la tuer aussi; elle ne rencontre qu'un visage grimaçant de douleur. Kiala vient d'assener au guerrier wendat un grand coup dans les reins, et celui-ci n'a pas eu le temps de reprendre son souffle que, déjà, le chef mesquakie entraîne la jeune femme. Les assaillants, enivrés par leur victoire, sont moins prompts au combat et ils renoncent à les poursuivre. Le temps est venu pour eux de partager le butin, de choisir des femmes parmi les prisonnières et de festoyer.

Kiala et Thana réussissent ainsi à s'enfoncer dans la forêt, où de rares survivants les rejoignent. Dès qu'elle aperçoit Chikea, Thana se jette dans ses bras.

— As-tu vu mon père? demande-t-elle.

L'autre fait non de la tête, sans pouvoir retenir ses larmes.

* * *

Kiala, atterré, dénombre les absents, morts ou prisonniers, en espérant que sa femme et son fils se trouvent parmi les seconds. Pendant des jours, le chef s'isole pour pleurer sur son peuple meurtri, disloqué. Que reste-t-il du peuple de la terre rouge? Des orphelins à moitié nus dans les risées du vent, affamés, des parents en deuil, des hommes et des femmes sacrifiés.

«Où avons-nous manqué? gémit Kiala. Wisaka, pourquoi as-tu abandonné ton peuple?» Le grand chef de guerre geint comme un animal blessé. Il coule à pic, le cœur lesté de trop de cadavres, empoisonné par le remords et le cruel constat de son impuissance. Il aurait dû savoir, présager le pire et rester sur ses gardes, ne faire confiance à personne. Les anciens l'avaient prévenu, Chakoso également.

Au souvenir de son ami, son cœur se serre et une longue plainte sourd de sa poitrine. Ils étaient des milliers; ils ne sont plus qu'une poignée. De quelle faute se sont-ils donc rendus coupables? À travers son désarroi, Kiala essaie de comprendre. «Le monde a donc tellement changé? se demande-t-il. Les rapports entre les tribus ne sont plus les mêmes, toutes les règles ont été modifiées. Et dans ce monde étrange, nous n'arrivons plus à préserver les valeurs anciennes, sans lesquelles la vie n'a plus de sens. Que deviennent donc nos frères, les Sakis, les Mascoutens, les Kicapous, les Poteouatamis ? Pourquoi ne refusent-ils pas, comme nous, de se plier à toutes ces lois nouvelles décrétées par les Blancs ? Vont-ils renoncer sans se battre au territoire légué par leurs ancêtres, à l'autonomie, au respect, à la fierté de celui qui se sait le maître absolu de sa destinée ? Que peuvent les Mesquakies, seuls et sans appuis, si tous les autres trahissent les devoirs sacrés ? Notre fidélité à ce que nous sommes va-t-elle donc nous tuer ? » s'inquiète le chef, consterné.

Puis la parole de Pemoussa lui revient en mémoire : « Les Mesquakies sont immortels. » Avec son poids de rage et de haine, d'espoir aussi, et de force tranquille, la voix éternelle le rappelle au combat. Les survivants ont besoin de lui. Ils n'ont pas échappé au carnage pour mourir dans les bois, de faim et de froid. On ne meurt pas libre, jamais ! On résiste ! Et tous ceux-là qui ont été faits prisonniers et auxquels il faut porter secours le plus rapidement possible, ne comptent-ils pas sur lui ? Et les morts ? Qui va les enterrer et les reconduire sur le sentier de la grande rivière blanche ?

Prêt à se battre avec toutes les armes à sa disposition, Kiala revient vers les siens, et tous font cercle autour de lui, Thana comme les autres. Touché par leur détresse, le chef comprend mieux son rôle. Il doit à tout prix les extirper de cette souffrance, devenir un feu ardent près duquel ils pourront se réchauffer, se rassurer, se découvrir soudain plus nombreux qu'ils ne le croyaient, et plus forts.

Le port altier, Kiala désigne trois de ses meilleurs guerriers.

– Rassemblez nos braves les plus expérimentés, ordonne-t-il. Nous retournons au village libérer les prisonniers.

En répartissant les tâches, il croise le regard de Thana. La jeune femme fixe sur lui ses grands yeux noirs aux sourcils épais. Son beau visage accuse une gravité troublante, tout empreinte d'émotions contradictoires. Kiala y reconnaît l'admiration sans bornes de la fillette qu'il a jadis emportée dans ses bras et sauvée de la mort; en même temps, une ombre brouille l'éclat naturel des yeux, une grisaille mal définie, à la fois reproche, remords, honte. On dirait une mémoire indicible inscrite dans tous les traits, dans l'attitude même. Jamais Thana n'a été aussi belle et le chef, dérouté, se demande comment il a pu la rayer de sa vie.

Il fait un pas dans sa direction, mais l'arrivée précipitée de deux sentinelles retient son attention.

– Des prisonniers reviennent! annoncent ces dernières en désignant une dizaine de femmes visiblement épuisées, pieds et mains gelés, qui se dirigent péniblement vers eux.

Un seul guerrier les accompagne.

– Les Wendats nous ont libérés, explique celui-ci à Kiala. Nous avons marché sans jamais nous arrêter, en suivant vos traces.

Les femmes tombent dans les bras d'amis et de parents qui les aident à s'allonger et leur apportent un peu de nourriture. Kiala ne comprend pas l'attitude de leurs agresseurs.

– Pourquoi vous ont-ils laissés partir? demande-t-il simplement.

— Parce que je dois te transmettre un message de La Forêt : il va rester au village pendant quelques jours avec ses hommes, et s'il aperçoit un seul guerrier mesquakie, il va tuer tous les prisonniers, en commençant par les enfants.

Le messager se tait, brisé par l'émotion. Il n'a pas tout dit. Le reste exige un courage qu'il craint de ne plus avoir.

— Continue..., l'encourage Kiala.

— Il a déjà tué ta femme et ton fils, murmure le messager en baissant la tête. Pour que tu saches qu'il dit la vérité.

* * *

Thana somnole, recroquevillée sur sa pauvre chaleur. Ce demi-sommeil lui permet de supporter le froid sans jamais y échapper tout à fait. Elle pleure sans s'en rendre compte, libérée pour un moment du remords qui la ronge et de son immense tristesse.

Kiala veille un peu plus loin. Il a l'impression qu'il ne pourra plus jamais dormir. De sa vigilance dépend désormais le sort des siens, et la charge lui paraît si lourde qu'il courbe le dos, écrasé. Un sentiment de solitude infinie le submerge et il prie longuement pour demander de l'aide.

Sa méditation terminée, il se lève, contourne le feu presque éteint et enjambe les dormeurs collés les uns aux autres par petits groupes. Quand il s'allonge près d'elle sur la couche de branchages, Thana se tourne instinctivement vers cette source de chaleur inespérée, sans ouvrir les yeux. Son esprit engourdi croit reconnaître les cuisses musclées de Chakoso, son grand corps fiévreux et lourd. Elle se cramponne au torse brûlant, enroule ses jambes autour des hanches osseuses, enfouit son visage dans la tiédeur du cou.

Une fragrance subtile pénètre tous ses pores, et elle s'y vautre avec délices en griffant le corps en mouvance au-dessus du sien. Au lieu du sang, c'est une eau parfumée qui coule entre ses doigts, et la jeune femme reconnaît une odeur de sapinière, l'odeur de Kiala, fine et complexe. Elle n'ouvre pas les yeux. Avec tout son corps, elle découvre chaque muscle, le grain de la peau, le ventre ferme.

Excessifs, insensés, enfermés dans leur déraison et pourtant si désespérément lucides, les amants se possèdent sans attendre, avec une rage décuplée par le sentiment d'urgence. Chaque affleurement les enflamme avec une intensité à la limite du supportable. Lorsque Thana, le corps déchiré par un orgasme douloureux, laisse échapper un râle, Kiala la bâillonne d'une main avant de rejeter la tête vers l'arrière et de se répandre en elle avec la violence d'une débâcle. La jeune femme s'enivre des effluves doux-amers. Pas un instant elle ne songe à essuyer les larmes qui coulent jusque dans son cou. Plus tard, elle demandera pardon à Chakoso.

En des temps meilleurs, elle aurait porté le deuil de son mari pendant des mois, et peut-être des années, jusqu'à ce que sa belle-famille lui ait trouvé un homme digne de remplacer le défunt, le plus souvent un frère ou un cousin de celui-ci. Aujourd'hui, en cette saison troublée, le deuil est beaucoup trop lourd pour s'y attarder selon les règles. Les traditions ne tiennent plus quand une poignée d'hommes et de femmes doivent à eux seuls recréer un monde. Comme Kiala, les hommes endeuillés ont déjà choisi une épouse et les orphelins ont trouvé une nouvelle famille. L'instinct de survie annihile pour un temps les anciennes croyances, et, malgré son chagrin, Thana est convaincue que les âmes des morts n'en voudront pas aux vivants d'assurer la suite comme ils le peuvent.

* * *

Ils mettent deux jours à rejoindre un petit groupe de Mesquakies du clan de l'Orignal retirés plus au nord, en bordure du Mississippi. Peu nombreux, les membres de cette gens ne peuvent accéder au rang de chef et sont beaucoup plus enclins à la paix qu'à la guerre, un trait de caractère traditionnellement déprécié chez le peuple de la terre rouge.

L'arrivée des rescapés de la rivière Wisconsin les inquiète. Depuis une semaine, ils hébergent quelques Français en route pour le territoire des Sioux, et ils redoutent la réaction de Kiala.

Leurs craintes sont justifiées.

Avant même qu'une seule parole ne soit échangée, le chef de guerre a détecté la présence des Blancs. Il les a sentis comme un loup renifle sa proie. Et, comme un loup, son poil se hérisse. Lorsqu'il les aperçoit, Thana le voit se ramasser, prêt à bondir. Elle se rapproche et dépose son balluchon très lourdement sur le sol. Kiala ne doit pas donner libre cours à sa colère; le sort de son peuple en dépend.

Un Français vient à leur rencontre, accompagné par l'ancien du petit village. La nouvelle du carnage n'a pas encore atteint ce coin éloigné. Quand Kiala, d'une voix blanche, en fait un récit détaillé, la consternation se lit sur leurs visages, une consternation qui se mue très rapidement en appréhension chez le Français. Livide, celui-ci se dissocie aussitôt de cette barbarie

– Les Français n'approuvent pas ces massacres, affirme-t-il. Ils désirent la paix avec toutes les tribus. Les Mesquakies sont les enfants d'*Onontio.*

– Les Mesquakies ne sont les enfants de personne! rétorque sèchement Kiala. Surtout pas d'un Blanc à la parole fourbe qui pardonne d'une main et arme l'assassin de l'autre.

Son interlocuteur veut riposter, mais, d'un geste impétueux où perce une profonde exaspération, Kiala le fait taire. En deux secondes, les Français sont encerclés, désarmés et enfermés à l'intérieur d'une cabane. Malgré l'impatience des siens, déjà prêts à déchiqueter la chair blême de leurs prisonniers, Kiala veut tirer parti de leur présence. « Wisaka ne les a pas placés pour rien sur ma route, pense-t-il. C'est sûrement un signe. »

Après avoir mangé à sa faim, il fait venir le Français le plus robuste.

– Tu iras chercher les Mesquakies détenus par les Wendats, ordonne-t-il, et tu les ramèneras à notre village.

– Comment?

– Tu auras des fourrures, beaucoup de fourrures. Mes guerriers vont te mener à nos caches. Ensuite, tu iras seul.

– Et si j'échoue?

– Tes compagnons mourront.

Thana a tout entendu. La sagesse de Kiala la rassure. En dépit de sa férocité, il sait encore interpréter les signes au-delà de sa rage.

En voyant le Français s'éloigner, la jeune femme pense à Wapello et son estomac se noue.

– Ton père est vivant, je le sais... (Kiala se dresse devant elle; il sourit.) Nous irons tous les attendre au village, sur les rives de la Wisconsin. (Une volonté farouche, jubilante, brille dans ses yeux.) Nous ne mourrons pas, Thana. Les Mesquakies ne disparaîtront pas comme le souhaitent leurs ennemis.

La jeune femme se laisse porter par la foi indestructible de Kiala. Elle sourit à son tour, les yeux pleins d'eau.

* * *

Pour marquer leur solidarité et se faire pardonner ce qui pourrait avoir été perçu comme une déloyauté, ceux du clan de l'Orignal les accompagnent jusqu'à la Wisconsin. Kiala leur confie les otages français.

Devant le village incendié et les cadavres en état de putréfaction avancée, tous ont un mouvement de recul, mais le chef ne leur permet aucun apitoiement.

– Allez couper de petits arbres pour les wigwams, ordonne-t-il aux femmes.

Pendant que celles-ci se dispersent dans la forêt, les hommes rassemblent les restes roidis de leurs morts que les loups n'ont pas encore dévorés. Après les avoir couverts de pierres, ils répandent par-dessus les cendres de leurs cabanes. Avec les troncs ramenés par les femmes, ils érigent ensuite des abris temporaires.

Thana et ses compagnes mettent tout leur cœur à reconstruire ce qui a été détruit. Cependant, à l'encontre des hommes, elles sont constamment habitées par un sentiment de fragilité. «Tout, désormais, ne sera-t-il que temporaire, incertain, appelé sans cesse à disparaître, sans cesse menacé?» se demande Thana.

346

En travaillant, la jeune Mesquakie observe les uns et les autres. Ils s'activent avec une indifférence propre aux survivants, comme si plus rien ne devait les toucher. Sans le montrer, sans même en parler, ils attendent le retour des prisonniers, et cette attente, insupportable et dévastatrice, sape une grande partie de leur énergie.

La nuit leur offre un peu de répit. Pour les uns, le sommeil représente un exutoire temporaire, souvent fuyant; pour les autres, le désir tient lieu de refuge. Ils se possèdent avec une fureur désespérée, à laquelle seul le corps peut encore adhérer. Les couples reconstitués s'aiment voracement, comme si chaque fois était la dernière.

Kiala et Thana ne font pas exception.

À l'aube, la jeune femme souffre encore des assauts de son amant, et il faut plusieurs heures avant que ne s'estompent les sensations de brûlure sur sa peau, les douleurs dans son ventre. Son corps se souvient longuement des extases et des secousses; il porte en lui les violences amoureuses de Kiala. Quand le grand Mesquakie la pénètre, Thana a toujours l'impression euphorisante de lui sauver la vie.

Ils ne parlent jamais, ni avant ni après. Pour le moment, dire leur paraît impossible. Les mots portent en eux un trop grand potentiel de destruction pour qu'ils s'y risquent. Même pendant le jour, chacun vaque à ses occupations en évitant l'autre, de peur de voir surgir dans son regard ou son attitude l'ombre d'un mort ou un souvenir enfoui. Comme leurs compagnons et leurs compagnes d'infortune, ils s'enivrent d'illusions et se réfugient dans les faux-fuyants. Pour échapper aux affres de l'incertitude et de l'attente, tous les chemins de traverse se valent.

C'est un peu ainsi qu'ils survivent tous, d'une nuit à une autre. Si bien que, lorsque les enfants, excités, annoncent enfin le retour d'un prisonnier, ils croient naïvement avoir gagné.

* * *

Ses mocassins troués et ses vêtements en loques témoignent des épreuves surmontées, tout comme ses doigts bleuis et les plaques blanches sur ses joues. Le pauvre homme est presque mort de froid et de faim, et pourtant il rit en tournant sur lui-même, d'un rire dément et pathétique.

Le village au complet s'est rassemblé autour de lui.

Ils attendent tous un geste, un miracle. L'enfant prodigue va lever le bras et d'autres Mesquakies, que l'on croyait morts, surgiront de partout. Peut-être sont-ils cachés tout près... Quand l'homme parlera enfin, Kiala et ses braves pourront aller chercher les autres et les ramener au village. Chacun espère un frère, un parent, un enfant.

Thana espère Wapello.

Avide de savoir, elle dévisage le pauvre homme. Il s'est immobilisé et son rire fou s'est mué en sanglots intermittents. Il ne dira rien, égaré dans ses souvenirs.

La jeune femme dompte son impatience et avance vers lui, à tout petits pas pour ne pas l'effaroucher. Elle prend son bras décharné. Sans la regarder, l'homme pose sa tête sur son épaule et s'appuie lourdement contre elle. Elle le soutient jusqu'à l'intérieur du wigwam et l'aide à s'asseoir. Il tend alors ses mains crevassées et couvertes d'engelures au-dessus du feu en poussant de longs soupirs saccadés.

Kiala lui apporte un plat de légumes et de riz, cuisiné à partir des réserves du clan de l'Orignal. L'homme se précipite sur la nourriture et l'ingurgitc sans reprendre son souffle. Rassasié, il entre ensuite en lui-même. Peu à peu, son air effaré disparaît pour laisser la place à une désespérance résignée. Après un long moment de recueillement, il commence à raconter.

Dès les premières paroles, Kiala et Thana se serrent l'un contre l'autre, frissonnants, l'un de rage, l'autre de chagrin.

– Ils sont tous morts... Presque tous... Trois hommes et une dizaine de femmes et d'enfants ont réussi à fuir et se sont réfugiés chez les Sakis. Une poignée ont été épargnés par miracle... par miracle... parce que les Wendats les avaient déjà vendus.

L'homme parle à voix basse. Les mots franchissent difficilement ses lèvres gercées. Parfois, il répète un bout de phrase, comme s'il cherchait à vérifier quelque chose, à trouver un sens nouveau. Ni Kiala ni Thana ne songent à l'interrompre. La parole, si fragile encore, risquerait de s'évaporer.

– Les enfants et les vieillards n'arrivaient pas à suivre. Ils se tenaient par la main, à l'arrière de la colonne. Les Wendats les bousculaient, les frappaient; ils n'arrivaient pas à suivre. Ils retardaient tout le monde. C'est vrai, ils retardaient tout le monde.

Thana devine la suite. Elle voudrait le faire taire, mais elle n'en a pas le droit.

– Ils les ont tués. Les vieillards d'abord, parce qu'ils ne se défendaient pas. Puis les enfants, qui se sont égaillés dans toutes les directions, apeurés comme une couvée de perdreaux. Ils les ont tués... Tous... Ils les ont tués. Plusieurs femmes... les mères... Ils les ont tuées aussi.

Thana tremble de tous ses membres. Elle imagine Wapello. A-t-il eu peur ? A-t-il souffert ? Une bouffée de chaleur lui monte au visage. Son corps rejette ce nouveau massacre de toutes ses forces, comme on lutte contre une forte fièvre.

Kiala ne dit rien. Il resserre son étreinte autour de Thana, sans savoir s'il désire la protéger ou s'accrocher à elle.

— Nous sommes arrivés au fort du Détroit. Les Français n'étaient pas contents parce que nous étions trop nombreux : ils avaient peur. Ils l'ont dit aux Wendats. Ils nous ont traités de serpents... de serpents... et ils ont profité de nos femmes.

Thana sursaute. Elle pense à Nucamoan.

Après une pause, l'homme reprend :

— Ce sont les Français qui ont eu l'idée. Ils nous traitaient de serpents. Pourquoi nourrir des serpents qui risquent de mordre ? disaient-ils aux Wendats. N'est-il pas préférable de les écraser ? Ils nous ont tués à l'aube. Presque tous... J'étais caché ; je les ai vus nous tuer. J'ai couru. Ils nous ont tués...

En entendant le prisonnier évadé s'inclure au nombre des morts, Kiala réagit vivement. S'apitoyer sur son sort conduira le peuple de Wisaka à l'anéantissement. Il le comprend en entendant ce survivant répéter : « Ils nous ont tués... » Ce peuple a besoin de révolte, de goûter à nouveau aux délices de la vengeance et de se savoir vivant.

Le chef se lève brusquement.

Thana devine ce qu'il veut faire. Elle essaie vainement de le retenir en laissant glisser une main le long de sa jambe, mais il se dégage vivement. Elle n'insiste pas. «Ce que les dieux ont inscrit dans le cœur des hommes, se dit-elle, nul ne peut le supprimer, à moins de supprimer l'homme lui-même.»

* * *

Le supplice des prisonniers français a duré plusieurs jours. Les guerriers ont dansé une nuit entière devant les poteaux de torture, dans les odeurs rances de sang et de chair grillée. Devant les cadavres mutilés, Kiala a ouvert le ballot sacré et réclamé la protection de Wisaka pour les vivants, de même que la clémence de son jeune frère Iyapata pour les âmes des victimes mesquakies.

Les femmes ont préparé un festin de fortune dont personne n'a relevé la frugalité. À la fin des festivités, les guerriers les plus valeureux ont tué et grillé un chien en offrande aux dieux. Pour confirmer Kiala dans son rôle de chef, on lui a offert la tête de l'animal, dont il a sucé avec délectation toute la moelle avant de se retirer.

Thana l'a attendu cette nuit-là, mais l'aurore levait déjà son grand châle de lumière lorsque Kiala l'a rejointe. Ses yeux légèrement bridés flamboyaient dans la pénombre.

– J'ai eu une vision, a-t-il murmuré pour que les autres ne l'entendent pas.

Il tenait à ce que Thana soit la première à connaître le résultat de sa quête. Toutefois, à l'énoncé de son plan, la jeune femme a montré quelques réserves. Il n'a rien remarqué.

— Tu viendras avec moi ? a-t-il demandé.

— Je viendrai, a-t-elle répondu sans hésiter.

* * *

Comme le craignait Thana, près de la moitié des Mesquakies refusent d'adhérer aux propositions de Kiala. Il veut les emmener plus au sud, à quelques kilomètres seulement du grand lac Michigan, si près du territoire des Illinois que ceux-ci crieront avec raison à la provocation.

— Pendant longtemps, plaide le chef, les Mesquakies n'ont pas eu à prendre les armes. Leur courage arrogant tenait les ennemis en respect. Aujourd'hui, parce qu'ils se terrent comme des lièvres, ils sont devenus des cibles de choix. La peur engendre le mépris. Tant que nos ennemis nous croiront lâches, ils nous persécuteront.

Son discours ne convainc qu'à demi; il n'insiste pas. La dissidence ne lui fait pas peur. Avec le temps, il compte bien rallier tout le monde. D'ailleurs, le rêve était si clair que pas un instant, malgré les dissensions, il ne remet en cause sa décision.

Un petit groupe part donc en direction de la baie des Puants pour demander asile. Un autre cherche plutôt refuge au village des Mascoutens, alors que le clan de l'Orignal, encore une fois unanime, se dirige du côté des Potéouatamis.

Le cœur gros, Thana essaie de ne pas se laisser abattre par toutes ces séparations et de rester optimiste malgré tout. Une cinquantaine d'hommes et de femmes approuvent la décision de Kiala; c'est déjà beaucoup. Et son amie Chikea est du nombre. Elle est même partie il y a quelques jours, avec d'autres, pour préparer l'arrivée des familles. «Tout va bien se passer», se répète la jeune femme. Ce qui ne l'empêche pas de se retourner à plusieurs reprises lorsqu'elle quitte le village au côté de Kiala. Ils laissent tellement de morts derrière eux qu'elle a l'impression d'oublier quelque chose.

Heureusement, Kiala la prend par la main, et elle accorde bravement son pas au sien en esquissant un sourire. Ne sont-ils pas les protégés de la Terre, cette grand-mère aimante? En le lui répétant encore et encore, depuis qu'elle est toute petite, Wapello lui a appris l'espoir; elle doit en être digne. Chemin faisant, elle se raconte à elle-même la légende de la cinquième saison. Ce trop long hiver tire à sa fin et le temps doux va venir. Il ne faut surtout pas en douter.

5

Profitant d'un moment d'inattention de l'équipe adverse, Thana a pu se faufiler tout près du but. La gardienne l'a vue, mais elle a beau crier pour avertir ses coéquipières, personne ne l'entend. Les spectateurs hurlent et frappent des mains, et le grésillement assourdissant des *che-che-quon,* tenus a bout de bras, enterre tous les autres sons. Les hommes ne jouent pas à la double-balle. Par contre, ils ont parié sur leurs femmes, et ils participent à leur façon en se bousculant et en s'invectivant. À certains moments, la partie se joue tout autant dans la foule que sur le terrain.

— Une passe à Thana! hurle Kiala, exaspéré. À Thana!

Ses partisans scandent le nom de la joueuse:

— Thana! Thana! Thana!

Dans le feu de l'action, Chikea a hérité des deux balles reliées par une lanière. Harcelée par l'équipe adverse, terrorisée, elle tourne sur elle-même sans trop savoir où se diriger. Elle n'a pas vu Thana, prête pour une échappée. Celle-ci lève son bâton courbé pour attirer son attention, mais Chikea est trop occupée à éviter les coups pour la voir.

Prise de frénésie, la foule crie à tort et à travers.

— À Thana! répète Kiala en levant les deux bras et en faisant le geste de lancer.

Chikea n'entend plus rien. Ses adversaires se sont mises à cinq pour lui faire lâcher prise, et l'une d'entre elles la bourre de coups dans les jambes. Des supporters indignés sautent sur des partisans de l'équipe adverse. Pour les empêcher de s'entre-tuer, d'autres se lancent dans la mêlée et il s'ensuit une bagarre générale que les gardiens de l'ordre ont bien du mal à contenir en dehors de l'aire de jeu.

Cernée de toutes parts et pressée de se débarrasser de la double-balle, Chikea effectue une vrille et la lance à l'aveuglette vers le but adverse. C'est ce que Thana attendait. D'un bond, elle attrape la double-balle au vol, et la lanière s'enroule prestement autour de son bâton recourbé. Les spectateurs se figent. Ceux qui se battaient demeurent enlacés, le visage tourné dans la même direction, le souffle court. Dans un geste continu, la joueuse expérimentée pivote sur elle-même en imprimant au bâton un mouvement contraire. La double-balle, ainsi libérée, répond à l'impulsion et pénètre avec une vitesse impressionnante dans le but adverse. La gardienne n'a rien vu.

Aussitôt, la foule explose. Partisans et adversaires saluent l'exploit d'un même élan. Les hommes hurlent en brandissant leurs *che-che-quon,* et le vacarme est tel que les enfants se bouchent les oreilles avec leurs mains. Thana est entourée, acclamée. Pendant que Kiala tente de se frayer un chemin jusqu'à elle, celle-ci avance à contre-courant pour réussir à le rejoindre, et ils tombent finalement dans les bras l'un de l'autre, sous les acclamations. Le tintamarre dure de longues minutes, puis les partisans – la gorge sèche à force d'avoir crié – finissent par se calmer. Peu à peu, l'étau se relâche autour de Thana et de son époux qui peuvent enfin respirer à leur aise. Les yeux de la jeune femme pétillent de joie dans son visage reluisant de sueur.

– Bien joué ! la félicite Kiala.

Bras dessus, bras dessous, ils prennent tous les deux la direction du lac, imitant en cela la plupart des familles. Le temps est si tendre. Sous un soleil radieux, les feuilles toutes neuves bruissent doucement. Le printemps se déploie jusque dans les sous-bois. Il s'étire, prend son temps, se prolonge plus qu'il ne le devrait, repoussant du même coup les grandes chaleurs et leurs nuées de moustiques.

– Je t'aime..., murmure Thana en s'accrochant à deux mains au bras de son mari et en baisant son épaule nue.

Peu de temps après leur installation sur les rives du lac Maramech, ils se sont unis devant la tribu, et leur bonheur en a inspiré beaucoup d'autres. Il y a eu des mariages, des fêtes, des naissances. Plusieurs femmes sont enceintes, et Thana reluque leur corps épanoui avec un pincement au cœur. Elle a fait une fausse couche à la dernière lune. L'enfant a coulé en dehors d'elle en un filet de sang noirâtre. Ce souvenir assombrit sa joie. Kiala a appris à reconnaître ces petits moments de dérive, et il la tire rapidement de sa mélancolie.

– Regarde ! se moque-t-il. Paketo a encore perdu !

Il désigne le jeune homme qui remonte le sentier, flambant nu, l'air faussement repentant et la main pudiquement posée sur son sexe.

Tous s'esclaffent, et Thana ne peut résister longtemps à cet éclat de rire collectif et libérateur qui secoue les épaules de tout un peuple. «Pauvre Paketo ! se dit-elle, un sourire aux lèvres. Il se retrouve encore sans rien, même pas une couverture !» Joueur impénitent, le jeune homme perd la raison devant un bol de dés, et ses aînés en profitent pour le dépouiller. Demain, quelqu'un lui aura donné un pagne. Un guerrier lui aura confectionné un arc. Certains de ses detrousseurs, pris de remords, lui rendront une partie de ses biens, qu'il rejouera aussitôt. Il est comme ça, Paketo : il joue et il perd. Et il rejoue, jusqu'à ce qu'il ait de nouveau tout perdu. Et même si Thana le prend un peu en pitié, elle le remercie également en son for intérieur pour ce rire immense, libre comme l'air et teinté d'une effronterie bon enfant, dont il fait les frais.

Les Mesquakies ont réappris à rire.

Leur village sent bon la viande qui mijote. Tout autour, une haute palissade de pieux leur assure une certaine sécurité. Les femmes ont semé et, déjà, les pousses de maïs pointent du sol, prometteuses. Les potiers ont trouvé, sur les rives du lac, l'argile dont ils avaient besoin, et les tisserandes, les fibres qui leur manquaient.

Ils doivent beaucoup à Kiala, Thana la première. En véritable despote, celui-ci ne leur a laissé aucun répit. Personne n'a été épargné par ses sarcasmes, et ils n'ont pas eu le choix de se retrousser les manches. Après avoir vu avec quelle énergie son mari a reconstruit le village et la fierté des siens, la jeune femme n'en est que plus admirative et plus amoureuse. La présence de Kiala à ses côtés la touche et l'enivre, et le désir qu'elle éprouve pour cet homme est si vif qu'elle doit prendre garde de ne pas le laisser se répandre, tel un feu de forêt incontrôlable.

— J'y serai avant toi ! lance-t-elle, en poussant son compagnon hors du sentier pentu.

Elle court à toutes jambes vers le lac et plonge tête première. Son mari la rejoint quelques secondes plus tard et la saisit par la taille. Accrochée à son cou, elle réussit à le déséquilibrer, et tous les deux disparaissent sous l'eau. Quand ils remontent à la surface, soudés l'un à l'autre, Paketo leur fait de grands signes. Pour éviter les railleries, le jeune homme était retourné au village. Il a donc été le premier à accueillir le petit groupe de Mesquakies qui avaient espéré trouver refuge auprès des Mascoutens. Penauds et amers, ils reviennent demander asile à Kiala.

Alerté, celui-ci se précipite hors de l'eau. Il s'ébroue, essuie son visage de ses mains et lisse ses cheveux vers l'arrière avant de prêter une oreille attentive aux nouveaux venus.

— Les Mascoutens désiraient des esclaves, explique leur porte-parole en décrivant avec beaucoup de rancœur la réception hostile qui leur a été faite.

Kiala n'est pas surpris. Quelques jours plus tôt, les membres de la tribu qui avaient choisi de joindre les Poteouatamis sont revenus eux aussi, déçus et dans un état lamentable.

— Nous vous attendions, dit-il en écartant les bras dans un geste d'accueil. Mangez, reposez-vous, il y aura du travail pour tout le monde. Nous avons besoin de vous. Les autres reviendront bientôt et nous formerons de nouveau une grande tribu.

* * *

La semaine suivante, les prédictions de Kiala se confirment : les Mesquakies exilés à la baie des Puants réintègrent le village à leur tour. Par contre, ni Kiala ni personne d'autre n'aurait pu prévoir qu'un revenant les accompagnerait.

Chikea blêmit en apercevant Nähano. Son mari est revenu. Tous les soirs, avant de dormir, elle avait imaginé ce retour, mais elle ne se souvenait pas qu'il était si jeune et elle, si vieille. L'aime-t-il toujours? Il a tellement changé... Une joie frondeuse illumine ses traits, une joie qui paralyse Chikea, trop anxieuse pour comprendre qu'elle est la cause de ce ravissement.

En effet, Nähano ne voit qu'elle. Personne d'autre n'existe. Il attend ce moment depuis si longtemps qu'il en oublie tous ses devoirs et passe devant Kiala et les membres du conseil sans même leur jeter un coup d'œil. En frémissant, il enlace sa femme et la serre contre lui, jamais rassasié. Chikea pleure doucement, le visage enfoui dans le cou de son mari.

– Viens..., dit-il.

Il lui prend la main et tous les deux se dirigent vers la forêt. Kiala esquisse un geste pour les arrêter – il a mille questions à poser à l'ambassadeur –, mais Thana le retient discrètement et il se résigne. Sa femme a raison : leurs amis ont bien mérité un moment d'intimité.

Toutefois, il a beau comprendre et approuver, il n'en brûle pas moins d'impatience. Toute la nuit, il anticipe le pire en spéculant quand même sur leurs chances et en ressassant la même question : « Le gouverneur a libéré Nähano; est-ce vraiment de bon augure? »

– Dors, lui conseille Thana. Demain, tu verras.

Il essaie de suivre cette sage recommandation, mais le sommeil ne vient pas.

À la pointe du jour, alors que le soleil n'est encore qu'une vague lueur entre ciel et terre, il saute en bas de sa couchette et rassemble le conseil. Tiré du lit,

Nähano livre d'abord son message devant des yeux bouffis et des visages distraits. Cependant, ses paroles font vite l'effet d'un coup de tonnerre sur les esprits engourdis.

— Parce que tu n'es pas venu comme il l'avait exigé, annonce-t-il à Kiala, *Onontio* te retire sa protection.

— Quelle protection ? l'interrompt le chef en crachant par terre.

— Toutes les tribus ont été avisées, continue Nähano, pressé d'en finir. Désormais, les Mesquakies sont partout les ennemis à abattre, et ceux qui leur porteront secours s'exposent à la colère d'*Onontio*.

Le messager a tout débité d'un souffle, mot à mot, comme on le lui avait ordonné. Autour de lui, quelque chose s'est brisé. Personne ne risque le moindre commentaire; les questions ne franchissent pas la barrière des lèvres. Dans un silence de mort, tous regardent Kiala. Ne les a-t-il pas menés jusque-là ? À lui maintenant de préserver l'espoir qu'il leur a implanté de force dans le cœur. Ils lui doivent tout: le désir de vivre et d'accueillir chaque matin comme s'il était le plus beau, de même que la prospérité dans les champs et dans le ventre des femmes. Kiala a tenu toutes ses promesses; ils n'ont rien à lui reprocher. Pourtant, tout ce qu'ils ont construit sous sa poigne de fer risque aujourd'hui de s'effondrer, et ils se tournent de nouveau vers lui, exigeant plus, toujours plus, comme s'il jouissait de pouvoirs illimités.

Le chef de guerre réagit promptement.

Il se redresse de toute son imposante stature et pose la main sur son tomahawk, accroché à sa ceinture.

— Ils peuvent venir, déclare-t-il, solennel, nous serons prêts. Moi, Kiala, chef de guerre du clan du

Renard, je jure que les Mesquakies ne tomberont plus sous les coups de l'ennemi, quel qu'il soit.

Sa profession de foi en la puissance des Mesquakies ravive le courage de ses compagnons.

– Dis-nous ce qu'il faut faire, demande l'un d'eux. Nous t'obéirons.

Comme s'il avait réfléchi à cette éventualité depuis leur installation au lac Maramech, Kiala n'hésite pas un instant.

– Nous devons nous préparer à tenir un long siège, explique-t-il. La palissade doit être renforcée et il faut couper tous les arbres autour du village. (Tout en parlant, il désigne des responsables pour chaque corvée.) L'ennemi va venir et nous le savons; c'est un atout précieux. Nos meilleurs éclaireurs sillonneront la région pour nous avertir longtemps à l'avance de ce qui se passe. Pendant ce temps, les chasseurs rempliront les caches et aménageront un accès protégé au lac. (Il se tourne vers Nähano.) Je compte sur toi pour nous procurer des armes. Tu iras voir les Anglais.

Tous adhèrent d'emblée à cette stratégie défensive. L'aplomb de Kiala leur procure un puissant sentiment d'invincibilité. Quelle tourmente extérieure pourrait bien les atteindre, ici, à l'intérieur de cette palissade, dans ce village fortifié, éloigné du vacarme et des petites guerres ? Si chacun suit les directives de Kiala et remplit bien son rôle, ils ne risquent rien.

– Mettons-nous sans tarder à l'ouvrage, suggère Nähano, plus conscient de la détermination du gouverneur et donc plus inquiet. Il n'y a pas de temps à perdre.

Les hommes se dispersent et Kiala rejoint les femmes pour leur faire part de ses attentes. Elles aussi devront mettre les bouchées doubles.

La réunion a duré très longtemps. La rosée s'est dissipée et une lumière dorée ruisselle sur le village. Plusieurs femmes travaillent déjà autour du fumoir à poissons, tout en surveillant les enfants.

— Vous devrez, entre autres choses, remplir de pleins paniers de riz sauvage, leur explique Kiala en cherchant Thana des yeux. (Il insiste, car, contrairement à d'autres tribus, les Mesquakies consomment très peu de cet aliment.) Tout compte maintenant; il ne faut rien négliger.

À la fin de son exposé, il appelle Chikea.

— Tu as vu ma femme?

— Là-bas, dit-elle, en montrant le sentier qui descend vers le lac.

Kiala se hâte. Thana n'a pas l'habitude de se soustraire à ses tâches. Son esprit indépendant et sa propension à la solitude la poussent parfois à s'isoler, mais jamais à ce moment de la journée, quand il y a tant à faire.

D'abord, il ne la trouve nulle part. Ce n'est qu'après avoir marché un bon moment en bordure du lac, en se frayant un chemin entre les arbres morts et les broussailles, qu'il la découvre enfin. Assise sur un rondin, elle mâchouille une brindille en observant un couple de huarts qui nage tantôt en surface, tantôt à moitié submergé. Parfois, le mâle s'élève au-dessus de l'eau et s'ébroue avant de rejoindre sa compagne dans un mouvement gracieux.

— Que fais-tu là? demande Kiala sur un ton de reproche.

La jeune femme sursaute.

— Je... j'avais besoin d'être seule, bredouille-t-elle.

— Tu aurais dû avertir quelqu'un.

– Chikea savait où j'étais.

– Je ne le savais pas.

Confuse, Thana glisse sur le rondin pour faire une place à son mari. Elle regrette de l'avoir inquiété.

– Je m'excuse..., dit-elle.

Kiala hausse les épaules et pose sur elle un regard pénétrant. Jusque-là, il n'avait pas remarqué ses traits tirés et sa pâleur. Depuis quand a-t-elle les yeux si tristes? Même ses cheveux ont perdu de leur éclat.

– Qu'est-ce qui se passe, Thana?

– Je... je porte un enfant, avoue-t-elle d'une voix cassée.

Kiala s'agenouille devant elle et la prend par les épaules.

– C'est merveilleux! Pourquoi te caches-tu, et pourquoi toute cette tristesse?

– À cause de la guerre, lui répond la jeune femme, les larmes aux yeux. Chikea m'a raconté. Je ne veux pas que mon enfant entende les rumeurs de la guerre. Les enfants choisissent un monde de bonheur pour commencer leur vie. La guerre va l'effrayer et je vais le perdre. (Son discours s'embrouille et les mots sortent de sa bouche en une sorte de délire tranquille. Elle si raisonnable, voilà que la perspective de perdre encore un enfant la rend totalement irrationnelle.) Je ne veux pas qu'il sente la peur, la tension. J'ai vu tant de morts, Kiala! Tu te souviens de ma mère, du cadavre de ma mère? Je veux que mon enfant naisse dans la paix. Je veux chanter pour lui, lui raconter les légendes d'un peuple vivant, pas celles d'un moribond.

Ému par cette détresse qu'il ne soupçonnait pas, Kiala prend la jeune femme dans ses bras et essaie de la consoler.

— Il n'y aura plus de morts, Thana.

— Peux-tu le jurer?

— Je le jure. Je ne laisserai plus personne massacrer les Mesquakies.

* * *

Forte de cette promesse, Thana travaille d'arrache-pied. Elle souhaite le meilleur pour l'enfant, pour Kiala et pour tous les autres. L'inquiétude ne la quitte jamais tout à fait, mais elle s'en sert pour agir, comme d'une constante provocation à aller de l'avant. Les membres de la tribu dépendent les uns des autres plus que jamais auparavant. La jeune femme les sent autour d'elle, unifiés, si étroitement unis que chacun s'abreuve au courage de l'autre, et elle ne veut surtout pas leur faire faux bond. Dans l'urgence et la précarité qui sont leur lot, aucune tâche n'est inutile. Chacun, du plus petit au plus grand, du plus faible au plus fort, participe à sa mesure, selon ses capacités, et chaque réalisation, si minime soit-elle, est applaudie et encouragée.

Dès que le maïs atteint une certaine hauteur, les femmes en récoltent une partie et sèment des courges et des citrouilles entre les rangs. La terre rend bien, et avant même que le cycle des saisons ne recommence et que les premières gelées ne saisissent le lac, les paniers débordent.

Un matin, la neige est là, étonnante et fragile. Les enfants s'en donnent à cœur joie pendant des heures, sous le regard vigilant des adultes. Puis la neige fond au soleil et il ne reste plus qu'une froidure moite dans l'air bleuté.

Les enfants se sèchent encore près des feux, lorsque deux éclaireurs font irruption dans le village et annoncent l'arrivée imminente des Wendats, conduits par La Forêt. La nouvelle ne surprend personne, puisqu'on observait leurs déplacements depuis quelques jours déjà, mais tout le monde espérait quand même que l'ennemi oublierait de venir.

En regardant les enfants jouer dans la neige, Thana avait imaginé de grandes bourrasques, capables de brouiller les pistes et de les isoler du reste du monde. S'ils avaient pu gagner encore un peu de temps, l'hiver les aurait sûrement protégés. Aucun de leurs ennemis n'aurait alors osé attaquer ce village fortifié et bien préparé.

– À vos postes! ordonne Kiala.

La jeune femme reprend le pieu qu'elle était en train d'affûter. Au premier coup de hache, la pointe se brise. Tentée d'y voir un mauvais présage, elle abandonne son ouvrage et retrouve les trois guerriers postés du côté du soleil levant qu'elle est chargée de ravitailler. Paketo lui tend la main pour l'aider à se hisser près de lui sur les échafaudages instables.

Le dos calé contre les pieux, la jeune femme essaie de dompter son anxiété. Grave, alimenté par tout ce que l'attente et l'effroi peuvent laisser supposer de plus terrible, le silence donne envie de se terrer.

Après avoir préparé les mousquets, Thana respire profondément. Paketo cligne de l'œil pour la dérider et tromper son impatience. Amusée, elle lui sourit franchement, mais, ils ne peuvent aller plus loin dans ces jeux inoffensifs.

Un hurlement jaillit des fourrés, poussé par une horde de guerriers.

Même si elle s'y attendait, le premier assaut de l'ennemi laisse Thana pantelante. Au prix d'un effort surhumain, elle réussit à faire abstraction de tout pour se concentrer sur sa tâche. La palissade chancelle, mais les Mesquakies se défendent bien. Jamais ils ne perdent le contrôle de la situation. Thana doit bientôt quitter son poste pour aller à toute vitesse fouiller dans les réserves de poudre. Quand elle revient, les assaillants ont reculé. Les Mesquakies ont repoussé l'attaque sur tous les fronts et ils peuvent se vanter de n'avoir subi aucune perte, alors que les corps de quelques ennemis gisent au pied de la palissade.

Rassemblés autour de Kiala, tous lancent un même cri strident, un seul cri, libérateur.

– Ce soir, nous allons festoyer ! annonce Kiala.

Pendant les préparatifs, le chef se retire dans sa cabane avec sa femme. Lorsqu'il l'enlace et s'allonge avec elle, Thana a l'impression qu'il enlace tout le peuple de Wisaka à travers elle. Après l'amour, ils somnolent un moment, et ce sont les chants de victoire qui les réveillent.

– Tu viens à la fête ? demande Thana.

– Non, je n'irai pas... Nous allons tenter une sortie.

– Mais pourquoi ? Pourquoi risquer ta vie alors que nous avons réussi à repousser les Wendats ?

– Nous devons frapper avant qu'ils ne se ressaisissent. Sinon, ils vont attaquer avec encore plus de force.

– Et si... si... ?

– Je vais revenir.

* * *

Aussi silencieux que la chouette, Kiala et une dizaine de guerriers se glissent dans le camp ennemi. De l'enceinte s'élèvent les clameurs de la fête improvisée, et les Wendats, épuisés par une longue marche et irrités par cet excès de confiance, se blottissent près des feux sans même se donner la peine de monter la garde.

À la première détonation, ils perdent un temps fou à comprendre ce qui leur arrive. Leur confusion est telle que Kiala et sa bande repartent avec une vingtaine de mousquets, laissant en échange tout autant de cadavres wendats. Au village, ils sont accueillis en héros, et la fête prend tout à coup une ampleur démesurée.

Heureux de l'enthousiasme des siens, Kiala garde cependant la tête froide.

— Il faut s'attendre à une solide riposte, annonce-t-il.

— Nous serons prêts! répliquent ses hommes, empruntant ses propres mots.

Quand il retrouve Thana dans leur cabane, elle dort déjà, rassurée. Et elle dort toujours lorsque, à l'aube, deux éclaireurs qui ont traversé par miracle le camp ennemi apportent à Kiala une nouvelle alarmante: des Outaouais, des Potéouatamis, des Mascoutens et des Kicapous vont bientôt joindre les rangs des Wendats.

— Et les Illinois ne vont pas tarder, ajoute un troisième que personne n'avait vu arriver.

* * *

La violence de la seconde attaque galvanise les forces mesquakies. Thana a repris son poste auprès de Paketo et de ses compagnons. Comme eux, elle respire par à-coups, incapable d'aspirer à fond, la tête constamment rentrée dans les épaules, en prévision du choc. Paketo se bat bravement, ses gestes sont mesurés, jamais inutiles, et chacun de ses tirs porte. Beaucoup plus nombreux que lors de la première charge, les assaillants font preuve d'une audace peu commune. En se relayant, ils poussent l'offensive jusqu'en terrain découvert, ce qui oblige les Mesquakies à prendre des risques de plus en plus grands.

Pour mieux ajuster son tir, Paketo, le joueur incorrigible, se lève à plusieurs reprises au-dessus de la palissade. Restant à découvert plus longtemps que nécessaire, il vise chaque fois avec beaucoup de soin et atteint sa cible, coup sur coup. Pris à son propre jeu, émoustillé par sa chance incroyable, il attrape le mousquet rechargé que lui tend Thana et se découvre de nouveau. Avant même qu'il n'ait pointé son arme, une flèche lui transperce la poitrine. Sous le choc, son corps bascule vers l'arrière et va s'écraser sur le sol. Thana doit se retenir à la palissade pour ne pas être entraînée dans sa chute.

Un instant interloquée, la jeune femme se reprend rapidement. Il n'y a plus de temps à perdre : un ennemi tombe et cinq autres lui succèdent, plus féroces et plus déterminés. Son arc à la main, elle remplace Paketo au poste qu'il occupait. Lorsqu'elle tire une première fois, un homme s'écroule, stoppé net dans son élan. Elle décoche de nouveau et un autre mord la poussière. Une fumée grise monte de la terre. Thana ne voit plus que des silhouettes imprécises, mais elle continue à bander son arc et à décocher ses flèches. Elle n'entend plus les cris, seulement le claquement de la corde tendue et relâchée. En s'astreignant à des gestes réguliers, sans se presser comme le lui a enseigné Chakoso, elle vise le cœur – ou ce qu'elle imagine être le cœur –, retient sa respiration et fait mouche à tout coup.

Un moment, elle croit apercevoir le visage fielleux de La Forêt dans sa ligne de mire. Son arme est prête. Elle va tirer, lorsque tout disparaît, hommes et décor, dans les volutes noirâtres soulevées du brasier par le vent du nord.

Décontenancée, Thana garde son arme braquée sur l'endroit où elle a cru voir le chef wendat. Après quelques secondes, le nuage de fumée se dissipe, révélant un espace immobile, jonché de cadavres. L'ennemi a battu en retraite encore une fois.

Thana reste un instant déconfite, comme si on la privait d'une activité excitante dont elle retirait un plaisir étrange, indéfinissable, à la fois choquant et voluptueux.

Soudain, une douleur atroce la plie en deux.

Son cœur bat si rapidement qu'elle a l'impression qu'il se déchire, et tout son corps en même temps. Le feu prend sa source dans les reins et se répand à l'intérieur des cuisses. Elle presse ses mains sur son ventre pour freiner l'écoulement et retenir l'enfant en dedans, à l'abri, mais elle ne possède pas ce pouvoir. Les Mesquakies comptent un mort de plus, qu'elle sera la seule à pleurer.

* * *

Kiala est assis près du feu. Les flammes montent, agressives, et leurs reflets labourent son corps nu.

Thana quitte doucement sa couche et vient s'asseoir près de lui. Elle sent encore des tiraillements dans le bas-ventre; les crampes cependant ont disparu. Couchés un peu partout, là où l'épuisement les a rejoints, des enfants babillent ou claquent des dents dans leur sommeil. Même s'il fait nuit noire, bien peu d'adultes ont pu fermer l'œil. Ils sont tous dehors, pour la plupart incapables de relâcher leur surveillance.

Thana ne demande rien; elle reste seulement disponible.

Les pensées de Kiala l'ont mené si loin qu'il ne semble pas conscient de sa présence.

– Meguesiliguy a raison, déclare-t-il au bout d'un temps infini, sans la regarder, comme s'il ne s'adressait qu'à lui-même.

Voilà où l'ont mené ses réflexions.

Depuis la veille, il étudie l'offre de conciliation qui lui a été faite par la bouche même de Meguesiliguy, le frère de Chikea. Quel que soit l'angle sous lequel il aborde le problème, une seule solution s'impose, et elle ne lui plaît pas. Les Mesquakies, il le sait, ne résisteront pas à une autre attaque. Les deux camps sont essoufflés, mais les assaillants peuvent renouveler leurs effectifs presque à volonté alors que les assiégés – même s'ils n'ont à déplorer que très peu de pertes – font toujours appel aux mêmes forces. Meguesiliguy a raison quand il prédit une défaite à long terme des Mesquakies. Il voit tout aussi juste quand il conclut que l'unique gagnant de cet affrontement sera *Onontio,* le chef des Français. Appuyé par les Mascoutens et les Kicapous, l'excellent négociateur en a même convaincu les Wendats, qui acceptent de se retirer. À une condition, toutefois...

Thana se rapproche de son époux sans le toucher. Elle désire vivement l'aider, mais ne sait trop comment s'y prendre. La décision revient au chef. Les membres du conseil ont tous donné leur avis et ils s'en remettent maintenant à Kiala, qui doit trancher.

Le voilà de nouveau face à lui-même, et Thana aimerait porter ce fardeau avec lui. La tâche lui paraît trop lourde pour un homme seul, même quand il se nomme Kiala.

— Que propose Meguesiliguy? demande-t-elle timidement, espérant ainsi libérer la parole et aider son mari à y voir clair.

— Ils repartiront si je promets d'emmener tous les Mesquakies à la baie des Puants, à la fonte des neiges.

— Si tu te plies à cette condition, tu devras ensuite te rendre à Montréal.

Voilà exactement ce qui fait hésiter Kiala.

Accepter la proposition du négociateur et emmener les siens à la baie des Puants équivaut à une reddition. Dès qu'ils seront installés près du fort, le gouverneur exigera qu'il aille à Montréal, et s'il refuse, ce sera alors un jeu d'enfant d'exterminer toute la tribu. En fait, Meguesiliguy lui offre un sursis qui prendra fin s'il décline l'invitation d'*Onontio.*

— Tu as promis, ose lui rappeler Thana. Tu as promis que les Mesquakies ne tomberaient plus sous les coups de leurs ennemis.

Kiala frissonne et baisse la tête. Il se recueille un long moment avant de prendre dans les siennes les mains de la jeune femme.

— Tu viendras avec moi? demande-t-il en fouillant son regard.

Thana hoche la tête.

— Je serai toujours auprès de toi, où que tu ailles et quoi que tu fasses.

— Et si je meurs?

— Je mourrai aussi.

* * *

Les assiégeants se retirent un à un, abandonnant derrière eux une forêt meurtrie, piétinée, brûlée. Ils emportent leurs morts pendant qu'une neige ouatée tombe sur la terre souillée.

Dans le village fortifié, les enfants sortent en bandes des tranchées où ils se terraient en attendant la fin des délibérations. Kiala fait ouvrir les grandes portes et ils courent se rouler dans la neige.

Les Wendats partent les derniers, en ressassant leur dépit. Avant de quitter les lieux, La Forêt s'avance, menaçant, devant la palissade. Les enfants apeurés rentrent précipitamment, et Kiala reste seul face à son ennemi.

– Si tu ne tiens pas parole, menace celui-ci, je reviendrai ! Et pas un seul Mesquakie n'échappera à mon courroux !

QUATRIÈME PARTIE

Dans ma détresse, je vous envoie ma faible voix, ô Six Pouvoirs du Monde ! Écoutez-moi dans ma détresse, car il se peut que jamais plus je ne vous appelle. Oh ! faites que mon peuple vive !

Prière de Hehaka Sapa (Black Elk),
personnage sacré de la famille des Sioux

1

Il ne manque personne. Agglutinés sur la rive, les pieds dans la vase, petits et grands assistent au départ. Thana plisse les yeux, passant lentement d'un visage à un autre pour les graver dans sa mémoire. Parmi ces survivants, elle perçoit la présence d'ombres insaisissables. Souvent, entre une mère et son fils flotte, embrumé, le souvenir d'un père disparu dans la tourmente des dernières saisons. Dans le cœur d'un guerrier au visage fermé subsiste parfois le parfum capiteux d'une amante. Ce peuple amputé vit mal la fêlure. Parce que beaucoup de ses vieillards ont disparu, sa mémoire se lézarde, en même temps que sa résistance.

Tout l'hiver, Kiala a apprivoisé l'idée de ce voyage à Montréal. Il a profité de cette trêve pour voir à ce que les lois et les croyances mesquakies soient correctement transmises et pour assurer sa succession. Parmi les hommes les plus éloquents et les plus généreux, Mekaga s'est tout de suite imposé. Patient, capable d'enseigner aux plus jeunes l'art de la chasse et de la guerre sans élever la voix, il a toujours respecté les règles du bien et du mal prônées par les anciens. En effet, il n'a jamais volé quoi que ce soit et il ne sait pas mentir. De plus, il révère les vieillards et se lie facilement d'amitié. Cette dernière aptitude a toujours été particulièrement appréciée chez les Mesquakies, car elle peut, à l'occasion, préserver le peuple de guerres inutiles. Kiala n'a qu'à penser au rôle joué par Megue-siliguy pour en être convaincu. Trahir une amitié constitue une offense irréparable, et Mekaga semble l'avoir compris d'instinct. « Il saura les guider », se dit Kiala, quelque peu réconforté. Derrière son air frondeur, le chef cache une grande appréhension. Il n'espère rien de bon de ce voyage et il craint fort de ne plus jamais revoir les siens.

— Il faut y aller, le presse de Villiers.

Kiala ne répond pas. Il regarde plutôt Thana au milieu des femmes. Ses bras débordent de cadeaux dont elle ne sait trop que faire. Ces petits riens disent l'affection autant que le désarroi, le chagrin comme la peur, et ce malaise sans nom, si semblable au remords. Toutes, elles se sentent coupables d'accepter le sacrifice de leur compagne. D'un autre côté, n'est-ce pas le prix à payer pour leur survie? Elles n'ont pas le choix.

Entourée, cajolée, Thana échappe un collier. Incapable de se pencher à cause de ses mains pleines et de son ventre déjà rond, elle rit de sa maladresse de femme enceinte. Des amies ramassent le bijou et le lui passent autour du cou.

Kiala sourit. Comme il les trouve belles, ces femmes!

Depuis que la tribu a rejoint les Sakis, sur la rive sud de la rivière des Renards, la nourriture abonde et leurs corps ont retrouvé souplesse et courbes. Elles ondulent avec la grâce des joncs, si nombreux dans la région, comme si elles voulaient se lier à ce pays et profiter pleinement de ses fertilités.

Le village est situé dans la baie des Puants, tout près du nouveau fort des Français érigé par de Villiers lui-même. Celui-ci leur a d'ailleurs offert sa protection, et les Sakis les ont accueillis à bras ouverts. Ces derniers avaient pris un si grand soin des enfants qu'on leur avait confiés, que même leurs mères ont eu du mal à les reconnaître, tellement les petits avaient grandi. Kiala part rassuré sur leur sort. La région regorge de gibier de toute sorte, de canards et de poissons. Les pigeons sont si nombreux que les femmes peuvent en attraper plusieurs centaines en une seule journée. Elles tendent des filets qu'elles referment à distance, grâce à une corde, dès que les oiseaux s'y sont introduits. Elles ne manqueront de rien.

— On ne peut plus attendre !

De Villiers s'impatiente. Même s'il se réjouit de ce coup de maître, il n'en redoute pas moins quelque mauvaise surprise. La reddition de Kiala ne sera définitive qu'au moment où ils franchiront les portes des fortifications, à Montréal. Jusque-là, le chef mesquakie peut se raviser à tout instant.

Toujours aussi nerveux, l'officier ordonne à ses hommes de mettre les canots à l'eau. Deux de ses fils l'ont rejoint dans les pays d'en haut, et il leur confie le fort et la petite communauté de Renards et de Sakis.

— Tant que Kiala sera avec moi, et vivant, vous n'aurez rien à craindre, leur dit-il.

— Ne vous en faites pas, père, tout va bien se passer.

Coulon de Villiers peut se glorifier d'une carrière sans bavures. Malgré certains affrontements sanglants – comme celui de la grande prairie –, les Renards lui ont conservé leur confiance, et il a développé avec les

Sakis des relations basées sur le respect. Somme toute, ce pays lui plaît, ainsi que ces Sauvages. Encore une fois, il aimerait faire plus pour eux et les tirer de ce guêpier dans lequel leur entêtement et leur naïveté les ont fourrés, mais son sens du devoir l'oblige à suivre à la lettre les ordres de son supérieur. D'accord ou pas, jamais il ne remettra en question les instructions de Beauharnois. Rompu à toutes les incohérences et à toutes les inepties de ses supérieurs, il les assume pleinement. Ainsi, malgré sa grande expérience des tribus de la région des grands lacs, et malgré cette intelligence de leurs coutumes et de leurs règles dont il se targue volontiers, il continue à plier l'échine devant l'autorité, qu'elle se trompe ou non.

Emmener Kiala à Montréal n'est pas, à son avis, la meilleure solution. S'il craint un désistement toujours possible du chef mesquakie, il redoute tout autant les décisions de Beauharnois, qui connaît si mal les Sauvages. Pour la première fois peut-être, dans toute sa longue carrière, l'officier souhaiterait échapper à ces guerres interminables dont l'issue ne fait aucun doute dans son esprit. Toutes ces escarmouches, toutes ces expéditions, ratées ou non, des dernières années, tous ces traités, tous ces morts des deux côtés, toutes ces alliances, faites et défaites, tous ces tiraillements incessants ne constituent que des étapes plus ou moins longues, plus ou moins importantes, vers un aboutissement prévisible. Selon lui, les Renards n'ont aucune chance. Beauharnois ne leur fera grâce de rien, surtout pas de leur bonne foi. Ils représentent, aux yeux du gouverneur, un défi personnel qu'il tient à relever avec brio, comme si son poste en dépendait. De Villiers appréhende la suite, mais son rôle consistait à discuter de la reddition de Kiala, puis à le mener à Montréal. Et rien ne viendra l'en distraire sauf, peut-être, l'envie irrépressible qu'il éprouve de plus en plus souvent de se reposer dans sa seigneurie de Verchères.

Avec la voix ferme et grave de l'officier habitué à commander, il coupe court aux épanchements des Renards.

– Tout le monde aux canots! ordonne-t-il.

D'un signe de tête, Kiala invite les autres ambassadeurs mesquakies à le rejoindre. Le fidèle Nähano se place à sa gauche en jetant un regard inquiet autour de lui. Chikea a disparu. Depuis quelques jours, il la sentait nerveuse, distante même. L'annonce de son départ l'avait bouleversée. Ce matin encore, elle s'est blottie contre lui sans s'abandonner tout à fait. Il l'a étreinte, mais elle a résisté à ses caresses, comme si elle lui en voulait.

Perplexe, l'ambassadeur la cherche dans la foule.

Chikea est son foyer et jamais rien ne les séparera. Elle aurait dû comprendre qu'il l'aime sans condition, d'un amour absolu. Ne l'a-t-il pas prouvé à maintes reprises? N'est-il pas toujours revenu vers elle au terme de ses longues absences? Et même si elle ne lui a pas donné d'enfant, jamais il n'a pensé à la renier ou même à prendre une autre femme. Pourquoi Chikea se détourne-t-elle de lui alors qu'il aurait tellement besoin de son soutien?

Le cœur chagrin, Nähano suit Kiala qui se dirige résolument vers les canots. À la droite du chef, Wapiskwato marche à grandes enjambées, en prenant soin toutefois de ne pas devancer Kiala. Chef de paix du clan de l'Ours, Wapiskwato a été choisi pour son jugement sûr et sa compréhension exceptionnelle de l'âme humaine.

Il croit à cette démarche ultime, essentielle à la survie du peuple mesquakie. Confiant, heureux de la décision de Kiala, il part à la quête d'une parole ou d'un signe d'espoir à transmettre aux siens. D'où sa hâte et son enthousiasme.

Il est flanqué de Wakusásse, un chef du clan du Renard. Beaucoup plus jeune que ses compagnons, celui-ci compense son manque d'expérience par une touchante bonne volonté.

Tout en maintenant une distance respectueuse, Thana suit les quatre hommes. De son pas singulier, elle marche dans leurs traces, qui laissent sur la rive boueuse un large sillon.

Tout le monde prend place dans les canots.

La jeune femme scrute la foule, comme si elle cherchait quelqu'un, puis elle respire profondément l'air de la baie. À mesure qu'ils s'éloignent, en longeant la rive, l'odeur de vase s'atténue, remplacée par les effluves du large. Des vagues aux crêtes dorées secouent les embarcations. Au loin, derrière une ceinture d'îles, le lac Michigan rugit comme un ours en cage. Thana le devine, immense, violent.

D'une main, elle presse sur son cœur la pochette qui ne la quitte jamais. De l'autre, elle caresse son ventre en se demandant si cet enfant verra un jour les joncs de la baie secoués par la brise. Remontera-t-il la rivière des Renards, vibrante et multiple avec ses cascades et ses marécages, ses eaux étales, lentes parfois, presque figées, parfois furieuses, ses rivages vallonnés, ses méandres?

Très longtemps, la jeune femme garde les yeux rivés sur les hommes et les femmes mesquakies, de plus en plus minuscules. Troublée, au bord des larmes, elle se dit qu'elle ne les quitte pas vraiment, car l'enfant dans son ventre vient de tous ceux-là et de tous les lieux qu'ils ont habités et dont elle doit garder un souvenir vivace. «Ce ne sera pas facile!» pense-t-elle. Les événements des dernières années ont brutalement hachuré la courbe du temps, privant la jeune femme de repères auxquels elle croyait avoir droit, l'obligeant à tout recréer sans cesse, à rapiécer clair et obscur. Et elle n'y réussit pas toujours, malgré tous ses efforts.

Elle se sent soudainement très lourde.

Au même moment, une chape opaque recouvre la baie.

Apeurée, elle lève la tête. Au-dessus des canots, une volée de pigeons obscurcit le ciel. Ils sont si nombreux qu'ils forment une masse grisâtre. Pendant quelques minutes, ils survolent la petite flotte, la maintenant dans la pénombre, puis ils s'éloignent en un essaim compact.

À demi rassurée, Thana soupire.

Kiala lui jette un œil complice auquel elle répond en se redressant. Que peut-elle craindre tant qu'ils sont ensemble?

* * *

Après avoir campé dans une des îles disséminées en chapelet à l'entrée de la baie, la petite troupe entreprend une étape exigeante. Si le beau temps des deux premiers jours persiste, ils voyageront dorénavant sans interruption pour arriver le plus rapidement possible au fort Michillimakinac, situé au nord du lac Michigan, sur le détroit qui le sépare du lac Huron.

Les embarcations ont été mises à l'eau et les soldats prennent place.

– Où est Thana ? demande Kiala à Nähano.

Ce dernier hausse les épaules en levant les mains, paumes vers le ciel. Wapiskwato répond à peu près de la même façon. Personne ne l'a vue.

Irrité par ce contretemps, de Villiers grommelle :

– Allez la chercher ! Nous n'avons pas de temps à perdre !

Pendant que les hommes se dispersent dans l'île, Thana, juchée sur une roche, scrute l'horizon, le front soucieux. Rien ne se passe comme prévu.

– Je n'aurais pas dû la laisser faire, marmonne-t-elle. S'il lui est arrivé quelque chose...

Avec précaution, elle quitte son promontoire et marche en direction du soleil levant. Le temps qui passe lui importe peu. Jamais l'idée qu'on puisse la chercher ne lui effleure l'esprit. De toute façon, personne ne doit quitter cette île avant...

– Thana ! Que fais-tu là ? On te cherche partout !

Escorté par un soldat qui ne le quitte pas des yeux, Kiala ne cache ni son inquiétude ni son mécontentement. Il s'est fait du mauvais sang – le pli sur son front en témoigne –, et maintenant qu'il a retrouvé sa femme saine et sauve, l'agacement prend le dessus.

Thana hésite sur l'attitude à adopter. Elle préférerait tout lui raconter, mais elle a promis.

– Qu'est-ce qui t'arrive ? C'est l'enfant ? J'ai cru que tu t'étais noyée.

– C'est... Non, rien..., bredouille-t-elle en le précédant sur le sentier.

* * *

Lorsque de Villiers donne l'ordre aux pagayeurs de virer vers l'est, Thana s'agite au fond du canot, et

Kiala, qui l'observe depuis le départ, craint qu'elle ne saute par-dessus bord tant elle semble surexcitée. En s'appuyant sur les mains, la jeune femme se soulève de quelques centimètres et étire le cou pour mieux voir en aval et en amont. L'île où ils ont passé la nuit est maintenant loin derrière et ils en longent une autre, beaucoup plus imposante. À cause des rochers, ils doivent rester à une certaine distance, mais Thana inspecte chaque arbre et chaque fissure avec une avidité déconcertante.

Devant eux, une lune ronde et blafarde se détache du ciel bleuté où brille déjà un soleil rougeoyant. Une étroite bande de nuages blancs s'appuie confortablement sur l'horizon, comme si elle montait de la terre. On dirait une montagne vaporeuse qui s'effiloche et se désagrège à mesure qu'on s'en rapproche.

Ils arrivent rapidement au bout de l'île et s'apprêtent à la contourner pour remonter vers le nord le long de la côte. De Villiers préfère ne pas affronter de plein fouet la déferlante du lac. Il va plutôt suivre le rivage sablonneux qui se déploie en croissant jusqu'au détroit.

Thana se mord les lèvres; elle ne peut plus se taire. Ils doivent rebrousser chemin, attendre, faire quelque chose !

Elle n'a plus le choix; elle doit parler.

Juste au moment où elle lève la main pour attirer l'attention de l'officier, une silhouette minuscule se détache sur la pointe nord de l'île. C'est elle, enfin ! C'est Chikea ! Thana la reconnaît immédiatement.

— Arrêtez ! crie-t-elle en montrant son amie qui gesticule sur la grève rocailleuse.

— Qu'est-ce qui se passe? Qui est-ce? s'enquiert de Villiers.

– C'est Chikea, la femme de Nähano! (Celui-ci se lève si brusquement que le canot tangue. Les soldats hurlent de peur et le forcent à se rasseoir.) Elle voulait venir, explique Thana pour répondre à la question muette des quatre Mesquakies.

Coulon de Villiers refusait obstinément d'emmener une personne de plus, surtout une femme. Les deux amies ont donc manigancé un plan. Chikea devait les précéder, se cacher et signifier sa présence dès la deuxième journée. Pourquoi a-t-elle tant tardé? Comment a-t-elle pu se rendre aussi loin? Toutes ces questions, Thana se les pose depuis la veille. Pour le moment, elle doit obliger de Villiers à s'arrêter.

Embarrassé, celui-ci hésite encore. Chikea fait de grands signes pathétiques, et ses cris parviennent jusqu'aux canots.

Nähano n'y tient plus. Avant que les soldats aient pu anticiper son geste, il se jette à l'eau. Dans les autres embarcations, Kiala, Wapiskwato et Wakusásse menacent de l'imiter.

– En joue! hurle de Villiers.

Des soldats lâchent leurs avirons et pointent leurs armes vers les Mesquakies, qui se cramponnent aux bords du canot. Pendant ce temps, Nähano se débat dans les vagues. Chikea l'a vu plonger. Elle patauge dans l'eau jusqu'aux cuisses pour venir à sa rencontre. Elle ne sait pas nager et c'est seulement maintenant que Thana s'en souvient: Chikea ne sait pas nager et elle déteste l'eau! Des larmes montent aux yeux de la jeune femme. Suspendue aux lèvres de l'officier, elle attend, espère. Les soldats également.

Pendant de longues secondes, seul le clapotement des vagues sur les brisants rompt le silence. Là-bas, entre les canots et la pointe de terre, un oiseau se laisse mollement porter par les flots. Il disparaît parfois entre deux crêtes, tout comme Nähano qui fend l'eau, luttant avec acharnement contre la houle moutonneuse.

Au grand soulagement de tous les témoins, de Villiers lève finalement un bras en direction du nageur, et les avirons plongent de nouveau.

Quand ils accostent, les époux sont déjà dans les bras l'un de l'autre. Thana se rue sur Chikea et la bourre de coups.

— Le deuxième jour! crie-t-elle. Tu devais te montrer le deuxième jour! J'étais folle d'inquiétude! Qu'est-ce que tu attendais? On aurait aussi bien pu ne jamais te voir!

— Je voulais être certaine, s'excuse la coupable.

Alors seulement, les deux femmes perçoivent la tension autour d'elles. Kiala est loin d'approuver leur imprudence, et les soldats ne goûtent pas outre mesure l'arrivée d'un passager supplémentaire. De son côté, de Villiers peut toujours renvoyer Chikea d'où elle vient. Dans l'élaboration de leur stratégie, les deux complices n'avaient pas pris en compte cette alarmante possibilité.

Tournées vers l'officier, elles se tiennent étroitement enlacées. Nähano se place derrière elles et les entoure toutes les deux de ses bras, pendant que leurs compagnons se rangent à leur côté.

De Villiers soupire. «Comme il doit faire bon à Verchères..., pense-t-il. Les pommiers embaument sûrement dans leur livrée blanche et rose.»

— Donnez-leur des couvertures, ordonne-t-il d'une voix lasse. Nous repartons.

* * *

À cause de vents contraires, les voyageurs accostent à Michillimakinac avec une journée de retard. Sitôt débarqués, Kiala et ses compagnons sont menés auprès du commandant Jean Testard de Montigny. Ce dernier cache mal sa fascination devant le chef mesquakie. «Voilà donc ce fameux Kiala! se dit-il, ravi. J'ai enfin devant moi l'indomptable Kiala, le guerrier sanguinaire, dont on dit qu'il défend sa terre et son peuple, toutes griffes sorties, avec la ruse du renard et la puissance invincible de l'ours.»

Impressionné, le commandant décide de recevoir son hôte avec tout le décorum dû à son rang. Un coup de canon est tiré et des cadeaux sont échangés. Tout le monde se retrouve ensuite autour d'un banquet fastueux, où on fume le calumet en palabrant selon la coutume. Au milieu de la nuit, après avoir fait bombance et s'être enivré, plus personne ne comprend son voisin. Chacun parle dans sa propre langue sans même attendre la traduction. De toute façon, Nähano a trop bu, comme la plupart des convives. Plein comme une outre, il a oublié tout le français qu'il avait appris lors de son séjour à Montréal et il se désintéresse complètement de son rôle d'interprète. Chikea le mène à sa couche et le borde, acquiesçant patiemment à toutes ses incohérences d'homme ivre. Tout en muscles, Kiala a mieux résisté, mais il s'écrase comme une masse auprès de Thana, qui grimace devant son haleine nauséabonde. Quand son mari étend le bras pour l'attirer vers lui, elle le repousse et lui tourne le dos. Il n'insiste pas.

Dehors, le vent mugit entre les bâtiments, mêlant sa voix lugubre au grondement des vagues. La jeune femme imagine des grognements de bêtes sauvages, enragées, la bouche écumante. Elle n'arrive pas à dormir. L'enfant s'agite dans son ventre, comme s'il pressentait un danger. Wapiskwato rentre à son tour, droit et solide, sans faire le moindre bruit. Contrairement à ses compagnons, il n'a pas ingurgité une seule goutte d'alcool. Après quelques secondes seulement, il sombre dans un sommeil paisible. Longtemps, Thana écoute sa respiration calme et régulière, si apaisante comparée aux furies extérieures. Le bébé s'assoupit le premier.

* * *

Ils dégrisent vite lorsque de Montigny les réunit dans la cour, flanqué de La Forêt. Personne ne s'attendait à retrouver le chef wendat à Michillimakinac. Même de Villiers n'avait pas été averti de sa venue. Triomphant, La Forêt toise Kiala, qui supporte sans broncher l'arrogance de son ennemi. Celui-ci avait déclaré qu'il verrait personnellement à ce que les Mesquakies respectent les termes de la trêve. Il tient parole. Et même si sa présence irrite et humilie le chef défait, il reconnaît les droits du vainqueur. Toutefois, lorsque La Forêt fait un pas en direction de Thana, il n'hésite pas à se planter devant lui et à le défier. Son épouse lui a raconté en quelles circonstances elle avait rencontré le Wendat, et Kiala s'est juré que plus jamais cet homme ne s'approcherait d'elle.

La jeune femme a reculé en croisant instinctivement ses mains sur son ventre. Elle craint le grand Wendat tout autant que les sorcières malfaisantes qui circulent, invisibles, au milieu des hommes, empruntant parfois le corps de l'un d'eux pour arriver à leurs fins. La croyance veut qu'on ne puisse jamais tuer une de ces sorcières, même en lui transperçant le cour, car dès qu'elle ressent la douleur, elle la transmet par magie à un être humain qui meurt à sa place. D'ailleurs, les anciens ont toujours soutenu qu'elles n'étaient actives qu'aux crépuscules, au point du jour ou à la brunante, lorsque les enfants de Wisaka sombrent doucement dans le sommeil. Et si, malgré toutes leurs précautions, elles sont prises en flagrant délit, elles se changent aussitôt en une plume inoffensive.

Thana se fait toute petite derrière Kiala. «Sous sa coiffe élaborée, ce Wendat abrite sûrement une sorcière, pense-t-elle, plusieurs peut-être...» Elle a beau s'en défendre, elle est convaincue que, s'il la touche, le bébé mourra. C'est parce qu'il a voulu la prendre, à Montréal, qu'elle a perdu tant d'enfants par la suite. Même la semence de Kiala a eu du mal à lutter contre les forces pernicieuses du Wendat.

— Vous serez escortés par La Forêt et ses braves jusqu'à la rivière des Outaouais, explique de Montigny. Il sera votre sauf-conduit.

Thana doit se retenir à Chikea pour ne pas s'effondrer. Comment vivre pendant des jours sous le regard hostile de cet homme? Kiala doit à tout prix s'opposer à cette décision! Pourquoi ne proteste-t-il pas? Il n'esquisse même pas un geste de désapprobation! Rien... Il ne voit donc pas le danger? Thana essaie d'attirer son attention, mais il reste si imperturbable qu'elle croit son esprit encore brouillé par les brumes de l'ivresse.

Déçue, furieuse, elle monte la première à bord du canot et s'y tapit en espérant que La Forêt oubliera jusqu'à son existence.

Cette nuit-là, la jeune femme rêve de corps de femmes éventrés et de bébés lancés sur des murs de pierres. Les yeux horrifiés de Josiah empruntent le visage de Kiala, changé en monstre.

– Thana ! Réveille-toi ! Tu vas nous faire chavirer !

* * *

La traversée du lac Huron se fait sans difficulté. Par contre, sur la rivière des Français, de nombreuses cataractes, cinq en tout, obligent les hommes à portager. Nourrie par la fonte des neiges et les pluies printanières, la rivière bouillonne, gonflée à bloc. Impossible de s'entendre près des rapides : l'eau déferle en trombe, dans un vacarme assourdissant.

Chargée comme un mulet, Thana suit Wapiskwato dont elle n'aperçoit que les jambes musclées. Elle n'entend rien ; pourtant, elle sait que d'autres la suivent. Elle sent leur présence, sans rien percevoir de leur souffle ou des craquements du canot, qu'ils portent à bout de bras. En avalant les sons coutumiers, le vrombissement de l'eau crée paradoxalement une zone de silence.

À la première halte, les moustiques se jettent sur la jeune femme avec une voracité sans limites. Les portageurs se trouvent sur une arête rocheuse, en bordure des rapides. Ceux qui marchaient en tête se sont arrêtés les premiers, loin devant, et tous les autres sont restés là où ils étaient rendus. Ils sont donc dispersés sur une longue ligne, chacun sur un palier différent de la falaise.

Thana dépose son fardeau un instant. Elle est seule ; Wapiskwato se tient quelques mètres plus bas. Elle le voit fouiller dans son balluchon et en extirper de la graisse d'ours. « Bonne idée ! » pense-t-elle. Elle essaie de l'appeler, mais il n'entend rien. Pour échapper à la nuée de moustiques, la jeune femme baisse la tête et secoue sa longue chevelure en effectuant un mouvement de rotation. Quand elle se redresse, il est là devant elle, surgi de nulle part. Il n'aurait qu'à tendre le bras pour la toucher. Un sourire diabolique déforme ses traits. Il est si grand que Thana n'a d'abord aperçu que son torse suintant de sueur. Elle doit cambrer les reins pour affronter son regard.

La Forêt ne bouge pas.

Tout en gardant les yeux fixés sur lui, Thana sort une languette de viande séchée de son sac et la porte à sa bouche, comme si la présence du Wendat ne l'étonnait pas. Elle dissimule sa répulsion avec tellement de naturel qu'on pourrait la croire heureuse de cette rencontre. Depuis leur départ de Michillimakinac, elle redoute ce moment et s'y prépare en révisant dans sa tête les gestes, les attitudes, même la portée du silence. Pour l'enfant, elle a décidé de ne pas succomber à la panique, quoi qu'il arrive. Ce serait inutile et malsain.

Décontenancé, La Forêt reste les bras ballants devant ce petit bout de femme qu'il croyait terroriser et qui le défie avec une naïveté troublante. L'espace d'une seconde, Thana croit lire de l'angoisse dans ses yeux. Puis le regard se durcit et le Wendat se penche vers elle.

Avant qu'il ne la touche, quelqu'un le saisit à bras-le-corps et le soulève de terre. Grâce à sa force herculéenne, il réussit à se libérer et il se retourne promptement pour affronter son adversaire. Larme à la main, Kiala est déjà prêt à lui faire face. Il assène au Wendat un coup dans le ventre qui le plie en deux. L'autre se redresse, furieux, et essaie de l'agripper, mais Kiala, encore une fois, le prend de vitesse. Il le saisit par les bras et, en reculant de quelques pas, il le fait basculer dans les rapides.

La Forêt frappe les rochers à deux reprises avant de couler au fond de l'eau torrentueuse.

Chancelante, Thana tombe dans les bras de Kiala.

* * *

Il faut à de Villiers beaucoup de doigté pour éviter que tout ne se termine dans un bain de sang. Les hommes de La Forêt réclament à grands cris la mort de Kiala, et les soldats ont fort à faire pour les empêcher de passer aux actes. La longue expérience de l'officier lui permet heureusement de calmer les esprits et d'emmener tout le monde à parlementer.

La joute est serrée.

Pour des raisons évidentes, de Villiers ne peut livrer Kiala. Par ailleurs, le crime du Mesquakie doit être puni. Les deux parties s'apostrophent avec véhémence. Une empoignade entre Nähano et l'un des Wendats vient envenimer la situation, et les discussions prennent rapidement une mauvaise tournure.

Alors que de Villiers désespère de trouver un terrain d'entente, Wakusásse demande la parole. Surpris, les autres l'observent en silence. Le jeune chef, solennel, vient se placer devant les Wendats et il dépose ses armes à leurs pieds.

Kiala veut l'empêcher de pousser plus avant son intervention, mais Wapiskwato le retient fermement. Wakusásse a trouvé la seule solution au dilemme dans lequel ils se trouvent tous. Il n'y en a pas d'autre. En se proposant comme monnaie d'échange, il sauve Kiala et, du même coup, la paix fragile des Mesquakies. Par ailleurs, il permet aux Wendats d'éviter un conflit sans perdre la face, et il sort les Français d'une situation dangereuse.

— Ton devoir de chef t'appelle ailleurs, murmure Wapiskwato à l'oreille de Kiala. Tu dois accepter le sacrifice de notre jeune compagnon. Sa générosité n'est pas gratuite; elle te contraint à la réussite. Tu n'as plus le droit d'échouer.

Les Wendats se sont déjà jetés sur Wakusásse. Ils le dépouillent de ses vêtements et le ligotent en le rouant de coups.

Thana et Chikea se serrent l'une contre l'autre. Elles regardent le jeune guerrier courageux disparaître avec ses bourreaux. Les Wendats vont refaire les mêmes portages et dormir dans les mêmes îles jusqu'à leur village. Là-bas, ils décideront du sort de leur prisonnier – s'il a survécu. Ou bien on le torturera lentement, savamment, pour que l'âme de La Forêt trouve la paix, ou bien la famille de la victime décidera de l'adopter pour remplacer le défunt.

— L'hospitalité des Wendats est reconnue depuis toujours, déclare Wapiskwato pour consoler les siens.

Mais sa parole est engloutie par le torrent.

* * *

Les jours suivants, Nähano tente de dérider ses compagnons en se moquant des habitudes étranges des Montréalais et en les mettant en garde contre leur fatuité à la limite du maniérisme. De Villiers sourit malgré lui lorsqu'il le surprend à imiter Beauharnois en pleine leçon de danse.

Kiala reste obstinément insensible à toutes ces pitreries. Ses traits anguleux semblent épurés, et une mélancolie d'une grande sobriété teinte son regard d'un halo enfumé.

Quand Thana s'allonge tout contre lui, il lèche ses paupières, comme le ferait une renarde avec son petit pour lui dessiller les yeux. Puis il se ravise et pose ses mains sur le front de la jeune femme, pour qu'elle ne voie pas encore ce que le rêve lui a révélé.

2

Montréal courbe frileusement le dos sous l'averse. Une eau brunâtre déferle dans les caniveaux. Telle une ombre gigantesque, les fortifications vacillent, imprécises à travers les embruns. Rue Saint-Paul, des volets battent une cadence folle contre les murs de pierres, et les enseignes grincent. Dans les étals abandonnés, les crochets vides s'entrechoquent. Un baril roule au milieu de la rue et va choir sur un tas d'immondices. Tout le pays est inondé et enseveli sous un tapis fangeux.

Thana patauge dans la boue, la tête rentrée dans les épaules, en accordant sa foulée à celle de son mari. Malgré les imprécations de Coulon de Villiers et la grogne des soldats, Kiala refuse de courir. Pressés les uns contre les autres, les Mesquakies avancent donc d'un pas régulier, en dépit des conditions difficiles. Dans l'obscurité trouble, leurs vêtements fauves créent une éclaircie, et la pluie, qui fouette l'air en rafales violentes et les enveloppe d'un crachin opaque, les cingle sans les transpercer.

Kiala marque le sol, pas à pas. Dans sa tête, il entend encore les *che-che-quon* et les tambours. N'ont-ils pas chanté et dansé pendant des jours, avant le départ? Tous ensemble, ils ont ouvert le ballot sacré et entendu ses enseignements. La cérémonie terminée, Kiala a distribué tout ce qu'il possédait, puis il a jeûné deux jours et une nuit, sur les rives de la rivière des Renards. Wisaka lui a parlé. Il lui a montré le jonc brisé, coincé entre les pierres, incapable de poursuivre sa course jusqu'au grand fleuve. Et Kiala a compris que seul le sacrifice de sa liberté sauverait les Mesquakies. «Grand Manito, a-t-il supplié, regarde-moi. Vois ton peuple à travers moi et aie pitié de lui.»

Aujourd'hui, dans cette ville sale et noire, la même prière monte à ses lèvres, et des images, comme autant de symboles, s'imposent à son esprit. «J'ai choisi la vie pour les miens, le lever du soleil, les semailles et les récoltes, le vent, le froid, les enfants, l'ours dans sa tanière, le vol tranquille du cygne au-dessus des rivières. J'ai choisi, pour que les Mesquakies continuent à appartenir à la Terre, comme les lacs et les montagnes, comme le bison, toutes créatures uniques et égales dans Ta bonté. Donne-moi le courage et la sagesse d'aller jusqu'au bout.»

À travers la pluie, Thana, Chikea, Nähano et Wapiskwato entendent son chant de supplique, et ils le reprennent avec lui, plusieurs fois.

* * *

Le gouverneur a fait allumer un feu pour chasser l'humidité. Il se tient debout devant l'âtre, dos aux flammes, les paumes tournées vers la source de chaleur. On dirait un vieil homme transi, et pourtant, sous la perruque d'un blanc immaculé, son visage se teinte de rose comme celui des poupées de porcelaine aux joues rebondies.

Depuis son arrivée au pays, en 1726, il rêve de cet instant. C'est l'aboutissement d'une guerre qu'il a menée à sa façon, fermement, sans souscrire aux sensibleries des uns, aux atermoiements des autres. Il fallait débarrasser les pays d'en haut des Renards. L'essor de la Nouvelle-France en dépendait. Il n'a donc reculé devant rien pour arriver à ses fins. Et voilà le résultat : Kiala, le grand chef de guerre, dégoulinant devant lui.

Au-delà de sa jubilation, Beauharnois lutte contre une peur viscérale. Voilà pourquoi il reste si près de l'âtre, comme s'il se trouvait acculé au mur. Le feu lui brûle les fesses et les jambes, mais il n'ose pas quitter son refuge. En dépit de ses cheveux aplatis et de la ridicule flaque d'eau à ses pieds, la prestance de Kiala, son regard de rapace et la force brute qui court dans ses membres, prête à exploser, en imposent suffisamment pour que le gouverneur souhaite garder une bonne distance entre eux. D'autant plus que les Mesquakies rassemblés devant lui semblent liés par une connivence troublante. Un filet indémaillable les tient ensemble, et en les voyant ainsi fusionnés l'un dans l'autre, Beauharnois comprend qu'il doit avant toute chose briser cette unité. Il y a quelques instants à peine, il se demandait encore ce qu'il ferait des otages ; maintenant il le sait et retrouve du même coup tout son aplomb.

* * *

Trompé par la dentelle et les odeurs de poudre, impressionné par le faste des lieux et décontenancé par l'attitude poltronne du gouverneur, Kiala s'est cru, au premier abord, devant un vieillard incapable. Depuis que Beauharnois s'est éloigné du feu, il le découvre tel qu'il est, assoiffé de pouvoir, sûr de lui, et il comprend qu'il devra négocier avec un chef.

Le gouverneur s'assoit à sa table de travail. Il trempe sa plume dans l'encrier et écrit quelques mots. La pointe crisse sur le papier. On n'entend rien d'autre dans la pièce, sauf, de temps en temps, le chuintement d'une étincelle prise au piège.

Une fois la missive terminée et marquée de son sceau, le gouverneur la confie à l'un de ses soldats avant de se lever en prenant appui sur la table. À cause de la distance, il peut se croire aussi grand que son vis-à-vis, mais il n'en est rien. Kiala le dépasse d'une tête et sa maturité éclatante insulte le visage flétri du vieil officier. Ce dernier est à son déclin, alors que l'autre rayonne de toute la force de son âge. Toutefois, Beauharnois peut se reposer sur son immense pouvoir, un atout sur lequel le plus jeune ne peut plus compter.

Les deux hommes se jaugent, conscients l'un et l'autre des forces et des faiblesses de chacun.

– Kiala, chef des Mesquakies, bienvenue dans ma maison.

Thana sursaute en entendant cette voix. Tant de souvenirs y sont rattachés : Chakoso, La Forêt, Philippe...

– Nous sommes venus pour parler de paix, répond Nähano, en traduisant la réplique de Kiala.

Le gouverneur n'a même pas tourné la tête vers l'interprète. Il fixe plutôt Kiala.

– Les Renards se sont rendus coupables de grands crimes sous ta gouverne. Moi, *Onontio,* je n'accepterai plus que ton peuple constitue un danger pour les Français et leurs alliés. Vous avez tué, blessé, scalpé, brûlé. Vous avez semé la terreur par votre conduite barbare. Kiala et ses guerriers ne feront plus jamais couler le sang des Français !

Beauharnois s'empourpre. Il a donné un grand coup de poing sur la table.

— J'ai apporté des *wampums* de paix, répond Kiala, sans montrer la moindre émotion. Mon peuple est fatigué de la guerre et des persécutions. Je viens t'offrir la paix. Que devons-nous faire pour te satisfaire ?

— Les Renards doivent venir ici. Il ne doit plus en rester un seul dans les pays d'en haut.

— Le peuple de Wisaka appartient à la terre de ses ancêtres. Comment pourrait-il la quitter et continuer à vivre ?

Beauharnois durcit le ton.

— Tu n'as pas le choix, Kiala. La paix ne sera possible qu'à cette condition. Ton peuple doit venir ici, près des Français, et se placer sous ma protection.

Indécis, Kiala se tourne vers Wapiskwato. Avant d'accepter la condition de Beauharnois, il veut l'avis du sage. Ce dernier n'a pas cessé d'observer le gouverneur. Il a noté sur son visage chaque battement de cils, chaque rictus. Wapiskwato sait depuis toujours que le corps épouse fidèlement les mouvements de l'âme. Il est né avec ce savoir.

— Il ment, murmure-t-il. Ou il cache l'essentiel, ce qui revient au même. Ne te laisse pas endormir par un discours qui ne vient pas du cœur. Il faut poser d'autres questions si tu veux savoir la vérité.

De Villiers a saisi le sens des paroles de Wapiskwato. Il fait un signe à ses soldats, qui avancent d'un pas.

Inquiètes, Thana et Chikea se rapprochent l'une de l'autre.

Tout à fait ignorant de la langue mesquakie, Beauharnois continue sur le même ton agressif.

– J'attends ta réponse. Le sort de ton peuple est entre tes mains.

Troublé, Kiala profite du répit que lui procure la lente traduction de Nähano pour réfléchir. L'interprète a compris que son compagnon a besoin de temps. Il parle doucement, comme s'il cherchait ses mots, ajoutant des paroles d'encouragement sans rapport avec le discours de Beauharnois.

Quand il se tait, Kiala est prêt à monter à l'assaut.

– Je me rends au désir d'*Onontio,* dit-il humblement, sur un ton qui aurait dû intriguer le gouverneur s'il n'avait pas été aussi sûr de lui. Ta décision sera la mienne. Indique-moi où je dois mener mon peuple.

Satisfait, Beauharnois se lève et croise les bras.

– Fais venir tes gens ici, à Montréal. Je m'occuperai d'eux. Tout sera fait pour le mieux.

– Comment ? Quelle terre leur donneras-tu ?

– Ils seront divisés en petits groupes et répartis dans les tribus chrétiennes. Les Hurons de Lorette seront très heureux d'accueillir des enfants. Je pense envoyer surtout des femmes chez les Iroquois du lac des Deux Montagnes. Quant aux hommes, je verrai à les disperser de façon qu'ils s'acclimatent le plus rapidement possible à leur nouvel environnement.

Les yeux du gouverneur pétillent comme ceux d'un enfant devant une friandise. Il explique son plan avec une ferveur nouvelle, rassuré par l'apparente soumission de Kiala. Quand celui-ci prend de nouveau la parole, sa voix a changé. Même le débit est plus rapide.

– Mon peuple ne doit pas être dispersé. Jamais.

Le visage de Kiala s'est fermé. On le dirait de marbre. Ses yeux parfaitement immobiles ne quittent pas le gouverneur, qui a un mouvement de recul.

– C'est la seule façon de vous empêcher de nuire, riposte ce dernier, d'une voix soudain haut perchée. Ma décision est irréversible ! Tu amèneras tes gens et ils seront dispersés dans les tribus alliées des Français, où on leur enseignera les préceptes de la vraie foi.

– Tu parlais de paix avec des mots empoisonnés, grogne Kiala. En dispersant mon peuple, tu le tues, et c'est ce que tu souhaites. C'est ce que tu as toujours voulu.

Tout en parlant, le chef mesquakie a fait un pas vers le gouverneur. Celui-ci jette un regard apeuré à de Villiers qui lance aussitôt ses soldats. Trois d'entre eux se jettent sur Kiala, qui se débat comme un diable et réussit à désarmer les deux premiers. Le troisième pointe son arme vers lui. Aussitôt, Thana se lance de tout son poids sur le soldat, qui perd l'équilibre. Avant même qu'il ait pu se redresser, un détachement alerté par un guetteur pénètre dans la pièce et maîtrise les Mesquakies.

Beauharnois sue à grosses gouttes.

– Emmenez-les ! hurle-t-il.

* * *

Écroués à la prison de Montréal comme de vulgaires criminels, les ambassadeurs mesquakies attendent le verdict. Ils parlent peu, plus enclins, pour le moment, à la réflexion qu'aux discussions stériles. Wapiskwato aurait souhaité plus de souplesse de la part de son chef, mais il ne peut décemment lui reprocher de ne pas avoir adhéré aux projets insensés du gouverneur. Il espère toutefois que les négociations ne sont pas définitivement rompues et qu'ils auront une autre occasion de faire valoir leur point de vue.

Furieux de s'être emporté, plein d'amertume devant les exigences de Beauharnois, Kiala préfère se taire. Il devine la déception de ses compagnons et ne sait trop comment réparer son erreur. Wapiskwato lui avait bien dit qu'il n'avait pas le droit d'échouer, et voilà qu'à la première difficulté il ruine toutes leurs chances! Retiré en lui-même, il essaie de formuler de nouvelles offres et ébauche des plans qui n'aboutissent jamais. Exaspéré, il repousse même Thana lorsqu'elle tente de se rapprocher de lui.

Après quelques jours de ce manège, la jeune femme s'insurge:

— Qu'est-ce que j'ai fait de mal, demande-t-elle, pour que tu ne veuilles plus de moi à tes côtés?

— Tu m'as humilié.

— Comment? s'étonne la jeune femme. Je t'aime trop pour chercher à t'humilier.

— Je n'ai pas besoin d'une femme pour me défendre, grommelle Kiala.

Thana comprend. En se jetant sur le soldat dans le bureau de Beauharnois, elle laissait entendre que Kiala ne pourrait s'en sortir seul. En n'écoutant que son instinct, elle a mal agi. Kiala n'avait pas besoin d'elle.

— Tu as raison, admet-elle. Tu n'as pas besoin d'une femme pour te défendre.

Préoccupé, Kiala hoche la tête et retourne à ses réflexions. Thana ne bouge pas. Elle reste plantée devant lui. Il met longtemps à remarquer sa présence obstinée.

– Qu'y a-t-il ? demande-t-il enfin, agacé.

– Moi, j'ai besoin de toi, lui répond Thana avec un sanglot contenu dans la voix.

Le chef mesquakie se rend compte qu'il n'avait pas vu sa femme depuis longtemps. Elle était là, présente, disponible, mais il ne la voyait plus. Tout à ses tracas, il avait oublié qu'il est aussi un époux. Il avait également oublié que ses compagnons partagent son sort, qu'il le veuille ou non, qu'ils sont venus ensemble et doivent traverser ensemble les épreuves. L'emprisonnement leur pèse, à eux comme à lui. L'inquiétude les ronge, la même qui le tient éveillé. Et comme à lui, le pays leur manque douloureusement. Il a voulu souffrir seul, et son égoïsme a bien failli le séparer des siens. Il avait tort : il a besoin de Thana.

– Tu es ma vie, souffle-t-il à l'oreille de la jeune femme. Ne me permets plus de l'oublier.

* * *

Devant Beauharnois, Coulon de Villiers est à bout d'arguments. Son supérieur a réponse à tout. Quand l'officier évoque la bonne foi des Renards, le gouverneur lui rappelle les rumeurs persistantes de complots avec les Anglais et les campagnes menées par Kiala pour former une nouvelle confédération. S'il fait allusion aux centaines de morts du côté de l'ennemi, Beauharnois défile la liste des atrocités commises par les Renards depuis des années : les voyageurs assassinés, les coureurs des bois torturés, les officiers tenus en otage, des dizaines de soldats morts lors de guérillas sanglantes, les Hurons, les Illinois, les Sauteux, les Sioux réduits en esclavage, arrachés à leurs familles. Le gouverneur, outré, remonte même à Pemoussa, à Ouachala. Il s'étouffe dans sa propre indignation et ne s'interrompt que parce qu'il est à bout de souffle.

Incapable de rien réfuter, de Villiers risque une dernière intervention.

— En s'alliant les Renards, on se rapproche des Iroquois.

— Et on perd, du même coup, toutes les autres tribus des grands lacs! Non, croyez-moi, la seule solution, la plus raisonnable et la plus humaine, c'est celle que je propose.

— Kiala n'acceptera jamais.

— Je n'ai pas besoin de son assentiment!

— Je n'en suis pas si sûr, malgré tout le respect que je vous dois.

De Villiers a rougi.

— Expliquez-vous, ordonne sèchement le gouverneur.

— Les Renards sont très attachés à leur chef. S'ils n'ont pas son approbation, ils ne bougeront pas.

— Alors, vous leur direz qu'ils reverront leur chef seulement lorsqu'ils seront tous ici, à Montréal. En attendant, Kiala, Nähano et leurs femmes seront incarcérés à Québec.

— Pourquoi à Québec? s'étonne de Villiers.

Beauharnois esquive la question.

— Vous repartirez dès demain avec... avec l'autre, j'ai oublié son nom, et vous me ramènerez tous ces Sauvages avant l'hiver. S'ils refusent, vous les tuez, tous, jusqu'au dernier. Vous m'avez bien compris, de Villiers? Suis-je assez clair? Avant les premières neiges, il ne doit plus rester un seul de ces Sauvages dans les pays d'en haut. Prenez les moyens qu'il faut. N'importe lesquels! Vous avez carte blanche.

* * *

En route vers la prison, de Villiers croise une bande d'enfants tapageurs qui lui rappellent les siens, et sa seigneurie de Verchères, adossée au fleuve, avec les frises de trilles et de violettes dans l'érablière et les bouquets d'iris pourpres le long du littoral. Cette année encore, il a manqué la débâcle et la fête du mai. Il a manqué tant de choses ces dix dernières années. Heureusement que ses aînés travaillent avec lui à la baie des Puants, sinon il en viendrait à douter qu'il a, quelque part, une famille et une maison confortable. Qu'il a été amoureux fou... Et jeune... Là-bas, au pays de Mantes où il est né, il savait rêver. Comme il en a rêvé de la Nouvelle-France! Il se souvient du jour de l'embarquement. Jamais il n'y avait repensé, pris dans le tourbillon de sa carrière, mais aujourd'hui il s'en souvient avec précision. Dans sa poche, il triturait un papier signé par Louis XIV lui-même, une promesse: il serait reçu enseigne au Canada.

L'officier sourit. Il ralentit pour mieux revoir ses parents sur le quai, et le bateau, gigantesque à première vue, et pourtant si exigu quand il a fallu y vivre pendant des semaines. Que de souvenirs! Il s'en amuse un instant, puis une terrible nostalgie s'abat sur lui, tel un voile qui cache la lumière. D'où lui vient cette mélancolie, ce besoin soudain de revisiter sa vie? Comme si elle lui échappait...

Plongé dans ses réflexions, il est passé tout droit devant la prison. Sur le fleuve, de petites embarcations tanguent doucement au gré des vagues, et en les voyant l'officier comprend enfin pourquoi le gouverneur veut envoyer Kiala à Québec. Le sort réservé au chef mesquakie l'afflige profondément.

3

Le quartier du palais fonctionne au ralenti. Même le chantier naval a diminué de beaucoup ses activités à cause de la chaleur. Juillet tombe dru sur Québec et l'ombre s'avère une denrée rare.

Assises sur un banc, le dos appuyé au mur crevassé, Thana et Chikea profitent d'un moment de répit. Elles ont déniché un coin ombragé, juste derrière les cuisines. Les jambes de Thana la font souffrir, mais elle refuse de se plaindre. Toutes ses pensées vont à Kiala et Nähano, enfermés à double tour, juste à côté, dans la prison du Palais.

Dès leur arrivée à Québec, on les a menés ici, tous les quatre, sous bonne garde. Avisé par un courrier du gouverneur, l'intendant Hocquart les attendait. Thana ne l'a rencontré qu'une seule fois, le premier jour. Elle a cru voir une réplique d'*Onontio :* la même perruque frisottée, le même jabot de dentelle sous le double menton et, dans les yeux, la même curiosité prudente. Kiala s'est laissé enfermer sans rien dire. Il n'a pas essayé de parlementer. Depuis, toute son attitude exprime une résignation incompréhensible. Thana le voit chaque soir avant de réintégrer l'appentis, contigu au magasin, où elle dort en compagnie de Chikea. Malheureusement, ils ne sont jamais seuls, car autant l'intendant que le gouverneur redoutent les frasques du chef de guerre.

La jeune femme se frotte les jambes en laissant échapper un geignement.

– Tu devrais marcher, lui conseille Chikea. Il faut bouger.

Thana en doute. Chaque mouvement lui demande un effort considérable, et elle doit cambrer les reins pour arriver à se mouvoir. Son ventre durci pèse si lourd qu'il la déséquilibre, et elle a parfois l'impression de porter une pierre rude et anguleuse plutôt qu'un enfant. Quand la pression est trop forte, elle craint que son ventre n'éclate, percé par une arête vive, et qu'il s'en échappe une pluie de galets.

Angoissée par cette vision effroyable, elle étouffe un sanglot.

– Viens, allons marcher dans le jardin, propose Chikea en lui prenant le bras pour l'aider à se lever.

Les deux femmes traversent lentement la cour. Elles passent devant la maison de l'intendant, baptisée le Palais et qui a donné son nom à ce quartier, érigé en bordure de la rivière Saint-Charles. L'imposant édifice de deux étages est encadré par des pavillons dont la façade déborde de quelques mètres sur l'immeuble principal. Un officier grimpe justement les marches du balcon qui mène à la grande entrée. À part lui, la cour est déserte. Même les animaux qui, habituellement, furètent ici et là en quête de détritus, ont choisi de passer la journée à l'ombre.

Thana et son amie disparaissent sous une voûte qui conduit à l'arrière de l'édifice. Dans le jardin planté d'arbres fruitiers, elles suivent les allées très droites, reliées par de savants ronds-points.

– Allons à la rivière, propose Thana, un peu soulagée par la marche.

Sa compagne observe les alentours. Personne ne semble s'intéresser à elles. Sur la pointe des pieds et en retenant leur fou rire de gamines en cavale, elles franchissent la clôture de pieux qui entoure les bâtiments de l'Intendance et descendent vers la rivière par le sentier aménagé à cet effet. Thana se sent beaucoup mieux. Le cours d'eau s'allonge, telle une vaste ouverture. Une bise légère souffle un air tiède et bienfaisant.

Obéissant à un besoin impérieux de renouer avec l'eau, la jeune femme veut s'y tremper les pieds, mais Chikea la saisit vivement par le bras.

— Tu ne dois pas marcher dans la rivière ! Tu risquerais de perdre l'enfant !

Thana recule, confuse. Elle ne savait pas. Tout comme elle ignorait, avant que Chikea ne le lui enseigne, qu'une femme grosse ne doit jamais manger de noix ou toucher un cadavre. Même les poulets auxquels on a tordu le cou, Chikea lui défend d'y toucher. La jeune femme ne savait rien de tout cela, et elle éprouve beaucoup de reconnaissance envers son aînée pour ces précieux enseignements. Elle a tellement peur de perdre l'enfant qu'elle se plie de bonne grâce à toutes les règles édictées par Chikea, même celles qui lui paraissent saugrenues et qu'en d'autres temps elle aurait bravées avec une belle insolence. Loin de chez elle, désorientée, elle se raccroche à ces croyances qui lui apportent l'assurance d'appartenir à une communauté.

— Merci, dit-elle. Que serais-je devenue sans toi ?

— Ne me remercie pas. Je fais seulement ce qui doit être fait.

— Tu sauras, quand le moment sera venu ? demande Thana, d'une voix anxieuse.

– Ne t'inquiète pas, la rassure son amie en passant un bras autour de ses épaules pour l'entraîner vers les cuisines. Rentrons, maintenant.

« C'est vrai, pense Thana, il faudrait monter à bord de ce canot ancré dans l'anse, et rentrer chez nous. » Mais sans Kiala, elle n'aura jamais cette audace. D'ailleurs, l'intendant l'a bien compris. Il a permis qu'elles travaillent à la cuisine et ne s'est plus inquiété de leur sort, convaincu que les deux femmes ne songeraient pas à fuir sans leurs hommes, qu'elles resteraient là, à rôder autour des bâtiments, comme de bons chiens fidèles. En cela, il a eu raison.

À regret, les deux Mesquakies reviennent à leur tâche. Mme Augée, la cuisinière, les accueille en grommelant.

– Vous avez manqué le ramasseur d'épluchures, leur reproche-t-elle, bourrue mais jamais méchante.

Une fois par semaine, parfois deux en temps de canicule, un homme sillonne les rues du quartier pour ramasser les détritus. Thana et Chikea ne l'ont jamais vu, même si elles sont chargées de déposer les épluchures et autres rebuts dans un baril, la veille de son passage.

– Il ne devait pas venir aujourd'hui, s'étonne Chikea.

– Il fait si chaud, explique la cuisinière, que l'air empeste. On ne peut rien laisser dehors ; alors, l'intendant l'a fait venir.

– Je peux peut-être le rattraper, suggère Chikea.

– Je ne crois pas. De toute façon, j'ai absolument besoin de petits oignons. Va m'en chercher au potager.

– Et moi ? s'enquiert Thana.

– Va vite au magasin me chercher de la farine.

En sortant, la jeune femme aperçoit le ramasseur d'épluchures, comme l'appelle si curieusement la veuve Augée. Elle le voit de dos. Il emprunte déjà la porte cochère qui débouche sur la rue Saint-Vallier. Derrière lui, un chien traîne un tombereau rempli d'ordures. Tous les deux avancent à petits pas, de la même démarche claudicante. L'homme est trop loin pour que Thana puisse distinguer autre chose qu'un grand corps nonchalant et sans tête, tellement il plie l'échine. Les pans de sa chemise ouverte lui battent les flancs. On dirait un voilier démâté par quelque orage.

Thana attend qu'il disparaisse avant d'entrer dans le magasin du roi, où l'abondance des victuailles la surprend une fois de plus.

* * *

L'homme met un temps fou à atteindre les rives de la Saint-Charles. Après l'enclos de l'Intendance, il lui reste une dizaine de maisons à desservir. Quand il arrive enfin au dépotoir, aménagé le long de la rivière, son tombereau déborde.

Avec parcimonie, il fouille dans les détritus pour en extirper tout ce qui pourra lui servir : un morceau de tissu pour calfeutrer sa cabane, des rognures de viande ou de légumes qu'il partagera avec son chien, des tessons de bouteille, un cordonnet. La récolte est maigre, mais en ajoutant ces trouvailles aux quelques écus que lui verse l'administration de la ville pour son travail d'éboueur, il devrait pouvoir subsister encore une semaine. Le fil de sa vie se trame ainsi, d'une semaine à une autre. Il lui serait impossible d'imaginer plus loin. Tout son avenir se trouve comprimé en quelques jours, et au lieu de s'additionner, les semaines se soustraient les unes aux autres. La vie tourne à vide autour d'elle-même; il n'y peut rien et la supporte tant bien que mal.

Le chien a faim. Il pleure comme un enfant.

L'homme lui jette quelques rognures et repart sans l'attendre. L'animal avale tout rond, sans mastiquer, et rejoint son maître. Tous les deux regagnent en boitillant leur cahute, construite à l'extérieur des fortifications, à même le mur de pieux, à mi-chemin entre la haute-ville et le quartier du Palais. Ils habitent là depuis quelques mois, dans l'indigence la plus totale, en compagnie d'autres démunis. Des hommes surtout, véritables épaves humaines, et quelques femmes incapables de dessoûler et d'affronter la triste réalité. Les autorités les tolèrent jusqu'à un certain point, jusqu'à ce que leur nombre atteigne des proportions inacceptables. Alors, on les disperse à coups de bâton, on détruit leurs cabanes et on brûle leurs pauvres effets. Pendant quelque temps, les gueux s'éparpillent dans la basse-ville, ils s'évaporent tels des spectres menacés par une trop grande lumière. Puis, un à un, ils reviennent, se retrouvent. Les cahutes sont reconstruites au même endroit, sur les ruines des anciennes. Et la vie reprend, sans rien de plus ni rien de moins.

En entrant dans sa cabane, l'homme constate qu'elle est déjà occupée. Une pauvre folle à moitié nue pleurniche dans les bras d'une dame. L'une et l'autre offrent un contraste hallucinant. Le visage de la première disparaît derrière une tignasse sale et emmêlée. Tout son corps exhale une odeur rance d'alcool et de vomissures. Pieds nus, les jambes dégoulinantes de boue, elle porte une chemise d'homme et un jupon élimé qui ne cachent rien de son effrayante maigreur. Elle a passé ses bras décharnés autour de la taille fine de la dame.

Celle-ci sourit à Josiah et hausse les sourcils en signe d'impuissance. Ce n'est pas la première fois que la folle s'enfuit de l'Hôpital Général et se réfugie ici. Aussi coulante qu'une anguille, elle échappe souvent à la surveillance des hospitalières. Elle a dû errer pendant des heures, avant de se diriger vers la basse-ville. Amusés par cette petite bête ricaneuse, toujours prête à faire le pitre, marchands et soldats lui ont sans doute refilé leurs fonds de bouteille. Quand ils en ont eu assez, ils l'ont chassée à coups de pied et elle s'est réfugiée, comme d'habitude, chez les plus miséreux.

Mme Maillard a dû la découvrir, affalée dans quelque recoin, en faisant sa tournée. Même si elle habite à Batiscan, cette dame charitable vient régulièrement à Québec, environ une fois par mois, parfois même plus souvent. Elle met une journée ou deux à visiter les endroits les plus malfamés de la ville, privilégiant cette zone noire sur le versant extérieur des fortifications, une zone grouillante d'ivrognes et de filous, où bien peu de gens honnêtes et bien nantis osent s'aventurer.

Sans rien dire, le ramasseur d'épluchures retourne à l'extérieur. Mme Maillard l'y rejoint quelques minutes plus tard.

— Elle s'est calmée, dit-elle. Elle devrait dormir jusqu'à demain matin.

— J'irai la reconduire.

La dame sort quelques sous de son réticule.

— Tu prendras une voiture; je ne veux pas que tu marches jusque-là avec ta mauvaise jambe.

L'homme prend les sous. Les doigts de la dame effleurent sa paume, et son parfum flotte dans l'air vicié, troublant comme une fleur sur une tombe. Elle n'a pas d'âge. De sa coiffe de mousseline s'échappent des mèches de cheveux argentés, mais ses yeux brillent encore de l'éclat de la jeunesse. Son cou pourrait la trahir, si un mouchoir d'un tissu très fin, savamment noué, ne dissimulait les rides tout en donnant au visage une fraîcheur juvénile. C'est seulement dans la lenteur des gestes que l'âge se révèle vraiment.

— J'ai laissé de la nourriture, dit-elle. Tu partageras avec les autres.

L'homme acquiesce.

Elle sourit en posant une main sur son bras.

— Tu me raccompagnes ? demande-t-elle. Mon fils doit me prendre chez M. Duplessis.

Tout en marchant, Mme Maillard pose des questions qui n'obtiennent guère de réponses : un raclement de gorge, un haussement d'épaules. Intriguée, elle observe son compagnon du coin de l'œil. Depuis leur première rencontre, il y a presque trois mois, cet homme la fascine. Derrière son air absent et résigné couve une flambée d'émotions, colère et tendresse réunies, qui ne demandent qu'à s'embraser. « Il faudrait si peu, pense Mme Maillard, pour qu'il sombre dans la déréliction la plus totale... Et si peu pour qu'il émerge des profondeurs où il s'enlise... On le dirait à la croisée de sa route, trop las pour seulement penser à la direction à prendre. » Contre tout bon sens, elle lui fait confiance. Il émane de ce grand corps esquinté une force souterraine à laquelle elle tente par tous les moyens d'accéder. Pour le moment, l'homme apprécie sa compagnie, sans plus. Il ne refuse pas son affection, mais la parole tarde à se libérer.

— Nous avons tout le temps, dit Mme Maillard comme si elle poursuivait à voix haute sa réflexion. Assoyons-nous un moment.

Le chien les a suivis. Il pose sa bonne tête sur les genoux de son maître. Devant eux, le soleil à son couchant enveloppe le quartier du Palais d'une chape orangée.

L'homme étire doucement sa jambe infirme, et Mme Maillard l'observe à la dérobée. Dans le visage d'une tristesse infinie, les yeux d'un bleu intense cherchent l'horizon.

* * *

— Tu traînes depuis des jours ! Va te reposer, ma fille ! Je ne veux plus te voir du reste de la journée. Des plans pour que tu accouches dans les tripes de porc ! Monsieur l'intendant reçoit ce soir et tout doit être impeccable. J'ai beaucoup trop à faire pour te tenir la main !

Sous les reproches de la cuisinière, Thana devine une grande compassion. La veuve Augée n'aime pas étaler ses sentiments. Plus elle est émue, plus elle grogne.

Chassée de la cuisine, Thana s'installe donc sur le banc, tout au fond de la cour. La touffeur persiste. Des soldats discutent, un peu plus loin. Ils jettent souvent un regard impatient sur l'horloge encastrée dans le campanile, au-dessus de la porte principale. Le temps n'avance plus ; leur quart s'étire, interminable, et ils n'aspirent plus qu'à la fraîcheur du soir, quand ils pourront enfin se débarrasser de leur veste et ranger leur mousquet sur lequel glissent leurs mains moites.

Thana se sent inutile, vidée de toute son énergie.

Distraite un moment par l'arrivée de deux charrettes chargées de marchandises, elle finit par sombrer dans une sorte d'engourdissement. Les bruits s'estompent, les grincements des roues, le cliquetis des épées sur les jambières... Même les aboiements des chiens et les claquements des sabots, tout se dissout dans la lourdeur de l'air en un murmure homogène et de plus en plus lointain.

Thana laisse tomber sa tête sur sa poitrine.

* * *

À son réveil, elle a du mal à s'orienter. Elle n'a pourtant somnolé que quelques instants. Les soldats sont toujours là; les charretiers déchargent encore leur marchandise. Rien n'a changé, sauf que le ramasseur d'épluchures termine sa tournée. La jeune femme s'étonne : comment a-t-elle pu dormir assez profondément pour ne pas entendre crisser les roues brinquebalantes de son tombereau ?

Il s'arrête au-dessus d'un tas d'immondices. Son corps maigre se plie et se déplie avec une aisance remarquable. La jeune femme l'épie, fascinée. Quand il se remet en marche, elle place sa main devant sa bouche pour dissimuler un sourire narquois. L'homme va devant, claudicant, le dos voûté; le chien suit, du même pas, tirant le tombereau, lui-même bancal. L'homme, sa bête et leur équipage semblent affublés d'une même boiterie, ce qui rend leurs déplacements à la fois drôles et touchants.

Ils se dirigent vers la sortie.

Thana se reprend. Pour rien au monde elle ne voudrait blesser le ramasseur d'épluchures. En espérant qu'il tournera la tête vers elle et qu'elle pourra mettre un visage sur cette silhouette arquée, elle prépare son plus beau sourire.

L'homme découvre d'abord ses mains en rejetant d'un geste ample les pans de sa chemise. Thana reste estomaquée à la vue des doigts fuselés et osseux sous la peau d'un brun foncé. Le ramasseur d'épluchures serait un homme de couleur! Comme Josiah...

La jeune femme se prend bêtement à espérer. Et si Josiah avait survécu à la colère des Choctaws?... Et si, par quelque sortilège, il s'était retrouvé à Québec? Wisaka l'a bien conduite jusqu'ici! Peut-être le dieu de Josiah a-t-il le même pouvoir...

L'homme a pris la direction de la porte cochère. Thana le suit du regard, à l'affût. Lorsqu'il tourne enfin la tête vers elle, un très bref instant, elle reconnaît immédiatement les yeux de Josiah.

Comment se tromper? Il n'y a pas, dans le monde, aussi vaste soit-il, d'autres yeux comme ceux-là.

Pourtant, la jeune femme ne bouge pas. Cette silhouette amaigrie qui clopine gauchement vers la sortie, ramassée sur elle-même, comment pourrait-elle appartenir à Josiah, l'esclave puissant, agile comme un puma et aussi droit qu'un orme?

Le cœur bondissant dans sa poitrine, la jeune Mesquakie fixe l'éboueur. Tout se bouscule dans sa tête. Au fond d'elle-même, elle sait bien que cet homme ne peut être que Josiah, l'amant de Marie-Anne, l'ami généreux qui leur a sauvé la vie, à elle et Nucamoan, au péril de la sienne. Tout la pousse vers lui. Elle voudrait lui demander comment il s'est retrouvé à Québec, comment il a échappé aux Choctaws, ce qui est arrivé à sa jambe, ce qui lui est arrivé, à lui. Pourtant, elle ne bouge toujours pas. Deux motifs la retiennent. D'abord, la compassion pour cet homme brisé qui n'est plus que le fantôme de lui-même. Puis la répulsion : il est facile de deviner les tortures, morales et physiques, que l'esclave a dû endurer, et Thana doute de ses capacités à supporter seulement le récit de ces horreurs.

L'homme va disparaître de l'autre côté de la palissade. La jeune femme constate avec étonnement comment il pourrait être grand s'il se redressait de toute sa taille, s'il déployait son corps replié sur lui-même et emplissait l'espace.

Elle a honte soudain de son hésitation et ne désire plus que le prendre dans ses bras et lui dire toute son affection et toute sa reconnaissance.

Incapable de bouger, elle crie son nom

– Josiah ! Josiah ! Attends !

Le chien se retourne. Ses paupières tombantes expriment une terrible lassitude. Son museau grisonnant se découpe sur le pelage d'un noir terne. Parce que son maître poursuit sa route, il reprend lui aussi le chemin de la maison, et tous les deux quittent l'enceinte de l'Intendance.

* * *

Installés dans une petite pièce adjacente à la prison, Thana et Kiala scrutent le ciel par la fenêtre ouverte. Une brise agréable chasse l'humidité. Le vent a tourné. Les grandes chaleurs tirent à leur fin.

– Tu as vu ? (Thana applaudit, les yeux brillants. En quelques minutes, elle a aperçu deux étoiles filantes.) Tu crois que c'est un bon présage ? demande-t-elle, pleine d'espoir.

— Sûrement, lui répond Kiala, distrait.

La jeune femme pose sa tête sur l'épaule de son mari. Il l'entoure de son bras, et elle s'abandonne, heureuse de sentir de nouveau son corps contre le sien.

Mathieu Pajot, le soldat le plus souvent affecté à la garde des prisonniers, leur a généreusement accordé ce moment d'intimité. Kiala a promis de ne pas tenter de s'évader, et Pajot l'a cru. Depuis qu'ils se côtoient, le Français et le Mesquakie ont établi une relation basée sur le respect et la confiance. Ils passent de grandes soirées à jouer aux dés ou à parler de tout et de rien, par signes quand les mots leur font défaut. Ce soir, pour la première fois, le soldat a accepté de déroger au règlement en s'éloignant pour laisser les deux époux seuls.

Silencieux, ces derniers expriment leur désir en entre-croisant leurs doigts, en frottant leurs joues l'une contre l'autre, et en fermant les yeux quand le corps s'impatiente et qu'ils craignent ses emportements. Alors ils s'écartent quelques secondes, le temps d'un soupir, puis se rapprochent comme deux rivières à leur confluent. Si Kiala voulait la prendre, Thana ne refuserait pas, mais son mari connaît bien les dangers associés à la grossesse. Comme Chikea, il est convaincu qu'une relation avant l'accouchement pourrait faire mourir l'enfant. C'est du moins ce que les femmes de la tribu ont toujours enseigné à leurs filles.

— Personne n'a parlé encore ? demande Thana pour alléger l'atmosphère et dissiper leur trouble.

— Non, je n'ai aucune nouvelle, lui répond le chef, navré.

Depuis le départ de Wapiskwato, il y a deux mois, on les garde dans l'ignorance la plus complète.

Officiellement, l'ambassadeur mesquakie devait transmettre aux siens les exigences d'*Onontio* et préparer l'exode de la tribu vers Montréal. Toutefois, Kiala s'est longuement entretenu avec lui avant qu'il ne reparte, en compagnie de Coulon de Villiers, pour la baie des Puants. Ses ordres ont été très clairs : quoi qu'il advienne, les Mesquakies ne doivent pas venir à Montréal. Si c'est nécessaire, ils devront même s'exiler plus à l'ouest, au-delà du grand fleuve pour fuir *Onontio* et ses soldats. Le chef de guerre a insisté auprès de Wapiskwato «Quoi qu'il arrive, a-t-il précisé, vous devez refuser de venir à Montréal. Ce serait la fin des Mesquakies. Feignez d'accepter la proposition du gouverneur, et dès que vous en aurez la chance, partez le plus loin possible, jusqu'au pays des Iowas, s'il le faut ! » Voilà le message secret que Wapiskwato devait transmettre à son peuple. L'ambassadeur a-t-il su convaincre et donner un sens au sacrifice de son chef ? Kiala n'en sait rien ; il ne peut qu'espérer en restant à Québec, sans chercher à fuir, pour laisser croire à Beauharnois que la tribu va se rendre. De cette façon, les Mesquakies disposeront d'un peu de temps pour préparer leur fuite.

– Ils sont peut-être déjà rendus sur la terre des Iowas, murmure Thana, consciente que ce dénouement, qu'ils souhaitent tous les deux, signe probablement leur arrêt de mort.

Dans les salons de l'intendant, les invités dansent une tarentelle. La musique joyeuse se propage jusque dans les jardins, où se croisent des hommes et des femmes émoustillés par le vin et la douceur de la nuit. Leurs rires nerveux s'égrènent dans l'obscurité comme le chant de la bécasse. Thana appuie ses coudes au chambranle et pose sa tête dans ses mains. Une troisième étoile filante plonge du ciel vers la terre. La jeune femme recule, tellement la flèche lumineuse semble près.

Elle pense à Josiah et aimerait en parler à son mari, mais l'esclave noir appartient à une période de sa vie dont Kiala est exclu. Elle préfère se taire.

* * *

Près des cuisines, le baril de détritus déborde.

Des effluves malodorants flottent dans l'air.

Depuis que Thana l'a reconnu, Josiah n'est plus revenu dans l'enclos de l'Intendance, et la jeune femme s'inquiète en comptant les jours. S'il ne revenait plus jamais?... Parfois, elle croit s'être trompée : peut-être ne s'agissait-il pas de Josiah. Or, le doute ne subsiste jamais très longtemps.

Tout en écossant des petits pois, si petits qu'il en faut trois paniers pour remplir un bol, la jeune femme surveille la cour, comme elle le fait depuis une semaine.

Sa patience est enfin récompensée.

Le chien passe la porte le premier. L'homme suit, plus voûté que jamais.

Thana se prépare, bien déterminée à en avoir le cœur net – cette fois, il ne lui échappera pas ! Lorsque le ramasseur d'épluchures s'arrête près des cuisines, elle se campe devant lui. Il ne relève même pas la tête et accomplit sa tâche en automate, sans tenir compte de sa présence.

— Comment t'appelles-tu? demande-t-elle.

Sans répondre, comme si elle n'existait pas, l'homme se dirige vers le prochain dépôt. Thana le suit, obstinée.

Dans sa hâte, il répand sur le sol quelques restes d'abats sur lesquels le chien se précipite.

À bout de souffle, la jeune femme s'accroche à son bras, qu'il laisse pendre comme s'il espérait le voir se détacher de lui. Elle tient bon.

— Parle-moi, je t'en prie. Je sais qui tu es. J'ai tellement espéré te retrouver ! Dis mon nom, Josiah. Es-tu mon ami perdu ?

L'homme se retourne. Une intensité proche du délire brouille son regard bleuté. Thana se rappelle l'esclave amoureux qui suppliait Marie-Anne de revenir à la vie.

— Josiah..., murmure-t-elle, l'âme chavirée.

Elle a lâché le bras de l'éboueur, qui en profite pour s'éloigner. Malgré sa jambe raide, il se sauve à grands pas et le chien le suit comme il peut. Du tombereau malmené s'échappent quelques viscères puants.

Thana essaie de courir elle aussi, mais une contraction la plie en deux, si forte qu'elle tombe à genoux en lâchant un cri de douleur.

— Josiah ! implore-t-elle, sur le point de s'évanouir.

L'homme s'arrête et se retourne. Il hésite. Le chien, lui, comme s'il avait compris, effectue un grand détour pour ne pas renverser le tombereau et vient se placer près de Thana, dont il lèche le visage. Incapable de se relever, la jeune femme repousse l'animal et regarde Josiah. Aussitôt, les souvenirs déferlent dans l'espace ténu qui les sépare, comme un grand raz-de-marée, et l'esclave ne peut plus s'échapper. La fuite n'est plus possible. Le souffle court, il revient sur ses pas, vers Marie-Anne et l'enfant, vers de Meuse, vers le sentier des Natchez et les Choctaws, vers la torture indicible dont le corps ne se libère jamais.

– Thana..., murmure-t-il en se penchant vers la jeune femme. Pourquoi?... Pourquoi avoir ressuscité des ombres?

Depuis des mois, il livre un combat acharné, refusant désespérément de se souvenir. En le reconnaissant, en disant son nom à haute voix, Thana lui a rappelé qu'un homme, même s'il se croit mort, vit aussi longtemps que la mémoire des autres. Quoi qu'il fasse pour sortir de sa tête et se projeter dans son propre oubli, il ne maîtrise rien tant qu'il reste gravé dans d'autres esprits et se rattache à d'autres histoires toujours vivantes.

Doucement, Josiah relève Thana, retrouvant une force qu'il croyait avoir perdue, et il la ramène à la cuisine où Chikea la prend en charge.

Longtemps, il reste sur le seuil.

Les deux Mesquakies se sont retirées dans l'appentis et elles ne sont pas revenues. Aidée d'une toute jeune engagée, la cuisinière plume des poulets. Le duvet volatile flotte autour de la grande table, tel un essaim de papillons diaphanes. Josiah reste là, sans comprendre ce qui le retient. La cuisinière a beau l'observer d'un œil mauvais, il ne bouge pas.

Après un temps qu'il ne saurait estimer, la veuve Augée prend un balai et le brandit sous son nez. Elle en a assez de ce grand échassier à la peau brune, planté devant sa porte. Ces yeux-là, aussi clairs qu'un ciel d'été, dans un visage plus calciné que le fond de son poêlon, ne lui disent rien de bon. « Il y a sûrement de l'œuvre du Malin là-dessous! » pense-t-elle en chassant

422

l'intrus, comme on se débarrasse d'une petite bête nuisible.

Le chien a peur. Il recule si brusquement que des détritus glissent hors du tombereau. Josiah les ramasse consciencieusement avant de quitter la cour de l'Intendance.

* * *

— Chikea! Aide-moi! Qu'est-ce que je dois faire? Je ne sais pas quoi faire!

Thana roule des yeux effarés. La douleur lui arrive par secousses, avec tellement de virulence qu'elle croit mourir chaque fois.

— Tais-toi! la rabroue Chikea. Cesse tes jérémiades! Une Mesquakie ne crie pas comme ça!

— Ça fait tellement mal...

La jeune femme fait peine à voir. Ses cheveux dénoués collent à ses joues et la douleur a creusé des cernes violets sous ses yeux.

— Sois courageuse. C'est la première chose que tu dois enseigner à ton enfant.

Tout en parlant d'une voix compatissante mais ferme, Chikea installe sa compagne avec ce qu'elle a pu trouver. Ces dernières semaines, avec l'aide de la cuisinière, elle a rassemblé tout ce dont elle prévoyait avoir besoin pour l'accouchement. Elle passe donc une sangle autour de la poitrine de la parturiente et la fixe derrière à un crochet.

À genoux, jambes écartées, Thana se laisse faire. Guidée par l'accoucheuse, elle se penche vers l'avant en s'appuyant à une autre courroie placée devant elle. Une douleur vient, des reins et du bas-ventre, de partout. Un étau se referme autour de son corps, qui risque de la faire éclater. Elle serre les dents et empoigne la sangle de toutes ses forces. Pas un son ne s'échappe de sa bouche, pas un râlement. L'enfant ne doit jamais avoir honte de sa mère.

– Tu es brave, l'encourage Chikea. L'enfant sera brave aussi.

* * *

Josiah est rentré chez lui, a détaché le chien qui s'est ébroué à en perdre l'équilibre, a mangé sans appétit, écœuré soudain par ce dépotoir humain dans lequel il a élu domicile. La laideur des lieux l'étonne, comme s'il se réveillait d'un long sommeil dans un endroit étranger. Pour la première fois, la puanteur l'obsède. Il a beau se placer face au vent, se tourner vers la haute-ville, l'odeur pestilentielle le prend à la gorge.

Pour y échapper, il entreprend d'escalader la pente rocheuse. Sa boiterie le gêne et l'oblige à s'arrêter à mi-chemin, avant même d'avoir atteint le sentier qui mène à l'Hôtel-Dieu. Le voilà entre deux mondes, nulle part, à flanc de colline, à bout de résistance, et seul. Pourtant, une émotion qu'il n'avait pas ressentie depuis longtemps lui noue l'estomac : quelqu'un lui manque. Tous les vides, toutes les absences, insupportables, il les avait comblés à force d'indifférence. Aujourd'hui, quelqu'un lui a rappelé qui il était, et il a peur.

Ses mains s'ouvrent toutes grandes, lourdes d'un fardeau dont il avait cru s'être libéré. Un jour, Thana a pris sa main. Était-ce bien cette main-là, décharnée, les os saillant à travers la peau ?

Marie-Anne venait de mourir, éventrée...

Le mal remonte, par saccades. L'éboueur ferme les yeux, mais les images meurtrières l'envahissent avec encore plus de clarté et de puissance.

* * *

Chikea a fait bouillir une décoction d'écorce de sapin et de feuilles de tabac. Une odeur de sapinage emplit l'appentis. Thana récupère entre deux contractions, et elle en profite pour lui faire inhaler sa médecine. Quand la jeune femme se redresse de nouveau pour mieux affronter la douleur qui sourd de ses reins, l'accoucheuse crache sur sa tête et sort. Quatre fois, elle longe les murs de l'appentis en chantant. Du côté nord, elle frappe le mur à deux reprises : « Viens, si tu es un garçon ! » Du côté sud, deux autres coups : « Viens, si tu es une fille ! »

Le corps de Thana se déchire.

* * *

Le passé, qu'il croyait tari à jamais, éclate dans la tête de Josiah en séquences désordonnées. Entre chacune d'elles, Marie-Anne et l'enfant, et les éclaboussures sur la palissade de pieux. Quand ils l'ont rattrapé, les Choctaws l'ont torturé pour venger leur compagnon assassiné. Subjuguée par le courage du supplicié, la mère de la victime a demandé qu'on l'épargne et elle l'a adopté pour remplacer son fils. Elle est décédée quelque temps après, pas assez longtemps pour permettre à Josiah de devenir un membre à part entière de la tribu. Les Choctaws l'ont alors vendu à un traiteur qui en a obtenu un bon prix à Albany.

À ce moment-là, Josiah était encore vivant.

Tellement vivant qu'il a voulu fuir. On l'a rattrapé et fouetté. Il a recommencé, on l'a battu jusqu'à ce qu'il ne puisse plus marcher. Peu à peu, l'esclave n'a plus rien souhaité. Il s'est regardé mourir, puis s'est désintéressé de son sort, oubliant jusqu'à son nom. Un marchand de Québec a eu pitié de lui et l'a racheté. Il était trop tard; il achetait une ombre, des restants d'homme, une carcasse vide. Quand il a compris qu'il ne tirerait rien de cet esclave, il s'en est vite débarrassé en lui rendant sa liberté. Pour cela aussi, il était trop tard : l'esclave était déjà prisonnier de lui-même.

Les souvenirs si longtemps refoulés affluent au cerveau de Josiah. Tout son corps le brûle, et la douleur est si intense qu'il jette la tête vers l'arrière. Il veut hurler, mais le cri reste coincé dans sa poitrine et c'est plutôt une plainte qui jaillit de sa gorge en feu.

* * *

— Regarde ta fille, Thana ! Une belle grosse fille !

Assise sur le sol, trop épuisée pour se relever ou même s'allonger, Thana ouvre les bras. Chikea y dépose l'enfant qui cherche déjà le sein.

— Comment vais-je l'appeler ? demande la jeune mère, les larmes aux yeux.

Seuls les anciens connaissent les noms disponibles. Chaque clan a les siens, une liste de noms qui lui sont exclusivement réservés et qui rappellent les exploits du clan, ses héros, ses traditions. Certains noms ne doivent pas être repris trop tôt après le décès du porteur. D'autres ont été délaissés parce qu'ils avaient été entachés par quelque déshonneur. Seuls les anciens connaissent les règles.

– Ne t'en fais pas, la rassure Chikea. Nous trouverons.

4

– Quand pourrai-je présenter la petite à Kiala?

– Bientôt. Dans trois jours, vous sortirez toutes les deux de votre retraite et tu lui montreras l'enfant.

Thana plisse les yeux de bonheur.

Depuis l'accouchement, elle jouit de chaque seconde. Sa fille dort, boit, roucoule dans ses bras. Elle ne la laisse pas un seul instant; elle touche, émerveillée, les petits doigts potelés, renifle les joues roses, s'endort et se réveille avec le bébé auprès d'elle.

Mme Augée est venue plusieurs fois avec des fruits ou des vêtements d'enfant. La jeune mère aurait préféré de bons mocassins solides; elle se contentera de ces drôles de pattes de laine, si blanches sur la peau cuivrée de la petite.

– Tu as parlé à Kiala de la cérémonie du nom? s'inquiète-t-elle soudain.

– Je lui en parlerai ce soir, la rassure Chikea. Tout sera prêt. Ne t'inquiète pas.

– Si tu y allais maintenant? propose Thana, fébrile.

Sa compagne secoue la tête, amusée par l'impatience de la jeune mère.

– D'accord, dit-elle, j'y vais maintenant, si ça peut te rassurer.

Elle quitte l'appentis en se demandant si Mathieu Pajot sera assez compréhensif pour la laisser discuter un moment avec les deux prisonniers. Elle comprend bien l'anxiété de Thana. Elle-même se sent un peu mal à l'aise. Elle a promis de veiller à ce que la petite soit nommée selon les règles mesquakies, même si elle doute de ses compétences pour présider une telle cérémonie. Les conseils des deux hommes lui seront précieux.

Devant la prison, un pressentiment l'assaille. La porte est entrebâillée. Elle pénètre à l'intérieur sur la pointe des pieds, en retenant son souffle. Des cartes éparpillées sur la table donnent une impression de désordre. Les cellules sont vides.

Décontenancée, Chikea regarde autour d'elle, comme si les murs de pierres pouvaient répondre à ses interrogations. Finalement, elle sort et court vers les cuisines. « Mme Augée saura où ils sont », espère-t-elle.

* * *

Une dizaine de soldats encadrent les deux Mesquakies de très près. Charles de Beauharnois ne veut prendre aucun risque. Il s'est déplacé en personne pour annoncer la nouvelle aux prisonniers. Il tenait à être présent, mais il n'en craint pas moins leur réaction. Voilà pourquoi il a exigé qu'on les enchaîne avant de les emmener dans le grand bureau de l'intendant.

Très courtois, il s'inquiète d'abord de leur santé, puis il prend des nouvelles de leurs compagnes.

– Ma femme a eu un enfant, explique Kiala.

Beauharnois jette une œillade interrogative à l'intendant Hocquart. Lorsque celui-ci hoche la tête pour confirmer l'information, une ride se forme sur le front

429

du gouverneur, qui se frotte le menton à quelques reprises avant d'en venir au but de sa visite.

— J'ai de bonnes nouvelles, clame-t-il. Les Renards se préparent à quitter la baie des Puants. Coulon de Villiers les a convaincus : ils vont tous venir à Montréal.

Kiala attend, perplexe. A-t-il bien compris ce que vient de dire le gouverneur ? Inquiet, il se tourne vers Nähano. Malheureusement, le visage consterné de son compagnon le confirme dans ses craintes. Malgré son français approximatif, il avait bien saisi les paroles de Beauharnois : les Mesquakies vont se rendre. Atterré, le chef de guerre jauge son vis-à-vis, espérant le démasquer. Le mensonge doit bien s'inscrire quelque part sur son visage. C'est sûrement une ruse, une tromperie de plus ! Pourtant, son ennemi reste inébranlable, tout à fait sûr de lui. « Que s'est-il donc passé ? se demande Kiala, la rage au cœur. Pourquoi Wapiskwato n'a-t-il pas respecté mes ordres ? Les Mesquakies ne devaient pas se rendre ! »

— Bien sûr, nous serons prêts à les accueillir, explique Beauharnois, le sourire aux lèvres. Tout a été planifié. Les enfants recevront une bonne éducation chrétienne.

Kiala ne peut en supporter davantage. Tel un forcené qui n'aurait plus rien à perdre, il se jette sur les soldats. Une furieuse envie de tuer le démange. Il souffre depuis des mois, enfermé entre quatre murs, aussi misérable que les ours enchaînés que l'on exhibe sur les places publiques. Son sacrifice ne lui pesait pas puisqu'il avait un sens. Aujourd'hui, le guerrier se rend compte que tout cela n'a servi à rien. Il ne lui reste plus qu'à tuer le gouverneur et à s'enfuir. Il doit empêcher l'exode des Mesquakies.

Blême de rage, il s'attaque aux soldats en se servant de ses chaînes comme d'une arme. Il a le temps d'en blesser plusieurs avant d'être à moitié assommé. Du sang ruisselle d'une large entaille sur son cuir chevelu.

— Il est bien entendu, précise Beauharnois en s'essuyant le front d'une main tremblante, que s'il arrive quoi que ce soit de fâcheux pendant le voyage, ici ou là-bas, pas un seul des Renards n'arrivera vivant à Montréal.

* * *

Jusqu'à la toute dernière minute, Josiah a hésité, mais il est finalement venu. Thana l'attendait au jardin, prête depuis l'aube pour la cérémonie du nom. Elle le reçoit avec un large sourire. L'éboueur jette un coup d'œil furtif au bébé en tendant timidement une poupée qu'il a lui-même confectionnée à partir de feuilles de maïs et de bouts de tissus.

— C'est toi qui as fait ça ! s'étonne la jeune mère.

Josiah ne répond pas. Incapable de prononcer un seul mot, il regarde Thana. Pendant si longtemps, il l'a crue morte, et la voilà devant lui, en chair et en os, si réelle et si belle, resplendissante de bonheur. « Quel temps étrange a donc passé sur nous ? se demande-t-il. Deux temps si distincts, deux mémoires parallèles. » Devant son amie, l'ancien esclave a honte de ce qu'il est devenu, de son corps usé, de son esprit égaré, si souvent en guerre contre lui-même, et il se réfugie rapidement derrière la cuisinière et son aide, sagement assises sur un banc inconfortable. Il craint que le spectacle affligeant de sa déchéance n'altère la joie de Thana, mais ses scrupules sont vains : rien, en ce moment, ne pourrait entacher le bonheur de la jeune femme, car Kiala et Nähano arrivent enfin au jardin, sous bonne escorte.

Sans dire un mot, le visage de marbre, Kiala tend les bras et Thana y dépose l'enfant avec l'impression euphorisante de lui remettre un trésor fabuleux. Dans son esprit, cette offrande vaut tous les cerfs rapportés par les chasseurs et tous les scalps accrochés à la ceinture des guerriers. Elle pèse plus lourd que tous les *wampums* et signifie plus encore que tous les discours de paix. C'est du moins ce que pense la jeune femme, les yeux fixés sur son mari.

Celui-ci reste cruellement silencieux.

Il tient simplement le bébé au bout de ses bras, comme s'il voulait s'en détacher.

Entre ces deux êtres qu'elle aime plus que tout et qui se ressemblent tellement, Thana espère une rencontre parfaite. Kiala ne voit-il pas l'arcade sourcilière de l'enfant et la découpe de la joue ? La petite le reprend dans le moindre détail, jusque dans l'ourlet accentué de la lèvre supérieure.

Après un instant trop bref, qui ne leur a donné aucune chance ni à l'un ni à l'autre, Kiala rend l'enfant à sa mère. Son visage exprime alors une telle amertume, que Thana s'en trouve bouleversée. Lui en veut-il d'avoir accouché d'une fille ? Regrette-t-il le fils qu'il a perdu ? Elle ne sait plus que penser. Blessée par le détachement de Kiala, qu'elle n'arrive pas à s'expliquer, elle serre le bébé dans ses bras, comme si elle voulait le consoler.

Kiala leur tourne le dos et fait un signe à Chikea. Il semble pressé d'en finir.

432

Sensible au chagrin de Thana, Nähano vient se placer près d'elle. Si Chikea lui avait donné un enfant, il l'aurait accueilli avec des cris de joie. L'indifférence de Kiala le désole, mais il comprend. Le chef des Mesquakies ne peut décemment se réjouir de la naissance d'un enfant, une fille de surcroît, quand tout son peuple court à sa perte. Il ne devrait pas être ici, à nommer un nourrisson sans avenir devant une assemblée hétéroclite. Nähano comprend le sentiment d'échec et la rage contenue de Kiala. Cette cérémonie du nom, à quelques pas de leur prison, n'est-ce pas le symbole du sort incertain des Mesquakies?

L'ambassadeur promène un regard triste sur l'assemblée. Deux femmes blanches, un homme de couleur, des soldats... Même Chikea qui, en tant qu'aînée, préside la cérémonie, même elle n'appartient pas au peuple de la terre rouge.

Celle-ci invite justement les gens à se rapprocher pour entourer la mère et l'enfant. Sur une couverture étendue sur le sol, Mme Augée a déposé quelques victuailles qui tiennent lieu d'offrande et auxquelles la mère ne devra pas toucher, contrairement aux invités.

En constatant avec quelle autorité Chikea joue son rôle, Nähano éprouve une fierté sans limites. Il se rassure. Pour lui, cela ne fait maintenant aucun doute : sa femme saura nommer cette enfant; elle réussira à tout réconcilier, les espoirs de Thana et la rage de Kiala.

— Nous sommes réunis devant le Grand Esprit, commence l'officiante, pour donner un nom à cette enfant. Nous espérons que le Grand Manito, dans sa bonté, la prendra sous sa protection et fera d'elle une femme vaillante et courageuse. Parmi tous les noms du clan du Renard que les ancêtres ont permis et transmis, nous...

Chikea doit s'interrompre, car deux soldats font brusquement irruption dans le jardin en pointant leur arme sur les participants.

— Que se passe-t-il ? demande Pajot à ses collègues, sans obtenir de réponse.

Les soldats accompagnent une religieuse, dont la longue robe lèche le sol. Thana considère avec effroi cette petite femme engoncée dans son costume. Elle ne la quitte pas des yeux, et son cœur s'affole lorsque la religieuse se dirige vers elle à tout petits pas.

Pendant un moment, toutes les deux s'examinent en silence. Puis la voix de l'ursuline jaillit comme une cascade entre les rochers.

— Ne t'inquiète pas, dit-elle. Ton enfant est maintenant comme le nôtre. Nous allons lui transmettre les enseignements divins.

Elle tend les bras.

Thana recule en serrant la petite contre elle. « Que veut donc cette femme ? se demande-t-elle, horrifiée. Elle ne doit pas toucher à la petite ! La cérémonie du nom n'est pas terminée ! » Devant l'insistance tranquille de la religieuse, elle recule encore. Les soldats font alors un pas dans sa direction, puis deux.

— Ne sois pas stupide, insiste la femme. Confie-moi l'enfant. Si tu l'aimes, tu dois d'abord penser à son bien.

Effarée, désespérée, Thana se tourne vers Kiala. Le guerrier est ailleurs, bien au-delà de cette scène. Thana supplie Nähano, puis Mathieu Pajot. Ce dernier hausse les épaules, aussi abasourdi qu'elle.

— Qui vous a donné l'ordre ? demande-t-il.

— Le gouverneur lui-même, lui répond le sergent.

Que faire? Que dire? Pajot regarde Thana, impuissant.

— Donne-moi l'enfant, supplie la religieuse. Il ne doit pas y avoir de violence.

Thana serre la petite à l'étouffer. Les soldats se rapprochent. L'un d'eux est maintenant tout près. Ses cheveux, son haleine, ses vêtements empestent l'oignon. Thana veut lui tourner le dos, mais un autre soldat s'est campé derrière elle, menaçant, le mousquet à bout de bras comme un bouclier.

— Donne-moi l'enfant, répète la religieuse.

Thana étouffe. Toutes ces mains dégoûtantes, toutes ces armes tendues vers son bébé! Personne ne viendra donc à son secours? Instinctivement, elle se tourne vers la rivière.

Comme s'il avait compris son dessein, Josiah s'élance sur les soldats, et Thana profite de la confusion pour tenter une échappée.

Elle ne va pas bien loin, à peine quelques pas dérisoires.

Josiah a vite été projeté par terre, et un soldat saisit Thana par le bras. Elle braque sur lui des yeux furieux. Effrayé, il recule sans desserrer son étreinte.

— Donne-moi l'enfant...

Thana est encerclée. Si elle résiste, la petite risque d'être blessée. Celle-ci la fixe de ses grands yeux noirs.

— N'aie pas peur, murmure Thana, personne ne te fera de mal. N'oublie jamais que je t'aime.

En tendant l'enfant, elle a l'impression d'être écorchée vive. Une convulsion court de sa nuque jusqu'à ses reins. Le corps chaud du bébé a laissé une empreinte moite qui colle sa robe à sa poitrine. La jeune mère étreint cette tache sombre sur ses seins gorgés de lait.

La religieuse veut poser une main rassurante sur son épaule. Thana recule.

— Allez-vous-en ! hurle-t-elle. Allez-vous-en !

La femme s'éloigne, suivie des soldats.

Ne reste plus dans le jardin odorant que les participants à une cérémonie qui n'aura pas lieu. Les yeux pleins d'eau, Mme Augée entraîne son assistante. Pajot se place avec ses hommes derrière les prisonniers. D'un geste las, il leur fait signe d'avancer. Chikea a pris Thana dans ses bras pour la soutenir, mais celle-ci s'échappe et se précipite sur Kiala.

— Tu n'as rien fait ! crie-t-elle en le bourrant de coups. Tu n'as rien fait ! On nous a enlevé notre fille et tu n'as rien fait !

Kiala essaie de la serrer contre lui. Elle résiste. Il la saisit aux épaules et l'oblige à se calmer. À bout de forces, la jeune femme semble s'abandonner enfin.

— On nous a enlevé notre bébé, gémit-elle, le corps affaissé.

— Ça n'a plus d'importance, maintenant, lui dit Kiala. Lentement, Thana lève vers lui un visage empreint d'incompréhension et de colère. Ses yeux noirs fouillent l'âme de son mari ; elle cherche Kiala, le brave guerrier, le chef généreux. Kiala, l'amant, le héros. Tous ces hommes qu'elle a aimés, réunis en un seul, ils ont disparu. Elle n'a devant elle qu'un misérable prisonnier, désabusé et sans espoir.

— Tu te disais prêt à mourir pour notre peuple, raille-t-elle en le repoussant avec une violence surprenante, et tu n'as pas levé le petit doigt pour défendre notre fille!

Son corps est tendu à l'extrême, ses traits, crispés. Toute sa colère se concentre autour de sa bouche, sur son menton tremblant, sur ses belles lèvres pulpeuses, bleuies par la rage.

Chikea essaie de l'entraîner; elle la rudoie et se campe devant Kiala.

– Elle est notre peuple, tout notre peuple, ne le comprends-tu pas? Notre fille, c'est ma mère assassinée, c'est la tienne, morte en couches, c'est Nucamoan, le nouveau souffle des Mesquakies. C'est toutes les femmes de la tribu, en allées ou vivantes, adoptées, épousées. Qui sèment, nourrissent, vêtent, aiment. Notre fille, c'est Wasäna, sa mère, et aussi ce fils que tu as perdu. Elle est l'espoir, la suite. C'est elle qui porte l'avenir de notre peuple dans son ventre. C'est par elle que les Mesquakies pourront être immortels. Seulement par elle! Et tu trouves que ça n'a pas d'importance?

Kiala n'a pas bougé. Il n'a pas non plus baissé la tête sous l'invective. Au contraire, il la supporte bravement.

Quand la jeune femme se tait, à bout de souffle, la gorge enflammée, il l'écarte doucement et se dirige vers la prison. Il ne fuit pas; il veut seulement libérer Thana de sa présence.

– Les Mesquakies n'ont pas besoin d'un chef comme toi, lui crie la jeune femme d'une voix brisée. Tu ne sauveras personne tant que tu n'auras pas compris qu'on sauve un peuple un enfant à la fois. Homme ou femme, un à la fois!

Suivi de Nähano et des soldats, Kiala s'engouffre dans la prison. Chikea mène Thana jusqu'à l'appentis, où elle s'effondre.

Dans le jardin, Josiah se retrouve seul. La scène à laquelle il vient d'assister a ravivé le souvenir de Marie-Anne de façon si aiguë qu'il croit un moment pouvoir ressusciter sa maîtresse. Au fil des secondes, toutefois, l'espoir s'amenuise jusqu'à disparaître. Ni Marie-Anne ni son enfant ne reviendront jamais. Pour la première fois, il affronte cette triste réalité et l'admet. Le corps meurtri, il a l'impression de franchir le goulot étroit d'un sablier. Il étouffait, et soudain la poitrine se libère, l'espace se multiplie. Il a versé de l'autre côté du mal. Bien sûr, la souffrance subsiste, celle-là même qu'il croyait engourdie et qui l'habite de nouveau depuis sa rencontre avec Thana. Mais il respire mieux et peut la regarder en face, sans cette sensation d'étranglement qui le faisait se rapetisser sur lui-même. Marie-Anne et l'enfant sont morts ; ils ne reviendront jamais et il devra vivre sans eux. « Vivre sans eux... » Ces quelques mots prennent un sens qu'il ne soupçonnait pas. Ils parlent d'absence et de réunion, de mort et d'espoir. « Vivre sans eux, vivre tout de même... » Il n'est plus seul désormais. Thana est bien vivante et il ne la laissera pas s'enliser dans le vide béant où lui-même a sombré.

D'un seul élan, malgré son infirmité, le mulâtre déploie sa carcasse abîmée. Des oiseaux picoraient dans les victuailles abandonnées. Ils s'envolent à tire-d'aile, effrayés par cet homme en marche.

* * *

Les jours suivants, il tente d'obtenir des informations au sujet de l'enfant. Il ne réussit pas à pénétrer dans le couvent des ursulines; il fait tout de même le guet pendant de longues heures, au cas où quelqu'un en sortirait avec un bébé dans les bras. Il rôde aussi dans la basse-ville, toujours à l'affût, se balade sur les quais, s'égare dans la cour de l'Hôtel-Dieu. Plusieurs fois, il va traîner sur la place d'Armes, aux alentours du fort Saint-Louis et de la maison du gouverneur. Il flâne tout un après-midi devant l'église Notre-Dame-des-Victoires, où les marins finissent inévitablement par passer. Personne n'a rien vu, rien entendu.

À plusieurs reprises, il se présente dans la cour de l'Intendance, sans jamais apercevoir Thana. Elle se terre dans l'appentis, mangeant à peine, silencieuse. Elle n'est pas revenue à la cuisine, malgré les tentatives de la patronne pour la tirer de sa retraite. Elle n'a pas non plus revu Kiala. Les deux époux s'ignorent, doublement exilés chacun de leur côté, et ils font la sourde oreille aux médiations de Nähano et de Chikea.

Si Thana savait quel désarroi son invective a semé dans l'esprit de son mari! Lui aussi se tapit au fond de sa cellule, atterré, persuadé que Thana a raison : il n'a, en effet, rien compris. Non, il n'a jamais rien compris, explique-t-il à Nähano, et sa bêtise le tue. Pour traverser la tourmente, les Mesquakies auraient eu besoin d'un Pemoussa ou d'un Wapello. Ou de Chakoso. « Oui, se dit-il, Chakoso aurait trouvé une solution... et il savait aimer Thana... » Lui, Kiala, n'a jamais été là quand son peuple a eu besoin de lui, et il n'a rien fait quand sa femme a réclamé son aide. La sagesse des anciens, il ne l'a pas reçue en partage, seulement la fierté obstinée et aveugle des jeunes loups.

— Tu te trompes, Kiala, lui rétorque Nähano. Tu es un grand chef. Souviens-toi, là-bas, sur les bords du lac Maramech, comment tu as rendu la vie possible de nouveau. Plus personne n'avait le goût de vivre, de rire, de croire, et tu as remis le peuple de Wisaka au monde! Rappelle-toi avec quel courage tu as affronté nos ennemis, combien de guerriers tu as inspirés!

Kiala secoue la tête. Aucun de ces arguments ne le touche. Rien ne peut contrer la parole destructrice de Thana.

* * *

Avec la folle dans son tombereau, qui babille comme une pie effarouchée, l'éboueur entreprend le long trajet jusqu'à l'Hôpital Général. Les religieuses hospitalières lui donneront sûrement à manger, et cette perspective allège sa démarche.

En rentrant chez lui la veille, abattu par ses recherches infructueuses, il s'est buté à un corps, à quelques mètres de sa cahute. La pauvre folle a encore fugué, et il doit la reconduire.

Il sait qu'il arrive lorsqu'il entend les premiers coassements. L'hôpital a été construit dans un coude marécageux de la rivière Saint-Charles, et, tout l'été, les grenouilles s'en donnent à cœur joie dans un concert loufoque, où s'entremêlent leurs voix graves et discordantes.

— Ah! Te voilà, petite démone!

La folle bondit hors du tombereau et vient se frotter contre l'hospitalière. Petite chatte en manque de caresses, elle embrasse à plusieurs reprises la croix d'argent qui pend au cou de la religieuse. Cette dernière s'amuse de ces ébats tout en les refrénant. Elle n'arrive pas cependant à prendre l'air sévère que le comportement de la pauvresse exigerait.

— Merci de nous l'avoir ramenée. Passez à la cuisine, on vous servira quelque chose. Vous devez avoir faim après cette longue route.

À l'intérieur de la bâtisse, où sont recueillis les infortunés de toutes sortes, les aveugles comme les paralytiques, les déments comme les pécheresses, repentantes ou non, Josiah croise des indigents, des misérables, incapables de vivre en dehors de ces murs parce qu'ils ont perdu en cours de route les outils nécessaires à la vie en société. Instinctivement, le mulâtre se redresse. Il se hisse au-dessus de ces parias auxquels il refuse désormais de s'identifier, et son pas prend de l'assurance. Si bien que la petite sœur converse sursaute quand il pénètre dans la grande salle. Elle le reconnaît, bien sûr. Comment faire autrement ? Il n'y en a pas deux comme lui dans toute la Nouvelle-France ! Mais elle a l'impression, en même temps, de saluer un étranger.

Une fois rassasié, Josiah s'apprête à retourner en ville. Il n'a pas encore repoussé son banc que la pauvre folle lui saute dans les pattes comme un chiot turbulent.

— Que fais-tu ici, toi ? Tu n'espères quand même pas repartir avec moi ?

La folle le prend par la main en lui baragouinant un discours auquel il ne comprend rien, sinon qu'elle désire lui montrer quelque chose. Charitable, il la suit. C'est, de toute façon, le seul moyen de s'en débarrasser. Elle l'entraîne à travers de longs couloirs où ils croisent une faune étrange. Josiah se sent épié. Derrière les portes comme derrière les visages fermés, des yeux l'observent. Parfois, un malade croisé dans un corridor touche sa peau brune en frémissant. Mal à l'aise, il s'engouffre avec plaisir dans une pièce minuscule. La folle rit en lui montrant un berceau.

Josiah se penche et croit défaillir.

Il a retrouvé l'enfant de Thana.

La petite dort profondément, emmaillotée dans ses langes. Même les yeux fermés, elle ressemble à son père : la même obstination sur son front plissé et ses lèvres boudeuses. Le premier réflexe de Josiah est de prendre l'enfant et de la ramener à sa mère. Mais après ? Que se passera-t-il après ?

— N'est-elle pas mignonne ?

Une vieille religieuse vient d'entrer dans la pièce. Elle pince les joues de la folle.

— Tu l'aimes bien, ce bébé, n'est-ce pas ? Quand elle s'éveillera, je te laisserai la prendre.

Elle sourit jusque dans ses rides, pas du tout inquiète de surprendre ce grand homme noir en haillons, penché au-dessus du ber.

— C'est une compagne du couvent des ursulines qui nous l'a emmenée, explique-t-elle. Nous allons lui trouver une famille, à ce pauvre petit trésor. Sa mère l'a abandonnée. Comment est-ce possible ?

— Sa mère ne l'a pas abandonnée.

La sœur hospitalière se méprend. Derrière l'affirmation de Josiah, elle croit entendre une question.

— Mais oui ! N'est-ce pas terrible ? Une si belle enfant ! Mais il ne faut pas juger : la pauvre devait avoir ses raisons.

— Sa mère ne l'a pas abandonnée, répète Josiah, je la connais.

— Vous devez faire erreur, mon ami.

Josiah veut expliquer toute l'histoire à la gentille vieille. Il a confiance en elle. L'arrivée soudaine de la supérieure l'empêche de continuer.

– Sortez d'ici! ordonne cette dernière, visiblement outrée. Vous ne devez pas vous promener dans l'hôpital! Sortez d'ici immédiatement!

Josiah veut parler; elle le fait taire d'un geste sans équivoque. Le bébé se met à pleurer. La vieille religieuse prend l'enfant et marche avec elle dans la pièce, en espérant l'arrivée de la nourrice. La folle, excitée par le bruit et la tension, tourne autour de Josiah et s'accroche à lui. Ulcérée, la supérieure la prend par les épaules et l'assoit brusquement sur une chaise. D'un geste de la main, elle montre ensuite la porte à Josiah.

Celui-ci n'insiste pas. Pour l'instant, il n'a qu'une envie: échapper à l'atmosphère de démence qui règne dans cette maison, derrière chaque porte.

La supérieure le raccompagne jusqu'au chemin et le regarde s'éloigner. Quand il se retourne, après avoir marché un long moment, sa silhouette sombre se découpe encore sur fond de ciel bleu.

– Je vais revenir, grogne-t-il pour lui-même.

* * *

Il ne réussit à voir Thana que deux jours plus tard. Elle a maigri. Il ne subsiste plus de sa grossesse et de son accouchement qu'une immense fatigue inscrite dans tous ses muscles, et des seins trop volumineux pour le reste du corps, durcis et gonflés par de douloureuses montées de lait.

– J'ai trouvé ton enfant, dit-il en lui prenant les mains.

Les yeux de Thana s'agrandissent. La brume s'estompe.

Il se penche vers elle pour ne pas l'obliger à lever la tête. Pour la première fois depuis des années, il se sent plus grand que quelqu'un.

— Où est-elle? murmure Thana.

— Là-bas, à l'Hôpital Général.

La jeune femme a suivi la main de Josiah. Là-bas. Vers le froid.

— Comment va-t-elle?

— Bien. Elle va très bien. On s'occupe bien d'elle.

— Je veux la voir.

* * *

Le plan est totalement irréaliste, mais Josiah a succombé aux supplications de Thana. Après avoir retrouvé l'enfant, il ne pouvait pas s'arrêter là.

Dans les marais, en bordure de l'hôpital, le chant des grillons emplit la brunante et lui rappelle la stridulation incessante des cigales qui hantait, nuit et jour, les environs du fort Rosalie. Sans se faire voir, l'éboueur escalade le muret qui borde le domaine des hospitalières, et contourne le bâtiment principal. Il lui est facile ensuite de pénétrer à l'intérieur par une toute petite porte mal verrouillée.

Dans les pièces sombres, on n'a pas encore allumé les lampes et Josiah s'en réjouit. Sensible à toutes les vibrations, constamment sur ses gardes, il parvient sans encombre à la chambre du bébé. Le berceau y est toujours, mais pas l'enfant.

Que faire? Où aller maintenant?

L'Hôpital Général est immense; les corridors s'étirent sans fin. Des dizaines de portes, des gens à tous les étages. Où chercher? Vaudrait-il mieux attendre la nuit? Quand tout le monde dormira, il risquera moins d'être surpris.

Mais voilà, Thana ne pourra pas attendre.

* * *

Son balluchon est prêt et son évasion a été préparée avec soin. Elle s'est d'abord rendue à la cuisine, où la patronne, heureuse de la voir, l'a gavée comme une oie. Elle a ensuite rejoint la jeune assistante pour l'aider au découpage de la pâte. Couverte de farine, exténuée et irascible, la jeune fille ne lui a prêté aucune attention. Thana en a profité pour fouiller dans les réserves à son insu et prendre tout ce dont elle aurait besoin pour quelques jours. Chikea était aux champs; elle ne l'a pas vue de la journée.

La jeune femme passe autour de son cou le cordon qui retient sa pochette. Après avoir enfoui dans son sac la poupée de la petite, elle quitte discrètement l'appentis et descend vers la rivière.

À mi-chemin, elle se retourne, le cœur chaviré.

La prison baigne dans la pénombre et le silence.

Kiala... Kiala est si près. Et elle l'imagine si loin. Pourrait-elle franchir l'espace brumeux qui les sépare? Une main la pousse dans le dos, vers lui. Elle dirait: «Viens. Nous rentrons chez nous avec notre enfant», et il la suivrait jusqu'à la rivière des Renards. Portée par cette illusion, elle fait un premier pas, puis la distance à parcourir jusqu'à Kiala lui paraît tout à coup insurmontable. Elle recule à regret, lourdement, comme si quelqu'un la tirait vers la prison et qu'elle résistait. Un pas, puis un autre. De sa main libre, elle s'essuie les yeux. Quelqu'un pleure... C'est peut-être elle; on dirait pourtant des pleurs d'enfant.

La jeune femme pivote brusquement et se précipite vers le canot.

* * *

Josiah a quitté la chambre avec mille précautions. Il doit trouver la vieille religieuse. Elle seule pourra lui dire où est l'enfant.

À pas mesurés, il monte à l'étage. Chaque fois qu'il entend du bruit ou des voix, il s'éclipse derrière une porte. La chance lui sourit, car les malades, repus, somnolent déjà. Ceux qui résistent au sommeil sont trop pris par leurs chimères pour lui prêter attention.

Après ce qui lui a semblé une éternité, il trouve enfin la chapelle. Les sœurs y sont réunies comme il s'y attendait. L'une d'entre elles défile des litanies reprises par toute l'assemblée. Josiah se glisse hardiment à l'arrière et monte dans le jubé d'où il distingue très bien la vieille religieuse. Il ne lui reste plus qu'à attendre.

La prière terminée, les sœurs sortent en silence. Par bonheur, la vieille femme s'attarde. Quand elle se lève enfin, il ne reste plus qu'elle dans la chapelle et une toute jeune hospitalière. Prudemment, Josiah sort de sa cachette et signale sa présence. La religieuse sursaute, mais ne semble pas surprise. Elle lui fait signe de patienter.

Après quelques minutes, sa jeune compagne quitte la chapelle et Josiah peut la rejoindre.

– Que faites-vous ici, mon ami? demande-t-elle tout doucement.

– Je cherche l'enfant.

– La petite n'est plus ici!

– Où est-elle?

– Malheureusement, je l'ignore. (Son regard s'attriste.) On ne m'a pas dit où on l'a emmenée.

Josiah s'affale sur un banc. Désespéré, il ne pense plus qu'à Thana, à son espoir, ce terrible espoir.

– Vous ne savez vraiment pas? supplie-t-il.

La religieuse a pitié de lui. Elle voudrait l'aider.

– C'est vrai que tu connais sa mère? demande-t-elle.

– Oui. Elle n'a pas abandonné son enfant; on le lui a enlevé.

La vieille femme soupire. Son sourire serein disparaît quelques secondes derrière une grande lassitude.

– On ne m'a pas dit où on l'avait emmenée. J'ai entendu dire cependant que c'était à Montréal, dans une famille à l'aise.

Josiah se retient de jurer par respect pour son aînée. Par contre, il ne peut refouler un mouvement de colère. Toute la chapelle résonne quand il renverse le banc où il était assis.

* * *

Thana tire le canot de toutes ses forces. Il glisse difficilement sur la grève rocailleuse, et elle doit s'y reprendre à plusieurs reprises. Entre chaque poussée, sa respiration se fait plus haletante.

La pointe de l'embarcation touche l'eau lorsqu'elle entend des voix, en provenance du jardin. Elles sont encore loin, mais semblent se rapprocher. La jeune femme s'arc-boute au canot et pousse en grimaçant jusqu'à ce que l'embarcation glisse enfin librement sur l'eau. Il était temps, car les voix lui parviennent avec de plus en plus de clarté.

— J'en suis sûre. Elle a volé de la nourriture, je l'ai vue. Elle est peut-être loin maintenant.

L'accusation vient d'une bouche féminine. Elle est énoncée avec une certaine retenue, presque chuchotée.

— Si tu m'as fait venir ici pour rien, tu vas le regretter !

Thana reconnaît la voix de Mathieu Pajot. Il parle très fort, comme s'il discourait pour tout le quartier. La jeune femme ramasse son balluchon et le lance dans le canot. Elle grimpe ensuite dans l'embarcation et perd quelques secondes à chercher l'aviron.

— La voilà ! Je la vois ! Elle est là !

Derrière le flambeau, l'aide de la cuisinière écarquille les yeux. À cause des reflets capricieux des flammes, son visage se trouve coupé en deux, mi dans l'ombre, mi dans la lueur rougeâtre. Thana croit voir quelque démon aux yeux exorbités. Juste derrière, le soldat hésite. Thana en profite pour prendre l'aviron et en donner de grands coups nerveux et très peu efficaces.

— Arrêtez-là ! Elle va se sauver !

Avec ses cris, la jeune fille risque d'ameuter tout le monde. Pajot n'a plus le choix. Il saute à l'eau et ramène le canot sur la terre ferme. Le crissement de la coque sur les cailloux résonne à l'infini dans la tête de Thana et lui glace le dos.

Malheureux, le soldat pousse la jeune femme devant lui. Il s'est attaché à ses prisonniers et leur infortune

448

l'affecte profondément. S'il n'avait dépendu que de lui, il aurait laissé sa chance à la fugitive. Toutefois, une idée germe dans son esprit. Il ne peut pas libérer les Mesquakies comme il le souhaiterait, mais il peut quand même tenter quelque chose pour les aider.

— Va te coucher, dit-il à l'assistante de la cuisinière, dont il ignore le nom. Je m'en occupe.

Plutôt que de ramener Thana à sa chambre, il la mène à la prison et l'enferme avec Kiala, après avoir fait sortir Nähano et lui avoir suggéré d'aller retrouver Chikea.

La jeune femme se réfugie dans un coin de la cellule, le plus loin possible de son mari, sans même le regarder. Dans sa tête, le crissement du canot se mêle à des pleurs d'enfant. Les sons se ressemblent et elle n'arrive plus à les dissocier. Le supplice dure longtemps. Tout enfermée dans sa peine, elle perd la notion du temps et de l'espace, et distingue mal le cauchemar de la réalité. Entre deux sanglots, elle somnole un peu, puis tout recommence : la rage, le chagrin, le désespoir, l'incompréhension.

Il fait nuit noire lorsqu'elle goûte enfin un certain apaisement. Sans trop s'en étonner, elle constate que sa tête repose sur une épaule et que des bras l'entourent, aussi puissants et tendres que le silence.

Dehors, le soldat Pajot effectue un tour de garde entre l'appentis et la prison, avant de réintégrer son poste de guet sous le toit pentu d'une remise. Thana entend ses pas décroître et céder la place à un autre son : la respiration lente et profonde de Kiala. La jeune femme ferme les yeux et se laisse porter par ce souffle régulier. Elle aimerait parler, tout reprendre depuis le début, remonter très loin, à la naissance de

Wapello. Ne raconter que les naissances, que les événements heureux. Lorsqu'elle tente de les évoquer, ceux-là la ramènent inévitablement à d'autres qu'elle aurait préféré oublier. Elle a beau chercher la source, les commencements, espérant y trouver un bonheur perdu, tout déferle inexorablement vers cette prison, où elle et Kiala ne seront plus jamais seuls. Il y aura toujours entre eux l'enfant qu'on leur a volée et qui deviendra, selon ce qu'ils feront de ce souvenir, un lien indestructible ou un lieu de rupture.

Une vague d'amertume submerge la jeune Mesquakie. Josiah doit l'attendre. A-t-il trouvé la petite ? Lentement, elle se détache de Kiala, qui ne la retient pas.

— Nous la retrouverons, dit-il cependant. Si Wisaka le permet, nous la retrouverons. Je t'aiderai, pour qu'elle soit toujours avec nous, d'une manière ou d'une autre...

La voix du guerrier enrobe les syllabes avec tendresse. Elle caresse, bâtit des frontières, délimite l'espace. Thana la sent couler sur sa peau.

— Tu vas la retrouver ? demande-t-elle.

— Si je le peux...

— Tu ne promets pas.

— Non. Je ne promets plus rien, pour ne plus jamais te décevoir. Ni toi ni mon peuple.

Thana garde le silence un instant.

— Tu ne m'as jamais déçue, avoue-t-elle finalement, j'ai seulement eu peur. Et j'avais trop mal pour faire la différence. Tu ne pouvais rien faire.

Sa voix s'est brisée. Kiala étend les bras et la cherche comme un aveugle pour la ramener vers lui.

– Je voudrais tant que tu ne pleures plus jamais, que tu n'aies plus jamais mal. Mais même cela, je ne peux pas le promettre.

Thana se blottit dans ses bras. Il la sent tout contre lui, aussi tremblante qu'un oiseau tombé de son nid.

– Pardonne-moi, Thana.

La jeune femme pleure sans retenue, et ses larmes mouillent la poitrine de son mari, qui la presse contre son cœur, de toutes ses forces.

– Tu dois m'apprendre, Thana. Je ne suis pas une vieille âme comme toi ; je n'ai pas la mémoire des êtres et des choses. J'apprends à mesure, comme je peux.

– Si on reste ici, j'oublierai tout, moi aussi. Les chants, la parole des anciens, tout. J'oublierai comment être une Mesquakie. Il faut partir d'ici.

– C'est impossible.

– Pourquoi ? Josiah va nous aider. Le soldat ne dira rien.

Thana s'est redressée. Elle presse les mains de Kiala dans les siennes, suppliante.

– Notre peuple est en route pour Montréal, lui révèle tristement le chef de guerre. Si nous fuyons, *Onontio* les tuera, jusqu'au dernier.

– Il te l'a dit ?

– Il me l'a dit.

Thana est atterrée. Moins par la nouvelle que par sa propre bêtise. Elle aurait dû deviner les préoccupations de Kiala, et, surtout, ne jamais oublier qui il est et ce qu'il a à accomplir.

Avec la fougue des premières amours, elle se colle à lui et le caresse. Elle le retrouve, le redécouvre. Les muscles ont perdu en dureté ce que la peau a gagné en douceur. Longtemps, la jeune femme s'attarde sur les hanches, larges et osseuses. Puis elle glisse les mains de l'entrecuisse jusqu'aux mollets.

Le désir de Kiala éclate, tel un feu d'abattis. En tremblant, il entoure Thana de ses bras et l'étend sur la paillasse. Dans la nuit noire et silencieuse, leurs sexes se cherchent, avides, impatients.

Mathieu Pajot, qui effectuait une autre ronde, regagne son abri en souriant.

5

Un cultivateur de la Grande Allée vient tout juste de livrer de pleins cageots de carottes, de navets et de betteraves. Il n'est pas sitôt reparti qu'un autre arrive avec sa récolte de pommes. Une telle fébrilité secoue les cuisines que Thana et Chikea ne savent plus où donner de la tête. Surtout qu'elles sont maintenant seules pour faire tout le travail. Dès qu'elle a appris sa trahison, la cuisinière a giflé son assistante et l'a renvoyée. On ne l'a plus revue au palais de l'intendant.

Un peu dépassées par l'ampleur de la tâche, les deux Mesquakies s'en remettent entièrement à la cuisinière qui, elle, ne perd jamais son sang-froid. Forte d'une très longue expérience, la veuve Augée dirige les opérations de main de maître, sans se départir de son ton bourru de campagnarde peu avenante mais le cœur sur la main. Ce n'est pas le premier automne qu'elle met en conserve !

Depuis un mois, Thana et Chikea suspendent aux poutres du grenier de longues tresses d'oignons et d'épis de blé d'Inde. Les carrés à grains débordent d'avoine, de seigle, de sarrasin et d'orge. Elles ont balayé et chaulé les parcs à légumes de la cave, lavé à grande eau et passé au lessi tous les barils et tonneaux. Même les trous de souris ont été calfeutrés avec des guenilles imbibées de vinaigre. Tout cela sous la régence implacable de Mme Augée. À cause des mauvaises récoltes de l'été précédent, le dernier hiver a été très dur. À Québec, on a manqué de tout. La cuisinière se souvient des trésors d'imagination qu'elle a dû déployer pour nourrir son monde. Même l'intendant a dû restreindre son ordinaire, et les soldats se sont trop souvent contentés de restes plusieurs fois réchauffés et allongés. Cette année, Mme Augée ne prend aucun risque.

— N'oublie pas de mettre les fines herbes dans le gros sel, aujourd'hui, lance-t-elle à Thana.

Occupée à couper les feuilles et le collet des carottes, la jeune femme acquiesce d'un hochement de tête et s'évade de nouveau dans ses rêveries. Deux lunes ont passé depuis... Quand elle rêve éveillée, en plein labeur comme maintenant, Thana imagine son bébé dans une grande maison en pierre, entourée de gens aimants. Elle possède bien peu de repères, mais elle se réfère constamment aux maisons de Montréal, aux intérieurs qu'elle a entrevus. De cette façon, elle crée pour sa fille un environnement chaleureux. La nuit, cependant, les angoisses refont surface. Un enfant hurle. La mère orpheline tend les bras vers les cris qui s'éloignent sans cesse. Quand elle croit s'en rapprocher, un mur de pierres s'élève devant elle. Elle tente de l'escalader, mais il s'effondre et l'entraîne très loin. Elle roule sur les cailloux, le corps broyé, éreinté. Et les pleurs éclatent dans sa tête, assourdissants. Elle se réveille couverte de sueur, l'estomac pris dans un étau, et le moindre geste provoque des élancements dans son crâne. Alors, elle reprend l'histoire depuis le début, en respirant par à-coups, recroquevillée sur sa couche, jusqu'à ce que le cauchemar s'estompe et cède la place au rêve heureux, celui qu'elle maîtrise et qui l'habitera tout le jour.

– Cesse de rêvasser, ma belle ! Ou l'hiver nous prendra de vitesse !

Thana avait déposé son couteau sans s'en apercevoir. Elle cherchait le visage de sa fille, et l'effort de concentration était trop grand pour qu'elle puisse en même temps continuer à travailler. Elle reprend l'ustensile et plonge la main dans le cageot pour en retirer une dizaine de grosses carottes. La petite doit avoir changé. À partir d'un souvenir trop flou, la jeune mère essaie d'ébaucher les traits de l'enfant; elle les amplifie, les accentue, mais l'image lui échappe. Son seul recours est alors d'imaginer Kiala, dont la physionomie se superpose à celle du bébé.

Depuis des semaines, le chef des Mesquakies attend avec impatience l'arrivée des siens. Il a repris espoir. D'après lui, la manœuvre de Beauharnois s'avérera un échec. Même si le gouverneur disperse les membres de la tribu, même s'il sépare les enfants de leur mère, ils se retrouveront toujours. Il l'a compris en observant Thana et en l'écoutant parler de leur fille, comme si elle était toujours avec eux. Les gardiens de la mémoire, même isolés, préserveront les filiations. Pour Kiala, tout n'est plus maintenant qu'une question de patience et de persévérance. Il s'agira de rassembler au fur et à mesure ce que le gouverneur aura morcelé. Un défi qu'il lui tarde de relever.

Thana frissonne; un courant d'air rampe jusqu'à elle.

Un soldat vient d'entrer, porteur d'un message pour Mme Augée. Il repart aussitôt.

Par la porte entrouverte, la Mesquakie aperçoit quelques flocons de neige. Peut-être les membres de la tribu sont-ils déjà arrivés à Montréal. Une galerie de portraits défile dans sa tête. Puis elle revient à Kiala, hanté par l'exode des siens. Même quand il la prend, Thana le sent ailleurs, toujours avec eux. Ils ne quittent pas ses pensées. Souvent, la jeune femme sort insatisfaite de ces relations pendant lesquelles Kiala ne lui appartient jamais tout à fait. Elle passe cependant outre à son désir égoïste d'absolu et d'exclusivité. Kiala reste avant tout le chef des Mesquakies. Elle l'a aimé d'abord pour sa bravoure et sa générosité, parce qu'il a toujours désiré le meilleur pour son peuple, se désintéressant de son propre destin. Même au cœur de la bataille, il n'a jamais combattu que pour les autres; l'exil et l'enfermement, il les a supportés pour les siens. Maintenant que Thana a compris toute l'abnégation dont il est capable, elle ne l'en aime que davantage.

— Tu souris comme une jeune fille amoureuse, lui souffle Chikea à l'oreille.

Elle vient de monter de la cave. Transie, elle serre les bras contre sa poitrine et tapote ses épaules.

— À quoi pensais-tu? À qui, plutôt?

Pour se moquer de sa curiosité, Thana lui répond n'importe quoi.

— À Josiah, bien sûr! À qui d'autre?

Chikea la bouscule en riant.

— Attends que je dise ça à Kiala! menace-t-elle.

— Il ne te croira pas, lui rétorque Thana.

— Et il aura bien raison.

Les deux compagnes rient en terminant d'arranger les carottes. La cuisinière les observe à la dérobée, en froissant nerveusement le message de l'intendant. Son visage austère trahit soudain une grande inquiétude. Le gouverneur sera ici après-demain et l'intendant lui demande de cuisiner ses plats favoris. Un mauvais pressentiment lui serre le cœur. Les prisonniers ne seront pas gardés à la prison du Palais indéfiniment. Avec l'hiver tout près, une décision a sûrement été prise.

La veuve soupire et se concentre sur sa tâche.

Chikea retourne à la cave pour y entreposer les légumes et Thana rassemble les feuilles et les collets pour les porter aux cochons. Elle pense à Josiah qui ne vient plus aussi souvent. La dernière fois, il s'est empiffré de pain et de lard sous le regard attendri de Mme Augée qui s'est tranquillement habituée à lui. Il a même pu apporter quelques provisions. Sa boiterie est beaucoup moins prononcée et son dos est moins voûté. Thana aime le voir sourire de toutes ses dents blanches. Quand c'est possible, elle fait un bout de chemin avec lui. Un jour, ils sont même allés jusqu'à sa cahute. Il lui a montré du doigt les toits des édifices en carré de l'Hôtel-Dieu. Rue Saint-Nicolas, où des artisans se sont établis, Thana s'est arrêtée devant la boutique du sculpteur de figures de proue. Les bustes aux corps incurvés la fascinent. Il y a tant à voir et à apprendre. Tant de choses qu'elle racontera plus tard à sa fille.

Le cageot est plein. Elle attrape un châle accroché à côté de la porte, l'enroule autour de ses épaules et sort.

Le jour balance entre chien et loup. Une neige sans conséquence vient s'évaporer sur le sol. « Si Josiah vient demain, pense la jeune femme, il aura peut-être des nouvelles de ma petite... »

* * *

Ce qu'il a appris sur la place Royale, Josiah ose à peine le répéter. Il n'a pas le droit de se taire, puisque l'avenir de son amie en dépend, mais il appréhende le désarroi que ces informations glanées auprès de quelques soldats, vérifiées et revérifiées, vont provoquer.

Thana et Chikea l'écoutent sans jamais l'interrompre. Même quand il se tait, pour reprendre son souffle, elles ne disent rien. Leurs yeux cependant questionnent avec une avidité insatiable. Il doit en dire plus, toujours plus. Pour les satisfaire, il ajoute des détails qu'il avait d'abord négligés; il décrit les soldats qui l'ont renseigné, l'endroit exact où ils se trouvaient quand il a surpris leur conversation. Comme elles ne disent toujours rien, il recommence depuis le début.

— Je n'en sais pas plus, soupire-t-il finalement, en attendant leur réaction.

Chikea a appuyé ses coudes sur ses genoux et tient sa tête dans ses mains. Thana s'est levée. Elle tourne en rond, dans un sens puis dans l'autre, une main sur sa bouche.

* * *

Informé à son tour, Kiala s'indigne de tels racontars. Il n'y croit pas. Thana recommence donc, avec plus de conviction.

— Josiah ne s'est pas trompé, affirme-t-elle pour réfuter les arguments de son mari. Il a vérifié; la nouvelle a déjà fait le tour de la ville. Coulon de Villiers a bel et bien été tué, de même qu'un de ses fils, lors d'une attaque contre les Mesquakies.

– À la baie des Puants? demande Nähano, aba-sourdi.

– Oui. De Villiers a voulu discuter avec les Sakis. Quand il leur a demandé de rester neutres et de rendre les Mesquakies qui vivaient avec eux, les Sakis ont refusé. Ils ne lui faisaient plus confiance.

– Wapiskwato leur avait parlé, suppose Kiala.

– Ils ont attaqué? De Villiers a vraiment attaqué? s'étonne Nähano, tout à fait décontenancé.

– C'est ce que Josiah a entendu dire.

– Et de Villiers est mort?

– D'une flèche au cou. Sept autres Français seraient morts au cours de cette attaque.

Des émotions confuses étreignent Kiala. Contrairement à ce que lui avait affirmé le gouverneur, jamais les Mesquakies n'ont donc accepté de venir à Montréal. Beauharnois a-t-il menti ou croyait-il vraiment la tribu en marche?

– Où sont les nôtres maintenant? demande-t-il.

– Ils se sont réfugiés chez les Iowas. Le fils aîné de de Villiers les a poursuivis. Il y a eu un second affrontement à Petite Butte des Morts, mais les Français ont perdu et les nôtres ont pu continuer leur route.

Kiala s'agrippe aux barreaux de sa cellule et reste ainsi un long moment, la tête appuyée sur les mains.

À cet instant précis, les quatre prisonniers en arrivent à la même conclusion : le gouverneur n'a plus aucune raison de les garder ici, et il ne les relâchera sûrement pas. L'évidence les fait frémir. Ils ont l'impression de se tenir en équilibre au bord d'un précipice.

Kiala réagit le premier.

– Il faut fuir! s'exclame-t-il. Si on parvient au territoire des Tsonnontouans, ils nous aideront.

– Mais comment y arriver ?

Kiala n'a pas de réponse à offrir à Nähano. Dans sa tête, les plans se font et se défont, tous se butent à l'impossible, à des barrières infranchissables. Toutefois, l'urgence d'agir raidit ses muscles. Ils doivent tenter leur chance avant qu'il ne soit trop tard. Tout de suite ! Ils doivent profiter de cette nuit sans lune. Ils sont seuls : Mathieu Pajot joue aux cartes derrière l'étable. Selon son habitude, il a laissé les clés sur la porte.

– Il faut fuir ! répète-t-il. Tout de suite !

Les autres baissent la tête, perplexes. Impressionnées par la lueur démentielle dans l'œil de Kiala, les femmes n'osent pas exprimer leurs réserves. Elles se tournent vers Nähano. Fort de son expérience montréalaise, celui-ci désapprouve cette fuite précipitée.

– C'est impossible, dit-il.

– Pourquoi ? s'informe Kiala sur un ton agressif.

– À cause des soldats, il faut oublier le fleuve. Nous serons vite repérés.

– Par les bois, alors !

– Aucune tribu ne nous hébergera. Toutes sont des alliées des Français. Nous n'irons pas loin.

– Qu'est-ce que tu suggères ? s'impatiente Kiala. On reste ici en attendant d'être pendus !

– Il faut préparer notre fuite : trouver des armes, des provisions, un canot...

– Et où comptes-tu trouver tout ça ?

– Il nous faut de l'aide, un complice à l'extérieur de la prison. C'est notre seule chance.

– Josiah va nous aider ! s'exclame Thana.

De son côté, Chikea croit pouvoir amadouer la cuisinière. Elle fermera sans doute les yeux sur quelques larcins sans conséquence.

— Pajot aussi, renchérit Nähano.

Ils sont déjà en route. L'itinéraire se déplie dans leur tête, soudain débarrassé de tous les obstacles.

Kiala se rallie malgré lui.

— Je vous donne jusqu'à demain soir, dit-il d'une voix tranchante.

* * *

Thana ne ferme pas l'œil de la nuit.

À cinq heures, le coq chante.

À six heures, les charrettes roulent déjà sur le pavement de pierre. Les feux sont restés allumés dans les âtres et tout le quartier embaume la fumée d'érable.

À sept heures, la cloche du chantier naval de la rivière Saint-Charles lance un dernier appel aux charpentiers, menuisiers, cordiers, peintres et calfats. Le battant frémit encore lorsque retentissent les premiers coups de massue sur le fer rougi et les claquements secs de la grand'hache sur les plançons.

Tous ces bruits familiers rassurent la jeune femme. L'empressement de Kiala lui a fait craindre le pire. Souvent, pendant la nuit, elle s'est demandée s'ils n'auraient pas dû suivre l'instinct du chef et fuir sans attendre. Prise de remords, elle a eu peur qu'il ne soit déjà trop tard. Mais voilà que le quotidien se déplie, fidèle, rassurant.

Elle se hâte pour ne pas rater Josiah. Chikea est déjà à la cave; c'est elle qui est chargée des provisions. Nähano doit subtiliser une arme. La jeune femme balaie en vain tout l'enclos de l'Intendance du regard. Josiah n'est pas là. S'il n'arrive pas bientôt, elle devra

461

trouver un moyen de monter jusque chez lui. Le temps presse.

Toute à ses réflexions, elle ne s'étonne pas de la présence d'un contingent de soldats. Ils sont bien une dizaine à battre la semelle au milieu de la cour.

* * *

Josiah a déjà attelé le chien, et l'animal regarde son maître d'un air catastrophé. Ses yeux larmoyants contrastent avec son museau sec. Tout ce qu'il contient de liquide semble s'être amassé dans ses glandes lacrymales.

Josiah se met en marche; le chien ne bouge pas.

Sifflements, encouragements, rien n'y fait. Non seulement la bête refuse-t-elle d'avancer, mais elle porte tout son poids sur les brancards.

Le maître s'inquiète. Il dételle l'animal, qui s'effondre aussitôt, sans force.

— Qu'est-ce qui se passe, mon vieux?

L'éboueur s'est agenouillé pour caresser le poil rêche de la bête, quand un froufroutement le fait se retourner. Mme Maillard est là, toute rose d'avoir marché trop rapidement.

— Josiah! Quel bonheur! Tu n'es pas encore parti! Je voulais te voir, j'ai quelque chose à te proposer!

Le mulâtre lui montre le chien.

— Mon partenaire me laisse tomber, dit-il en esquissant un pauvre sourire.

Mme Maillard s'agenouille à son tour.

— Cette pauvre bête n'en peut plus, constate-t-elle. Elle est trop vieille pour ce travail.

— Pourtant, j'ai encore besoin de lui.

La dame pose sa main délicate sur celle de son protégé, devinant aisément toute la portée de cette petite phrase. Le besoin dont parle l'éboueur va bien au-delà du travail. Il a besoin de ce chien comme d'un ami, d'un confident.

– Regarde dans mon sac, dit-elle, il y a de la viande. C'est peut-être tout ce dont il a besoin pour reprendre des forces.

À genoux près du chien, tous les deux le nourrissent patiemment. La main blanche et la main brune se relaient pour proposer à l'animal ce qu'elles ont de meilleur. Il mange sans appétit, comme pour leur faire plaisir, puis il ferme les yeux, épuisé.

– Laissons-le se reposer, propose Mme Maillard. (Les membres ankylosés, elle doit s'appuyer sur le bras de Josiah pour se relever.) Je suis presque aussi vieille que cette pauvre bête, blague-t-elle. Crois-moi, quand ton chien se sera reposé, il sautera sur ses pattes comme un jeune chiot. Et je sais de quoi je parle !

Josiah l'aide à s'asseoir sur une boîte retournée.

– Vous vouliez me voir ?

– Oui, c'est vrai !

Aveuglée par le soleil, la dame place ses doigts en visière. Elle ne voit de Josiah qu'un grand tronc sans tête, très droit. Elle s'étonne. « Cet homme n'est plus le même, pense-t-elle. Il a changé, et pour le mieux. »

Pour l'accommoder, Josiah s'accroupit en étirant sa jambe malade devant lui. Mme Maillard se réjouit de la vivacité de son regard.

– J'aimerais que tu rencontres mon fils, commence-t-elle.

– Aujourd'hui ?

– Oui. Tout à l'heure, en fait. Il m'a donné rendez-vous place Notre-Dame.

– Je dois aller travailler.

– Ce ne sera pas long. Et de toute façon, je crois bien que ton partenaire fera la grasse matinée.

– Pourquoi votre fils veut-il me voir ?

– Il veut te proposer un travail.

Josiah hésite; cette rencontre le met mal à l'aise. Mais puisqu'il ne peut rien faire pour le moment, et que Mme Maillard semble tellement y tenir, il accepte de l'accompagner.

* * *

L'arrivée du gouverneur au palais de l'Intendance ne passe pas inaperçue. De la cuisine, Thana entend le martèlement des sabots sur le chemin de pierrailles. Le nez à la fenêtre, elle voit les soldats former une haie d'honneur. Son angle de vision ne lui permet toutefois pas d'apercevoir *Onontio.*

Désemparée, la jeune femme se tourne vers la cuisinière, comme si celle-ci détenait des pouvoirs magiques. Tant de questions fourmillent dans sa tête : comment pourront-ils fuir avec tous ces soldats dans les parages ? Que vient faire le gouverneur ? Comment va-t-il réagir à la mort de Coulon de Villiers ? Pourquoi n'ont-ils pas obéi à Kiala quand il les sommait de fuir sans délai ?

La réponse de la veuve Augée à ces interrogations muettes sonne comme un appel à la résignation.

– Sois courageuse, dit-elle.

C'est tout ce qu'elle trouve, alors qu'elle voudrait cacher cette enfant sous sa jupe et la défendre avec ses ongles. Impuissante, elle retourne à ses casseroles, plus bourrue que jamais.

Chikea a réussi à rassembler un plein balluchon de victuailles. De l'extérieur, elle fait signe à Thana de la rejoindre.

– Tu as vu le gouverneur? chuchote cette dernière.

– Oui. Il faut qu'on trouve une arme. Nähano sera trop surveillé. Viens avec moi.

La détermination de Chikea apaise sa compagne. Rien n'est perdu. Ensemble, les deux femmes se dirigent vers les magasins du roi. Chemin faisant, Chikea explique son plan, un plan si simple qu'il ne peut que réussir.

Par chance, le commis est seul dans l'entrepôt. Tout de suite, Chikea l'attire tout au fond du magasin. Sans hésiter, Thana subtilise un peu de poudre et un pistolet qu'elle dissimule sous son châle. Avant même que le commis ne soit revenu, elle est déjà dehors.

Il neige à gros flocons.

Pressée de cacher son arme, la jeune femme baisse la tête et fonce vers l'appentis. Elle est au milieu de la cour lorsqu'elle entend une voix d'homme crier un ordre :

– Arrête-toi !

Thana a le souffle coupé et ses jambes flageolent comme celles d'un veau naissant, mais elle poursuit sa route. Cet ordre ne la concerne pas. D'ailleurs, même si elle le désirait, elle ne pourrait pas s'arrêter. N'ont-ils pas entrepris un voyage, tous les quatre ? On les attend de l'autre côté du Mississippi. Ils devraient déjà être en marche. Ils sont en marche. Impossible maintenant de s'interrompre.

– Arrête-toi immédiatement!

La voix la rattrape comme un grand filet où elle va s'empêtrer. Pourtant elle ne s'arrête pas. Cette voix impérative, les pas dans la neige, tout ce déploiement de force ne peut pas s'adresser à elle. On n'aurait pas envoyé tant de soldats pour arrêter une femme. Cependant, c'est bien dans sa direction que sont pointés tous les mousquets. La Mesquakie, encerclée, met du temps à se rendre compte de son immobilité. Dans sa tête, elle marche encore.

Un soldat a intercepté Chikea.

Lorsque Thana laisse tomber le pistolet sur le sol enneigé, les militaires sursautent.

* * *

– Les Renards ont refusé de se rendre. Ils ont tué sept officiers du roi et de nombreux soldats.

Tout en parlant, Beauharnois s'étonne du calme des prisonniers. Les guerriers encadrent les deux femmes de très près. On dirait un bouclier humain, sans aucune fissure, et cette impassibilité déconcentre le gouverneur. Il aurait souhaité plus d'émotion. «Ce peuple d'assassins ne ressent donc rien?» se dit-il. C'est d'ailleurs ce qu'il a écrit la veille au roi, en lui jurant que les coupables seraient châtiés. Il en a profité pour mettre tout le blâme sur de Villiers lui-même. Celui-ci n'a pas respecté les ordres qui étaient d'assujettir ces Sauvages en douceur, en ne risquant pas inutilement la vie des soldats du roi. Le gouverneur avait en main tous les atouts pour réduire cette tribu à néant; son plan était parfait. L'impétuosité de Coulon de Villiers a tout gâché! Dans sa lettre, Beauharnois a ajouté: «Où que se réfugient ces serpents, je les retrouverai et les anéantirai.» En attendant, les otages paieront pour les autres. En transférant Kiala à Québec, dès son arrivée, il prévoyait déjà le mettre sur un bateau, en direction de la Martinique, où il serait vendu comme esclave. Sa décision était prise depuis le premier jour et il comptait bien s'y tenir, quelle qu'ait été l'issue des négociations. Aujourd'hui, tout a changé.

– Kiala et Nähano seront pendus, annonce-t-il. L'épouse de Nähano sera donnée aux Iroquois chrétiens du lac des Deux Montagnes. L'autre femme ira chez les Hurons de Lorette.

Thana frémit en se pressant contre Kiala. Le corps de son mari se découpe le long du sien; elle frôle sa cuisse puissante, nerveuse, et l'os de sa hanche. Elle imagine le moelleux de ses reins, sa poitrine, large et confortable, contre laquelle elle s'est si souvent endormie.

Kiala entrelace fermement ses doigts aux siens. Pour les séparer, un soldat doit les soulever un à un.

* * *

– Josiah, voici mon fils, Philippe Maillard. Philippe, je te présente Josiah dont je t'ai si souvent parlé.

L'homme sourit et tend la main.

Josiah hésite. Non seulement parce qu'il n'a plus l'habitude de ces conventions, mais surtout parce qu'il n'ose pas toucher cette main racée, aux nervures presque bleutées, de sa paume sale et rugueuse.

Philippe penche la tête, invitant. Son élégance sobre sert bien sa silhouette élancée. Tout en lui exprime le raffinement et la délicatesse.

Gêné, Josiah tend la main à son tour. Le contact est agréable, ferme et généreux sans être envahissant.

— Je suis très heureux de vous rencontrer, Josiah, s'exclame Philippe. C'est vrai que ma mère m'a beaucoup parlé de vous, et toujours en bien !

L'éboueur baisse la tête, de plus en plus mal à l'aise.

— Je n'ai pas beaucoup de temps..., murmure-t-il, même si ce n'est pas du tout ce qu'il avait l'intention de dire.

— Vous avez raison, s'excuse Philippe en s'appuyant sur un muret de pierres. Je vais aller droit au but. Voilà : je possède une seigneurie à Batiscan où je fais la culture du lin et du chanvre. J'ai très peu semé cet été parce que je suis arrivé trop tard, mais je compte bien y aller à grande échelle dès l'été prochain. J'aurais besoin d'un contremaître, quelqu'un en qui j'aurais pleine confiance.

— Vous ne me connaissez pas, s'étonne Josiah.

— Je me fie toujours au jugement de ma mère, lui répond Philippe en enlaçant la vieille dame.

Celle-ci caresse la joue de son fils. Elle doit pour cela se hausser sur la pointe des pieds. Elle se tourne ensuite vers Josiah et le rassure

— Tu n'as pas besoin de décider maintenant. Penses-y, et si ça t'intéresse, tu pourras venir à Batiscan pendant quelques jours, juste pour voir si tu t'y plairais.

Josiah croit rêver. Il pourrait quitter la zone noire et sa puanteur, vivre à la campagne, avec un vrai travail, loin des dépotoirs. Le chien pourrait se reposer. Qui est donc cet homme qui lui offre tout cela avec une simplicité désarmante, et qui le vouvoie comme

s'il était quelqu'un de bien? La proposition le boule-
verse.

— Je vais y penser..., s'entend-il dire, abasourdi.

Mᵐᵉ Maillard essaie de cacher sa déception.

— Bien, dit-elle en le saluant. Ça me fera plaisir de
te faire visiter notre petit domaine. (Elle prend ensuite
le bras de son fils.) Dois-tu retourner au chantier?

— Non, nous pouvons rentrer.

Philippe ajuste son pas à celui de sa mère et tous les
deux traversent lentement la place Notre-Dame. Josiah
voudrait partir, mais quelque chose le retient.

— Je ne pourrai pas! crie-t-il soudain.

Les Maillard se retournent, de même que des
passants qui se demandent bien qui est ce misérable
qui s'agite sur la place. Certains hâtent le pas.

— Pourquoi? demande Mᵐᵉ Maillard.

Maintenant qu'ils sont revenus vers lui, il ne sait plus
quelle raison invoquer. Son unique certitude, c'est qu'il
ne pourra pas quitter Québec. On a besoin de lui ici.
Thana a besoin de lui, et jamais il ne l'abandonnera.
Les Maillard pourront-ils comprendre cela?

— J'ai une amie..., commence-t-il.

La dame se méprend.

— Je ne savais pas, dit-elle, que tu avais une petite
amie. J'aimerais que tu me la présentes.

Josiah s'empresse de la détromper

— Pas une petite amie, précise-t-il. Une amie. Elle
n'est pas d'ici, je ne peux pas l'abandonner.

— J'espère que ton amie réalise la chance qu'elle a,
remarque Philippe. D'où vient-elle?

Josiah montre le sud.

— Des grands lacs, dit-il. C'est une Mesquakie.

Philippe tressaille. Il a blêmi.

– Comment s'appelle-t-elle? demande-t-il, incrédule, en espérant que la réponse ressemble à son espoir.

– Elle s'appelle Thana.

* * *

Philippe s'engouffre en coup de vent dans l'enclos de l'Intendance. Il monte une jument baie qu'il abandonne au milieu de la cour. La bête tourne sur elle-même quelques instants, puis, attirée par l'odeur du foin, elle se dirige tout naturellement vers les écuries en avançant avec mille précautions pour ne pas s'empêtrer dans les guides. Philippe a déjà escaladé les marches du perron, trois à la fois.

– Je veux voir le gouverneur, dit-il à la première sentinelle rencontrée.

– Vous avez un rendez-vous?

– Non, et je n'en ai pas besoin!

Il repousse le soldat avec brusquerie et pénètre en trombe dans le grand salon où MM. Beauharnois et Hocquart prennent un verre.

Philippe les salue.

– Excusez mon intrusion, messieurs. Il s'agit d'une affaire urgente.

– À qui avons-nous l'honneur? demande Beauharnois sur un ton peu amène.

C'est Hocquart qui répond; il a reconnu son visiteur.

– Monsieur Philippe Maillard, seigneur de Batiscan et petit-neveu du duc de Noyan, si je ne m'abuse?

«Et, si les ragots sont plus que des ragots, une des plus belles fortunes de France», ajoute Beauharnois en son for intérieur. Il a entendu parler de cet ancien officier. N'a-t-il pas combattu les Renards auprès de Coulon de Villiers? Si ce qu'on dit est vrai, il aurait regagné la France peu de temps après. Son père est mort en le déshéritant – une histoire de mœurs, croit-on –, mais un oncle maternel lui a légué une fortune considérable. Il aurait ses entrées à la cour, ce qui ne l'a pas empêché de choisir de rentrer au pays, il y a quelques mois à peine. Il cultive le lin pour son plaisir, sur ses terres de Batiscan, et parle de faire construire des navires au chantier naval de la Saint-Charles. On ne le voit jamais aux réceptions mondaines. Voilà tout ce qu'il sait de Philippe Maillard, et c'est amplement suffisant pour le mettre dans de bonnes dispositions.

– Que puis-je faire pour vous? demande-t-il, très obligeant.

– Vous avez une prisonnière mesquakie, explique Philippe. Elle s'appelle Thana. Je voudrais la voir.

– Vous arrivez trop tard, mon cher ami.

– Que voulez-vous dire?

– Ces Sauvages ont tué sept officiers français, dont Coulon de Villiers, que vous connaissiez, je crois. Il a fallu sévir pour que de telles horreurs ne se reproduisent plus jamais.

En apprenant la sentence prononcée contre les prisonniers, Philippe serre sa cravache de toutes ses forces. Ses doigts blanchissent sur la poignée de cuir. Beauharnois s'inquiète. Compte tenu des antécédents de Maillard, il croyait parler à un allié. La réaction inattendue de son interlocuteur sème un doute dans son esprit.

Un doute que Philippe dissipe immédiatement.

– S'il arrive quoi que ce soit à un de ces Mesquakies, dit-il en détachant chaque syllabe, je vous en tiendrai personnellement responsable. Le roi doit approuver cette sentence de pendaison avant qu'elle ne puisse être exécutée. Je me fais fort de l'en informer. En attendant, dites-moi où je peux trouver Thana.

– Cette affaire n'est pas de votre ressort, lui répond Beauharnois. (Il a pris le même timbre de voix que son vis-à-vis, la même prononciation martelée.) Toute intervention de votre part ne ferait que précipiter les choses, au détriment de ceux que vous semblez vouloir protéger.

Les deux hommes se jaugent. Sûrs d'eux, déterminés, avec des pouvoirs différents mais qui s'équivalent, ils viennent de se lancer dans une petite guerre à laquelle ils ne s'attendaient ni l'un ni l'autre.

Philippe n'ajoute rien. Il tourne les talons et sort.

Josiah l'attendait dans la cour, en tenant la jument par la bride.

– J'ai reconduit votre mère chez M. Duplessis, dit-il.

– Merci. Je suis arrivé trop tard. Ils ont emmené Thana, et je ne sais pas où.

– Elle est chez les Hurons, à Lorette.

Philippe enfourche sa monture. Il sait maintenant très exactement pourquoi il est revenu en Nouvelle-France.

* * *

Conduite par un paysan débonnaire et ventripotent, la charrette roule de guingois sur la route cahoteuse. Deux soldats ouvrent la marche. Un autre suit derrière.

Inspirés par la douceur de l'air, ils ont mis leurs chevaux au pas. La neige tombée la veille s'enlumine au soleil de paillettes argentées. À tout moment, elle choit lourdement des branches évasées des conifères. Un hiver de printemps, avec des promesses beaucoup trop alléchantes pour être tenues.

Les mains liées derrière le dos, Thana épouse les soubresauts de la charrette. Elle ne résiste pas, s'abandonne. Il ne servirait à rien de se rebiffer. Au contraire, l'étau ne pourrait que se resserrer. D'ailleurs, elle n'en aurait pas la force. Sa tête dodeline sur sa poitrine. Les yeux fermés, elle écoute les trilles joyeux d'oiseaux inconnus.

Avant les soldats, avant même les chevaux, pourtant toujours aux aguets, elle entend un bruit de galopade. Les bêtes renâclent, nerveuses, en tentant de tourner la tête vers le danger. Le soldat d'arrière-garde avait quitté ses étriers; il doit vite raffermir sa position pour ne pas être désarçonné. Tout en rassemblant sa monture pour la garder bien en main, il lance un avertissement à ses compagnons.

Tout à leur conversation, ceux-ci avaient pris un peu d'avance. Avant qu'ils n'aient réagi à l'appel de leur camarade, un cavalier arrive, ventre à terre. En cambrant les reins, il réussit à immobiliser sa monture à la hauteur de la charrette. Son irruption dans le sentier étroit a semé un tel émoi que les soldats ne suffisent plus à calmer les bêtes. Elles tournent sur elles-mêmes, en tentant de se dérober à la main.

Philippe profite de cette diversion pour se rapprocher de Thana. Le flanc de sa jument frôle la ridelle de la charrette.

— Tu es revenu, constate la jeune femme avec un étonnement teinté de désespoir.

Les trois soldats braquent maintenant leur arme sur l'intrus. Ils ont mis pied à terre, confiant les rênes au charretier.

— Je veux seulement parler à la prisonnière, les rassure Philippe en levant les bras. Je ne suis pas armé.

— Vous n'avez rien à faire ici! Partez immédiatement ou je tire!

Malgré la menace, Philippe s'entête. Il oublie les soldats et s'adresse à Thana.

— Ne t'inquiète pas. Je vais m'occuper de toi. Je vais te sortir de là.

— Occupe-toi plutôt de Kiala, supplie Thana. Ne les laisse pas le pendre. C'est ma vie, ne le laisse pas mourir.

Un soldat est monté dans la charrette. Il pointe son arme sur Thana.

— Je pars, dit Philippe. Ne lui faites pas de mal.

Il impose une volte trop brusque à la jument qui se rebiffe.

— Dis-leur que je ferai tout ce qu'ils voudront, crie Thana d'une voix déchirée par l'émotion. Je ne chercherai pas à fuir, je prierai leur dieu, mais qu'ils ne le pendent pas!

Le cavalier s'éloigne à contrecœur, et la petite troupe se remet en marche. Après quelques instants, Philippe tire sur les rênes et fait volte-face. De loin, Thana lui paraît minuscule au fond de la charrette brinquebalante. Il reste là, au milieu du sentier, un long moment, jusqu'à ce que soldats et prisonnière disparaissent. Puis, d'une pression des talons, il remet sa monture au trot. Le temps presse. Le dernier bateau de la saison part demain pour la France et il doit confier une lettre au capitaine.

6

La vieille se lève péniblement et rejoint le cercle des hommes. Thana ne lui connaît que ce nom-la : la Vieille. Son visage crevassé rappelle l'écorce ravinée des vieux trembles. Son ventre ballonné raccourcit sa jupe sur le devant, et on peut voir, au-dessus des mitasses, une lanière de peau flasque et grenue.

Pourtant, lorsqu'elle s'adresse aux membres du conseil, sa voix vibrante subjugue l'assemblée. Ils sont peu nombreux autour du feu : une poignée de vieillards qui s'entêtent à préserver un passé déjà à l'agonie et quelques hommes dans la force de l'âge, dont Tsaouenhohi, le chef des Hurons de Lorette, connu sous le nom français de Paul Picard. Sous la couverture de laine bleue qui couvre ses épaules, ce dernier porte une veste à la française sur laquelle tombe une médaille d'argent, un cadeau du gouverneur.

C'est à lui que la Vieille s'adresse en premier lieu.

– Je viens parler pour cette femme, dit-elle, en désignant Thana de sa main rongée par l'arthrite. Je parle pour elle parce qu'elle n'a pas la parole. Depuis son arrivée au village des Hurons, elle a été l'esclave de tout le monde. Sans se plaindre, elle a porté les seaux et entretenu les feux. Les femmes se sont moquées d'elle ; les hommes l'ont harcelée. Moi, la Vieille, je dis que tout cela doit cesser. Les Hurons ont-ils donc oublié les enseignements du Cercle sacré? L'autre, l'étranger, est plus que l'autre. N'est-il pas une partie de soi, le prolongement qui assure la vie circulaire? Le Cercle demande à chacun honnêteté et générosité. L'avez-vous oublié, vous, les anciens, comme vous avez oublié tant de choses?

La voix brisée par l'indignation, l'aïeule se tait, et les hommes n'osent pas affronter son regard méprisant. La loi du Cercle leur échappe en effet, comme tout le reste. Ces vérités anciennes perdent, peu à peu, tout leur sens, et ils n'y peuvent plus rien.

— Que désires-tu, vieille femme? demande Picard en fermant les pans de sa couverture sur sa médaille, comme s'il en avait honte.

— Je veux adopter la Mesquakie et l'enfant qu'elle porte pour agrandir le Cercle sacré. Je veux qu'elle devienne ma petite-fille pour que ses enfants solidifient le Cercle et donnent aux Hurons une force nouvelle.

— Qu'il soit fait comme tu le désires.

La Vieille rejoint Thana qui se tenait à l'écart, en attente de la décision. Épuisée, elle s'appuie sur le bras de sa protégée, et les deux femmes quittent l'assemblée, semant derrière elles un sentiment de malaise.

* * *

Dans la maison de l'aïeule, le poêle répand une chaleur confortable. Thana aide son aînée à s'asseoir sur une peau mitée et brûlée à plusieurs endroits. Elle met ensuite l'eau à chauffer et y jette deux poignées de blé broyé. La Vieille feint de somnoler, mais elle épie la jeune femme en train de préparer la *outaie*, et sa bouche édentée s'épanouit en un sourire radieux. Son audace de tout à l'heure lui rappelle l'époque bénie dont sa mère l'a si souvent entretenue, celle où Aataentsic et son fils Tawiskaron veillaient sur les Hurons, les protégeant tout à la fois du Bien et du Mal. «En ce temps-là, se souvient la Vieille en évoquant les précieux enseignements de sa mère, quand les Hurons étaient encore des Wendats, les femmes étaient l'âme des conseils, les arbitres de la paix et de la guerre. Elles transmettaient le sang, perpétuaient les clans. Elles choisissaient les chefs et les démettaient, selon un savoir et une sagesse qui leur étaient propres.»

– Il faut parfois rappeler aux hommes la loi du Cercle, marmonne-t-elle. (Elle ricane, fière d'elle, fière d'avoir été encore une fois la gardienne des traditions, un rôle depuis toujours dévolu aux femmes, mais que la fréquentation obligée des Blancs leur a fait délaisser.) J'ai bien parlé, n'est-ce pas?

Thana lui sourit.

– Tu as bien parlé.

– Tu pourras vivre en paix désormais, puisque tu es officiellement ma petite-fille.

La Vieille se tait et hoche la tête plusieurs fois avec une moue satisfaite qui accentue les rides autour de sa bouche. «Quand les hommes plus jeunes reviendront de la chasse, pense-t-elle, Thana n'aura plus à subir leurs tracasseries. Aucun d'eux n'aura de droits sur elle. Thana est ma fille et elle porte un enfant qui naîtra Huron. Maintenant, tout a été dit.»

Enroulée dans sa couverture, l'aïeule se laisse engourdir par la tiédeur ambiante. L'eau boue sur le poêle. Thana y ajoute des morceaux de poisson séché et de citrouille, et elle remue le tout doucement avec une spatule de bois. De temps en temps, elle se retourne vers sa protectrice, et une impression de déjà-vu la remplit de nostalgie, une nostalgie tranquille, apaisante. Dans cette maison de bois, construite à la manière française, avec ses deux pièces sans meubles, ou presque, elle ressent le même bien-être que dans la cuisine du fort Rosalie, lorsque le rire de Marie-Anne dégringolait en cascades; elle entend les trémolos dans la voix magique de Nucamoan et se souvient des conseils toujours judicieux de Chikea. Comme elle s'ennuie de Chikea! Qu'est-elle devenue? A-t-elle trouvé elle aussi une main tendue? Et Kiala? Que lui arrive-t-il?

Alors que la jeune femme va s'enliser dans ses pensées moroses, la porte s'ouvre avec fracas. Un froid mordant pénètre dans la pièce en même temps que le père Richer. Méfiante, Thana se colle contre le poêle, et la Vieille sort d'un coup de sa torpeur.

Sans façon, le jésuite s'installe sur l'unique chaise de la maison. Il est venu pour la messe et, comme toujours, il veut profiter de cette occasion pour s'entretenir avec Thana.

– Tu as trouvé une nouvelle famille, commence-t-il. C'est bien.

Il le dit sans le penser.

Chassé de la région des grands lacs par les Iroquois, quelques années avant la naissance de la Vieille, un petit groupe de Hurons, pris en charge par les jésuites, s'est réfugié ici, près de Québec. Pour être admis au village de Lorette, hommes, femmes et enfants ont dû embrasser la foi chrétienne. Avec le temps, tous les exilés ont fini par se plier docilement à cette exigence, sauf quelques récalcitrants comme la Vieille.

Le père Richer les tolère à cause de leur grand âge, mais il aurait préféré que Thana échappe à cette funeste influence. Maintenant que la jeune femme a été adoptée par cette païenne, sa tâche d'évangélisation risque d'être plus ardue. Quand Paul Picard lui a appris la nouvelle, il y a quelques minutes, il l'a d'abord réprimandé, puis, le premier mouvement de colère passé, il a accepté cette décision comme une épreuve envoyée par Dieu pour le mettre au défi. Responsable de cette jeune âme, il lui montrera le bon chemin.

— Maintenant, ta nouvelle mère devra te trouver un mari.

— J'ai un mari ! s'indigne Thana en se redressant de toute sa taille.

Les yeux de l'aïeule pétillent de joie sous son front ridé et dégarni. Voilà pourquoi elle a aimé Thana dès le premier jour : pour cette fierté sauvage, absente chez les jeunes femmes huronnes. Les allures farouches de la Mesquakie ressuscitent chez elle les réminiscences d'une liberté perdue.

— Plus pour très longtemps..., marmonne le prêtre, en réponse à l'objection de Thana.

Il pense à l'épidémie de petite vérole qui fait présentement des ravages à Québec, et qu'il désire garder secrète le plus longtemps possible pour ne pas créer de panique chez ses ouailles. Les prisonniers mesquakies, comme tous les Sauvages qui seront en contact avec la maladie, ont bien peu de chances de s'en tirer.

— Ce que Dieu a uni, nul ne peut le désunir, s'insurge Thana. (La jeune femme est bien loin de soupçonner le nouveau danger qui menace son mari.) N'est-ce pas ce que vous dites ? Le Grand Esprit nous a unis, Kiala et moi, et personne ne pourra nous séparer. Jamais !

Elle a répliqué d'une voix sourde, en pensant à l'enfant dans son ventre pour se donner du courage. Le prêtre semble avoir suivi le même raisonnement.

— Il faudra bien un père pour ton bébé.

— Il a déjà un père, lui répond Thana sur le même ton intraitable.

— Ne t'entête pas ainsi, menace le jésuite. Tu aurais pu être pendue, mais le gouverneur t'a donné une chance. Saisis-la plutôt que de t'obstiner. Si tu acceptes de recevoir sa Parole, Dieu te guidera.

Sur ce, il se lève et pointe un doigt accusateur sur les deux femmes en se dirigeant vers la sortie. Il va de l'une à l'autre, comme s'il promenait une arme.

— Je vous attends à la chapelle, toutes les deux. Je célébrerai la messe pour le salut de votre âme.

Il n'a pas sitôt refermé la porte que la Vieille replonge dans une somnolence salvatrice. Les menaces du père Richer ne l'impressionnent pas. Aucun de ses prédécesseurs n'a réussi à l'endoctriner, ce n'est pas cette petite corneille à lunettes qui la fera changer d'avis.

Thana est moins sûre d'elle. Sa hardiesse dissimule une grande frayeur. Elle étend ses mains glacées au-dessus du poêle, en se demandant combien de temps encore elle pourra donner le change. Le père Richer la terrifie, parce qu'elle ignore quel pouvoir il détient sur sa vie et sur celle de Kiala. La religieuse qui lui a enlevé sa fille professait les mêmes croyances que cet homme et servait le même dieu. «Une religion qui sépare les mères des enfants peut bien faire pendre un homme», se dit-elle. Peut-être eût-il mieux valu se taire et acquiescer à toutes les demandes du jésuite, comme elle en avait d'abord eu l'intention. S'il fallait que son insolence, qu'elle contrôle mal, nuise à Kiala. « Je serai plus prudente la prochaine fois », se promet-elle.

* * *

Dès qu'il pénètre dans l'enclos de l'Intendance, Philippe devine que quelque chose ne va pas. Des amoncellements de neige bloquent presque toutes les entrées. Aucune trace de pas dans la cour déserte. On dirait une plaine vierge, sur laquelle pèserait une terrible menace.

Depuis son algarade avec Beauharnois, il visite les prisonniers au moins deux fois par semaine, avant de passer par le bureau de l'intendant Hocquart qu'il entretient quelques instants de ses protégés. Il sert le même traitement au gouverneur qui, où qu'il soit, à Québec ou à Montréal, reçoit régulièrement une missive de Philippe Maillard, l'informant de l'état de santé des Mesquakies et lui rappelant l'intérêt de ses amis haut placés quant au sort qui leur sera réservé. Sa mère fait la même chose, de Batiscan où Josiah et son chien l'ont accompagnée, et elle a convaincu quelques personnalités d'écrire elles aussi aux autorités en place pour s'enquérir des conditions de détention des deux prisonniers.

Jusqu'à maintenant, cette stratégie du harcèlement a réussi. Craignant des représailles de la Cour pour une décision trop hâtive, Beauharnois a préféré surseoir à la pendaison en attendant la réponse officielle du roi.

Philippe s'en réjouit, même s'il sait que la bataille est loin d'être gagnée. « Il s'agit de passer l'hiver », se répète-t-il. Au printemps arrivera la réponse du roi, et il ne doute pas un instant qu'elle lui soit favorable. À ce moment-là, Beauharnois aura les mains liées.

En attendant, il s'enfonce dans la neige jusqu'aux cuisses. Devant la prison, un couloir étroit a été libéré, et les traces mènent à la cuisine, ce qui le rassure. Il avait cru, pendant un instant, se trouver dans un village fantôme, abandonné par tous ses habitants.

Lorsqu'il pousse la porte, Mathieu Pajot se lève d'un bond et lui interdit l'entrée.

– Restez dehors, ordonne-t-il. Les prisonniers ont la petite vérole.

– Tu es sûr ? Ils allaient bien il y a deux jours. Comment ont-ils pu être contaminés ?

– Deux soldats sont morts, cette nuit.

Pajot étend toujours les bras devant lui pour le repousser. Philippe le rassure

– Je connais bien cette maladie, dit-il. J'en ai souffert, il y a plusieurs années, et je l'ai vaincue.

Le soldat baisse les bras, soulagé.

– Moi aussi ! s'exclame-t-il, elle a bien failli m'emporter. J'étais un bébé et mon père avait déjà construit mon cercueil.

Visiblement très heureux de partager cette expérience avec un personnage de la trempe de Philippe, il conduit ce dernier au chevet des malades.

Nähano est très mal en point. Il est parcouru de frissons et son visage tuméfié est couvert de pustules. Kiala résiste mieux, mais ses paupières gonflées trahissent l'avancée sournoise de la maladie.

Philippe se débarrasse en hâte de sa cape et de sa redingote. Tout en retroussant ses manches, il pense au ballot sacré qu'il a jeté dans le Mississippi, juste après le massacre de la grande prairie. À ce moment-là, il ne croyait plus à rien. À aucun dieu, aucun dogme, aucun rite.

– Je dois avertir Thana, marmonne-t-il en trempant un linge dans l'eau glacée. Ils doivent combattre ensemble.

* * *

Les premières femmes à apercevoir l'étranger se lancent à sa rencontre pour lui vendre ce qu'elles ont fabriqué : jouets, bibelots, paniers ou mocassins brodés. Toutefois, devant ce géant à la peau foncée et aux yeux clairs, les Huronnes de Lorette optent pour la prudence. Elles restent donc à une distance respectable, à dévisager l'inconnu.

Josiah s'attendait à une telle réception. Conseillé par Philippe, il a apporté avec lui du sucre, du chocolat et des couvertures. Il vide son balluchon, et les femmes se rapprochent en se tortillant d'envie. Lorsqu'il tend une couverture, la plus hardie s'en empare en essayant de ne pas toucher sa main brune. Elle dépose ensuite un panier sur la neige, et Josiah la remercie en souriant de toutes ses dents.

Rassurées par ce premier contact, les autres se précipitent vers les denrées. S'ensuit une mêlée au cours de laquelle tout disparaît, même le panier offert en échange.

Josiah laisse les femmes et pénètre plus avant dans le village. Il n'a pas à marcher longtemps. Attirée par les cris, Thana est sortie sur le seuil de sa maison.

Elle n'avait jamais vu Josiah dans l'hiver, le plein hiver, blanc de partout, à perte de vue. Son ami lui semble sortir d'une légende. Trop heureuse de le voir, elle oublie de le faire entrer et laisse la porte grande ouverte pour lui sauter au cou. La voix ulcérée de la Vieille la ramène sur terre.

— Laisse le froid dehors ! crie cette dernière.

Le grand mulâtre doit se pencher pour pénétrer dans la cuisine.

— Tu fréquentes les démons, maintenant ? s'enquiert la Vieille en écarquillant les yeux devant cette apparition.

— C'est mon ami Josiah, la rassure Thana en tendant l'unique chaise de la maison au visiteur. Il apporte des nouvelles de Kiala.

— Alors qu'il soit le bienvenu.

Josiah sourit à l'aïeule, qui glousse, ravie, en tenant ses mains déformées devant son visage.

— Tu as vu Kiala ? demande Thana, anxieuse.

— Non, lui répond Josiah, ne sachant trop comment lui apprendre la nouvelle. Je ne suis pas passé par Québec ; Philippe me l'avait défendu.

— Mais pourquoi ? Qu'est-ce qui se passe ?

D'une traite, Josiah lui raconte tout. Sa nouvelle vie à Batiscan, les démarches fructueuses de Philippe, puis la maladie de Kiala et de Nähano.

— Ils ne vont pas mourir ?

— Je ne sais pas... Personne ne peut rien dire. Philippe est avec eux, jour et nuit ; il tenait à ce que tu le saches.

— Je dois y aller !

— C'est impossible !

Philippe a fait promettre à Josiah de ne pas venir à Québec. Il risquerait ensuite d'étendre l'épidémie jusqu'à Batiscan. Il doit également empêcher Thana de sortir du village, par la force s'il le faut, il l'a bien précisé. Ce serait fatal pour la jeune mère et son bébé.

– Que puis-je faire? gémit Thana. L'homme que j'aime va peut-être mourir et je ne peux même pas lui prendre la main.

– Tu peux prier tes dieux.

– Je n'ai rien...

La Vieille a suivi la conversation avec intérêt et compassion. De sa démarche chancelante, elle se rend dans la pièce voisine. Thana l'entend fouiller dans un coffre aussi vieux qu'elle. Un objet roule sur le plancher de bois; un autre tombe avec un son mat. Lorsqu'elle revient, la Vieille serre contre son cœur un linge blanc dans lequel elle dissimule quelque chose.

– Ma grand-mère était chef de la Société des Faux Visages, commence-t-elle, en déballant l'objet avec des gestes respectueux.

Thana et Josiah découvrent alors un masque hideux dont la bouche immense, piquée de dents éparses, re-monte d'un côté jusqu'au milieu de la joue. Le nez, court et verruqueux, est strié de griffures. Un œil est ouvert, calé très profondément dans son orbite; l'autre, boursouflé, semble sans vie. Des cheveux rêches et inégaux encadrent cette face grotesque.

La Vieille caresse les traits difformes avec une telle tendresse que, malgré sa répulsion, Thana désire en savoir plus.

– Qu'est-ce que c'est, demande-t-elle, ce masque et la société dont tu parlais?

– La Société des Faux Visages rassemblait autre-fois les sorciers guérisseurs. Ceux-ci croyaient en la puissance de l'esprit pour rétablir la santé du corps et ils officiaient avec le masque, taillé dans le tilleul, selon les enseignements de l'Aide, Shagodjiowen Gowa.

– Pourquoi est-il si... ?

– Si laid ? Parce qu'un jour Shagodjiowen Gowa a manqué de foi. Le Grand Créateur l'a puni de sa vantardise en lui infligeant ce visage défait et en lui arrachant la promesse de protéger désormais les hommes contre la maladie. Shagodjiowen Gowa est devenu l'Aide et il a enseigné aux êtres humains la fabrication des masques et les rituels qui guérissent. Avant que les Wendats ne soient chassés de leur terre d'origine, ma grand-mère menait la procession des masques. Quand nous avons été transplantés sur ce sol aride et sablonneux, les Robes Noires ont exigé qu'on les détruise tous, mais j'ai caché celui de ma grand-mère. Je l'ai préservé contre toutes les influences mauvaises pour qu'il ne perde pas ses pouvoirs. Je savais qu'un jour viendrait où je devrais l'invoquer. Le jour est venu.

Galvanisée par la foi inébranlable de sa protectrice, Thana reprend espoir.

– Tu peux m'enseigner ? demande-t-elle.

– Oui, mais tu devras partir, aller auprès de ton mari. Le masque ne peut rien à distance.

Silencieux jusque-là, Josiah intervient avec une brusquerie qui saisit les deux femmes.

– Thana ne doit pas quitter le village. À aucun prix ! Ni elle ni l'enfant ne survivraient à cette maladie.

À son regard déterminé, Thana comprend qu'il prendra tous les moyens, même la force, pour l'empêcher de partir. Il se dresse devant elle, prêt à tout pour la protéger contre son désir insensé de prendre Kiala dans ses bras.

— Laisse-moi partir, supplie-t-elle, soudain très lasse. Je préfère mourir avec lui. Je ne veux plus me battre.

Avec une vigueur étonnante pour ce petit corps frêle et décati, la Vieille gifle la jeune femme. Même Josiah sursaute devant cette agression imprévisible.

— J'ai fait de toi ma fille parce que tu avais la foi qui sauve les peuples. C'est cette braise dans ton regard que j'ai voulu sauvegarder, parce qu'elle me permettait d'espérer de nouveau, parce que j'ai cru que de cette braise jaillirait l'étincelle de vie. Tu n'as pas le droit d'abandonner, ou je croirai que tu m'as trompée. (La Vieille saisit le bras de Thana de ses doigts décharnés, et elle la traîne à la fenêtre, où le givre a dessiné des chemins de dentelle.) As-tu bien vu ce qu'il y a dehors ? De pauvres maisons de bois, serrées les unes contre les autres comme des chiens frileux. Et ceux qui les habitent ont endormi leur mémoire pour ne pas être trop malheureux. Ils répondent à des noms de Blancs qui ne veulent rien dire, ils se vêtent avec les guenilles des Blancs, essaient de parler comme eux. Ils n'ont plus rien, ni langue ni tradition. Autrefois, les chefs du peuple huron étaient les Grands-pères ; on réclamait leur avis. Tous les sept ans, lors du rassemblement des tribus, ils étaient désignés pour allumer le feu du conseil. Ils parlaient les premiers et menaient les discussions. Regarde ! Que vois-tu, maintenant ? Rien d'autre qu'un peuple à son crépuscule, qui chante et danse, et se soûle pour oublier qu'il meurt. C'est ce que tu souhaites pour ton peuple ? Réponds-moi !

Secouée par les propos de son aînée, Thana ne sait plus que penser. C'est vrai qu'elle manque parfois de courage et qu'elle déshonore sa propre mémoire, mais les épreuves lui semblent tellement insurmontables et la victoire, si peu probable, qu'elle se demande à quoi sert le combat. Elle en vient même à douter de la parole de Pemoussa. Les Mesquakies ne sont peut-être pas immortels.

— Ne pense plus qu'à l'enfant, lui souffle la Vieille en desserrant son étreinte.

— J'avais oublié..., murmure la jeune femme, reconnaissante.

— Je vais aller à Québec, propose d'emblée Josiah. Je vais apporter le masque.

— Tu as promis...

— Philippe comprendra.

La Vieille s'interpose :

— Tu n'iras nulle part, mon garçon. Tu n'es pas mon fils ; je ne peux rien t'enseigner et je peux encore moins te confier le masque.

Thana refoule ses larmes. Pour elle, la médecine de la Vieille représente la dernière chance de Kiala.

— C'est moi qui irai, tranche l'aïeule.

* * *

Dans l'enclos de l'Intendance, les rares personnes qui se sont risquées à l'extérieur observent, ahuries, cet équipage cocasse : un tas de chiffons sales entassés dans un minuscule traîneau tiré par un chien jaune au poil couvert de givre. Leur étonnement monte d'un cran lorsque du tas de chiffons émerge une forme humaine, rapetissée par le froid cinglant. La Vieille s'ébroue comme un ours après l'hibernation, et la neige tombe des couvertures.

Josiah l'a conduite jusqu'aux limites de la ville, puis, fidèle à sa promesse, il a pris la direction de Batiscan. La guérisseuse a continué seule jusqu'à ce que des sœurs hospitalières, en route pour l'Hôtel-Dieu, l'escortent sur une bonne distance. Elles ont bien tenté de la détourner de son but, mais la Vieille n'a rien écouté.

S'extirper du traîneau lui prend quelques minutes et beaucoup de courage. Le masque sur son cœur, elle clopine sur ses jambes ankylosées jusqu'au seul militaire qui ne s'est pas encore enfui.

— Je viens de la part de Thana, explique-t-elle avec une simplicité désarmante, comme si tout cela allait de soi. Je dois voir Kiala.

Mathieu Pajot n'hésite pas un seul instant. Il offre le bras à la visiteuse en remerciant le ciel que le hasard les ait fait se rencontrer. Si Philippe ne l'avait pas envoyé prendre l'air, cette vieille femme serait tombée sur quelqu'un d'autre et on l'aurait probablement éconduite. En jetant un œil prudent aux fenêtres de l'intendant, le soldat mène l'envoyée de Thana jusqu'à la prison.

En entrant, une odeur fétide les prend à la gorge. La Vieille chancelle. Elle sent la mort, tout près. Serait-il trop tard ?

Philippe se présente et elle l'aime d'emblée, cet homme mince et pâle, aux traits d'une grande noblesse. Sa bonté irradie par les pores de sa peau et, après cette équipée pénible, la Vieille s'en délecte comme d'un nectar de printemps.

— Je suis la mère de Thana, dit-elle simplement, convaincue que cet homme comprendra tout à demi-mot. Où est Kiala ?

Philippe lui désigne un drap blanc sous lequel elle devine un corps.

— Il n'est pas... ?

— Non, l'interrompt Philippe, mais non ! Nous avons perdu Nähano, la semaine dernière. Kiala a résisté. Il est épuisé. Il n'a plus la force de combattre.

Doucement, la Vieille dégage le masque de sa housse.

— Shagodjiowen Gowa va l'aider.

À sa demande, Philippe et le soldat la laissent seule avec le malade.

7

Au village des Hurons, Thana se morfond.

Ni Josiah, ni Philippe, ni la Vieille ne lui ont donné signe de vie. À plusieurs reprises, elle a jonglé avec l'idée de s'échapper et de se rendre à Québec, malgré l'interdiction de Philippe, mais elle a dû y renoncer. Les chasseurs revenus pour célébrer la fête de la Résurrection n'ont pas pu repartir, à cause des giboulées de mars qui ont rendu les chemins impraticables. Puis les grands froids ont repris avec des vents à décorner les bœufs et des accumulations de neige à voiler tous les repères.

Le père Richer profite de cet isolement forcé pour exhorter ses ouailles à la prière et les sensibiliser aux grandeurs des sacrements. Malgré le nordet qui court en rafales, il est venu aujourd'hui pour dire la messe et baptiser deux nouveau-nés. Il n'a pas sitôt mis le pied dans le village, qu'il vient rendre une visite à Thana.

— Si je ne te vois pas à la messe, je ferai un rapport au gouverneur, menace-t-il en jetant un œil mauvais sur le ventre rebondi de la jeune femme. Tu sais que la vie de ton mari tient à bien peu de choses. Un mauvais rapport et tout peut basculer.

— Il est donc en vie ! s'exclame Thana, en agrippant la manche du jésuite. Vous savez quelque chose ? Vous avez des nouvelles ?

— Je ne sais rien ! réplique vivement le religieux en se mordant les lèvres.

Thana se rebiffe, convaincue que cet homme ment comme il respire.

— Si vous me menacez de la sorte, c'est que vous le savez en vie ! Sinon, vos avertissements ne valent rien ! Pourquoi voulez-vous que je succombe à votre chantage si Kiala est mort ?

— Pour sauver ton âme, ma fille, et la sienne.

— Dites-moi s'il est en vie, je vous en prie...

La jeune femme a baissé les bras. Son corps alourdi par la grossesse s'est affaissé, soudain désaxé, privé de son centre de gravité. Tenté par un sentiment de pitié, le jésuite refuse malgré tout de se laisser attendrir. Dieu emprunte parfois des chemins arides pour ramener à Lui les brebis égarées, et le prêtre a souvent constaté que plus l'accès à Sa parole est difficile, plus grande est la félicité.

— Je ne sais rien, répète-t-il, en se dirigeant vers la chapelle pour échapper aux supplications touchantes de la Mesquakie.

Thana le suit, désemparée. Elle ne veut prendre aucun risque, et surtout ne plus donner prise aux acrimonies du jésuite. Désormais, il n'aura rien à lui reprocher. Sa conduite exemplaire lui vaudra même des félicitations.

Elle en est là de ses réflexions, à ne plus savoir comment se tenir, quand dire oui et quand dire non, qui supplier, qui flatter, prête à se résigner aux pires bassesses si celles-ci ont une chance de sauver Kiala, lorsque le chœur des femmes entame un cantique. Les voix rondes et douces profitent de l'acoustique parfaite. Dans ce lieu clos, isolé du reste du monde, elles tracent sans faillir une ligne mélodieuse aux modulations apaisantes, sur lesquelles s'inscrivent les récitatifs monotones et rassurants du père Richer.

Peu à peu, Thana reprend confiance. Kiala est vivant; il ne sera pas pendu. Et ils seront de nouveau ensemble.

À la fin de la messe, lorsque le célébrant ouvre les bras et libère ses fidèles, la porte de la chapelle s'écarte sur un ciel radieux. La nature tourmentée s'offre une embellie et Thana veut y voir un signe d'espoir. Elle marche jusqu'à la *Cabir Coubat*, la « rivière aux mille détours ». Le village est construit sur une terrasse adossée à un massif montagneux aux flancs bleuâtres. La Saint-Charles le frôle et dégringole en cascades tumultueuses vers le fond du ravin, où elle se déploie en méandres gracieux, baignant une plaine fertile.

Assise sur une roche plate, Thana laisse traîner ses doigts dans l'eau glacée et brouillonne qui gronde et roule sur elle-même en dévalant l'escarpement.

L'enfant bouge dans son ventre. Il se débat comme un papillon prisonnier d'une lampe. Plus elle chantonne pour le calmer, plus les ruades s'amplifient. Après un moment, la jeune mère se dit que le petit a peut-être peur de ce grondement sourd, incessant. Elle veut partir, et constate, étonnée, que le père Richer se tient derrière elle, si près qu'il n'aurait qu'à étendre la main pour la toucher.

Depuis combien de temps l'observe-t-il ainsi ?

En déséquilibre sur la roche instable, elle n'ose pas bouger. Un seul faux mouvement et elle tombe dans l'eau tourbillonnante.

Le jésuite attend, un sourire narquois aux lèvres. Il tient la jeune femme sous sa coupe. Il n'aurait qu'un geste à faire et elle disparaîtrait à jamais, emportée par le courant. C'est ce à quoi il songe en jouissant du spectacle de la peur dans les yeux de Thana. Son pouvoir le grise. Il pourrait, à cet instant précis, décider de se débarrasser de cette insoumise, et personne ne pourrait l'en empêcher. Pourtant, il se tourne plutôt vers Dieu dont il essaie d'entendre la Parole à travers le vacarme. « Que doit-on faire, Seigneur, de ces éléments subversifs ? Qui d'autre que Toi pourra lui montrer la route ? Réponds-moi. »

Le jésuite se penche vers Thana, imperceptiblement. Au même moment, un chiot se jette entre eux. Il sautille entre les jambes du religieux qui n'a pas assez de ses deux mains et de ses deux pieds pour le repousser. Une fillette arrive en courant et le débarrasse de l'importun. Thana a bondi sur la terre ferme. Elle accompagne la petite Huronne en caressant le chiot. Ses mains tremblent dans la fourrure détrempée de l'animal.

Cet incident lui a permis de mesurer l'étendue de sa peur, une peur chevillée au corps, plus forte que les battements du cœur, persistante jusque dans le sommeil. Abandonnée à elle-même, sans nouvelles, lourde et fatiguée, elle a laissé la peur l'envahir jusqu'à devenir obsédante. Elle s'est habituée à vivre avec les différents visages de cette mauvaise conseillère, sans jamais la nommer ni la regarder en face. Elle s'en veut. Son manque de lucidité et de courage la choque. Elle pense à la Vieille, à tout ce qu'elle lui a dit, et elle s'arrête net.

La fillette s'étonne. Thana lui fait signe de continuer, avant de rebrousser chemin. « Quand on se terre, on devient vite une proie », c'est ce que Kiala leur a enseigné sur les rives du lac Maramech, et, dorénavant, elle ne baissera plus la tête.

D'un pas résolu, elle revient à la rivière; le père Richer n'y est plus. Elle se rend alors à la chapelle, déserte elle aussi. Essoufflée, elle s'assoit un moment et se recueille dans l'odeur réconfortante de cire et d'encens. Solides comme une forteresse, les murs du sanctuaire ne laissent pénétrer que le grondement lointain du torrent. Cet endroit lui rappelle le marais de cyprès du sentier des Natchez. De tels lieux appellent tout naturellement à la prière, sans égards aux croyances, et rassemblent toutes les Paroles. «Les dieux s'entendent mieux que les hommes», pense la jeune femme, l'esprit apaisé. Et cette idée la fait sourire.

* * *

Les jours allongent. Entre l'ombre et la lumière se glissent désormais des aurores fardées de rose et de doucereuses brunantes, des heures bleues, en dehors du temps, sauvages et mutines.

Comme tous les matins, depuis que le beau temps a libéré les routes, Thana scrute la ligne d'épinettes rabougries où débouche le sentier qui vient de Québec. Un hennissement attire son attention. Les yeux mi-clos, elle voit d'abord la robe lustrée de la jument baie. Le frottement de la sangle a produit une écume blanchâtre sur le poitrail de la bête. À côté d'elle, Philippe marche d'un pas pesant, les jambes couvertes jusqu'aux cuisses d'une terre vasarde.

Thana court vers lui, aussi vite que le lui permet sa condition, et lui tombe dans les bras. Philippe écarquille les yeux de surprise, en tentant de maintenir son équilibre. La jument a fait une embardée.

– Doucement, ma belle, dit le jeune homme, en s'adressant tant à l'animal qu'à la Mesquakie.

– Je croyais que tu ne viendrais jamais ! s'écrie cette dernière. Je t'ai tellement attendu !

– Je sais... Je suis là, maintenant. Je suis là.

– Et moi aussi.

En reconnaissant la voix de Josiah, Thana rit et pleure en même temps. Elle ouvre grand les bras pour les étreindre tous les deux, mais son gros ventre l'en empêche et elle doit se contenter de leur toucher l'épaule du bout des doigts. Pourtant, elle les sent en elle, comme si elle les portait aussi.

Le premier émoi passé, elle respire un bon coup et essuie ses larmes. Impatiente, la jument renâcle. Thana passe une main caressante sur le chanfrein de la bête. C'est alors qu'elle remarque la lourdeur du harnachement : les sangles, larges et nombreuses, les brancards supportés par les attelles. Et derrière, un cercueil de pin, maculé de boue.

* * *

La Vieille est morte, mais Kiala est vivant. Ces mots-là se heurtent dans la tête de la Mesquakie, aussi violemment que le chagrin et la joie, immenses tous les deux. Kiala est vivant, mais la Vieille est morte. Parfois, à force de les répéter, les mots s'embrouillent et disent le contraire : Kiala est mort, mais la Vieille est vivante. Alors la douleur devient insupportable et Thana veut crier les mots, les vrais, les remettre dans le bon ordre. Et la honte la submerge, en même temps qu'un bonheur indicible. Jusqu'où aimera-t-elle donc cet homme ? Seulement parce qu'il existait, parce qu'elle pouvait vivre à ses côtés et l'admirer à sa guise, elle a survécu à la mort de sa mère; l'espoir de le retrouver l'a aidée à supporter la mort de Nucamoan; parce qu'elle l'aimait plus que tout, elle a sacrifié Chakoso, et maintenant, elle accepte comme un dû le dévouement de la Vieille. Où cet amour, qu'elle place depuis toujours au-dessus de tout, la mènera-t-elle ? Elle a parfois l'impression qu'il pourrait la détruire, tout en la rendant immortelle. Il l'épuise, l'affame, et lui forge en même temps une ténacité à toute épreuve qui lui permet de surmonter les obstacles les uns après les autres.

Troublés par son mutisme, ses amis l'ont obligée à s'étendre, et Philippe lui a fait boire une décoction de valériane. Plongée dans un demi-sommeil, elle reprend haleine avant d'affronter le reste. Elle sait que tout n'a pas été dit; elle l'a deviné aux hésitations de Philippe, à la sollicitude de Josiah. Toutefois, avant de les entendre, elle veut rendre un dernier hommage à sa mère adoptive.

Malgré les imprécations de ses compagnons, elle se lève et se rend chez Paul Picard. Le chef des Hurons n'est pas très heureux de cette intrusion, mais il accepte de l'écouter.

— La Vieille n'a jamais cru aux enseignements du père Richer, plaide la jeune femme. Son âme réclame une cérémonie huronne, sinon elle n'aura jamais de paix.

— Le père n'acceptera pas.

— C'est pourquoi il faut profiter de son absence et l'enterrer maintenant, aujourd'hui même.

Une heure plus tard, les trois amis assistent à la cérémonie orchestrée par le chef huron. «La Vieille serait contente», pense Thana. Le chœur des femmes s'est rassemblé à l'extérieur, derrière la chapelle. Aux cantiques chrétiens, d'une si parfaite harmonie, il a substitué des airs discordants sur lesquels dansent les hommes. Ceux-ci ont formé un cercle. L'un d'eux s'en échappe à l'occasion pour tourner sur lui-même, lançant tout son corps d'un côté et de l'autre en prononçant les paroles des morts. La foule pousse alors un cri de poitrine en battant une mesure arbitraire que personne ne semble vouloir suivre.

En son for intérieur, Thana entonne un chant de son clan. En même temps que sa mère adoptive, elle enterre tous les siens, son père, sa mère, tous les Mesquakies massacrés qui n'ont jamais eu droit au rituel des défunts. Elle enterre également sa fille. La petite n'a pas survécu; cette certitude l'habite depuis déjà un certain temps, mais elle l'a toujours repoussée. Aujourd'hui, elle peut l'affronter. Pour la première fois, elle a pu offrir une vraie sépulture à l'un de ses morts, et sa conscience tourmentée y puise une nouvelle sérénité. Elle aura la force maintenant de s'occuper des vivants.

«La Vieille serait contente», se répète la jeune femme en regardant vers le ciel, le cœur rempli de gratitude.

Après la cérémonie, les trois amis s'empiffrent des douceurs que Josiah a apportées de Batiscan. Le mulâtre a pris la chaise pour ménager sa jambe. Thana et Philippe se sont installés sur la couverture de la Vieille. Pendant quelques heures, ils oublient tout, se moquent gentiment les uns des autres et rient ensemble de leurs déboires.

Lorsque vient la nuit, plus rapidement qu'ils ne l'auraient souhaité, la parole, si abondante pendant le repas, s'estompe peu à peu. Seuls quelques soupirs rompent encore le silence.

Lentement, à contrecœur, Philippe sort un papier de sa poche. Il se racle la gorge, mais ne dit rien.

– Je t'écoute, dit Thana, en regardant le Français dans les yeux.

Celui-ci hoche la tête en pinçant les lèvres, puis il aspire longuement, comme s'il devait plonger dans une rivière profonde.

– Voilà, dit-il en secouant la missive. J'ai reçu une lettre de France. Tu sais que j'avais plaidé la cause de Kiala auprès du roi. Celui-ci a pris connaissance de ma requête, et il lui a donné suite : Kiala ne sera pas pendu... (Le jeune homme hésite. Thana fixe sur lui ses grands yeux noirs sans même penser à se réjouir.) Il ne sera pas pendu, reprend Philippe, mais il sera déporté... aux Antilles. J'aurais voulu faire plus.

Une coulée de feu brûle la gorge de Thana.

– Qu'est-ce que c'est... les Antilles ? demande-t-elle, d'une voix minuscule.

– C'est chez moi, lui répond Josiah, en Martinique. C'est d'où je viens.

La jeune femme lève la tête, étonnée.

– Parle-moi de ton pays, supplie-t-elle. S'il a donné des hommes comme toi, il ne peut pas être mauvais.

Enthousiaste, Josiah lui raconte la mer turquoise et son collier de sable blanc, la plaine et les mornes. Il croyait avoir oublié, et pourtant les souvenirs affluent. L'île de son enfance, celle que les premiers habitants appelaient avec raison «l'île aux fleurs», surgit de sa mémoire, vibrante et colorée. Il décrit en mots simples les champs panachés de canne, les bambous géants et les bananiers. Il se souvient avec un sourire de l'oiseau-sucrier et des iguanes.

Thana est suspendue à ses lèvres. Elle écoute avec ferveur, sans toutefois réussir à inventer des images sur ces mots étranges. Elle retient seulement la chaleur des sons et la splendeur qu'ils supposent.

— Pourquoi as-tu quitté ton pays? demande-t-elle. Quel âge avais-tu?

Josiah ne répond pas tout de suite. L'odeur fangeuse des mangroves, celle du tafia, plus corsée, le parfum amer du manioc, tout s'estompe dans la grisaille des cases. L'ancien esclave ne sait pas l'âge qu'il avait le jour de son départ. Il se rappelle seulement un enfant qui se croyait déjà un homme. Dans les cases d'esclaves, les enfants deviennent vite des hommes.

De sa voix chantante, avec l'accent du pays qui lui revient, il raconte comment sa grand-mère a été emmenée de la Nouvelle-Guinée dans un bateau négrier. Le «noir passage» a duré trois mois dans des conditions terribles. La fillette, contrairement à bien d'autres, a survécu. À peine un an après son arrivée, elle a accouché d'une fille déjà plus pâle qu'elle parce que le géniteur était un Blanc. L'enfant n'a jamais su qui était son père, seulement qu'il était Blanc. C'est peut-être pour cette raison qu'elle est tombée, plus tard, follement amoureuse du fils du maître. Cependant, personne n'a jamais compris pourquoi le petit maître était lui aussi devenu fou amoureux de cette esclave mulâtre. Quoi qu'il en soit, quand Josiah est né de cet amour impossible, son jeune père l'a reconnu officiellement. Il l'a même accueilli dans la grande maison, au décès de sa maîtresse. Orphelin de mère, Josiah a donc promené ses étranges yeux bleus sur les soieries et le velours, tout en continuant à fréquenter les siens, le jour dans les champs de canne à sucre, le soir dans la touffeur des cases. À l'aise dans les deux mondes, le petit mulâtre – pour être plus précis, on disait parfois, là-bas, le quarteron –, était alors considéré par les uns et les autres comme un porte-bonheur. Choyé tant par les esclaves que par son père, il a toutefois tout perdu d'un coup lorsque celui-ci, menacé de faillite, a dû épouser une riche héritière pour se renflouer. Cette dernière n'a pas pu supporter de voir circuler aussi librement l'enfant couleur café au lait, dont les yeux clairs lui rappelaient constamment le premier et seul amour de son mari. Parce qu'elle menaçait de partir, avec ses capitaux, Josiah a été confié à un soi-disant ami de la famille qui se rendait en Louisiane et qui, banqueroutier à son tour, n'a pas hésité à le vendre quelques années plus tard.

Philippe et Thana ont écouté sans jamais interrompre le narrateur. Bouleversés, ils se préparent pour la nuit en gardant un silence respectueux. Retirée dans la chambre, Thana n'arrive pas à dormir. Elle essaie d'imaginer ce pays dont Josiah a parlé avec tant d'affection. À partir de ce qu'elle connaît, elle invente une faune et une flore tout à fait fantaisistes. En se fiant à la consonance des mots, elle fabrique un univers fabuleux où s'agitent des enfants noirs et des mères qui ressemblent à Nucamoan.

Au petit matin, la jeune femme, fourbue, a pris une décision. Elle sait exactement ce qu'elle doit faire, quand et comment. Il lui reste à convaincre Josiah et Philippe.

* * *

Ensemble, il leur aura fallu trois semaines pour tout mettre en place. Certains soirs, quand la grande obscurité avalait le village, Thana a craint de ne pas y arriver. Le poids de l'enfant sur ses reins et ses jambes, le besoin irrépressible de dormir, encore et encore, tout cela la rendait si vulnérable, un peu plus chaque jour, qu'elle a cru, à certains moments, devoir renoncer.

Puis un homme est venu.

Il a refusé de s'asseoir, a éteint de ses doigts la chandelle que Thana venait d'allumer. Pas très grand, léger et nerveux comme l'écureuil, il est entré sans frapper. Thana a eu si peur qu'elle s'est agrippée à son ventre comme à une bouée. L'homme a tendu une pochette, la sienne, celle qu'elle avait confiée à Philippe et qui devait servir de laissez-passer. L'homme venait de la part de Philippe. Elle était sauvée.

— Demain matin, a-t-il dit d'une voix sourde. Pendant la messe. Tu suivras la rivière vers le nord; je t'attendrai. N'apporte rien.

Il est reparti, tout aussi brusquement qu'il était arrivé, sans être vu. Tout s'est passé si vite que, ce matin, Thana ne sait plus si elle a rêvé, si l'homme existe vraiment et s'il l'aidera à fuir. Elle se rassure en fermant la main sur la pochette. Tout ira bien.

Elle se rend d'abord à la chapelle, où le père Richer lui adresse un sourire satisfait en regardant son ventre. Quand tout le monde a pris place à l'intérieur, les hommes d'un côté, les femmes de l'autre, l'officiant ferme la porte et se dirige vers l'autel, où l'attendent deux petits Hurons en soutane et surplis, répliques miniatures de leur maître spirituel.

Celui-ci accueille les fidèles d'un geste rassembleur, puis il leur tourne le dos. Thana n'hésite pas une seconde. Elle quitte discrètement les lieux, à pas feutrés. Respectant la consigne, elle n'a rien pris, même pas une couverture, seulement les vêtements qu'elle porte et la pochette suspendue à son cou. Le grondement de la cascade accompagne sa fuite. En passant devant la tombe de la Vieille, elle la salue et la remercie, en jurant de ne jamais oublier ce qu'elle lui a appris.

L'air sent bon le printemps. Des touffes de myosotis percent ici et là, et les crosses des fougères se déroulent au soleil. Malgré sa démarche lourdaude, Thana se sent légère, presque aérienne. L'avenir ne l'inquiète pas.

D'ailleurs, elle n'a pas à marcher longtemps; comme prévu, l'homme est là, tout près du village, sur la rive nord de la rivière.

– Un ami nous attend à la cabane d'automne des Hurons, dit-il. Si tout va bien, nous y serons dans deux ou trois heures. C'est lui qui t'emmènera à Batiscan.

Thana lui adresse son plus beau sourire et s'appuie à son bras tendu. L'homme épouse son rythme sans jamais la devancer. C'est elle et l'enfant qui imposent la cadence. Chaque fois qu'elle en ressent le besoin, il autorise une halte et s'accroupit tout près d'elle, silencieux et attentif. Tout en reprenant son souffle, Thana l'observe à la dérobée. Ses yeux scrutent les alentours, mais sa main reste constamment en contact avec la sienne.

La jeune femme respire à fond. Il n'y a plus rien à craindre, maintenant. Tout se passera comme prévu, comme elle, Thana, l'a prévu.

8

La main dans le semoir, une simple poche tenue en bandoulière, Josiah recueille une poignée de graines. Il recule ensuite de deux pas, puis, dans un mouvement ample de tout le corps, il projette les semences qui tombent en cascades légères sur le sol bien drainé. On dirait un arc-en-ciel en train de se dissoudre.

Thana le suit des yeux.

Le semeur refait les mêmes gestes, inlassablement. Entre lui, la terre et le ciel se crée une alliance tranquille, et la jeune femme, envoûtée, imagine déjà les belles fleurs blanches sur leurs longues tiges, bien abritées du vent par une ligne d'arbres dense et continue. Philippe et Josiah lui ont expliqué combien ils redoutent le vent, car les tiges de lin qui se frappent les unes contre les autres produisent une filasse médiocre. Les deux hommes le lui ont expliqué longuement, cela et bien d'autres choses, toujours avec un enthousiasme contagieux, auquel même Mme Maillard ne peut résister.

Philippe nourrit de grandes ambitions que partage entièrement Josiah. Évidemment, il entend bien produire la toile du pays dont on fait la lingerie de maison ou les poches pour les céréales, mais, en plus de cette toile grossière, il rêve à une filasse longue et soyeuse, à partir de laquelle il fera confectionner des dentelles. Pour que le lin pousse fin et sans graines, il a donc recommandé à Josiah de semer fort, et celui-ci s'acquitte de sa tâche avec une dextérité surprenante. Il ne boite presque plus. Ses muscles se sont raffermis et sa peau, tannée par le soleil, a pris un teint bistré, éclatant de santé.

Thana attend l'enfant d'un jour à l'autre, et elle refuse de rester à la maison. Elle s'installe plutôt à l'orée du champ, sur une couverture, et passe des heures à observer le semeur dont le grand corps mordoré se découpe sur le vert tendre des arbres. Au loin, on entend les stridulations des cigales et les cris de ralliement des outardes. La nature se déploie en un tableau sans fin, toujours changeant et pourtant si fidèle à lui-même, saison après saison.

La jeune femme se lève et tourne lentement sur elle-même pour tout embrasser : le semeur et sa terre, le ciel, la rivière, la beauté du jour dans la lumière dorée. La vie semble figée dans cette clarté chaude, à peine tamisée par le feuillage d'un orme.

Fidèle aux enseignements de Chikea, elle marche un peu pour délier ses jambes. Le sentiment de savoir avec une grande précision ce qui l'attend, pendant et après l'accouchement, lui permet de profiter pleinement de chaque seconde. Dans sa tête, tout est déjà planifié, et il ne subsiste aucune place pour le doute ou l'improvisation.

Josiah lui fait signe de la main ; elle lui répond de la même façon. Lorsqu'elle lève le bras, un liquide chaud coule entre ses jambes. Elle rougit de plaisir, excitée. C'est ici, au grand soleil, que naîtra le fils de Kiala.

Assise de nouveau sur la couverture, elle se concentre sur ce qui doit venir, déroule chacune des étapes dans sa tête, les affronte en esprit pour mieux les vaincre dans la réalité. Elle est prête.

– Enfin, je te trouve !

La voix de Mme Maillard la distrait un moment. Des perles de sueur brillent sur les tempes de la vieille dame.

– Vous n'auriez pas dû venir jusqu'ici, lui reproche doucement Thana.

– J'étais inquiète.

– Tout va bien; le bébé arrive.

Mme Maillard constate avec effarement que les eaux ont été rompues.

– Tu ne peux pas accoucher ici ! s'exclame-t-elle.

– C'est ici que l'enfant naîtra, lui répond Thana d'une voix douce mais ferme. Il y a tout ce qu'il faut. Il entendra le chant des oiseaux et humera la terre. Et quand il sera grand, la rivière coulera dans ses veines comme elle a coulé dans les miennes.

Une première contraction l'oblige à se recueillir. Mme Maillard, affolée, appelle Josiah.

– Va chercher la charrette ! lui ordonne-t-elle. L'enfant arrive.

Les mains dans le semoir, Josiah hésite. Une inquiétude folle agrandit ses yeux.

– Tout va bien se passer, le rassure Thana. Je n'ai pas peur. Il ne m'arrivera rien.

La jeune femme affiche une telle assurance que le mulâtre éprouve un sentiment étrange. Pourquoi a-t-il l'impression douloureuse de la perdre, alors qu'elle est là devant lui, fragile et si forte à la fois ?

– Dépêche-toi ! le supplie Mme Maillard.

Au retour de Josiah, l'enfant est déjà là. C'est un garçon. Sa mère le tient dans ses bras sous le regard attendri de Mme Maillard. Pendant un instant, tous les trois gardent un silence recueilli, bien vite rompu par les vagissements du bébé. Thana découvre un sein et le petit s'y agrippe.

– Il est vigoureux, celui-là! s'exclame Josiah, mal à l'aise.

Les deux femmes rient, mais pas lui. Il voudrait que cet enfant soit le sien. Pourquoi désire-t-il soudain l'impossible?

– Aide-moi, le prie Mme Maillard. Nous allons ramener la mère et l'enfant à la maison. C'est Philippe qui sera surpris à son retour de Québec!

* * *

Pendant dix jours, comme le lui avait enseigné Chikea, Thana s'isole avec le petit dans la chambre préparée avec amour par la maîtresse de la maison. Elle caresse la layette fine, en drape le bébé comme s'il était un roi. Elle le baigne tous les matins dans une bassine de faïence bleu et blanc. En laissant couler l'eau du broc sur la tête de l'enfant, elle lui parle des rivières et de la pluie et des orages.

Le soir, elle l'installe sur la courtepointe et le regarde gigoter, puis gazouiller, puis s'assoupir. Et elle pleure par anticipation sur toutes les années perdues. Déjà, elle s'ennuie de l'homme qu'il deviendra.

– Tu vas grandir sans moi, lui dit-elle, mon enfant, ma vie. Écoute ma voix et souviens-t'en toujours. Ma voix comme un chant, comme une prière. Je la dépose au fond de toi pour qu'elle ne meure jamais. Ma voix comme une âme, liée pour toujours à la tienne.

Longtemps, elle parle et chante pour l'enfant endormi avant de sombrer elle-même dans un sommeil tourmenté.

* * *

Le onzième jour, elle enveloppe le bébé dans son châle et quitte sa retraite. Josiah se rendait aux champs. Ils marchent l'un près de l'autre le long de la rivière. À cause de l'étroitesse du sentier, Josiah a dû passer son bras derrière Thana. Sans s'en apercevoir, il a posé sa main sur la hanche de la jeune femme. Quand il s'en rend compte, plutôt que de la retirer, il accentue la pression.

Thana ne bronche pas. Au contraire, elle se blottit un peu plus contre le grand corps protecteur, et ils se rendent ainsi jusqu'à l'orme sous lequel est né l'enfant.

— Veux-tu le prendre un instant? demande Thana en tendant le petit.

Josiah a un mouvement de recul, puis il se ressaisit et ouvre les bras. Des larmes roulent sur ses joues lorsque Thana lui confie l'enfant. Il le serre contre sa poitrine, et le petit disparaît dans les longs bras musclés.

— Promets-moi de toujours veiller sur lui, supplie Thana d'une voix tremblante.

— Je te le promets.

— Quoi qu'il arrive?

— Il n'arrivera rien.

— Quoi qu'il arrive? insiste Thana.

— Oui, je te le promets.

La mère reprend l'enfant et retourne à la maison.

Josiah la regarde longer la rivière. Pourquoi se sent-il plus que jamais abandonné?

* * *

Les jours suivants, le mulâtre se rapproche instinctivement de Thana. Il a l'impression de la perdre, sans comprendre pourquoi, et désire profiter de chaque instant passé avec elle, comme s'il était le dernier.

Déjà les pousses de lin sortent de terre, droites et fines. La floraison ne devrait plus tarder.

— J'ai hâte que tu voies les champs pleins de fleurs. Je suis sûr que tu n'as jamais rien vu d'aussi beau.

Thana se réjouit de l'enthousiasme de son ami, mais il lui rappelle du même coup que le temps passe.

— Est-ce que Philippe doit venir bientôt? demande-t-elle.

— Je l'attends après-demain. Il a sûrement eu ton message.

Thana soupire. Elle n'a pas eu de nouvelles de Kiala depuis si longtemps. Philippe lui a-t-il dit qu'il avait un fils? A-t-il répandu la nouvelle comme elle le lui avait demandé?

— Sais-tu quand partira le bateau pour la Martinique?

— Je ne sais pas. Il faudra demander à Philippe.

La jeune femme se lève brusquement et passe une main nerveuse sur son front. De plus en plus fréquents, ces gestes d'impatience heurtent Josiah. Malheureux, il tend la main pour la calmer. Elle ne le regarde même pas.

* * *

Philippe arrive, comme prévu, le surlendemain. Il ne salue personne et se précipite dans la chambre, où Thana vient de nourrir le bébé.

— Il faut te cacher, dit-il, les soldats arrivent !

Mme Maillard, accourue derrière lui, étouffe un cri. Josiah les a suivis; il s'inquiète.

— Que se passe-t-il ?

Philippe explique qu'il a doublé quatre soldats.

— Ils venaient ici ? Tu en es sûr ? s'enquiert sa mère, en souhaitant du fond du cœur que tout cela ne soit qu'une fausse alerte.

— Il n'y a pas de temps à perdre ! s'exclame Josiah en prenant la main de Thana.

Celle-ci le repousse doucement.

— Je ne me cacherai pas, dit-elle. Je savais qu'ils viendraient. Je les attendais depuis des jours. C'est l'enfant qu'ils veulent.

Estomaqués, les autres la dévisagent comme si elle avait perdu la raison. La jeune femme prend le bébé et le tend à Josiah.

— Tu as promis de t'en occuper, lui rappelle-t-elle.

— Mais... mais que veux-tu que je fasse ?

— Tu dois le ramener chez lui. C'est un Mesquakie, il doit vivre et grandir parmi les Mesquakies.

— Je... je ne pourrai pas, balbutie Josiah. Je ne saurai pas.

— Tu vas réussir, le rassure Thana d'une voix sereine. Tu as promis.

— Et toi ? Que va-t-il t'arriver ?

— Je vais partir avec Kiala.

511

– Non! geint Josiah, blessé au vif. Tu ne dois pas partir! Je t'aime, Thana. Reste avec moi. Nous allons te cacher, les soldats ne te trouveront jamais. Ils repartiront et tu resteras ici, avec moi et l'enfant.

Son désespoir fait peine à voir, pourtant la jeune femme ne se laisse pas attendrir. Au contraire, elle durcit le ton.

– Tu es mon ami, dit-elle, mon très grand ami. Tu sais que je n'ai jamais aimé personne d'autre que Kiala. J'ai pu le penser, parfois, mais je me trompais. Je veux partir avec lui. Je savais que le père Richer enverrait quelqu'un pour l'enfant. C'est lui qu'il veut pour en faire un petit chrétien bien sage. Tu dois m'aider, Josiah. Ramène mon petit chez lui, sur sa terre, là où il aurait dû naître, parmi le peuple de Wisaka. Alors seulement, j'aurai gagné. Les Mesquakies auront gagné.

Thana se tourne vers Philippe. Elle sait qu'il a compris et qu'il l'appuiera. Pourtant, c'est Mme Maillard qui prend les choses en main.

– Va à la laiterie avec le petit, ordonne-t-elle à Josiah. Je t'apporterai tout ce dont tu auras besoin. Toi, Philippe, fais disparaître tout ça: la layette, les hochets, tout. Je vais t'aider.

Pendant qu'ils s'activent autour d'elle, Thana reste immobile, les yeux fixés sur l'enfant. Les grandes mains brunes de Josiah le soulèvent lentement. Elles enroulent la couverture d'un blanc immaculé autour de ses jambes potelées. Surpris, l'enfant réagit par un geste désordonné qui découvre son petit bras. Il est si petit. Le lait afflue aux seins de sa mère. Elle esquisse un geste, mais le bébé disparaît dans le ventre de Josiah. Elle doit l'abandonner, faire confiance à cet homme qui devra, à son tour, le remettre au monde.

– Tu leur diras qu'il s'appelle Kiala, dit-elle en tendant la pochette qu'elle portait autour du cou. Ceci le protégera.

Des chevaux piaffent dans la cour.

Josiah s'éclipse avec l'enfant, et Thana se retrouve les mains vides, immensément vides.

Sans trop y porter attention, elle entend qu'on l'accuse; quelqu'un veut même lui lier les poignets, mais Philippe s'insurge et défend qu'on la touche. Il exige de l'accompagner. Un soldat explique qu'ils n'ont pas de temps à perdre, car un bateau part pour la Martinique dans deux jours. Thana sourit. Elle ira en Martinique, dans le pays de Josiah. Tout se déroule comme elle l'avait prévu. Elle entend Mme Maillard raconter aux soldats que l'enfant est mort à la naissance. «Le père Richer sera déçu», marmonne l'un d'eux, et tous se demandent ce que vient faire le père Richer dans cette histoire. Sauf Thana. Ses seins durcissent et des gouttes de lait mouillent sa robe légère. Elle entend quelqu'un pleurer et tend l'oreille, inquiète, puis elle n'entend plus rien. On l'emmène à Québec.

9

Comme chaque année, au mois de juillet, le port de Québec bourdonne d'activité. Les cabaretiers et les aubergistes de la basse-ville font des affaires d'or, et les clients entrent par dizaines dans les boutiques de la rue Notre-Dame. Depuis que le commerce a repris avec les îles, tout le monde en profite, des tonneliers qui fabriquent les douves et les cercles jusqu'aux tanneurs dont le cuir est très populaire sur les marchés d'exportation. Même les boulangers et les bouchers tirent avantage de la situation, les premiers en cuisant des biscuits pour les équipages, les seconds en apprêtant des salaisons qui seront vendues aux Antilles.

Escortés par quatre soldats, Thana et Philippe se fraient un chemin entre les charrettes. Des journaliers les bousculent sans leur porter la moindre attention. Thana sursaute lorsqu'un charretier impatient fait claquer son fouet sur le dos de ses bœufs trop indolents. De son bras, Philippe écarte un porteur qui fonçait sur eux. Harnaché comme un mulet et chargé d'un coffre très lourd, celui-ci marchait la tête baissée, les yeux rivés au sol.

Les soldats, nerveux, resserrent leur surveillance. Ils craignent que cette fébrilité ne donne des idées d'évasion à leur prisonnière. Indifférente à leurs inquiétudes, Thana cherche Kiala. On devait l'emmener le matin même. Il devrait déjà être là. À l'affût, elle parcourt les quais du regard, la gorge nouée, les mains moites. Elle retient son souffle, refusant de respirer en dehors de Kiala.

Des tonneaux, des barils, des coffres, des poches de lin font la navette entre les quais et les nombreux navires ancrés au large : trois brigantins aux huniers carrés, quelques goélettes plus légères et une frégate imposante avec ses trois mâts et ses canons pointés aux quatre vents. Toute une flottille de chaloupes et de barques vont de l'un à l'autre, affairées comme des fourmis.

L'une d'elles déverse sur le quai un marchand forain et toute sa marchandise qu'il proposera jusqu'à l'automne aux habitants de la colonie. «Il ira sûrement à Batiscan, pense Thana avec nostalgie. Il verra les fleurs de lin dans les champs de Josiah.»

Un cri attire son attention : ce n'est qu'un avertissement lancé par un des gardes qui veillent au déchargement et à l'embarquement des marchandises. Impatiente, la jeune femme se met à douter. Et si Kiala ne venait pas ? Si Philippe lui avait caché la vérité ? Si on l'avait... pendu ? Sa vue se brouille. Elle cligne des yeux pour ne pas pleurer.

Tout près d'elle, des femmes froufroutent autour d'un coffre rempli de belles faïences françaises. Elles sortent les pièces une à une en s'exclamant. Derrière les deux bourgeoises, un prêtre malingre, engoncé dans sa longue robe noire, reçoit des mains d'un manœuvre baraqué le courrier destiné aux membres de sa communauté. Il ne s'attendait pas à une telle quantité de colis, lettres personnelles ou officielles, comptes, etc. Découragé, il hèle un porteur.

Plus loin, une pauvre fille déambule en quête de travail. Sa démarche indique bien qu'elle paiera de son corps la générosité des voyageurs.

Plus loin encore, un homme vient, d'un pas étrange, trop souple pour ce chassé-croisé quasi hystérique qui ébranle le port. Il marche à sa mesure, avec une amplitude et une intensité qui inscrivent d'emblée sa différence, plus sûrement qu'un langage ou une croyance. Les mains attachées derrière le dos, Kiala avance à l'envers de ce monde auquel il n'appartiendra jamais. Dans son visage émacié, le regard farouche n'a rien perdu de sa vivacité. Le guerrier mesquakie a beaucoup maigri; cependant, il est toujours aussi grand et son arrivée fait tourner les têtes.

Thana esquisse un mouvement vers lui, puis elle se ravise: l'initiative appartient au chef.

Dès qu'il l'aperçoit, Kiala vient vers elle. Les soldats le serrent de très près. Comme leurs collègues, ils redoutent un geste d'éclat et ils sont prêts à tirer au moindre faux pas. Tant qu'il ne sera pas sur le bateau, le Mesquakie peut toujours leur glisser entre les doigts. Mathieu Pajot est là, la tête penchée sur le côté comme s'il attendait une explication, le sourire triste. De son mousquet, il repousse doucement ses compagnons pour créer un espace autour du couple. Philippe réussit le même exploit de son côté.

Thana et Kiala se retrouvent enfin. D'un seul regard, sans se toucher, ils essaient d'étancher cette soif immense qui assèche leurs lèvres.

– La barque est là, annonce un des soldats en se raclant la gorge.

Kiala monte le premier.

Thana échappe aux gardiens et se jette dans les bras de Philippe, qui l'enveloppe et la presse très fort contre lui. Il n'oubliera jamais cette petite femme farouche et déterminée qui lui a tant appris. Où qu'elle soit, il veillera sur elle de son mieux. Il n'abandonnera jamais.

– Ton fils retrouvera les siens, murmure-t-il à l'oreille de la jeune femme.

Avec un serrement au cœur, celle-ci s'arrache à l'étreinte de son ami et rejoint Kiala dans la barque.

* * *

Pour permettre au Mesquakie de monter à bord du *Saint-François,* on le libère de ses liens. Une fois sur le pont, il en profite pour prendre la main de Thana dans la sienne. On les mène aussitôt à la cale avec le reste des marchandises. Ni l'un ni l'autre ne voit le soldat Pajot, debout dans la barque, les saluer une dernière fois.

Une odeur de moisissure flotte dans le cagibi où on les enferme à double tour. Blottie dans les bras de Kiala, Thana écoute les grincements lugubres du trois-mâts et le couinement des rats qui courent sur les poutres. Pour ne pas hurler de peur, elle se pelotonne contre son mari. Elle enfouit son visage contre sa poitrine, au risque d'étouffer. La noirceur est si dense dans la cale qu'elle a l'impression d'y voir plus clair en se collant ainsi à Kiala, comme si la seule lumière possible devait venir de ce corps haletant, et de nulle part ailleurs.

Un bruit de chaînes, intolérable, lui hérisse la peau. Pour ne pas devenir folle, elle pense à l'enfant. De toute son âme, grâce à un formidable effort de concentration, elle lui trace un chemin. Mme Maillard a trouvé une nourrice, une fille solide et fiable, pour assister Josiah. Un marchand de Montréal va les escorter. Depuis des années, ce dernier vit principalement de contrebande. Comme beaucoup de ses confrères, il vend de la fourrure aux Anglais en échange de tissus et autres marchandises. Il connaît bien les routes à prendre et à éviter jusqu'à Albany. Avec lui, et grâce aux papiers officiels que leur a obtenus Philippe, Josiah et la nourrice réussiront à franchir la frontière.

— Ils réussiront, murmure Thana.

— Que dis-tu ? lui demande Kiala.

Alors, la jeune femme raconte tout. Le village des Hurons, le père Richer, sa fuite, son obsession de sauver l'enfant, au prix de sa propre liberté.

— J'ai pensé d'abord à lui, explique-t-elle. Il fallait le sauver. Il était plus important que tout, plus important que toi, que moi, que la vie même. Tu comprends ? Dis-moi que tu comprends !

— Tu as eu raison, la rassure Kiala. (Après un instant de silence, il reprend, pour lui-même :) Dans ce monde nouveau, nos guerriers ne pourront plus rien. C'est par le ventre obstiné des femmes que les Mesquakies survivront.

L'ancre est levée. Le vent prend brusquement dans les voiles déployées et le tangage du navire oblige les prisonniers à se raccrocher à une poutrelle. Peu à peu, cependant, ils s'habituent à ce mouvement à la fois ample et saccadé, ainsi qu'au bruit des vagues qui frappent la coque.

— S'ils arrivent à Albany, dit Kiala, les Tsonnontouans les aideront.

Thana sourit et reprend la route. Cette fois, elle n'est pas seule autour de l'enfant, à le suivre et à le précéder. Kiala les accompagne. Il a raison, d'ailleurs. Le contrebandier a la confiance des Tsonnontouans. Ils accepteront de prendre en charge Josiah et l'enfant. Les femmes de la maison longue allaiteront le petit puisque la nourrice sera retournée à Batiscan avec le marchand. L'une d'elles se joindra même aux guerriers qui mèneront les deux pèlerins jusqu'à la pointe ouest du lac Érié, à la limite de leur territoire.

– Les Potéouatamis prendront la relève.

Ils ont parlé en même temps. Tous les deux pensaient à Meguesiliguy, l'ami fidèle. Du même coup, le souvenir douloureux de Nähano et de Chikea leur revient, et ils se serrent l'un contre l'autre en frissonnant, pour bien mesurer leur chance d'être en vie et ensemble.

Pour l'enfant, la traversée du lac Michigan risque d'être difficile. Il aura peur sans doute de cette immensité. Il est si petit. Mais une fois cet obstacle franchi, les Mascoutens l'emmèneront en sécurité à la rivière des Renards. Malgré ce qu'elle en a dit et pensé autrefois, Thana compte ensuite sur la générosité des femmes winnebagos pour accompagner l'enfant et le nourrir jusqu'au Mississippi, où les Sakis, avertis de son arrivée, l'attendront.

– Encore une autre rivière et il aura rejoint le peuple de la terre rouge.

Thana ferme les yeux. Tout le village entoure Josiah et l'enfant. Ils ont réussi la longue traversée d'un monde à un autre. Une femme mesquakie prend le petit dans ses bras et il cherche le sein, avidement.

Dehors, le vent gronde devant le cap Tourmente. Le roulis du navire ressemble au balancement de la mère qui berce son enfant.

Thana n'a plus peur.

Son corps apaisé répond aux caresses tendres de Kiala. Elle aime la chaleur de sa main contre sa joue ainsi que l'odeur sauvage de sa peau, et elle s'abandonne, confiante.

Quoi qu'il arrive maintenant, personne ne pourra leur ravir cette victoire : l'enfant a retrouvé les siens. Les Mesquakies sont immortels.

Épilogue historique[1]

Après le départ de Kiala et de sa femme, le gouverneur Charles de Beauharnois discuta très longuement avec ses officiers les plus expérimentés pour décider du sort des Mesquakies qui s'étaient enfuis, avec les Sakis, à l'ouest du Mississippi. Finalement, Nicolas-Joseph des Noyelles fut chargé de se rendre jusqu'au territoire des Iowas avec un contingent de soldats et un parti d'Iroquois et de Hurons christianisés. L'officier devait offrir aux Sakis de rendre leurs frères mesquakies en échange d'une paix durable. « S'ils refusent, avait précisé Beauharnois, vous détruirez ces deux nations. »

L'expédition entreprise le 14 août 1734 connut des difficultés énormes, à cause des intempéries et du manque de vivres. De plus, un bon nombre d'alliés, comme les Outaouais, les Sauteux et les Potéouatamis, refusèrent de se joindre aux Français. Quand des Noyelles et ses hommes, exténués, réussirent enfin à retrouver

---

1. Toutes les informations au sujet de ce qu'on a appelé « la guerre des Renards » sont tirées du livre de R. David Edmunds et Joseph L. Peyser : *The Fox Wars. The Mesquakie Challenge to New France,* Norman, University of Oklahoma Press, Publishing Division of the University, 1993.

Par ailleurs, les textes en exergue sont tirés de *Pieds nus sur la terre sacrée*, textes rassemblés par T. C. McLuhan, photos d'Edward S. Curtis, Paris, Denoël, 1974.

les Mesquakies en fuite, ces derniers, prévenus de leur arrivée, les attendaient de pied ferme à l'intérieur d'un village fortifié et très difficilement accessible.

Par ailleurs, les textes en exergue sont tirés de *Pieds nus sur la terre sacrée,* textes rassemblés par T. C. McLuhan, photos d'Edward S. Curtis, Paris, Denoël, 1974.

Après quelques affrontements et des discussions serrées, chacune des deux parties dut admettre que son adversaire pourrait tenir un long siège et que cette bataille ne mènerait à rien. Des Noyelles choisit de se retirer.

C'est ainsi que prit fin, au printemps de 1735, la campagne d'extermination menée par les Français contre la tribu des Mesquakies.

COLLECTION ZÉNITH

François Barcelo
Les aventures de Benjamin Tardif I – Nulle part au Texas
Les aventures de Benjamin Tardif II – Ailleurs en Arizona
Les aventures de Benjamin Tardif III – Pas tout à fait en Californie

Gilles Gougeon
Taxi pour la liberté

Paul Ohl
Black – Les chaînes de Gorée

Francine Ouellette
Les Ailes du destin – L'Alouette en cage
Le Grand Blanc

Bernadette Renaud
Un homme comme tant d'autres, tome 1, *Charles*
Un homme comme tant d'autres, tome 2, *Monsieur Manseau*
Un homme comme tant d'autres, tome 3, *Charles Manseau*

Louise Simard
La Route de Parramatta
Thana – La fille-rivière